# MEISTERIN DER FINSTERNIS

## FLIRTEN MIT MONSTERN
## BUCH 4

## EVA CHASE

Meisterin der Finsternis

Flirten mit Monstern Buch 4



Erste Digitale Ausgabe, 2020

Copyright © 2023 Eva Chase

Übersetzung: Anja Maria Lermer

Lektorat: Nadja Uebach

Umschlaggestaltung: Open World Cover Designs

Ebook ISBN: 978-1-998752-11-9

Paperback ISBN: 978-1-998582-20-4

❀ Erstellt mit Vellum

# EINS

*Sorsha*

Man könnte meinen, es gäbe nichts Schlimmeres als ein paar alte übernatürliche Wesen, die einen ermorden wollen, bevor man die Welt zerstört. Tja, falsch gedacht – das gibt es nämlich.

Zunächst einmal könnte man in einem Raum aufwachen, der so dunkel ist, dass man keine Ahnung hat, was sich darin befindet, außer feuchter, stickiger Luft und einer durchgelegenen Matratze, deren Sprungfedern einem in den Hintern stechen, ohne eine Ahnung zu haben, wo man ist oder wie man dorthin gekommen ist. Oder wie viele Leute in der Dunkelheit lauern, die einen jeden Moment ermorden könnten. Dann könnte man sich aufsetzen und feststellen, dass man mit einer schweren Metallmanschette am Handgelenk an eine Vorrichtung gekettet ist, die sich nicht bewegen lässt, was die Möglichkeit, dass hier Mörder lauern, noch wahrscheinlicher macht.

Und um das klarzustellen, mit „man" meine ich mich.

Der Rahmen, auf dem die Matratze lag, quietschte, als ich mich bewegte. Mit einer ruckartigen Bewegung meines Arms zog ich an der Manschette. Die Kette klirrte, hielt mich jedoch weiterhin fest – und Licht durchflutete den Raum. Es war ein ziemlich schwaches Licht, das von einer elektrischen Laterne kam, doch da es davor so dunkel gewesen war, muss ich heftig blinzeln.

Ich schien, mich in einer Art unterirdischem Bunker zu befinden, und war von rauen Steinwänden, Boden und Decke umgeben. Der metallene Bettrahmen war mit Rostflecken übersät und in dem dazu passenden Metallschrank daneben wurden vermutlich irgendwelche Vorräte aufbewahrt. Der ganze Raum konnte nicht mehr als drei Meter lang und breit sein, und in der Mitte dieses Raumes stand das mächtigste übernatürliche Wesen, dem ich je begegnet war, und hielt eine Laterne in der Hand.

In dem fahlen künstlichen Licht wurde der Umriss von Omens schmalem Gesicht langsam schärfer. Seine eisblauen Augen fixierten mich, durchdringend wie immer. Sein gelbbraunes Haar klebte glatt an seinem Kopf, was bedeutete, dass er sein Temperament für den Moment unter Kontrolle hatte. Vermutlich sollte ich froh sein, dass seine Höllenhundezähne und -krallen nicht ausgefahren waren.

Er sah nicht so aus, als hätte er vor, mich *gleich jetzt auf der Stelle* zu ermorden.

Ein wirklicher Trost war das allerdings nicht, ebenso wenig wie die Tatsache, dass ich mit diesem monströsen Mann bis jetzt Seite an Seite gekämpft hatte. Wo auch immer dieser Raum war und wie auch immer wir ihn erreicht hatten, dieser Kerl hatte mich hierher geschleift. Das Letzte, woran ich mich erinnerte, war, dass er mich so hart geschlagen hatte, dass ich sofort bewusstlos war.

Ein dumpfer Schmerz pochte in meiner Schläfe, wo er mir seine Faust hineingerammt hatte. Ich hatte ohne Zweifel einen ziemlich spektakulären Bluterguss. Gott sei Dank spürte ich keine Anzeichen einer schweren Gehirnerschütterung.

Hey, ich konnte mich glücklich schätzen, so unbedeutend das Positive im Moment auch sein mochte.

Wenigstens hatte Omen mich nicht direkt an die Obersten ausgeliefert, sonst wäre ich vermutlich schon tot. Solange ich noch am Leben war, hatte ich zumindest den Hauch einer Chance, es auch zu bleiben.

Warum zum Teufel hatte er mich an diesen schrecklichen Ort gebracht?

Mein Mund setzte sich wie so oft in Bewegung, ohne den Rest von mir zu berücksichtigen. „Was für ein Zufall, dich hier zu treffen. Bist du öfter hier?"

Omens Stimme war kaum mehr als ein Knurren. „Sorsha …"

Ich hob mein gefesseltes Handgelenk, das, wie ich jetzt sehen konnte, an einem der Beine der Pritsche befestigt war, die wiederum mit dem Steinboden verschraubt war; keine Chance, da rauszukommen. Die Metallkette klirrte erneut, als ich meine Hand bewegte. „Du wolltest gleich mit dem perversen Zeug anfangen, was? Das nächste Mal könntest du einfach fragen."

Wir *hatten* es tatsächlich schon einmal miteinander getrieben, ohne Ketten, dafür mit viel Feuer. Der Höllenhund-Wandler schien sich nicht besonders über diese Erinnerung zu freuen. Ein paar Büschel seiner Haare sträubten sich. Er fletschte seine Zähne, die bereits spitzer aussahen als noch vor einem Augenblick. „Gibt es *überhaupt* Momente, in denen du keine Witze machst?"

Ich stützte mich auf meine Hände und schenkte ihm ein angespanntes Lächeln. „Nö. Das nennt man einen Bewältigungsmechanismus. Schlag es nach, Hündchen."

Na gut, seinen Entführer zu beleidigen, vor allem, wenn es sich dabei um ein hochgefährliches Schattenwesen handelt, gehörte wahrscheinlich zu den Dingen, die Entführungsopfer nicht tun sollten. Ich konnte nicht behaupten, dass ich ein Musterbeispiel für Weisheit war.

Omen machte einen weiteren Schritt auf mich zu und trotz meines Versuchs, nicht den Mut zu verlieren, zuckten meine Nerven sowohl vor Angst als auch vor Wut. Der Adrenalinstoß löste ein Hitzegefühl in meiner Brust aus, das meine Haut kribbeln ließ – und Feuer leckte über den Kragen von Omens Hemd und meine nackten Unterarme.

Während Omen auf sein Hemd schlug, erstickte ich die Flammen an meiner Seite rasch mit meinen Armen. Sie verschwanden, doch meine Haut blieb rosa und kribbelte schmerzhaft.

Omen strich ein letztes Mal über den angesengten Stoff um seinen Hals und hielt die Laterne in meine Richtung – um meine Arme zu inspizieren, wie mir klar wurde. Um zu sehen, wie viel Schaden ich mir selbst zugefügt hatte. Diese Mühe hätte er sich nicht gemacht, wenn er sicher gewesen wäre, dass ich in den nächsten Stunden sowieso nicht mehr am Leben sein würde, oder?

„Sieh mal", sagte er, und seine Stimme war merkwürdigerweise weniger knurrend, als bevor ich ihn in Brand gesetzt hatte, „ich bin auch nicht glücklich darüber. Doch du hast gerade selbst bewiesen, warum ich die Warnungen der Obersten nicht völlig ignorieren kann."

„Deswegen hast du beschlossen, mich in eine verlassene Höhle zu verschleppen?"

„Ich brauche Zeit zum Nachdenken und um zu entscheiden, was ich tun soll, ohne dass sich dein Fanclub einmischt."

Er meinte das Schattenwesen-Trio, das er für die Durchführung seiner Mission in diese Welt geholt hatte, und das sich mehr in mein Leben eingemischt hatte, als ich jemals jemandem zugetraut hätte, schon gar nicht einem Haufen von Monstern. Doch der süße Snap mit seinen unheimlichen dämonischen Kräften, der durchtriebene Ruse mit seiner

Inkubus-Leidenschaft und der stoische Thorn, auf dem die düstere Last seiner Krieger-Engel-Vergangenheit lastete, hatten mir das Gefühl gegeben, dass ich den besseren Teil der Abmachung bekommen hatte.

Was hielten sie wohl von alledem? Omen hatte uns mitgeteilt, dass ich angeblich das furchterregende Wesen namens Ruby war, nach dem die Obersten schon jahrzehntelang suchten. Außerdem hatten wir herausgefunden, dass meine Eltern von ihren Schattenwesen-Lakaien und nicht von rachsüchtigen sterblichen Jägern ermordet worden waren. Die Feenfrau, die mich großgezogen hatte, hatte daraufhin die Flucht ergriffen. Wir hatten kaum Gelegenheit gehabt, das alles zu verarbeiten, bevor Omen mich verschleppt hatte.

Mein Trio war besessen davon, mich zu beschützen, selbst wenn ich nichts Riskanteres tat, als eine Straße entlangzugehen. Wenn sie keine Ahnung hatten, wohin ihr Boss mich gebracht hatte oder was dort mit mir geschehen würde, machten sie sich bestimmt Sorgen um mich.

Es sei denn, sie kamen zu dem Schluss, dass sie ohne mich auch besser dran wären, wenn sogar die obersten Schattenwesen Angst vor mir hatten.

Ich befeuchtete meine Lippen, meine Finger krallten sich in das grobe Laken, das die Matratze bedeckte. Mein erster Drang war es, den Höllenhund-Wandler weiter anzuschnauzen, doch damit war ich bisher noch nie bei ihm weitergekommen. Der einzige Moment, in dem er mich bisher an sich herangelassen hatte – der Moment, in dem er sich auf diesen Akt der brennenden Intimität mit mir eingelassen hatte, nachdem er sich geschworen hatte, dass dies nie passieren würde –, war gewesen, nachdem ich es aufgegeben hatte, zu kämpfen und einfach offen und ehrlich zu ihm gewesen war.

Damals hatte ich ihm gesagt, dass ich keine Angst vor ihm hatte. Ich hatte ihm gesagt, dass ich wusste, dass ich ihm etwas bedeutete. Vielleicht wussten wir jetzt Dinge, die wir damals nicht wussten, doch ich könnte wieder etwas von diesem Vertrauen zurückgewinnen.

Ich atmete langsam ein und bemühte mich, ruhig zu bleiben. „Glaubst du wirklich, dass ich eine Bedrohung für die gesamte Existenz bin?", fragte ich und hielt Omens Blick stand. „Dass ich all die Wesen vernichten würde, für deren Rettung ich meinen Hals riskiert habe? Dass ich eine Massenvernichtung von dem Ausmaß verursachen *könnte*, von dem die Obersten sprechen?"

„Ich weiß es nicht." Er betrachtete mich. „Du hast mir schon einmal erzählt, dass dir das Feuer in dir Angst macht. Bist *du* sicher, dass du die Welten nicht niederbrennen könntest?"

Bei dieser Frage musste ich unweigerlich an die Momente denken, in denen wir uns gestritten hatten, und das Inferno, das damals in meiner Brust gewütet hatte. Allein die Erinnerung daran rief einen Funken hervor. Es gefiel mir nicht, hier gefangen zu sein – es gefiel mir nicht, von jemandem verraten zu werden, für den ich Gefühle entwickelt hatte. Irgendwo in den Tiefen meines Wesens flüsterte eine leise, piepsige Stimme: *Verbrenne. Verbrenne alles. Brenne die Scheißkerle nieder.*

Meine Lunge zog sich zusammen. Ich zwang mich, das Verlangen zu unterdrücken, doch die betäubende Hitze blieb und knabberte an den Rändern meiner Brust.

War ich mir sicher, dass ich sie kontrollieren konnte? Nein. Seien wir ehrlich – noch vor wenigen Minuten hatte ich mich mit dieser Kraft versengt, ohne es zu wollen.

Konnte ich sagen, dass es definitiv nicht so schlimm war, wie die Obersten behaupteten? Ich wollte nicht glauben, dass es das war. Doch es gab Momente, in denen ich mir tatsächlich vorstellen konnte, ganze Städte dem Erdboden gleichzumachen. Wie heftig könnten diese Flammen wohl um sich schlagen, wenn ich ihnen freien

Lauf ließe, wenn ich zuließe, dass sie sich immer weiter aufbauten, bis …?

Das Knabbern verwandelte sich in ein sengendes Nagen. Ich holte noch einmal tief Luft und dämpfte das innere Feuer, so gut ich konnte.

Omen beobachtete mich immer noch. Sein vor Anspannung verzogener Mund ließ darauf schließen, dass ihm mein innerer Kampf nicht entgangen war. Die Tatsache, dass ich noch nichts gesagt hatte, war wohl Antwort genug.

„Ich *will* nichts zerstören", sagte ich. „Außer den Arschlöchern von der Lichtarmee … und deiner ehemaligen Verbündeten, die sie offenbar unterstützt?"

Seine Enthüllungen über meine Vergangenheit waren durch eine viel aktuellere Schocknachricht unterbrochen worden: Unser Plan, die Lichtarmee zu zerstören, die es sich zum Ziel gesetzt hatte, alle Reiche von den Kreaturen zu befreien, die sie als Monster bezeichneten, war von einem mächtigen Schattenwesen vereitelt worden, mit dem Omen einst zusammengearbeitet hatte. Er hatte geglaubt, die Sphinx namens Tempest wäre vor Jahrhunderten auf den Befehl der Obersten hin vernichtet worden, weil sie Chaos im Reich der Sterblichen angerichtet hatte.

Warum ein Schattenwesen Sterblichen helfen sollte, ihre eigene Art zu quälen und zu zerstören, war mir unbegreiflich, und auch Omen schien sich ihr Verhalten nicht erklären zu können.

Er sah mich mürrisch an. „Wechsle nicht das Thema. Mit Tempest befasse ich mich, wenn die Zeit reif ist. Das Problem, das du darstellst, ist viel dringlicher."

„Warum? Können wir nicht einfach davon ausgehen, dass ich meine Superkräfte mit etwas mehr Übung in den Griff bekomme, wie du immer gesagt hast? Ich habe es achtundzwanzig Jahre lang geschafft, diesen Planeten nicht zu dezimieren – wie dringend kann es sein?"

„Du hast deine Kräfte erst vor ein paar Wochen richtig

aktiviert. Und seitdem sind sie schnell gewachsen. Ich glaube nicht, dass du mit diesem Argument bei den Obersten viel ausrichten kannst."

Mir wurde flau im Magen, doch es hatte noch nie eine Situation gegeben, in der mich eine kleine Abwandlung eines 80er-Jahre-Songs nicht zumindest ein wenig aufheitern konnte. Mit hochgezogenen Augenbrauen begann ich einen Songtext zu trällern. „I'm starting with the man even nearer. I'm asking, rearrange this day-a-ay."

Omens Reißzähne blitzten erneut auf. „Glaubst du wirklich, deine Possen sind die Antwort auf ..."

„Ist ja gut. Ich versuche, das Glas als halbvoll zu betrachten. Ich kann ein Vorbild an Ernsthaftigkeit sein, das sogar Thorn stolz machen würde." Ich setze meine düsterste Miene auf, die der des unerschütterlichen Geflügelten eindeutig Konkurrenz machen würde. „Was kümmert es dich eigentlich, was die Obersten wollen? Sie interessieren sich nicht für diese Welt, es sei denn, ein Schattenwesen verursacht eine totale Katastrophe, oder? Ich nehme an, du hast ihnen nicht *gesagt*, dass du dich mit dem schrecklichen Hybriden aus Mensch und Schattenwesen herumtreibst, nach dem sie gesucht haben. Könnten wir uns nicht wieder darauf konzentrieren, die Lichtarmee zu vernichten, und eine Entscheidung treffen, wenn sich meine Kräfte in eine gefährlichere Richtung entwickeln?"

„So einfach ist das nicht." Omen hielt inne, als würde er überlegen, ob er es dabei belassen sollte. Mit einem Räuspern versuchte ich, ihn zum Weitersprechen zu drängen, was mir einen bösen Blick von ihm einbrachte. „Der Rest geht dich nichts an."

Ach, ja? Ich sammelte alle Ruhereserven, die ich noch hatte, und schaffte es, die Frage in einem ruhigen, ernsten Ton zu stellen und nicht in dem säuerlichen, den ich ihm eigentlich entgegenschleudern wollte. „Wenn man bedenkt, dass es für mich hier um Leben und Tod geht, ist es eher meine Angelegenheit als die eines anderen. Also wenn noch etwas anderes vor sich geht, habe ich es dann nicht verdient, es zu erfahren?"

Omens Kiefer zuckte. „Es geht nicht darum, was du verdienst."

„Worum geht es dann?" Als er sich weiterhin weigerte, mir etwas zu verraten, schaute ich zu ihm auf und wünschte mir, ich hätte Ruse' Fähigkeit, ihn zu bezirzen. „Verdammt, wenn du es mir erklärst, finde ich möglicherweise ein Schlupfloch, das du bisher übersehen hast. Ich bin sehr gut darin, mich aus schwierigen Situationen zu befreien, wie du vielleicht bemerkt hast."

Er stieß ein raues Glucksen aus. „Ich glaube, das übersteigt sogar deine diebischen Talente, Chaos-Queen."

„Ich habe dir schon einmal das Gegenteil bewiesen." Ich holte tief Luft. „Bitte. Ich will es nur verstehen. Ich dachte – ich dachte, wir würden mittlerweile ziemlich *gut* miteinander auskommen. Wenn du mich zur Schlachtbank führst, will ich wenigstens wissen, warum."

Irgendwie musste ich zu ihm durchgedrungen sein. Omen wandte sich mit einem gemurmelten Fluch ab. Die Hände zu Fäusten geballt, schritt er durch den Raum und drehte sich dann wieder zu mir um.

„Die Obersten haben mir nicht nur gesagt, was du bist und was sie mit dir vorhaben", sagte er. „Sie haben mir befohlen, ihnen umgehend mitzuteilen, wo ‚Ruby' ist, sobald ich das herausfinde."

„Nach allem, was ich gesehen habe, befolgst du im Allgemeinen keine Befehle, nur weil jemand sie dir gegeben hat", fühlte ich mich bemüßigt, zu betonen.

„Ja, nun, das ist ein besonderer Fall." Er verstummte, und einen Moment lang dachte ich, er würde wieder in Schweigen verfallen. Doch dann sprach er, leise und knapp. „Ich habe den Fehler meiner höllischen Wege nicht früh genug erkannt. Bevor ich meine teuflischen Spiele mit den Sterblichen beenden konnte, bekamen die Obersten Wind davon, und von meinen früheren Plänen mit Tempest. Sie hätten mich auf die gleiche Weise erledigt wie sie, wenn es mir nicht gelungen wäre, sie davon zu überzeugen, dass es sich für sie lohnen würde, sich stattdessen auf eine Abmachung einzulassen."

Ein kalter Schauer lief mir über den Rücken. „Was für eine Abmachung?"

„Ich erfülle zehn Aufträge ihrer Wahl, und dann sind wir quitt, solange ich mir keinen Ärger einhandele. Bis dahin muss ich eine magische Würgekette um den Hals tragen, an der sie ziehen können, wann immer sie wollen. Mein letzter Auftrag besteht darin, Ruby zu finden."

„Oh." Obwohl ich saß, schwankte ich leicht auf der Matratze. „Und bis du das erledigt hast ..."

„Haben sie mich im Griff", sagte er grimmig.

„Und was würde passieren, wenn sie herausfinden, dass du weißt, wo ich bin, und mich nicht sofort auslieferst?"

„Ich könnte mir vorstellen, dass sie dann beschließen, dass ich mich nicht an die Abmachung gehalten habe und dass es nur fair ist, mich auszuweiden."

Ich schluckte schwer. Er musste mich also an die Obersten ausliefern, um seine Freiheit zurückzubekommen. Da ich inzwischen wusste, wie stolz der Höllenhund-Wandler war, konnte ich mir nur allzu gut vorstellen, wie sehr es ihn genervt hatte, die ganze Zeit diese Leine um seinen Hals zu haben. Indem er auch nur darüber nachdachte, mich nicht auszuliefern, setzte er seine gesamte Existenz aufs Spiel.

Es war ein Wunder, dass er nicht sofort ein blinkendes Neonschild in meine Richtung gehalten hatte, als sie ihre Forderung gestellt hatten.

Ein ungewohntes Gefühl überkam mich und drohte, mich zu ersticken. Hoffnungslosigkeit – das war das richtige Wort dafür. Ich war nicht nur in eine Ecke gedrängt, sondern in eine tiefe, dunkle Grube geworfen worden, aus der es keinen Ausweg gab.

„Nun", begann ich. Zum ersten Mal in meinem Leben war ich sprachlos.

„Ja." Omen klang mehr resigniert als alles andere. „Du kannst gerne versuchen, deine diebischen Fähigkeiten einzusetzen."

Ich sah ihm wieder in die Augen und suchte darin nach einer Antwort. „Warum hast du mich nicht schon längst an sie ausgeliefert?"

Seine Lippen verzogen sich zu dem schmalsten aller Lächeln. „Du hast einen Eindruck hinterlassen." Er stellte die Laterne ab und warf eine Plastiktüte auf die Matratze. Dann deutete er mit seinem Kinn unter das Feldbett. „Hier ist etwas zu essen, und dort steht ein Eimer, in dem du deine körperlichen Bedürfnisse verrichten kannst. Ich lasse dich in Ruhe, während ich über meine Optionen nachdenke."

Damit verschwand er im Schatten, während ich vor der Frage stand, ob es überhaupt eine Option gab, die nicht damit endete, dass ich gehäutet und ausgeweidet wurde.

# ZWEI

*Snap*

Die Wunde an meinem Arm begann sich bereits zu schließen, brannte jedoch immer noch unter der Gaze, die Thorn darum gewickelt hatte. Die Art und Weise, wie ich mir die Wunde zugezogen hatte, schmerzte allerdings viel mehr. Zuerst hatte sich Omen auf Sorsha gestürzt, und war dann auf den Rest von uns losgegangen, als wir eingreifen wollten. Während dieses Gefechts hatte sich eine seiner Höllenhundkrallen durch das Fleisch knapp unter meiner Schulter bis fast zum Knochen gebohrt.

Wären wir nicht so schockiert gewesen von dem, was wir gerade erfahren hatten, und von seiner plötzlichen Feindseligkeit, hätten wir ihn zu dritt sicherlich aufhalten können. Doch ich war nicht darauf vorbereitet gewesen, unserem Anführer als Feind gegenüberzutreten. Als er meine Geliebte geschlagen hatte, war ich zunächst vollkommen verwirrt gewesen. All die kostbaren Sekunden, die ich verloren hatte, während ich begriff, dass ich mich nicht geirrt hatte, dass er *wirklich* vorhatte, sie wegzubringen, womöglich zu den Obersten, die sie tot sehen wollten …

Unser Versagen belastete eindeutig auch Thorn. Er schritt im engen Flur des Supermobils auf und ab. Seine Miene war so grimmig wie nie zuvor, und das mochte etwas heißen, denn er lächelte selbst an guten Tagen nicht besonders viel.

Als Omen mit Sorshas schlaffem Körper losgestürmt war, hatten wir ihn verfolgt, doch in seiner Höllenhundgestalt hatte er uns innerhalb von Minuten abgehängt. Nachdem er in der kargen Wildnis am Stadtrand von San Francisco, wo wir geparkt hatten, verschwunden war, hatten wir uns zurückgezogen, um uns neu zu formieren. Als ich die Kratzspuren auf den glitzernden Schränken und den Sprung, der sich nun durch den Tisch zog, betrachtete, fühlte ich mich nur noch zerstreuter.

Wollte Omen Sorsha wirklich an Wesen ausliefern, die sie umbringen wollten? Bei dem Gedanken, sie zu verlieren, durchfuhr mich ein stechender Schmerz, der so stark war, dass ich kaum Luft bekam.

Es war schwer vorstellbar, dass er so weit gehen würde. Er hatte sich zwar hin und wieder über sie geärgert, doch in den letzten Wochen schienen sie sich gut zu verstehen. Sie hatte so viel für uns getan. Wie konnte er nur glauben, dass sie uns jemals etwas antun würde, ganz zu schweigen von all den anderen Wesen in beiden Welten?

Der kleine Drache, um den sich unsere Sterbliche gekümmert hatte, schien ebenso verwirrt zu sein. Pickle huschte zwischen den Scherben von Tellern und Weingläsern, die den Boden übersäten, umher und stieß dabei ein schrilles Quieken aus, das an niemanden speziell gerichtet war. Ich streckte meine Hand nach ihm aus und schnalzte mit der Zunge, wie ich es bei Sorsha beobachtet hatte, doch er schnaubte nur noch lauter und schnappte nach dem Tischbein, als wäre es für ihr Verschwinden verantwortlich.

Thorn, der immer noch auf und ab lief, öffnete und schloss seine massiven Fäuste. Seine tiefe Stimme dröhnte durch den Raum. „Wenn er ihr bereits etwas angetan hat, wird er dafür büßen müssen, so viel ist sicher."

Der andere Geflügelte unter uns, ein ebenso massiver Schattenwesen-Mann namens Flint, der erst vor ein paar Tagen zu unserer Gruppe gestoßen war, blickte auf und setzte sich mir gegenüber an den Tisch. „Wenn er etwas in ihr gesehen hat, das ihn dazu veranlasste, sie als Bedrohung zu empfinden ..."

Der Krieger fuhr ihn an. „Du weißt gar nichts über sie! *Er* wäre immer noch in den Fängen der Lichtarmee und würde gefoltert werden, wenn sie uns nicht geholfen hätte, ihn zu befreien. Sie ist das freundlichste und mitfühlendste Wesen, dem ich je begegnet bin. Ich habe noch nie mitbekommen, dass sie jemandem Schaden zugefügt hat, der es nicht zehnmal verdient hätte."

Flint verzog sein markantes Kinn und beschloss offenbar, dass es besser war, nichts mehr zu sagen. Da Omen das Geheimnis um Sorshas Identität vor den neusten Schattenwesen in unserer Gruppe geheim halten wollte, hatten wir ihnen nicht die ganze Geschichte erzählt, doch es war unmöglich, dass sie *nicht* bemerkt hatten, dass er mit ihr abgehauen war. Ich nahm an, dass wir ihnen eine Version der Wahrheit erzählen mussten, nur eben nicht die ganze.

Ruse, der an der Wand neben dem Fahrersitz lehnte, fuhr sich mit den Händen über sein Gesicht, das seit Omens Verrat blass geworden war, und blickte zu uns auf. „All das ist wahr, und Omen könnte mit ihr machen, was er will. Wie können wir ihn aufhalten? Es könnte bereits zu spät sein."

„Vielleicht aber auch nicht. Er weiß, wie wichtig sie für seine Sache ist. Und er würde seine Mission nicht gefährden wollen. Ich bin mir *sicher,* dass er die Pläne der Lichtarmee nach wie vor durchkreuzen will." Thorn drehte sich wieder um, und ein dunkler, purpurner Schimmer blitzte in seinen fast schwarzen Augen auf. „Ich habe das vielleicht nicht erwartet, doch ich kenne ihn schon lange. Wenn er sich noch in der Welt der Sterblichen aufhält, kann ich ihn vielleicht ausfindig machen.“

Mein Herz setzte einen Schlag aus, und ich sprang auf. „Worauf warten wir dann noch? Lasst uns Sorsha suchen.“

Der Inkubus richtete sich ebenfalls auf, doch Thorn schüttelte den Kopf. „Allein bin ich schneller. Außerdem bin ich der Einzige von uns, der es mit ihm aufnehmen kann, falls es zu einem Kampf kommt. Ich werde zurückkehren, sobald ich kann.“

„Thorn!“, protestierte Ruse, doch der Krieger reagierte nicht. Er verschwand in den Schatten und war aus meinem Blickfeld verschwunden, bevor ich auch nur blinzeln konnte.

„Der große böse Engel macht sich also ohne uns davon“, murmelte Antic mit ihrer Singsang-Stimme und knirschte im Rhythmus mit den Scherben unter ihren Füßen. Dann schlug die Koboldin ein paar Mal in die Luft. „Diesem Höllenhund werde ich es zeigen.“

„Ja, und ein paar Sekunden später wärst du Asche“, meinte Ruse trocken, doch ich merkte, dass er nicht ganz bei der Sache war. Niedergeschlagen blickte er zu Boden. „Ich hätte es sofort merken müssen, als er von all dem angefangen hat. Ich hätte … Ach, ich weiß nicht. Scheiße.“

Er sah sich um, als ob er etwas suchte, woran er sich festhalten konnte, und mir schoss ein Geistesblitz durch den Kopf.

„Hat er etwas angefasst?“, fragte ich und blickte mich um.

Ruse hielt inne und starrte mich an. „Was? Wer?“

„Omen. Als er hier war.“

„Ich wüsste nicht, wieso das von Bedeutung wäre, nachdem …“

Normalerweise unterbrach ich meine Gefährten nicht. Normalerweise hörte ich aufmerksam zu, was sie sagten, denn sie alle hatten weitaus mehr Erfahrung als ich in den beiden Welten, besonders im Reich der Sterblichen. Doch angesichts von Omens gewaltsamem Abgang und meiner quälenden Sorge um Sorsha durchströmte mich eine Welle der Entschlossenheit.

Ich hatte hier eine Aufgabe. Es gab einen Grund, warum Omen mich auf diese Mission mitgenommen hatte – es gab etwas, das ich *tun* konnte.

„Natürlich ist das von Bedeutung." Meine Stimme war lauter und eindringlicher, als ich beabsichtigt hatte. Der entsetzte Gesichtsausdruck des Inkubus versetzte mir einen Stich in die Brust, doch vielleicht war es an der Zeit, dass er ausnahmsweise mal *mir* zuhörte. Sorsha gehörte mir, und ich gehörte ihr, und wenn es einen Weg gab, sie zu retten, würde ich ihn finden.

Ich straffte meine Schultern und fuhr fort. „Wenn Omen irgendetwas mit seinen bloßen Händen – oder seiner nackten Haut – berührt hat, hat er möglicherweise einen Abdruck hinterlassen, an dem ich erkennen kann, wohin er zu gehen gedenkt. Erinnerst du dich, ob er irgendeine Stelle an den Wänden oder am Tisch oder wo auch immer berührt hat, während er mit uns gesprochen hat?"

Nachdem er sich Sorsha geschnappt hatte, hatte er alle Hände voll zu tun gehabt. Die Scherben auf dem Boden waren hauptsächlich dadurch entstanden, dass wir gegen Gegenstände im Raum gestoßen waren, als er uns weggeschubst hatte. Er hatte sich erst draußen in seine Höllenhund-Gestalt verwandelt, als er mit meiner Geliebten davongelaufen war.

Ein noch stärkerer Impuls der Hoffnung durchzuckte mich. Ich drehte mich vage zu den anderen um, einschließlich des Nachtelfen, der sich seit Omens Gewaltausbruch in den Schatten verkrochen hatte. „Nehmt euch einen Moment Zeit, um darüber nachzudenken. Draußen habe ich sowieso bessere Chancen."

Draußen in der feuchten Luft, die sich unter den dicken

Wolken am Himmel gesammelt hatte, zögerte ich einen Moment. Die Erde war trocken und mit Flecken von vergilbtem Gras und Unkraut sowie mehreren schwachen Fußabdrücken bedeckt, die wie die Sohlen von Menschenschuhen aussahen. Ob Omens Höllenhundpfoten auch irgendwo Abdrücke hinterlassen hatten? Er war in diese Richtung gerannt.

Ich eilte zwischen den Bäumen hindurch. An dieser Stelle hatte er sich definitiv bereits verwandelt gehabt.

Da – Spuren in der Erde, wo seine Krallen Rillen hinterlassen hatten. Ich bückte mich und schnalzte mit der Zunge durch die Luft, um die Abdrücke zu testen, die er hinterlassen hatte.

Bilder, die noch bruchstückhafter waren als sonst, blitzten in meinem Kopf auf. Das Gefühl von Sorshas schlaffem Gewicht auf seinem Rücken, die höllische Hitze, die über seine Haut strömte, die Anstrengung seiner schnellen Schritte und eine Mischung aus Entschlossenheit und Bedauern. Er war nicht glücklich darüber, dass er uns angegriffen hatte. Das beruhigte mich allerdings keineswegs. Er hatte es trotzdem getan, und wer wusste schon, was für schreckliche Dinge er als Nächstes tun würde?

Ich konnte nicht feststellen, dass er wusste, wohin genau er wollte. Er wollte einfach so weit wie möglich von uns weg. Weit weg von der Möglichkeit, dass wir ihn aufhalten könnten. Was, wenn er sich noch nicht entschieden hatte?

Ich schob diesen Gedanken beiseite und ging weiter. Hier und da hielt ich inne, um weitere Flecken aufgewühlter Erde zu untersuchen, die eher aussahen als wären sie von tierischen und nicht von menschlichen Füßen verursacht worden. Die Eindrücke, die ich sammelte, schmeckten größtenteils genauso wie der erste. Er hatte kein klares Gefühl für die Richtung, sondern wollte nur so schnell wie möglich weiter. Soweit ich das beurteilen konnte, war er noch nicht auf dem Weg zu einer Schwelle. Das war eine kleine Erleichterung.

Als ich mich nach der etwa zehnten Prüfung aufrichtete, unsicher, ob es überhaupt noch einen Sinn hatte, weiterzugehen, weil der Weg immer unebener wurde, trat Ruse durch die Bäume zu mir. Seine hoffnungsvolle Miene verblasste, als er mich erblickte. „Nichts?"

Frustration stieg in mir auf. „Nichts, was uns sagen würde, wo er hingegangen ist. Allerdings glaube ich nicht, dass er auf dem Weg zu den Obersten war. Er empfindet eine gewisse Verantwortung ihnen gegenüber, doch er scheint sich dagegen zu wehren."

„Wenn sie noch in dieser Welt und am Leben ist, hat Thorn die besten Chancen, die beiden aufzuspüren."

Ein Zorn, der sogar mich selbst überraschte, brach aus mir hervor. „Er hätte uns die Chance geben sollen, zu helfen. Wenn er nur ein paar Minuten gewartet hätte, hätte ich ihm vielleicht einen Hinweis geben können, um die Suche einzugrenzen." Ich machte auf dem Absatz kehrt und konnte nicht umhin, die Bäume anzustarren. „*Omen* hätte uns eine Chance geben sollen. Wir kennen sie besser als er – er hätte sich anhören sollen, was wir zu sagen haben, und nicht auf die Obersten. Sie sind ihr noch nie begegnet!"

Ruse zog angesichts meines Ausbruchs die Augenbrauen hoch, und legte mir sanft eine Hand auf die Schulter. „Ganz deiner Meinung, Verschlinger. Leider war Omen wohl auch bewusst, dass uns dreien das Glück unserer Sterblichen mittlerweile sehr am Herzen liegt. Wenn wir eine Chance gehabt hätten, uns gegen ihn zu verbünden, wäre er vielleicht nicht an uns vorbeigekommen – jedenfalls nicht an Thorn."

„Dann hätte er begreifen müssen, dass wir einen guten Grund für unsere Hingabe haben."

Das Kribbeln der Frustration breitete sich aus und bahnte sich einen Weg durch meine Rippen und bis zu meinem Hals hinauf. Sorsha hatte mich nicht nur einmal, sondern gleich zweimal gerettet. Sie hatte eine ganze Welt in mir geweckt, von deren Existenz ich nichts geahnt hatte. Ich *musste* sie beschützen.

Ich marschierte weiter und hielt Ausschau nach weiteren Anzeichen dafür, dass Omen hier vorbeigekommen war, doch langsam näherte ich mich der Stelle, wo er uns abgehängt hatte. Ich hatte keine Ahnung, in welche Richtung er von hier aus abgebogen war. Wir bewegten uns auf die Straße zu, und von den gelegentlich vorbeifahrenden Autos wehte ein süßlicher chemischer Geruch herüber.

Nachdem ich mich an einem weiteren Baum vorbeigezwängt hatte, sah ich mich einem korpulenten Sterblichen gegenüber, der den Straßenrand entlangschlenderte. Er hielt inne und blinzelte mich an. Ich spürte ein Kribbeln, das sich in meine Haut grub wie die spitzen Zahnreihen, die in meinem Mund auftauchen konnten.

Alles, was mir etwas bedeutete, war in Gefahr, und *jemand* musste dafür bezahlen. Ich könnte seine Seele in Stücke reißen und sie verschlingen.

Mein Körper setzte sich in Bewegung, noch bevor ich diesen Gedanken zu Ende gedacht hatte, angetrieben von dem allumfassenden Hunger meiner monströsen Natur. Die Augen des Mannes weiteten sich, und die Farbe wich aus seinen runden Wangen.

„Snap!", zischte Ruse, doch ich hatte mich bereits zurückgezogen. Ich presste meinen Kiefer zusammen, bevor er sich noch weiter ausdehnen konnte, und entfernte mich von dem Sterblichen und dem verlockenden Rauschen seiner Lebensenergie.

Ich war besser als das. Ich war ein Monster, und ich würde meine Reißzähne ausfahren, wenn es uns weiterbringen würde – aber nicht, um mich von meinem Frust abzulenken. Diesen Mann zu verletzen, würde Sorsha nicht zurückbringen.

Wenn ich nur wüsste, wie wir sie zurückholen könnten.

Als das Wohnmobil in Sichtweite kam, hielt ich mit einem röchelnden Atemzug an. Ruse kam neben mir zum Stehen.

„Ich weiß nicht, was ich tun soll", sagte ich zu ihm. Der Drang, zu verschlingen, pulsierte noch immer in mir. Für einen kurzen Moment war ein kleiner Teil von mir froh, dass Sorsha nicht hier war und mitbekam, dass ich kurz davor war, die Beherrschung zu verlieren.

Ruse schenkte mir ein schiefes Lächeln, das ziemlich gequält aussah. „Du hast schon mehr getan, als ich beitragen konnte. Mein Charme hilft im Moment weder uns noch Sorsha weiter." Er seufzte. „Ich glaube, ich habe ein paar Stellen im Supermobil gefunden, die Omen berührt hat – oder besser gesagt, die er aufgeschlitzt oder zerschlagen hat. Willst du mitkommen und sie testen?"

Wenn unser Anführer sich nicht sicher gewesen war, wohin er wollte, als er hier gewesen war, glaubte ich nicht, dass er ein Ziel im Sinn hatte, bevor er das Wohnmobil verließ. Dennoch hielt ich es für sinnvoller, das zu bestätigen, als einen Passanten zu ermorden.

Ich hob mein Kinn. „In Ordnung. Wir versuchen es so lange, bis Sorsha wieder bei uns ist, egal wie lächerlich unsere Versuche auch erscheinen mögen."

Ich wollte noch nicht darüber nachdenken, was ich tun würde, wenn wir sie für immer verlieren würden.

# DREI

*Sorsha*

Wenn Omen den Standort seines versteckten Bunkers vor mir geheim halten wollte, machte er das nicht besonders gut. In der Tüte, die er mir zugeworfen hatte, fand ich neben dem eingepackten Hühnchensandwich und der Flasche Orangensaft eine zerknitterte Serviette mit dem Logo des Grand Canyon Visitor Center.

Ich hatte mir schon immer mal den Grand Canyon ansehen wollen. Natürlich wäre mir der Ausblick über die Schlucht lieber gewesen als diese unglaubliche Innenansicht des Felsens. Omen hatte keine wirklichen Reiseleiterqualitäten.

Ich musste annehmen, dass er sich diese Höhle als Versteck ausgesucht hatte, weil sie sich nicht in der Nähe der Orte befand, die Sterbliche normalerweise im Canyon aufsuchten. Es würde mich nicht überraschen, wenn die Tür am anderen Ende des Raumes zu einem steilen, mehrere hundert Meter tiefen Abgrund führte, und der Mistkerl hatte meinen Enterhaken nicht mitgebracht. Zweifellos war ich so weit von der menschlichen Zivilisation entfernt, wie man es im ganzen Land nur sein konnte.

Womöglich hatte er sogar gewollt, dass ich die Serviette sehe, um mich von dem Versuch abzuhalten, mich von meinen Fesseln zu befreien.

Nachdem ich das Sandwich hinuntergeschlungen und den Saft getrunken hatte – meine Überlebenschancen würden sich schließlich kaum verbessern, wenn ich verhungerte –, untersuchte ich die Manschette um mein Handgelenk und die Kette, mit der ich an den Rahmen der Pritsche angekettet war. Ich hatte schon einmal Metall mit meinen Feuerkräften zum Schmelzen gebracht. Das erste Mal war es zwar nur eine Getränkedose gewesen, doch danach hatte ich die Gitterstäbe von Käfigen in einer der Einrichtungen der Lichtarmee aufgebogen.

Die Stäbe der Käfige waren allerdings viel dünner als die Glieder dieser Kette gewesen. Ich hätte es trotzdem versucht, wäre da nicht dieses flaue Gefühl in meinem Bauch gewesen, das mich zurückgehalten hatte.

Aufgewühlte Emotionen schienen meine Flamme immer in unvorhersehbare und manchmal unerwünschte Bahnen zu lenken, und im Moment fühlte ich mich nicht gerade gut und frei. Ich würde sagen, es bestand eine nicht unerhebliche Chance, dass ich als Häufchen Asche endete, wenn ich versuchte, genug Feuer zu entfachen, um diese Stahlringe zu schmelzen. Es war niemand in der Nähe, der einen Eimer Wasser auf mich schütten konnte, wenn ich die Matratze oder *mich selbst* anzündete.

Nein, solange ich ahnte, dass ich nicht in der Lage sein würde, aus dem Gefängnis zu entkommen, selbst wenn ich mich von den Ketten befreite, wollte ich kein Risiko eingehen. Ich mochte im Angesicht von Gefahr lachen, allerdings nur, wenn ich einigermaßen sicher war, dass ich gleichzeitig um sie herumtanzen konnte.

Es dauerte nicht lange, bis ich mir wünschte, ich hätte das Sandwich nicht so schnell verschlungen. Wenigstens war das in gewisser Wiese eine Beschäftigung gewesen. Da ich mich im Grunde genommen in einer Gefängniszelle befand, gab es nicht viel, womit ich mir die Zeit hätte vertreiben können, außer die Wellen in den beigen Felswänden zu zählen oder darüber nachzudenken, wie schmerzhaft mein Tod sein würde, wenn die Obersten mich aus Rache dafür töteten, dass ich ihnen so lange entkommen konnte.

Nach einer Weile ließ ich mich auf das Bett fallen und starrte verdrießlich an die Decke. Wenn es so weiterging, würde ich vermutlich entweder an Langeweile oder einem Magengeschwür sterben.

Um mir die Zeit einigermaßen sinnvoll zu vertreiben, überlegte ich, welche neuen Argumente ich vorbringen könnte, um Omen davon zu überzeugen, dass ich keine so große Bedrohung darstellte, dass er sich seinen Hundekopf darüber zerbrechen musste. Schließlich *wollte* ich keine der beiden Welten in die Luft jagen – eigentlich nicht einmal einen Teil davon. Ich mochte unabsichtlich hier und da ein paar Dinge in Brand gesetzt haben, doch ich hatte diese übereifrigen Flammen jedes Mal gelöscht, bevor sie ernsthaften Schaden anrichten konnten. Sollte ich mir wirklich irgendwann Sorgen um meine Selbstbeherrschung machen, könnte ich doch einfach aufhören, meine Kräfte einzusetzen, oder?

Während ich über all das nachdachte, loderte die Hitze in meiner Brust jedoch so heftig weiter, dass ich nicht ganz überzeugt war. Scheiß auf die verflixte Flunder. Hatten meine Eltern denn gar nicht bedacht, wie viel Ärger sie mir mit diesem Hybridbaby-Plan bescheren würden, indem sie ein theoretisch unmögliches Wesen zeugten?

Sie hatten mich genug geliebt, um alle Register zu

ziehen, um mich auf die Welt zu bringen, doch ich war mir nicht sicher, ob sie den Plan insgesamt gut durchdacht hatten. Nichts gegen Mom und Dad, mögen sie in Frieden ruhen.

Es mochte eine sehr lange Stunde oder ein Dutzend kurzer Stunden vergangen sein, als sich plötzlich Schatten um die Tür herum bewegten. Omen nahm so ziemlich an der gleichen Stelle Gestalt an, wo ich ihn zuletzt gesehen hatte: Neben der Laterne. Er hatte eine weitere Plastiktüte dabei, in der sich offenbar Lebensmittel befanden. Scheinbar war so viel Zeit vergangen, dass ich wieder hungrig geworden war, ohne es zu merken, denn mein Magen knurrte bei diesem Anblick.

Nun, ich musste davon ausgehen, dass er mir nichts zu essen geben würde, nur um mich anschließend zur Schlachtbank zu führen. Ich streckte meine freie Hand aus, und er warf mir die Tüte zu.

Diesmal hatte er sich weiter weg gewagt, um mir etwas zu bringen, das eher einem Abendessen entsprach: einen Fast-Food-Hamburger, eine Portion Pommes frites und eine Flasche Wasser. Die Pommes waren auf seiner Reise durch die Schatten etwas matschig geworden, doch deswegen würde ich mich nicht beschweren, ebenso wenig wie über die Tatsache, dass er keinen Ketchup mitgebracht hatte, so tragisch das auch war.

Ich steckte mir eine Pommes in den Mund, und der salzige, fettige Geschmack heiterte mich ein wenig auf. Ich wedelte mit einer weiteren in seine Richtung. „Wie ist das Brainstorming gelaufen? Bist du dir über den Sinn des Lebens klargeworden? Kleiner Tipp: Ich habe gehört, dass die Zahl Zweiundvierzig etwas damit zu tun hat."

Der Höllenhund-Wandler starrte mich an. „Du scheinst den Ernst der Lage immer noch nicht begriffen zu haben."

„Wäre es dir lieber, ich würde auf dem Bett liegen und stöhnen, als müsste mir der Blinddarm entfernt werden?"

„Nein. Nur ..." Er unterbrach sich selbst, weil er nicht sicher war, was genau er gerne gesehen hätte.

Mein Leben lag immer noch in seinen Händen. Und bis zu den heutigen Ereignissen hatte ich tatsächlich begonnen, diesen Mann zu mögen und ihm sogar zu vertrauen. Wie konnte ich ihn an die Frau erinnern, die *sein* Interesse geweckt hatte, bevor dieses ganze Ruby-Problem vor unseren Augen explodiert war? Er musste mich als echten Menschen sehen und nicht nur als wandelnde Katastrophe.

Ich widerstand dem Drang, meine große Klappe aufzureißen, und entschied mich stattdessen für eine etwas ehrlichere Antwort. „Ich weiß, dass ich mich in einer unglaublich ernsten Lage befinde. Wenn ich mich zu sehr damit beschäftige, würde ich in der Ecke auf meinen Fersen vor und zurück wippen, als gehöre ich in eine psychiatrische Anstalt, und ich glaube nicht, dass das einem von uns helfen wird. Angenehm finde ich die Situation jedoch auch nicht gerade." Die Kette klirrte, als ich meine Arme ausbreitete. „Was kann ich dir sagen, um dir bei deiner Entscheidung zu helfen? Frag ruhig."

Omen warf mir einen strengen Blick zu, als wäre er sich nicht sicher, ob das ein Trick war. Schließlich lehnte er sich jedoch an die Wand mir gegenüber, als würde er sich auf ein längeres Gespräch gefasst machen. „Nun, wenn du es mir schon anbietest ... Warum erzählst du mir nicht etwas mehr darüber, wie es war, bei dieser Feen-Frau aufzuwachsen, die deinen Eltern geholfen hat? Nachdem du jetzt die ganze Geschichte kennst, fällt dir irgendetwas auf? Sie muss gewusst haben, dass die Obersten und ihre Lakaien hinter dir her waren."

Ich saugte an meiner Unterlippe und dachte zurück. „Ich habe keine Ahnung, welche Erinnerungen Luna noch aus meinem Gedächtnis gelöscht haben könnte. Vielleicht fällt dir ja eine Lücke auf, während ich erzähle." In der Vergangenheit war es ihm schon einmal gelungen, einen

Verschleierungszauber in meinen Erinnerungen zu durchbrechen.

„Schieß los."

Wer weiß, wann ich jemals wieder so eine Einladung von ihm bekommen würde. Ich zog meine Beine auf der Liege an. „Ehrlich gesagt war es ziemlich vorhersehbar, wenn man bedenkt, dass ich ein eigentlich sterbliches Kind war, das von einem Schattenwesen aufgezogen wurde. Luna hat uns Wohnungen in verschiedenen Städten besorgt. Ich bin mir nicht ganz sicher, wie sie die bezahlt hat. Vielleicht hat sie dazu auch einen Zauber angewendet. Ich bin zur Schule gegangen und hatte einen ganz normalen menschlichen Alltag. Meistens wurde sie nach etwa einem Jahr nervös, dass die Leute, die meine Eltern ermordet hatten, uns finden könnten, und wir sind in eine ziemlich ähnliche Wohnung in einer anderen Stadt gezogen."

„Und sie hat nie angedeutet, dass du irgendwelche Kräfte hast, oder dass sie sich Sorgen macht, du könntest jemanden verletzen?", fragte Omen.

Ich schüttelte den Kopf. „Nein. Daran würde ich mich auf jeden Fall erinnern. Vielleicht war ihr nicht klar, dass die Obersten genau das erwarten würden. Abgesehen von ihren Bemühungen, nicht ermordet zu werden, war sie ziemlich sorglos, was die meisten Dinge anging."

Obwohl es schon zwölf Jahre her war, dass die Jäger von der Lichtarmee sie getötet hatten, durchschoss mich beim Gedanken an sie ein Schmerz. Ich wusste noch genau, wie sie zu der 80er-Jahre-Band, auf die sie gerade besonders stand, durch die Wohnung getänzelt war. Wie ihr glitzerndes Haar, das sie meist zu einem Pferdeschwanz zusammengebunden hatte, hin und her schwang, und wie ihre Flügel hier und da durchgeschimmert hatten, wenn sie sich völlig gehen ließ. Die Art und Weise, wie sie mit ihrer melodischen Stimme immer den perfekten Witz fand, um mich zu beruhigen, wenn irgendein Arschloch in der Schule auf mir herumgehackt hatte. Die Freude, die sie daran hatte, mich mit Rüschen und Pailletten einzukleiden, und ihr scherzhaftes Nörgeln, als ich einen eigenen Geschmack entwickelte und diese Klamotten zugunsten dunklerer Farben und schlichterer Designs in den hinteren Teil des Schranks verbannte.

Ich konnte mich nicht daran erinnern, dass sie mich jemals ernsthaft kritisiert, geschweige denn mir das Gefühl gegeben hätte, dass mit mir etwas nicht stimmen könnte. Vielleicht war sie nicht dafür geschaffen, eine elterliche Rolle zu übernehmen, und vielleicht war eine Fee nicht dazu in der Lage, dieselbe Art von Mutterliebe aufzubringen wie ein Mensch, doch sie hatte mich über alle Maße geliebt. Sie war die einzige Person in meinem Leben, die mir nie etwas anderes als völlige Hingabe entgegengebracht hatte.

„Ich nehme an, der Zeitpunkt, an dem meine Kräfte am meisten Grund gehabt hätten, zum Vorschein zu kommen – es aber nicht getan haben – war, als ich ein Kind war und dieses idiotische Schattenwesen sich einen Spaß daraus gemacht hat, sein Gedankenkontroll-Voodoo an mir anzuwenden, um mich wie eine Marionette zu benutzen." Ich hatte Ruse schon einmal von diesem Vorfall erzählt. Jedes Mal, wenn ich laut darüber sprach, begann meine Haut zu jucken. Ich widerstand dem Drang, die Arme um meinen Körper zu schlingen. „Luna hat ihn zurechtgewiesen und mich nach Hause gebracht. Sie hat nicht gefragt, wie es mir geht. Dabei muss es ziemlich offensichtlich gewesen sein, wie aufgewühlt ich war. Ich habe heftig geweint, doch sie schien nicht besorgt zu sein, dass ich ausrasten könnte. Sie hat einfach eine Packung von meinem Lieblingseis aus dem Tiefkühlfach geholt und meinen Lieblingsfilm angemacht, obwohl sie nicht sonderlich begeistert war, dass ich moderne Filme ihren ‚Klassikern' vorzog. Dann hat sie den Arm um mich gelegt und mein Haar gestreichelt."

Trotz der misslichen Lage, in der ich mich aktuell befand, huschte bei der Erinnerung daran ein Lächeln über meine

Lippen. Obwohl Tante Luna ihre Kenntnisse über menschliches Verhalten aus 80er-Jahre-Medien gelernt hatte, war es ihr verdammt gut gelungen, sie in die Praxis umzusetzen.

Omen musterte mich aufmerksam. „Sie war dir wichtig."

„Natürlich war sie das", antwortete ich. „Sie war meine ganze Welt. Ich hatte nicht wirklich Zeit, Freunde zu finden, da wir ständig umzogen ... Nach einer Weile schien es keinen Sinn zu machen, Leute besser kennen zu lernen, und ich hörte auf, mich anzustrengen. Wenn ich nichts zu tun hatte, war ich mit ihr unterwegs. Sie konnte selbst aus banalen Dingen wie dem Lebensmitteleinkauf oder der Behandlung eines aufgeschürften Knies ein vergnügliches Ereignis machen. Ab und zu war es ein wenig einsam, doch sie hat ihr Bestes für mich getan. Ich habe es geschafft, als einigermaßen normaler Mensch durchzugehen."

Ein trockenes Kichern drang aus Omens Mund. „Nur für jemanden, der sich nicht gut genug mit Schattenwesen auskennt." Er hielt inne. „Ich habe keine Anzeichen auf gelöschte Erinnerungen aus deiner Erzählung herausgehört, doch ich bin mir nicht sicher, ob ich sie aus allgemeinen Gedanken heraushören würde. Und ich glaube nicht, dass wir die Zeit haben, deine gesamte Geschichte zu rezitieren, wenn es keine besonderen Vorkommnisse gab, die auf deine Kräfte hinweisen könnten."

„Vermutlich dachte sie, es wäre keine große Sache, und dass sie sich darum kümmern würde, wenn sich meine Kräfte irgendwann zeigten. Sie war nicht gerade gut im Planen." Ich rieb mir den Mund, und der Schmerz der Trauer vermischte sich mit all den Spannungen, die ich schon vorher gespürt hatte. War Omen mir dadurch irgendwie wohlgesonnener geworden? Vielleicht wäre es besser, wenn ich ihn stattdessen an *seine* Vergangenheit – und die damit verbundene Verantwortung – erinnern würde.

„Klingt ganz so, als wäre diese Tempest das genaue

Gegenteil davon", fuhr ich fort und stocherte in meinen Pommes herum. „Wie lange ist es her, dass du dachtest, die Obersten hätten sie getötet – mehrere Jahrhunderte oder so? Und die ganze Zeit über hat sie im Verborgenen gelauert ... Hat sie sich jemals gegen andere Schattenwesen gewendet, als ihr noch miteinander zu tun hattet?"

Das Zucken von Omens Lippen verriet mir, dass ihm der Themenwechsel nicht gefiel. „Tempests Hauptziel war es, Chaos zu stiften. Hauptsächlich unter den Sterblichen. Sie war allerdings auch nicht abgeneigt, schwächere Schattenwesen zu ihrem eigenen Vergnügen zu schikanieren. Mit einem Plan dieses Ausmaßes hätte ich nicht gerechnet, aber ..."

„Aber?"

Er schwieg einen Moment lang. „Einmal hat sie fast eine Woche damit verbracht, kleinen Bestien wie deinem Drachen die Krallen herauszureißen, um sie dann einem Sterblichen, der sie beleidigt hatte, eine nach der anderen in den Leib zu rammen, bis er einem Nadelkissen glich. Einem ziemlich blutigen. Wenn sie einen Weg gefunden hat, die Operationen der Lichtarmee gegen die Sterblichen zu wenden, ist es durchaus vorstellbar, dass sie auf unsere Kosten noch epischere Anstrengungen unternimmt, um dieses Ziel zu erreichen."

Ah. Wir hatten es also mit einer totalen Psychopathin zu tun. Nicht, dass ich daran gezweifelt hätte, nachdem ich gehört hatte, wie sie Omen am Telefon verhöhnt hatte, doch diese kleine Geschichte verstärkte den Eindruck noch.

„Und du glaubst nicht, dass es wichtiger ist, diesen epischen Wahnsinn zu stoppen, als dich mit der geringen Chance zu befassen, dass ich in den nächsten Tagen eine größere Explosion als hundert Atombomben verursachen werde?", konnte ich mir nicht verkneifen, zu sagen.

„Ich bin mir nicht sicher, wie gering diese Chance tatsächlich ist."

Das ließ sich nicht bestreiten. Ich richtete meinen Blick wieder auf ihn. „Warum hast du dich überhaupt mit einem solchen Schattenwesen eingelassen? Warst *du* damals auch so schlimm?" Er hatte mir erzählt, dass er den Sterblichen Streiche gespielt hatte – ihnen glauben zu machen, dass er der Teufel höchstpersönlich war, war eine seiner Lieblingsbeschäftigungen gewesen –, doch ich hatte ihn mir nicht so sadistisch vorgestellt, vor allem nicht gegenüber anderen Schattenwesen.

Omens Gesicht zuckte. „Ich kann nicht behaupten, dass ich auf die Sterblichen in meiner Umgebung Rücksicht genommen habe, doch ich habe nie absichtlich einem meiner Artgenossen Schaden zugefügt."

„Stattdessen hast du nur dabei zugesehen, wie jemand anderes es tat."

„Wenn du glaubst, dass ich mich nie mit Tempest gestritten habe oder dass sie sich geändert hätte, nur weil ich …" Er schüttelte den Kopf. „Das spielt keine Rolle. Ich habe zu oft weggesehen, weil es bequem für mich war, mittlerweile habe ich gelernt, es besser zu machen. Ich werde die gleichen Fehler nicht noch einmal machen. Genau deshalb bin ich jetzt auch viel vorsichtiger in meinen Beziehungen."

Der spitze Blick, den er mir zuwarf, ließ mich trotz meiner besten Absichten zusammenzucken. „Ich bin nicht wie *sie*."

„Nein, das glaube ich auch nicht. Das Problem ist, dass du vielleicht noch schlimmer bist, wenn die Obersten recht haben."

Er richtete sich auf und verschwand ohne ein weiteres Wort in den Schatten. Ich starrte auf die Stelle, wo er gestanden hatte, doch er kam nicht zurück.

Hatte mich das ganze Gerede bei ihm weitergebracht, oder hatte ich mich nur noch tiefer in die Scheiße geritten?

# VIER

*Sorsha*

Als ich so müde wurde, dass ich dachte, ich sollte versuchen, zu schlafen, schaltete ich die elektrische Laterne aus. Eine Weile später erwachte ich in einem Raum, der genauso stockdunkel war, wie beim ersten Mal, als ich ihn gesehen hatte. Doch noch bevor Omen sprach, spürte ich an der veränderten Luft und dem Kribbeln seiner sengenden Aura auf meiner Haut, dass ich nicht allein war. Wahrscheinlich war es seine Ankunft, die mich geweckt hatte.

„Du hast es geschafft, zu schlafen", bemerkte er. Die Laterne flackerte auf und beleuchtete seine gut gebaute Gestalt.

Ich schob das Laken zurück, setzte mich auf und rieb mir die Müdigkeit aus den Augen. Es fühlte sich an, als hätte ich nicht halb so lange geschlafen, wie mein Körper es gebraucht hätte. „Für einige von uns ist Schlaf eine körperliche *Notwendigkeit.*"

Nicht, dass ich wirklich wollte, dass er über meine sterbliche Seite nachdachte. Möglicherweise waren meine Schattenwesen-Kräfte das größte Problem, doch ich wettete, er wäre viel eher geneigt zu glauben, dass ich sie kontrollieren könnte, wenn da nicht die Schwächen wären, die mit meiner menschlichen Seite einhergingen. Obwohl ich immer noch der Meinung bin, dass ich nicht halb so viele Schwächen habe, wie er gerne behauptet.

Seine Lippen kräuselten sich mit einem vertrauten Anflug von Verachtung, doch der Blick in seinen blassen Augen war einfach nur ernst. Mein Puls beschleunigte sich. Hatte er schon über mein Schicksal entschieden? Wenn ja, glaubte ich nicht, dass mir das Ergebnis gefallen würde.

Dann sprudelten die Worte nur so aus mir heraus. „Wir haben es weit gebracht, seit wir uns das erste Mal begegnet sind, nicht wahr? Ich weiß, dass du mehr bist als ein eiskalter Mistkerl. Du weißt, dass ich mit allem fertig werde, womit du mich konfrontierst. Gemeinsam haben wir ein paar ziemlich beeindruckende Missionen durchgeführt."

Er hob die Hand, um mich zu stoppen, bevor ich weiterplappern konnte. Sein Gesichtsausdruck war unverändert ernst. Ich schloss die Augen und suchte nach einem Funken innerer Ruhe. Was auch geschah, ich wollte *nicht* panisch umherfuchtelnd sterben. Ich hatte mehr Würde als das.

Ein letztes verstümmeltes 80er-Jahre-Lied, um Luna stolz zu machen und ein letztes Plädoyer? „Hate from the start", sang ich murmelnd. „Tell me we can take it all apart ..."

„Sorsha." Seine Stimme klang angestrengt. „Ich finde es nicht gut, dass ich das tun musste."

Das konnte ich mir vorstellen. Doch er würde es trotzdem tun. Denn warum sollte er es nicht tun? Wie könnte ich ihm mehr wert sein als seine Freiheit, nachdem er Äonen unter der Fuchtel dieser aufgeblasenen Alten gestanden hatte? Ich hatte die Nase voll von ihnen, und ich hatte sie noch nicht einmal kennengelernt.

Ich musste Zeit schinden. Vielleicht hatte ich dann zumindest den Hauch einer Chance, dass ich eine andere Möglichkeit finden würde.

„Können wir noch ein wenig reden? Ich könnte dir einige meiner lebhaftesten Erinnerungen an Luna erzählen, vielleicht fällt dir etwas auf, das sie gelöscht haben könnte, und …"

Omen zuckte abrupt zusammen, als hätte er ein Geräusch hinter der Tür gehört, das meinen menschlichen Ohren verwehrt geblieben war. Seine Körperhaltung verkrampfte sich. Er machte eine Bewegung, als wolle er in die Schatten hinter der Tür springen – doch im selben Moment materialisierte sich eine noch größere und muskulösere Gestalt neben ihm.

Thorns kräftige Statur ließ den Raum doppelt so klein erscheinen, doch ich war noch nie in meinem Leben so erleichtert gewesen, jemanden zu sehen. Ich wäre ihm in die Arme gefallen und hätte ihn geküsst, um jedes Quäntchen dieser Dankbarkeit auszudrücken, wäre da nicht die verdammte Kette gewesen, die mich an die Pritsche fesselte.

Der Geflügelte betrachtete meine Haltung und die Manschette um mein Handgelenk, und seine Miene verfinsterte sich vor Entsetzen. Er drehte sich zu Omen um. „Was ist in dich gefahren? Du hast sie angekettet wie ein Tier!"

„Warst du nicht den Bruchteil einer Sekunde, bevor du das bemerkt hast, einfach nur froh, dass ich sie am Leben gelassen habe?", entgegnete Omen trocken. „Du weißt, wie schwierig es ist, sie an einem Ort festzuhalten, wo sie nicht sein will."

„Du hättest sie gar nicht erst wegschleppen sollen. Sie wird die Welten nicht zerstören, und wir werden sie nicht an die Obersten ausliefern."

Als der Krieger einen Schritt auf mich zumachte, sprang Omen vor ihn und hob die Hände. „Moment mal. So einfach ist das nicht."

„Natürlich ist es das", brüllte Thorn, und der Nachhall seiner Schattenwesen-Stimme begleitete seine Worte. Ich bemerkte ein dunkles Flackern um seine Schultern, als ob seine Flügel kurz davor wären, sichtbar zu werden. „Sorsha ist das mitfühlendste Wesen, das ich je kennengelernt habe. Sie würde nie jemandem etwas antun, wenn er es nicht verdient hat. Sie hat viel mehr Hingabe für uns und unsere Sache gezeigt als irgendeiner unserer Schattenwesen-Brüder."

Der Höllenhund-Wandler zog die Augenbrauen hoch. „Du musst zugeben, dass du vielleicht ein wenig voreingenommen bist, wenn es darum geht, ihre Würdigkeit zu beurteilen. Du bist nicht gerade unparteiisch, nachdem du intim mit ihr warst."

„Mein Verlangen nach ihr hat meinen Verstand nicht vernebelt. Sie hat sich immer wieder bewährt. Geh mir aus dem Weg, Hund."

Er ragte bedrohlich über Omen auf, einen guten halben Kopf größer und fast doppelt so breit. Die harten kristallinen Kappen an seinen Fingerknöcheln glänzten in dem schwachen Licht.

Mein Herzschlag beschleunigte sich. Ich hatte den Geflügelten noch nie so mit seinem Boss sprechen hören. Bisher hatte er Omen nie etwas anderes als absoluten Respekt und Ehrerbietung entgegengebracht. Die Tatsache, dass er meinetwegen so aufgebracht war, ließ mich einerseits vor Zuneigung erschaudern und versetzte mir andererseits einen Stich der Angst.

Ich hatte schon mehrfach erlebt, wie Thorns bevorzugte Strategie aussah, wenn Menschen, die ihm wichtig waren, bedroht wurden. In der Regel wurden dabei Köpfe von Hälsen gerissen und Eingeweide auf dem Boden verteilt. Ich hätte gedacht, dass ihm Omen als Kollege wichtig genug war, um seine Entschlossenheit, mir zu helfen, zumindest etwas auszugleichen, doch möglicherweise hatte ich seine Hingabe unterschätzt. Es wäre nicht das erste Mal.

Omens natürliche Schattenwesen-Färbung, ein dunkler Grauton, gesäumt von glühenden magmaartigen Linien, breitete sich über seine Haut aus. Seine Höllenhundkrallen traten aus seinen noch immer menschenähnlichen Fingern hervor und sein Knurren verriet mir, dass auch seine Reißzähne zum Vorschein gekommen waren.

„Zurück, alter Freund", schnauzte er. „Dies ist meine Verantwortung, meine Entscheidung, und ich werde *nicht* zulassen, dass du meinen Entschluss untergräbst oder ignorierst."

Es hörte sich so an, als hätte er sich vielleicht doch noch nicht endgültig entschieden. Womöglich wäre er auf meinen Vorschlag, mehr zu reden, eingegangen. Vielleicht war er nur vorbeigekommen, um zu fragen, wie ich meinen Morgenkaffee trank, und ich hatte meine Klappe aufgerissen, bevor er die Gelegenheit dazu gehabt hatte.

Hatte eine voreilige Bemerkung oder zwei mich in Schwierigkeiten gebracht? Das wäre nicht das erste Mal.

Thorns Loyalität war zu tief verwurzelt, als dass er diese Auseinandersetzung direkt in einen Kampf hätte ausarten lassen, ohne wenigstens zu versuchen, vernünftig mit dem anderen Schattenwesen zu sprechen. „Was spielt es für eine Rolle, was die Obersten sagen? Sie wissen nicht, wer Sorsha ist, und wir schulden ihnen nichts. Nur wir vier wissen über sie Bescheid, und Snap und Ruse würden niemals auf die Idee kommen, jemandem diese Information zu verraten. Wenn sie es täten, würden sie es mit dem Zorn eines Geflügelten zu tun bekommen." Die Muskeln in seinen Armen spannten sich auf beeindruckende Weise an.

„Du hast keine Ahnung, wovon du redest", knurrte

Omen, und mir wurde klar, wie wahr das war. Thorn hatte offensichtlich keine Ahnung, wie viel Omen den Obersten schuldig war und welche schrecklichen Konsequenzen ihm drohten, wenn er ihre Befehle nicht befolgte. Kein Wunder, dass der Krieger so wütend war. Er nahm an, dass der Höllenhund-Wandler mich aufgrund von vagen Gerüchten verschleppt hatte.

Omen schien den Krieger jedoch nicht über seine Situation aufklären zu wollen. „Ich sage es dir noch einmal", fügte er mit zusammengebissenen Zähnen hinzu. „Halte dich *zurück*."

Ich verspürte das unerklärliche Bedürfnis, für meinen Entführer zu sprechen. „Thorn, Omen muss ..."

Der Höllenhund-Wandler drehte sich zu mir um, und in seinen Augen loderte Feuer. „Halt die Klappe, oder ich stopfe dir das Maul."

„Fass sie nicht an", brüllte Thorn und stieß Omen von mir weg. Als er Anstalten machte, die Kette zu zerschlagen, wirbelte Omen herum und stürzte sich auf den Krieger.

Die Klauen des Höllenhundes bohrten sich in Thorns Schulter und Rauch stieg aus der Wunde auf.

Thorn versetzte Omen einen Schlag, von dem ich dachte, dass er stark genug wäre, um ihn direkt durch die Tür zu schleudern, doch der Höllenhund-Wandler wich aus und zog sich nur eine Schürfwunde zu, als die Fingerknöchel des Kriegers die Seite seines Arms streiften. Vor meinen Augen verwandelte er sich in seine massive, bestialische Höllenhund-Gestalt. Mit einem Heulen sprang er von einer der Wände und stürzte sich auf Thorn, wobei seine Reißzähne knirschten und sein unterweltliches Glühen den Raum in einen orangefarbenen Ton tauchte.

Der Krieger stolperte, versetzte Omen jedoch gleichzeitig einen Schlag ins Gesicht. Noch mehr Rauch aus vielen neuen Wunden erfüllte den kleinen Raum. Er raubte mir den Atem und brannte in meinen Augen.

Ich krabbelte auf dem Bett zurück, kurz bevor Thorn

gegen die Bettkante geschleudert wurde. Meine Kehle war wie zugeschnürt. „Hört auf!", brüllte ich sie an. „Holt erst einmal Luft und redet über alles."

Mein Appell blieb ungehört. So wie die beiden mächtigen Schattenwesen miteinander kämpften, war ich mir nicht sicher, ob Thorn mich überhaupt hören würde, wenn ich Omens Geheimnis verriet. Falls es zu diesem Zeitpunkt überhaupt einen Unterschied gemacht hätte.

Wenn sie so weitermachten, würden sie sich noch gegenseitig umbringen. Und zwar meinetwegen. Mir war mein Leben wichtig, doch ich wollte nicht mitansehen, wie einer meiner monströsen Liebhaber im Kampf um mein Schicksal sein Dasein beendete. Wie viel Zerstörung wollte ich hier anrichten, ohne meine übernatürlichen Funken zu benutzen?

Allein bei dem Gedanken daran loderte inmitten des Chaos eine Stichflamme auf und leckte über meine Brust. Während ich darauf einschlug, um das Feuer zu löschen, schleuderte Thorn den Höllenhund gegen die Wand. Eine von Omens Pfoten traf mit einem Knirschen auf dem rauen Stein auf, bei dem sich mir der Magen umdrehte, doch er warf sich mit gefletschten Reißzähnen erneut auf den Krieger.

Das Feuer in mir wurde immer heißer. Ich wollte nicht, dass diese Katastrophe so endete. *Ich* war verantwortlich – für mich selbst, für das, was meine Kräfte anrichten konnten, und für das, was ich hier zuließ, wenn ich stillschweigend zusah, wie diese beiden Männer sich gegenseitig zerfleischten.

Ich hatte im letzten Monat eine Menge vermeintlich unmöglicher Dinge erreicht. Vielleicht war es an der Zeit, noch etwas zu versuchen, wenn das bedeutete, dass ich nicht mitansehen musste, wie jemand anderes bei dem Versuch, mich zu schützen, starb.

„Stopp!", rief ich, lauter als zuvor, und sprang auf die Beine. Ich richtete mich so hoch auf, wie es mir angesichts der Länge der Kette möglich war, und fuchtelte verzweifelt mit meinem freien Arm herum. *„Hört auf!* Ich gehe. Ich werde zu den Obersten gehen."

Die beiden Schattenwesen schossen kämpfend an mir vorbei, ohne mich auch nur eines Blickes zu würdigen, und so vollbrachte ich die wahrscheinlich tollkühnste Tat meines bisherigen Lebens – und wer meine Geschichte mitverfolgt hat, weiß, dass das etwas heißen will. Ich stürzte mich mitten in den rauchigen Kampf der Fäuste und Klauen.

Natürlich schaffte ich es dank Kette nur, mich ein paar Schritte vom Bett zu entfernen, was jedoch ausreichte, um meinen Arm zwischen die beiden Kämpfer zu schieben.

Thorn sprang mit einem erschrockenen Grunzen und einem wilden Blick in den Augen zurück, während Omen mit einer ebenso heftigen Wucht in die andere Richtung auswich. Beide starrten mich an. Omen verwandelte sich mit einem Keuchen in seine menschliche Gestalt zurück, während Thorn mich auf Verletzungen untersuchte, als ob sich nicht gerade seine Lebensessenz in Rauschschwaden im Raum auflösen würde.

„Ich werde zu den Obersten gehen", sagte ich erneut, jetzt, da ich sicher war, dass ich ihre Aufmerksamkeit hatte. Die Worte blieben mir im Halse stecken, doch ich zwang mich, trotzdem weiterzusprechen. „Ihr müsst euch nicht streiten oder Entscheidungen treffen. Ich entscheide. Sie wollen mich, also werde ich gehen."

Thorns Gesicht ergraute. „Mylady – sie wollen Euch *vernichten.*"

„Ich weiß." Ich schluckte schwer. „Aber sie haben mich noch nicht kennengelernt. Ich habe in meinem Leben schon so einiges gestohlen – vielleicht schaffe ich es ja auch, ein wenig guten Willen zu stehlen."

Als ich meinen Blick auf Omen richtete, sah er ebenso fassungslos aus. Das Feuer war aus seinen Augen verschwunden, und das Blau sah eher schmerzerfüllt als eisig aus. „Worauf willst du hinaus, Chaos-Queen?", fragte er, jedoch ohne seinen typischen mürrischen Unterton. Er klang beinahe *besorgt*.

Möglicherweise wegen meines Verstandes. Daran zweifelte ich auch. Doch ich hatte meine Entscheidung getroffen, und ich hatte nicht vor, jetzt einen Rückzieher zu machen.

„Du kannst den Obersten sagen, wo ich bin, und ihre Befehle ausführen", sagte ich. „Ich bitte dich nur darum, dass du ihnen auch sagst, wie viel Gutes ich für die Schattenwesen getan habe, und dass ich gerne die Chance hätte, das auch weiterhin zu tun. Sag ihnen, dass ich versucht habe, die Ausrottung eurer Art zu *verhindern*, und dass die Welt zu verwüsten das Letzte ist, was ich will. Versuche, herauszufinden, ob es eine Möglichkeit gibt, dass sie sich auf eine Abmachung mit mir einlassen, anstatt direkt zu drastischen Maßnahmen zu greifen. Bitte."

Er blinzelte, sein Gesichtsausdruck war noch immer in seinem Schockzustand eingefroren.

„Sorsha", grummelte Thorn. „Du musst das nicht tun."

„Doch, ich muss. Denn die Alternativen kommen noch weniger in Frage."

Omen richtete sich abrupt auf. Ich wusste nicht, wie ich den grüblerischen Blick deuten sollte, den er mir zuwarf. Dann deutete er auf den Krieger.

„Du hast sie gehört. Sie will nicht gerettet werden. Lass uns gehen, bevor du darauf bestehst, es trotzdem zu tun. Du kannst mitentscheiden, wie es weitergeht – draußen, an der frischen Luft, wie Kameraden."

Thorn warf mir einen flehenden Blick zu, der mir einen Stich ins Herz versetzte. Ich nickte aufmunternd. „Es wird schon gut gehen", meinte ich, ohne eine Ahnung zu haben, wie sich das bewahrheiten sollten. „Geh mit ihm und gib ihm ein paar Tipps, wie er meine besseren Eigenschaften in ein gutes Licht rücken kann."

Der Krieger verzog das Gesicht, doch auf eine weitere

winkende Geste von Omen hin verschwand seine massige Gestalt in den Schatten. Als Omen ohne einen Blick zurückzuwerfen hinter ihm herstürzte, wurde mir mit einem mulmigen Gefühl im Bauch klar, dass dies vielleicht das letzte Mal war, dass ich sie sah, bevor mich das schlimmste Schicksal ereilte, das ich mir vorstellen konnte.

# FÜNF

*Omen*

Ich schob Thorn durch den dunklen Gang hinter der Tür meines Unterschlupfs in der Schlucht, hinaus auf den schmalen gelbbraunen Felsvorsprung, auf den die Morgensonne schien. Er ging ohne Protest, doch die Anspannung klang noch in seiner Gegenwart nach.

Wir hätten uns in den Schatten unterhalten können, doch die verschwommene Wahrnehmung der Außenwelt trübte meine Gedanken. Und nach Sorshas Angebot und ihrer Bitte vorhin waren sie schon verworren genug.

Ich wartete lange genug an der Mündung des Ganges, bis die Wunden von unserem Kampf im kühlen Schatten so weit geheilt waren, dass ich mir keine Sorgen darüber machen musste, noch mehr von meiner rauchigen Essenz zu verlieren, und trat dann ins Sonnenlicht.

Thorn folgte mir in seiner körperlichen Gestalt. Auf dem Vorsprung war nicht genug Platz für ihn, da er nur etwa einen halben Meter über den Eingang hinausragte und nur wenige Zentimeter breit war. Um mit Sorsha auf dem Rücken hierherzugelangen, hatte ich die unebene Felswand darüber hinunterklettern müssen, die nicht breit genug war, um als echter Pfad zu gelten. Kein Mensch hätte es hier allein ohne Kletterausrüstung schaffen können.

Wir waren etwa auf halber Höhe der Canyonwand. Um uns herum erstreckten sich felsige Klippen, die sich über ein grün bewachsenes Tal auf beiden Seiten des schimmernden Flusses erhoben. Der Wind pfiff durch die Felsen, trocken und frisch, ohne einen Hinweis auf menschliche Besiedelung.

Die majestätische Landschaft vor mir war vielleicht der einzige Ort in der Welt der Sterblichen, der sich mit der erhabenen, wenn auch bedrückenden Größe der Obersten und ihrer riesigen Höhle im Schattenreich messen konnte. Als ich in der Flut des warmen Sonnenlichts, darauf blickte, war es schwer vorstellbar, dass Sorsha ihre Existenz hier freiwillig gegen die völlige und unendliche Dunkelheit des Todes eintauschen wollte, den die Obersten für sie vorgesehen hatten. Noch schwieriger war es, sich vorzustellen, dass ich noch vor wenigen Minuten kurz davor gewesen war, sie in diese Dunkelheit zu befördern.

Und der erste Punkt war genau der Grund, warum ich mich wegen des zweiten so unwohl fühlte.

Thorn hatte einen Stoffstreifen um die schlimmsten Wunden gewickelt, die meine Krallen verursacht hatten. Mit einem mulmigen Gefühl im Bauch sah ich zu, wie er ihn befestigte. Der Kampf mit ihm hatte mir genauso wenig Spaß gemacht wie die Vorstellung, Sorsha der möglicherweise irrationalen Brutalität der Obersten auszusetzen.

„Du darfst nicht auf sie hören", sagte er und richtete seine dunklen Augen auf mich. „Sie wollte nur verhindern, dass wir uns gegenseitig wehtun. Sie *will nicht* sterben. Und du weißt, dass die Obersten sich nicht auf eine Abmachung zu ihren Gunsten einlassen würden. Wenn sie in Betracht gezogen hätten, dass sie keine so schreckliche Bedrohung darstellt, hätten sie ihre Position in den fünfundzwanzig Jahren, in denen sie die Welt nicht eingeäschert hat, noch einmal überdacht."

„Einverstanden." Er hatte nicht einmal gehört, wie die Obersten über sie gesprochen hatten. Ich hatte keine Zweifel daran, dass sie jegliche Einsprüche umgehend abweisen würden.

Hatte Sorsha uns beide voreinander retten wollen, oder wollte sie lediglich Thorn schützen, damit ich ihn nicht zerfleischte? Das hatte ich nicht vorgehabt, ich hatte ihn nur dazu bringen wollen, aufzugeben, doch in der Hitze des Gefechts konnte man die eigenen Absichten nicht immer durchsetzen. Sie hätte das Risiko eingehen und hoffen können, dass er mich besiegte, sie befreite und in Sicherheit brachte ...

Aber welche Chance zur Flucht sie auch immer gesehen hatte, sie hatte entschieden, dass sie weniger wert war als die Möglichkeit, Thorn zu verlieren. Möglicherweise sogar, mich durch *seine* Schläge zu verlieren, auch wenn nur die Dunkelheit wusste, warum sie sich darüber Gedanken machen sollte, so wie ich sie die letzten zwei Tagen behandelt hatte.

Die letzten zwei Tage? Das war noch das geringste Problem. Eigentlich eher den ganzen letzten *Monat*.

Ich hatte ihr nur die winzige Portion Nachsicht entgegengebracht, die mein unerwarteter Respekt vor ihr verlangt hatte, und ich hatte mir deswegen jedes Mal Vorwürfe gemacht, weil ich es für emotionale Schwäche hielt. Doch womöglich hatte sie an jenem Tag recht gehabt, als meine Frustration in Leidenschaft umgeschlagen war – als sie mir gesagt hatte, dass es von Stärke zeugte, seine Gefühle zuzulassen, anstatt sie zu verbergen.

Immer wieder hatte ich mir gesagt, dass ich mich nicht von ihr beeindrucken lassen oder sie begehren sollte. Dass irgendwann ihre sterbliche Zerbrechlichkeit durchkommen und sie uns im entscheidenden Moment deswegen im Stich lassen würde. Und hier war ich nun, ihre Worte hallten immer noch in meinem Kopf nach. Sie hatte einen klaren Standpunkt vertreten und wollte ein größeres Opfer bringen, als ich jemals bereit gewesen wäre, für meine Art zu bringen.

Wer zum Teufel war *ich*, über eine Frau zu urteilen, die bereit war, ihr Leben zu opfern, um uns Schmerz zu ersparen?

Ja, bei unseren Missionen und bei der Befreiung von gefangenen Schattenwesen hatte sie schon oft ihr Leben riskiert. Irgendwie hatte ich es geschafft, das alles als Abenteuerlust und nicht als Großzügigkeit abzutun. Dabei war es kein Abenteuer, sich der Gnade der unmenschlichsten aller Schattenwesen auszuliefern. Das war reine, selbstlose Aufopferung.

Ich konnte mich des Gefühls nicht erwehren, dass zumindest ein kleiner Teil davon zu *meinem* Vorteil war. Ich mochte meine eigenen Emotionen verbergen, doch ich konnte das Mitgefühl nicht leugnen, das ich in ihren Augen gesehen hatte, als ich ihr von meinen Verbindungen zu den Obersten und den Konsequenzen, die sich aus der Missachtung derselben ergeben würden, erzählt hatte.

Hatte ich wirklich geglaubt, dass eine so mutige und nachsichtige Frau es zulassen würde, dass sie einen globalen Akt der Zerstörung verursachte? So wie es aussah, würde sie sich eher in meine Klauen stürzen, als zu erlauben, dass sie auch nur annähernd so weit außer Kontrolle gerät.

„Omen", begann Thorn wieder, doch ich unterbrach ihn mit einer Geste.

„Hör auf, dich aufzuregen. Ich werde sie nicht an die Obersten ausliefern."

Er hielt inne, sein strenges Gesicht war in diesem Moment so verwirrt, dass es fast amüsant war. „Aber sie ... Du warst unerbittlich ... Weshalb in aller Welt haben wir gekämpft, wenn du nicht die Absicht hattest ..."

„Ich hatte die Absicht", erwiderte ich barsch. „Dann hat

sie bewiesen, wie weit sie gehen würde, nur um uns beiden Schmerzen zu ersparen. Da fällt es mir schwer, weiterhin zu glauben, dass sie uns alle auslöschen könnte, meinst du nicht auch?"

Thorn runzelte die Stirn. „Ich verstehe auch nicht ganz, warum sie das angeboten hat. Etwas länger und ich hätte dich überwältigt und sie befreit ..." Er funkelte mich an, als wollte er mich herausfordern, seine Kampffähigkeiten in Frage zu stellen.

Ich tätschelte einen seiner massiven Arme. „Sei nicht so griesgrämig deswegen. Du hast das Ergebnis bekommen, das du wolltest, und keiner von uns wurde tödlich verletzt – worüber ich besonders froh bin."

„Ihr hätte klar sein müssen, dass ich nicht extra hierhergekommen bin oder auf dich losgegangen wäre, wenn ihr Überleben nicht wichtiger gewesen wäre als ein paar Kampfwunden."

Die Furchen auf der Stirn des Geflügelten vertieften sich. Zweifellos konnte er immer noch nicht verstehen, warum ich überhaupt in Erwägung gezogen hatte, Sorsha auszuliefern. Worauf *konnte* er es zurückführen, wenn nicht auf die vielen Male, die wir aneinandergeraten waren? Ich mochte Forderungen an sie gestellt haben, die, wie ich zugeben musste, im Nachhinein kleinlich wirkten, doch *so* rachsüchtig war ich seit Ewigkeiten nicht mehr gewesen. Weder ihr gegenüber noch sonst irgendjemandem.

Ihm meine Gründe zu erklären, würde jedoch bedeuten, ihm die Leine zu zeigen, die ich mir von den Obersten hatte anlegen lassen. Er würde das volle Ausmaß der Erniedrigung sehen, die ich auf mich genommen hatte, um mein Leben zu retten. Der Gedanke, das zu tun, versetzte mir einen weitaus tieferen Stich der Abscheu als die Möglichkeit, dass der Geflügelte mich für gefühllos halten könnte. Es war schwer genug gewesen, es Sorsha gegenüber zuzugeben. Thorn würde weitaus besser verstehen, was diese Abmachung von mir verlangt hatte.

Thorn war ohnehin nicht der Typ, der sich mit kleinen Konflikten aufhielt, zumal er selbst schon so lange mit einer großen Schuld zu kämpfen hatte. Nach einem Moment schüttelte er den Kopf. „Du hast recht. Wenn wir uns einig sind, dass wir sie vor den Obersten beschützen werden, ist das alles, was zählt. Dann sollten wir besser ...“

Das Klingeln meines Telefons unterbrach ihn. Vermutlich erinnerte Thorn sich daran, was beim letzten Mal passiert war, als er diesen Klingelton gehört hatte, und verfiel in ein unbehagliches Schweigen.

Ich hatte nicht mit einem Anruf gerechnet, genauso wenig wie beim letzten Mal. Tempest konnte es nicht leiden, ignoriert zu werden. Angespannt zog ich mein Handy aus der Tasche und wappnete mich für das, was kommen würde.

Allein bei dem Gedanken an ihre nörgelnde Stimme regte sich der Wunsch in mir, das Telefon in die Tiefen der Schlucht zu schleudern. Doch ich wusste besser als jeder andere, dass meine ehemalige Verbündete kein Problem war, von dem man erwarten konnte, dass es einfach verschwand. Selbst nachdem eine Horde unermesslich mächtiger Wesen alles darangesetzt hatte, sie zu vernichten, war sie immer noch da und setzte einen weiteren ihrer bösartigen Pläne in die Tat um.

Ich nahm den Anruf an und hielt den Hörer von mir weg, als ich mich daran erinnerte, wie laut sie vor zwei Tagen ins Telefon geschrien hatte. „Für jemanden, der seine Existenz fast sechs Jahrhunderte lang vor mir versteckt hat, bist du auf einmal sehr gesprächig, Tempest.“

Ihr Tonfall war sanft, doch ich wusste es besser, als ihr diese Show abzunehmen. „Ich wollte mich nur vergewissern, dass dir seit unserem letzten Gespräch kein plötzliches Unglück widerfahren ist. Bist du auf deine alten Tage langsamerer geworden, was das Reisen betrifft?“

„Ich bin noch gar nicht aufgebrochen", sagte ich. „Schon komisch, aber wenn man aus heiterem Himmel in das Leben von jemandem platzt, haben die Leute oft vorher noch andere Dinge zu erledigen."

„Und ich dachte, die Lichtarmee wäre im Moment deine größte Sorge. Ich habe alle Antworten, die du zu diesem Thema brauchst."

„Ja, nun, trotz all deiner Sphinx-Weisheit hast du es nie geschafft, alles zu wissen. Wie viele Versuche hast du gebraucht, bis du meine Telefonnummer herausgefunden hast, hm?"

Möglicherweise hatte sie es gleich beim ersten Versuch geschafft. Die richtige Antwort auf Rätsel aus dem Hut zu zaubern, gehörte ebenso zu ihren Talenten wie das Erfinden von verwirrenden Rätseln. Eine exakte Wissenschaft war das allerdings nicht. Ich würde meinen Schwanz darauf verwetten, dass sie mindestens zehn falsche Nummern angerufen hatte, bevor sie meine Stimme am anderen Ende der Leitung gehört hatte.

Dieser Verdacht wurde durch den Ärger bestätigt, der sich in ihren Tonfall schlich, als sie dieser Frage auswich. „Du klingst unzufrieden mit mir. Freust du dich nicht darüber, dass wir wieder zusammenarbeiten können? Hast du vergessen, wie gut wir es vor langer Zeit hatten?"

Das hatte ich nicht, und genau das war das Problem. Die Frage jagte mir ein schleimiges Gefühl über den Rücken, als hätte sie mir mit fauligen Algen über den Rücken gewischt. Sorsha mochte mich jetzt einen Mistkerl nennen, damals war ich jedoch wirklich ein Bastard gewesen – nicht eiskalt, aber unerbittlich sadistisch und egoistisch, wenn es darum ging, meiner Verachtung für Sterbliche zu frönen.

Und Tempest hatte diese Seite von mir mit Freude angestachelt. Sie hatte meine Flammen und meine Verachtung geschürt, und nichts hatte sie lauter applaudieren lassen, als zuzusehen, wie sich unsere sterblichen Zielpersonen vor

Schmerzen krümmten. Wäre sie dabei gewesen, als die Jäger über die unschuldigen Kreaturen hergefallen waren, zu denen ich sie versehentlich geführt hatte, hätte sie über ihren Fehler gelacht und einen Weg gefunden, für noch mehr Qualen zu sorgen, ohne den Tod der niederen Bestien auch nur eine Sekunde zu bedauern.

Und vielleicht hätte ich das Gleiche getan, wenn sie noch an meiner Seite gewesen wäre, in all ihrer hinterhältigen, bösartigen Pracht.

Doch inzwischen war ich besser als das, auch wenn sie das nicht nachvollziehen konnte. Ich war besser und es gab vielleicht einen besseren Weg aus diesem Schlamassel, als ich bisher gedacht hatte?

Tempest könnte eine andere Art von Antwort haben. Es könnte ihr sogar Spaß machen, sie mir zu geben, wenn ich das Spiel richtig spielte. Ich kannte sie furchtbar gut, und sie schien sich nicht sehr verändert zu haben.

„Es ist lange her", sagte ich, wobei ich die ganze innere Gelassenheit in meine Stimme legte, die ich mir so hart erarbeitet hatte. „Natürlich habe ich es nicht vergessen. Ich weiß genau, wo ich dich finde, wenn ich die Gelegenheit habe, mich auf den Weg zu dir zu machen. Da du so auf dieses Wiedersehen drängst, werde ich versuchen, in einem Tag oder so dorthin zu kommen."

„Wenn du herumtrödeln willst, mach dich darauf gefasst, dass du eine ganze Weile auf dich allein gestellt sein wirst, bevor ich zu dir komme", entgegnete Tempest, doch ich bezweifelte, dass sie mich so lange hängen lassen würde. Immerhin konnte sie es kaum erwarten, mit ihrem bizarren, gewaltigen Plan vor jemandem zu prahlen, der die nötige Urteilskraft besaß, um ihn zu würdigen.

Ein dünnes Lächeln umspielte meine Lippen. „Bis dann."

Bevor sie antworten konnte, legte ich auf. Sie sollte lieber schmoren, als zu denken, dass sie mich um den Finger gewickelt hatte.

Ich wandte mich an Thorn. „Wir machen einen kleinen Ausflug. Es könnte nicht schaden, etwas Verstärkung zu haben. Trommel alle unsere Verbündeten zusammen, die bereit sind, sich uns anzuschließen. Wir treffen uns in Barstow mit dem Wohnmobil – das sollte ein geeigneter Zwischenstopp sein. Ich kümmere mich um Sorsha."

Thorn runzelte die Stirn, als wäre er sich nicht ganz sicher, ob er mir diese Verantwortung anvertrauen konnte. „Wir setzen unsere Mission gegen die Lichtarmee also wie bisher fort?"

„Nicht ganz so wie bisher. Ich muss herausfinden, wofür genau Tempest diese Sterblichen einsetzt. Du kannst dir allerdings sicher sein, dass ich sie alle vernichten will – und dass *unsere* Sterbliche dabei sein wird, um dafür zu sorgen, dass das passiert. Und jetzt los. Oder bist du immer noch auf Krawall gebürstet?"

Bei der Erinnerung daran, wie sehr er sich vor weniger als einer halben Stunde gegen meine Befehle gewehrt hatte, spannte sich Thorns Kiefer an. Sein Blick verweilte einen Moment lang auf den wenigen Wunden, die seine Fäuste geschlagen hatten und aus denen noch immer Rauch quoll, dann senkte er anerkennend den Kopf.

Als er in den Schatten trat, atmete ich schwer ein und ging zurück in den Gang, um mich meinen jüngsten Verbrechen zu stellen.

Als ich durch die Schatten um die Tür schlüpfte, fand ich Sorsha angespannt an derselben Stelle auf dem Bett sitzen. Sie sah so aus, als würde sie erwarten, dass das nächste Wesen, das im Raum auftauchte, sie in den Tod führen würde – oder sie vielleicht sogar auf der Stelle töten würde. Eine vernünftige Annahme, wenn man bedenkt, was ich ihr angetan hatte.

Als sie mich sah, wurde ihre Haltung noch starrer, doch in ihren Augen leuchtete eine vertraute Entschlossenheit auf. Sie hatte zwar zugestimmt, sich den Obersten freiwillig auszuliefern, aber sie hatte ihren Kampfgeist nicht verloren. Wäre ich gekommen, um sie abzuholen, hätte sie sich zweifellos mit einigen flotten Sprüchen verabschiedet.

Das Schlimmste daran war, wie sehr ihr Trotz mein Verlangen nach ihr weckte – und wie sehr ihre Hingabe meine Abwehrhaltung gegen dieses Eingeständnis bröckeln ließ. Selbst mit zerzaustem Haar und zerknitterter Kleidung, mit einem vom Schlafmangel gezeichneten Gesicht, war sie atemberaubend.

Und dieser verdammte Witz über die Kette hatte sich in meinem Kopf festgesetzt. Einen Moment lang konnte ich nicht anders, als mir vorzustellen, wie ich ihre beiden Handgelenke an den Bettrahmen kette und mich dann so gründlich über sie hermache, dass es ihr den Atem verschlägt und ihr all die abfälligen Bemerkungen vergehen, bis wir beide einen noch ekstatischeren Höhepunkt erreichen würden als beim letzten Mal.

Ich würde mir allerdings nicht vormachen, dass sie so nachsichtig sein würde, auf diesen Vorschlag einzugehen. Außerdem hatten wir es neben all den Problemen, mit denen wir schon vorher zu kämpfen hatten, jetzt auch noch mit einem wahnsinnigen, nahezu unsterblichen bösartigen Schattenwesen zu tun.

Ich löste die Manschette an Sorshas Handgelenk, wobei ich mein Bestes tat, um die Hitze auszublenden, die meinen Körper durchströmte, als ich ihr so nahe war.

Sie schluckte hörbar. „Also, wie machen wir es? Bringst du mich zu einer Schwelle?"

„Nein. Ich habe eine bessere Idee. Und wenn sie funktioniert, werden die Obersten nie wieder auf die Idee kommen, dich von ihren Schergen misshandeln zu lassen."

Sie blinzelte mich an. „Was? Ich dachte, du wärst der Meinung, dass sie mich zu Recht tot sehen wollen."

„Ich habe meine Meinung geändert. Sogar Schattenwesen dürfen das ab und zu."

„Aber – *warum?*"

Ich ergriff ihren Unterarm, wobei ich darauf achtete, die geröteten Stellen nicht zu berühren, an denen die Manschette ihr Handgelenk aufgescheuert hatte, und zog sie auf die Beine. „Einem geschenkten Hund schaut man nicht ins Maul, Chaos-Queen." Und dann, weil sich bei dem Spitznamen ein Kloß in meinem Hals gebildet hatte, fügte ich hinzu: „Du hättest mir nicht gesagt, dass ich dich ausliefern soll, wenn dir der Schutz der Schattenwesen nicht wichtiger wäre als deine eigene Existenz. Das reicht mir. Den Obersten wird es allerdings nicht reichen."

Sorsha streckte sich, da sie nun ihre volle Bewegungsfreiheit hatte. Ihr Blick blieb misstrauisch. „Und was denkst du, wird ihnen reichen?"

Ich lächelte erneut. „Wir werden es so aussehen lassen, als hättest du jemanden vernichtet, der ihnen noch mehr auf die Nerven gegangen ist als ‚Ruby'. Vielleicht ist Tempest sogar bereit, uns bei diesem Trick zu helfen, weil er für zusätzliches Chaos sorgen wird. Wenn du in ihrem Namen mehr erreichst als ihre treuesten Untertanen, wie können sie dann weiterhin behaupten, dass du ihnen schaden willst?"

Zumindest hoffte ich, dass dies der Fall sein würde. Wenn nicht, dann würde mir ein Kampf mit ihren Lakaien bevorstehen. Wenn Sorsha auf den Befehl der Obersten hin starb, dann nur über meine Leiche.

# SECHS

*Sorsha*

Ich war noch nie auf einem Familientreffen, Klassentreffen oder sonstigen Wiedersehen gewesen, doch ich bezweifelte, dass es jemals ein so freudiges Ereignis gegeben hatte, wie den Moment, als Omen mich über den rissigen Bürgersteig eines ansonsten leeren Parkplatzes zum Wohnmobil führte.

Ich war noch drei Meter von der Tür entfernt, als sie aufflog. Snap sprang als Erster heraus und eilte mit seiner gewohnten Anmut auf mich zu.

Er schlang seine Arme um mich und klemmte meinen Kopf mit einem Seufzer unter sein Kinn, als ob meine Ankunft alles auf der Welt wieder ins Lot gebracht hätte. Ich erwiderte seine Umarmung ebenso eifrig. Ich wünschte, all unsere Probleme ließen sich so einfach lösen.

Pickle huschte mit aufgeregtem Quietschen hinter dem Verschlinger her, während Thorn dem kleinen Drachen mit einem besorgten Blick über die Schulter folgte, um sicherzugehen, dass keine Sterblichen in der Nähe waren. Zwitschernd umklammerte mein Schützling meine Knöchel.

Ruse schlenderte langsamer auf uns zu, doch sein Lächeln strahlte weit mehr Zuneigung aus als das Grinsen, das er sonst meistens im Gesicht hatte. Ohne Snap zu beachten, der mich immer noch im Arm hielt, beugte sich der Inkubus vor und forderte einen Kuss ein, der so intensiv war, dass mein ganzer Körper kribbelte, unter anderem, weil ich wusste, wie angenehm es sein konnte, von beiden Männern gleichzeitig begehrt zu werden.

Thorn gab einen bestürzten Laut von sich, doch es schien eher so, als wünschte er sich, er hätte das Gleiche getan, als dass er etwas gegen die Unverfrorenheit des Inkubus einzuwenden hatte. Offenbar war er der Meinung, dass Pickle kein wirkliches Problem darstellte, solange die winzige Kreatur an meinen Beinen klebte, und ließ ihn gewähren. Als Ruse mich losließ, drückte der Krieger meine Schulter, zwar ohne zu lächeln, aber mit einem Hauch von Zufriedenheit, die von seinem bulligen Körper ausging.

„Gut, dass Ihr wieder da seid, wo Ihr hingehört, Mylady", sagte er, was das Höchstmaß an Wertschätzung war, was man von dem Geflügelten erwarten konnte.

„Dann erwarte ich eine etwas enthusiastischere Begrüßung", teilte ich ihm mit. Ich wippte in den Armen des Verschlingers auf den Zehenspitzen, und der Hauch eines aufrichtigen Lächelns umspielte Thorns Lippen. Er presste sie auf meine und gab mir einen Vorgeschmack auf die Leidenschaft, die sich hinter seiner stoischen Fassade verbarg.

Flint, der andere Geflügelte, der sich uns erst kürzlich angeschlossen hatte, hielt sich zurück, schien aber zumindest nicht verärgert zu sein, mich zu sehen. Antic hüpfte um unsere Gruppe herum und erntete Applaus und freudiges Kichern.

„Sie ist wieder da, sie ist wieder da, die Obersten haben sie nicht gefressen", jubelte sie.

Ja, auch ich war darüber sehr froh, auch wenn mir nicht ganz klar war, was Omen bekehrt hatte. Doch in diesem Moment hatte ich nicht das Bedürfnis, mich damit auseinanderzusetzen. Ich war wieder da, wo ich hingehörte, ein monströser Mensch unter monströsen Schattenwesen, und ich konnte mir keine bessere Gesellschaft vorstellen. Nicht einmal der bittere Geruch von Asphalt, der in der warmen Herbstluft brannte, konnte meine Erleichterung trüben.

Omen warf Snap einen scharfen Blick zu. „Wie viel wissen unsere neuen Rekruten?"

Der Gesang der Koboldin schien etwas in meinem Verschlinger geweckt zu haben. Er hob den Kopf gerade genug, um seine moosgrünen Augen auf Omen zu richten. Ich spürte, wie sich sein Körper mit einem Anflug von aggressiver Energie anspannte, als würde gleich seine volle Verschlingergestalt aus ihm hervorbrechen, die sowohl wundersam als auch erschreckend war.

„Genug, um zu wissen, wie schrecklich du Sorsha behandelt hast. Wie konntest du auch nur daran *denken*, sie ihnen auszuliefern?" Seine klare, sanfte Stimme war eindringlicher als ich sie je zuvor gehört hatte. „Du hast nicht einmal mit ihr gesprochen – oder mit uns. Du hast ihr *wehgetan*." Er berührte mit seinen sanften Fingerspitzen den blauen Fleck, den Omens Schlag an meiner Schläfe hinterlassen hatte, und achtete darauf, keinen weiteren Schmerz zu provozieren. Dann legte er seinen anderen Arm um mich, als ob er glaubte, der Höllenhund-Wandler könnte es sich anders überlegen und erneut versuchen, mich zu verschleppen.

Hm. Offenbar war nicht nur der Geflügelte bereit, für mich zu kämpfen. Ich hatte Snap nie für einen großen Kämpfer gehalten, doch ich würde mich auch nicht gegen ihn stellen wollen, wenn er wütend war.

Ich blickte rechtzeitig hinüber, um zu sehen, wie Omen

den Verschlinger anglotzte, offensichtlich erschrocken über die Schelte. Sein Kiefer bewegte sich, und sein Gesicht wurde wieder zu derselben angespannten, unerschütterlichen Maske, die es gewesen war, seit er mich aus der Höhle geholt hatte. Er betrachtete die übrigen Gefährten, die um mich herum versammelt waren und ihn nun alle schweigend ansahen. Wahrscheinlich fragten sie sich, ob er versuchen würde, Snap wegen seines Ungehorsams den Kopf abzureißen.

Ich verlagerte mein Gewicht und bereitete mich darauf vor, mich selbst zu verteidigen, falls der Höllenhund den Verschlinger angriff, doch das war nicht nötig. Omen neigte leicht den Kopf und sagte: „Ich habe etwas voreilig gehandelt. Es wird nicht wieder vorkommen.“

Er gab also zu, dass er einen Fehler gemacht hatte? Meine Augenbrauen schossen in die Höhe. „It's the end of the world as we know it“, konnte ich nicht umhin, zu sagen.

Omens Augen verengten sich, als sie zu mir zurückkehrten, und ich verkrampfte mich erneut. Ich hatte das Gefühl, dass meine Freilassung weniger ein Freifahrtschein als vielmehr eine Gnadenfrist mit Auflagen war. Und Omen hatte sich nicht die Mühe gemacht, mir zu sagen, was die Bedingungen für meine Freilassung waren. Wahrscheinlich würde er jeden meiner Ausrutscher als Vorwand nehmen, um mich wieder zur Chaos-Queen zu erklären.

„Es sollte besser nicht mehr vorkommen“, sagte Snap zu dem Höllenhund-Wandler. „Wenn du es versuchst, könnte es *dein* Ende sein.“

Ich war mir nicht sicher, wie leicht er die Drohung wahr machen konnte, doch da er Thorns Unterstützung hatte, war es nicht unmöglich.

Omen schien es jedenfalls ziemlich ernst zu nehmen. Seine Stimme wurde schroff, und ein paar Haarbüschel richteten sich angesichts der aufwallenden Wut auf. „Wenn ich etwas sage, dann meine ich es auch. Sie ist wieder da, oder etwa nicht?"

Snap gab einen unzufriedenen Laut von sich, wie um uns zu verstehen zu geben, dass er die Sache nicht so einfach entschuldigen würde, doch er ließ es erst einmal dabei bewenden.

Omen ließ seinen Blick erneut über das Gelände schweifen. „Haben wir den Nachtelfen verloren?"

Ruse winkte abweisend mit der Hand. „Gloam hat sich mit den ‚feindlichen Energien' unwohl gefühlt und ist abgehauen."

Mir rutschte das Herz in die Hose. Wir hatten gerade erst begonnen, uns für den Kampf gegen einen noch mächtigeren Feind zu wappnen, und schon verloren wir einen Mitstreiter nach dem anderen.

Der Inkubus verschränkte die Arme vor der Brust. Misstrauisch musterte er seinen Boss. „Also, wie geht es weiter?", fragte er, ein wenig zu lässig, um tatsächlich lässig zu wirken. „Machen wir uns auf den Weg zu deiner Freundin, die sich mit der Lichtarmee eingelassen hat?"

„Tempest ist nicht meine ‚Freundin'", murmelte Omen und richtete sich ein wenig auf. Er war bei weitem nicht der Größte unseres Haufens, doch die Macht und Autorität, die er ausstrahlte, indem er einfach nur dastand, verlieh ihm eine unübersehbare Präsenz, die man nicht ignorieren konnte. „Aber ich kenne sie gut, und ich glaube, dass wir sie für unsere Zwecke benutzen können. Sowohl um die Lichtarmee zu zerschlagen als auch um die Obersten davon zu überzeugen, dass Sorsha keine Gefahr darstellt. Doch zuerst müssen wir dorthin gelangen."

Thorn runzelte die Stirn. „Wohin?"

„Ihrer Beschreibung zufolge nehme ich an, dass sie sich in Versailles niedergelassen hat. Sie hat immer davon gesprochen, dass sie davon träumt, irgendeinen König davon zu überzeugen, einen so prunkvollen Palast zu bauen, der alle anderen übertrifft. Sie findet die Extravaganz der Sterblichen amüsant und anziehend zugleich. Ich glaube, der Geschmack des Sonnenkönigs ist ihrem sehr ähnlich. Wenn ich gewusst hätte, dass sie noch lebt, hätte ich ihren Einfluss bei seinen Bauwerken sofort erkannt."

Omen schielte an dem Krieger vorbei in Richtung des Supermobils. „Meinst du, du und deine geflügelten Brüder könntet es schaffen, Darlene über die nächstgelegene Schwelle zu hieven und sie über eine der Schwellen in der Pariser Gegend zu bringen?"

„Vielleicht schaffe ich es sogar allein", antwortete Thorn, ohne zu zögern. „Ich bin mir allerdings nicht sicher, wie gut das sterbliche Gefährt die Reise verkraften wird."

Ich hatte noch nie davon gehört, dass ein Schattenwesen ein so großes Objekt aus der Welt der Sterblichen durch das Schattenreich transportiert hatte. Ich war ja noch nicht einmal selbst im Schattenreich gewesen. Trotz Snaps Umarmung lief mir ein kalter Schauer über die Haut. „Sind wir uns denn sicher, dass *ich* die Reise verkraften werde?"

Omen warf mir wieder einen seiner unergründlichen Blicke zu, von denen er eine ganze Sammlung zu haben schien. „Ich nehme an, du bist Schattenwesen genug, um die Reise zu überleben. Allerdings hatte ich nicht vor, ein Experiment daraus zu machen. Deine Hybridenergien könnten die Obersten alarmieren, wenn du dich in ihr Reich wagst. Daher dachte ich, du fliegst auf die herkömmliche Art und Weise, mit dem Inkubus, um die Sache mit den Tickets und Pässen zu regeln, und wir treffen uns dann in dieser Welt. So bewegen wir uns alle in unserem natürlichen Lebensraum, und müssen nicht wieder bei null anfangen."

Das machte Sinn. Bevor die Einhornwandlerin und der Zentaur, denen das Supermobil gehörten, es uns geliehen hatten, hatten wir ein Fahrzeug nach dem anderen verbraten. Und zwar im wahrsten Sinne des Wortes. Es war furchtbar praktisch, ein Gefährt zu haben, in dem man

Zusammenkünfte abhalten und schlafen konnte – wenn man es musste, so wie ich – , ohne seine Reise unterbrechen zu müssen.

Und ich hatte es nicht eilig, meinen ersten, wenn auch nur kurzen, Ausflug in das Schattenreich zu unternehmen.

„Einverstanden", stimmte ich zu und stupste Ruse an. „Kannst du uns Plätze in der ersten Klasse besorgen?"

Er grinste. „Das sollte kein Problem sein."

Auch wenn sich das alles ganz gut anhörte, hatten sich die Furchen auf Thorns Stirn vertieft. „Vielleicht sollte ich Sorsha auch begleiten, nur um sicherzustellen ...." Er brach mit ungewöhnlichem Widerwillen ab.

„Ich komme schon klar", sagte ich und drückte Snap noch einmal an mich, bevor ich mich von ihm löste. Mir war bewusst, dass der Verschlinger mich nicht gerne aus den Augen ließ. „Die anderen brauchen dich, damit sie das Supermobil über die Schwelle bekommen. Außerdem wird die Lichtarmee bestimmt nicht jedes Flugzeug nach Paris nach mir durchsuchen. Omens Freundin wird nicht damit rechnen, dass seine Leute auf die menschliche Art reisen."

„Noch einmal", begann Omen. „Sie ist nicht ..."

Ich machte eine abweisende Handbewegung. „Ich weiß, ich weiß, sie ist nicht deine Freundin." Doch Thorn schien nicht im Geringsten beruhigt zu sein. Ich legte den Kopf schief. „Bedrückt dich sonst noch etwas? Du weißt doch, dass ich gut auf mich selbst aufpassen kann."

Wer hätte gedacht, dass die Furchen auf seiner Stirn noch tiefer werden könnten? Für eine Sekunde sah er hinreißend unbeholfen aus – so hinreißend, wie ein muskelbepackter Riese von einem Mann eben aussehen *konnte*. „Nein, Mylady", sagte er und wandte sich ab.

Oh nein, mit dieser Nicht-Antwort würde er nicht durchkommen. Zum Glück hatte ich genug Zeit mit Thorn verbracht, um genau zu wissen, wie ich seinen Stoizismus durchbrechen konnte. Ich marschierte zu ihm hinüber und legte meine Hand auf seinen Ellbogen. „Kann ich Sie kurz unter vier Augen sprechen, werter Herr?"

Auch wenn der humorvolle Unterton in meiner Stimme nicht zu überhören war, konnte er der förmlichen Höflichkeit dieser Bitte nicht widerstehen. „Wie die Dame wünscht", sagte er und folgte mir ausnahmsweise zum Rand des Parkplatzes, ohne einen Blick auf Omen zu werfen, um sich zu vergewissern, dass der Boss mit der Verzögerung einverstanden war. Interessant. Vielleicht hatte ihr Scharmützel in meinem Gefängnisraum mehr Risse in unserer Allianz hinterlassen, als mir bewusst war. Meiner Meinung nach war das allerdings nicht unbedingt gut.

Als wir so weit von den anderen entfernt waren, dass sie uns nicht mehr hören konnten, wandte ich mich an Thorn. „Also, was ist mit dir los? Und sag mir nicht nichts – ich merke, dass du etwas auf dem Herzen hast."

Er schnitt eine Grimasse und schaute zu Boden. „Das braucht nicht Eure Sorge sein."

„Nein, aber ich mache mir trotzdem Sorgen. Und ich werde nicht lockerlassen, bis du mir die Wahrheit sagst, also kannst du die Sache auch gleich beschleunigen und mir sagen, was los ist."

Er warf mir einen ebenso liebevollen wie verärgerten Blick zu. Dann verblasste jede Spur von Humor in seinem Gesicht. „Im Canyon. Ihr habt das Ende unseres Kampfes erzwungen. Ihr wart bereit, Euch zu opfern."

„Nun, ich hatte die Wahl, entweder das zu tun oder zuzusehen, wie ihr euch gegenseitig in Stücke reißt …"

Sein Kiefer verkrampfte sich. „Ich hätte Euch befreien können. Um das zu schaffen, habe ich sogar auf denjenigen eingeschlagen, dem ich geschworen hatte, zu dienen. Aber Ihr … Ihr wart bereit, auf Eure Freiheit zu verzichten? Damit die Obersten mit Euch machen können, was sie wollen?"

Ah. Ich konnte verstehen, dass ihm dieser Gedanke nicht behagte.

Ich legte meine Hand auf seinen Arm. „Es ist nicht so, dass mir der Gedanke, mich den Obersten zu stellen, *gefallen* hätte. Doch die Vorstellung, dass du oder Omen – oder ihr beide – sterben könntet, weil keiner von euch nachgeben würde, gefiel mir noch weniger. Sie werden nicht aufhören, nach mir zu suchen, und ich war in den letzten Wochen verdammt sichtbar, also werde ich ihnen wahrscheinlich sowieso irgendwann gegenübertreten müssen. Doch wenn nicht gerade das Leben eines anderen auf dem Spiel steht, werde ich dafür sorgen, dass dieses ‚irgendwann' so weit wie möglich entfernt ist."

„Ich *würde* bis zum Tod kämpfen, wenn ich Euch damit vor einem schrecklichen Schicksal bewahren könnte", begann Thorn, und mein Griff um seinen Unterarm wurde fester.

„Überleg mal, wie du dich bei dem Gedanken fühlst, dass die Obersten ihre Lakaien schicken, um mich zu töten. Ich habe mich mindestens genauso schlecht gefühlt, als ich gesehen habe, wie Omen und du aufeinander losgegangen seid. Wenn du mich retten darfst, darf ich dich auch retten, schon vergessen?"

Er öffnete seinen Mund und schloss ihn dann wieder. „Ich verstehe", sagte er schließlich. „Wenn Ihr es so ausdrückt … Dann war das kein Aufgeben, sondern einfach ein neues Manöver in Eurem Kampf."

„So kann man es auch nennen." Ich schenkte ihm ein Lächeln. „Inzwischen solltest du wissen, dass ich nichts davon halte, aufzugeben."

„Genau deshalb war Euer Verhalten so verwirrend."

„Nun, du musst dir darüber keine Sorgen machen. Jetzt konzentriere ich mich voll und ganz darauf, einer Sphinx auf die altmodische Art in den Hintern zu treten. Lass uns zu den anderen zurückzugehen. Da ist ein Wohnmobil, das darauf wartet, in eine andere Dimension transportiert zu werden."

Als wir zu den anderen zurückkehrten, zog Snap mich für

einen langen Kuss an sich. „Wenn du noch jemanden brauchst, der mit dir ins Flugzeug steigt …"

Ich konnte mir gut vorstellen, wie viele Blicke seine himmlische Schönheit auf sich ziehen würde. „Ich denke, zu zweit werden wir weniger auffallen. Doch ich werde mich bemühen, so schnell wie möglich wieder bei dir zu sein. Und sobald wir uns nicht mehr mit mörderischen Psychopathen herumschlagen müssen, werden wir so viele Flugreisen unternehmen, bis du dich langweilst, das verspreche ich dir."

Er strahlte mich an und stahl sich einen weiteren Kuss. Dann warf er Ruse einen strengen Blick zu, der den Inkubus vermutlich warnen sollte, dass er besser auf mich aufpassen sollte, bevor er den anderen ins Wohnmobil folgte.

Nur Ruse und Omen blieben zurück. Der Höllenhund-Wandler musterte mich so aufmerksam, dass sich unter seinem Blick die Härchen auf meinen Armen aufstellten.

„Ich verspreche, das Flugzeug nicht abstürzen zu lassen", sagte ich säuerlich.

Seine Mundwinkel zuckten. „Dieses Versprechen solltest du lieber einhalten, Chaos-Queen. Und sei generell vorsichtig. Wir wissen nicht, welche Schergen die Obersten noch auf der Lauer liegen haben könnten. Versuch einfach, kein Aufsehen zu erregen."

Hatte er Angst, dass ich mich erwischen lassen könnte, bevor er sich aus der Abmachung herauswinden konnte? Nun, das wäre auch nicht in meinem Interesse. „Ich werde mein Bestes tun, um nicht gefangen genommen zu werden."

Bei dieser Bemerkung zuckten seine Lippen in die andere Richtung. Eine Sekunde lang dachte ich, er würde noch etwas hinzufügen, doch dann schüttelte er ruckartig den Kopf und schlenderte ohne ein weiteres Abschiedswort zum Supermobil.

*  *  *

Ruse legte sich während des Fluges mächtig ins Zeug. Er schien es sich zur Aufgabe gemacht zu haben, mich zu verwöhnen, damit ich die schmuddelige Höhle vergaß, in der ich vor zwei Tagen festgesessen hatte.

Er bezauberte nicht nur einen Vertreter am Flughafen von L.A., der uns bequeme Sitze in der ersten Klasse besorgte, sondern schaffte es auch, uns ein schickes Drei-Gänge-Menü mit vorzüglichem Wein zu organisieren.

„Möchtest du lieber Kaviar oder Filet Mignon?", fragte er mich, während er seine Inkubus-Kräfte auf die Flugbegleiterin wirken ließ.

Ich blinzelte ihn an. „Ist das ein Scherz?"

„Es gibt nur wenige Dinge, über die ich keine Scherze mache, und gutes Essen gehört eindeutig dazu."

Nun, wenn er es anbot … „Ich ziehe ein Stück Rindfleisch Fischeiern jederzeit vor, danke."

Nach dem Essen bestand er darauf, dass ich den Film auswählte, den wir uns gemeinsam auf den kleinen Bildschirmen ansahen. Er beschwerte sich nicht, als ich mich für eine Slapstick-Komödie entschied, die so viel Tiefgang hatte wie eine Dampfwalze, und massierte meine Schultern und meine Füße, bis ich schläfrig wurde. Dann deckte er mich mit einer Kaschmirdecke auf meinem zurückgelehnten Sitz zu. Ich könnte schwören, dass ich ihn ein französisches Opernschlaflied singen hörte, während ich in den Schlaf sank.

Ich erwachte, als die Durchsage ertönte, dass das Flugzeug zum Landeanflug ansetzte, und öffnete die Augen. Der Inkubus musterte mich mit einem fast besorgten Blick, allerdings nur für den Bruchteil einer Sekunde, dann wandte er sich ab, setzte sein typisches verschmitztes Lächeln auf und eine leichte Röte färbte seine blassen Wangen. „Raus aus den Federn, Flamme."

Ruse hatte mir weniger als eine Stunde vor unserer letzten Mission zum ersten Mal gesagt, dass er mich liebte. Es war ihm offensichtlich schwergefallen, dieses Gefühl zu zeigen, obwohl ich es erwiderte. Danach hatten wir noch keine Zeit gehabt, uns an eine neue Normalität zu gewöhnen. Möglicherweise fühlte er sich deswegen immer noch ein wenig unwohl.

Ich richtete meine Sitzlehne auf und griff nach seiner Hand. „Du warst den ganzen Flug über schrecklich süß. Versuchst du, Snap Konkurrenz zu machen, jetzt, wo er sich in *deinem* üblichen Revier breitmacht?"

Etwas flackerte in der Miene des Inkubus auf, bevor es ebenso schnell wieder verschwand. Er zuckte mit den Schultern und ein vertrautes Funkeln trat in seine warmen haselnussbraunen Augen. „Das ist das Mindeste, was ich tun kann."

„Nun, deine Bemühungen sind nicht unbemerkt geblieben … und sie werden nicht unbelohnt bleiben." Ich zwinkerte ihm zu und fuhr mit meinen Fingern an seinem Kiefer entlang, um ihn zu einem Kuss heranzuziehen, wobei ich mir wünschte, ich könnte sie direkt unter seine Kappe schieben, um seine Hörner so zu umfassen, wie er es mochte, ohne sie für alle Normalsterblichen um uns herum zu entblößen.

Da die Anschnallzeichen bereits eingeschaltet waren, würde ich es nicht mehr schaffen, dafür zu sorgen, dass wir dem Mile-High Club beitreten konnten, indem wir uns in der Flugzeugtoilette vergnügten. Allerdings war das womöglich ohnehin nicht das, was er am meisten wollte. Mindestens eine Frau, für die er in der Vergangenheit Gefühle gehabt hatte, hatte sich nur für seine Fähigkeiten als Liebhaber interessiert. Ich lehnte meinen Kopf an seine Schulter und schmiegte mich enger an ihn, als er seinen Arm um mich legte.

Es war schwer, sich über das Kopfgeld zu ärgern, das auf mich ausgesetzt war, schließlich hatte dieser ganze Schlamassel auch die faszinierendsten, aufregendsten und bezauberndsten Männer in mein Leben gebracht, die ich mir hätte vorstellen können.

Nachdem wir das Flugzeug verlassen hatten, wies Omen

uns in ein paar Nachrichten den Weg zu einer ruhigen Stelle an der Straße zwischen Paris und Versailles, wo er und die anderen das Supermobil geparkt hatten und auf uns warteten. Als wir auf der gegenüberliegenden Straßenseite aus dem Taxi stiegen, konnte ich ein erschrockenes Lachen nicht unterdrücken.

„Was in Teufels Namen ist hier passiert?"

Für jemanden, der es noch nie gesehen hatte, mochte das Supermobil in seinem jetzigen Zustand gar nicht so seltsam aussehen. Doch die Reise durch das Schattenreich hatte definitiv Spuren hinterlassen.

In seiner momentanen Form als Tourbus war der untere Rand der ansonsten dunklen Wände des Fahrzeugs mit leuchtend lilafarbenen Tupfen und einem erfundenen schwungvollen, gelben Logo versehen. Eine gebogene Antenne, die ich noch nie gesehen hatte, ragte schräg über die Windschutzscheibe. Am hinteren Ende drehte sich ein Propeller wild im Wind, dessen Funktion ich nicht erkennen konnte, obwohl sich die kühle Abendluft um uns herum kaum bewegte.

Die Tür öffnete sich, und Omen winkte uns zu. „Hört auf, zu glotzen und bewegt eure Ärsche hierher."

Ich klappte meinen Mund wieder zu, rührte mich aber nicht von der Stelle. „Was hast du mit Darlene gemacht?", fragte ich, wobei ich den Namen, den er dem Fahrzeug gegeben hatte, absichtlich erwähnte, um ihn zu provozieren.

Er stieß ein kurzes Schnaufen aus. „Die Reise durch das Schattenreich mag ein paar Spuren hinterlassen haben, doch sie läuft immer noch gut. Kommt ihr, oder seid ihr den ganzen Weg hierhergeflogen, nur um hier Wurzeln zu schlagen?"

Ich verdrehte die Augen und schenkte ihm ein freches Grinsen. „Entschuldigung, dass ich gefragt habe."

Wir stiegen in das Wohnmobil und im Essbereich zog Snap, der auf der Sofabank saß, mich prompt auf seinen

Schoß und drückte mir einen besitzergreifenden Kuss auf den Mund. Der Motor sprang stotternd an und ein Geräusch ertönte, das fast wie … entferntes Glockengeläut klang?

„Behalte deine Kommentare für dich", brummte Omen hinter dem Lenkrad.

„Alles, was ich zu sagen habe, ist, dass du *diesmal* definitiv nicht mir die Schuld dafür geben kannst, was mit dem Fahrzeug passiert ist." Ich machte eine Handbewegung in Richtung der Straße, die vor mir lag. „Nächster Halt: Versailles!"

# SIEBEN

*Sorsha*

Ich hatte mich schon in so einigen opulenten Herrenhäusern herumgetrieben, vor allem, um niedere Wesen aus Käfigen von Schattenwesen-Sammlern zu befreien, doch nichts davon hatte mich auf den Palast von Versailles vorbereitet. „Palast" war definitiv das richtige Wort dafür, und zwar hoch eine Million.

Als ich die drei Stockwerke mit den kunstvoll geschnitzten und vergoldeten Wänden anstarrte, klappte mir für ein paar Sekunden die Kinnlade herunter, bevor ich die Fassung wiedererlangte.

„Ich verstehe, was du mit Extravaganz meinst", flüsterte ich Omen zu, als wir den riesigen, schattigen Hof durchquerten. Obwohl hier so spät am Abend sowieso keine Besucher mehr gewesen wären, und den Schildern nach zu urteilen, an denen wir auf dem Weg hierher vorbeigekommen waren, hatte sich die Sphinx etwas einfallen lassen, um das

Anwesen für die Öffentlichkeit zu sperren, doch ich konnte meine ausgeprägten diebischen Instinkte nicht ganz abschütteln. Vermutlich hatte sie auch dafür gesorgt, dass keine Wachleute hier waren. Das wussten wir jedoch noch nicht sicher.

Omen passte seine Stimme meinem gedämpften Tonfall an. „Wenn Tempest etwas ist, dann eine Hedonistin. Das Problem für die meisten anderen Wesen, ob sterblich oder nicht, ist, dass die Dinge, die ihr Vergnügen bereiten, für alle anderen Beteiligten das Gegenteil bedeuten."

„Eine hedonistische Sadistin, die sich nicht um andere schert. Ich kann es kaum erwarten, sie kennenzulernen."

Der Höllenhund-Wandler warf mir einen scharfen Blick zu, als hätte ich bei meinem Sarkasmus nicht extra doppelt dick aufgetragen. Oder vielleicht gerade wegen des Sarkasmus. „Ich weiß, dass Zurückhaltung nicht deine Stärke ist, aber wenn du es schaffen würdest, mir den Großteil der Verhandlungen zu überlassen, wäre das für uns alle besser. Sie wird dir ein paar direkte Fragen stellen, die kannst du natürlich beantworten. Verrate nur nicht mehr als unbedingt nötig."

„Da trifft es sich ja gut, dass ich bereits einige Erfahrung im Umgang mit gefährlichem Schattenwesen habe." Ich knuffte ihn in den Arm.

Er fletschte die Zähne, was schockierenderweise jedoch eher wie ein Grinsen als gefährlich aussah. So etwas wie ein gut gelauntes Lächeln hatte ich von ihm noch nie zu sehen bekommen, seit er mich weggeschleppt und angekettet hatte. Vielleicht war ihm mittlerweile doch nicht mehr so egal, ob ich überlebte.

„In Anbetracht der Tatsache, dass deine Hauptmethode, mit mir ‚umzugehen', darin besteht, mein Temperament auf jede erdenkliche Weise zu provozieren, schlage ich vor, dass du hier eine andere Taktik anwendest", meinte er.

„Wo bleibt denn da der Spaß?"

„Wir sind nicht zum *Spaß* hier, Chaos-Queen."

„Ich weiß, ich weiß. Ich denke, nachdem du mich buchstäblich in Ketten gelegt hast, sollte es mir erlaubt sein, zum Ausgleich ein wenig an deinen zu zerren."

Sobald mir die Worte über die Lippen kamen – denn zugegebenermaßen hatte ich wirklich ein kleines Problem damit, unüberlegt zu reden –, wallte ein Anflug von Panik in meiner Brust auf. War ich zu weit gegangen, als ich ihn an die tatsächlichen, wenn auch magischen Ketten erinnert hatte, in die ihn die Obersten gelegt hatten? Ich hatte nicht beabsichtigt, irgendetwas über die Fesseln anzudeuten, die ihm offensichtlich mehr zu schaffen machten als alles andere in seinem Leben, doch genau das war das Problem, wenn man nicht nachdachte, bevor man sprach.

Omen verdrehte lediglich die Augen und gab einen wortlosen Laut der Verzweiflung von sich, sodass ich davon ausging, dass ich wegen meines Spruchs nicht wieder in Ketten gelegt werden würde.

Gerade als wir die Tür erreichten, schwang sie auf und Thorn stand uns gegenüber. Flint und er begleiteten uns zu diesem Treffen, damit wir zusätzliche Muskelkraft dabeihatten, falls das mit dem Reden nicht klappte. Auch Snap lugte aus dem Wohnmobil hervor, wie immer darauf bedacht, ja nichts zu verpassen. Angesichts meiner diebischen Vergangenheit beneidete ich die Schattenwesen um ihre Fähigkeit, sich an Türen vorbeizuschleichen und sie bei Bedarf von innen zu öffnen.

Die Eingangshalle, die wir betraten, raubte mir erneut den Atem. Das Gold an den profilierten Wänden und der Decke glänzte in dem schwachen Licht, das von den Sicherheitslampen draußen durch die riesigen Bogenfenster fiel. Zwischen den schimmernden Leisten war nahezu jede Oberfläche von farbenprächtigen Gemälden bedeckt.

Dutzende von Kristallleuchtern, die so groß waren wie ich selbst, baumelten in regelmäßigen Abständen von der Decke.

Wäre ich hier, um einen Einbruch zu verüben, würde ich jetzt denken, ich hätte eine größere Tasche mitnehmen sollen. Möglicherweise einen ganzen Anhänger.

Als Omen und ich den Flur hinuntergingen, verschwand Thorn wieder in den Schatten. Leise tappten wir über den polierten Boden.

Angesichts der imposanten Umgebung erschien es mir umso notwendiger, auf der Hut zu sein. Ich senkte meine Stimme um eine weitere Oktave. „Wo könnte sich Tempest wohl aufhalten? Oder wird sie zu uns kommen?"

„Oh nein, sie wird uns mit Vergnügen zu sich führen." Omen neigte seinen Kopf nach rechts, als wir um eine Ecke bogen. „Bestimmt ist sie im Schlafzimmer der Königin."

Wo sonst? Ich hätte die Schattenwesen-Frau für ihre Souveränität bewundert, hätte sie sich nicht mit einer Armee mordhungriger Sterblicher verbündet.

Omen konnte unmöglich schon einmal mit ihr hier gewesen sein, doch seiner selbstbewussten Aussage nach zu urteilen, war er wahrscheinlich schon in anderen Schlafzimmern mit ihr gewesen. Eine Frage lag mir auf der Zunge und ich versuchte, sie zu unterdrücken. Doch warum eigentlich? Es könnte nützlich sein, die Antwort zu kennen, um dem Gespräch folgen zu können, das vor mir lag.

„Wie du bereits sehr deutlich gemacht hast, bist du nicht mehr mit Tempest befreundet. Wart ihr beide jemals *mehr* als Freunde?"

Omen verzog den Mund. „Wenn du darauf hinauswillst, ob wir schon mal gefickt haben, dann ja, ein paar Mal, wenn uns keine aufregenderen Aktivitäten eingefallen sind, um uns die Zeit zu vertreiben. Es war keine Liebesbeziehung, sondern lediglich eine momentane körperliche Befriedigung."

Ob das auch für unseren leidenschaftlichen Ausflug unter

die Laken galt? Ich war mir nicht sicher, ob ich mir wünschte, dass es mehr bedeutet hätte. Die Begegnung hatte auf jeden Fall den Rahmen gesprengt, was die körperliche Befriedigung anging. Und jetzt erinnerte ich mich an die Hitze seines Kusses und die buchstäblichen Flammen, die zwischen uns gelodert hatten, was meiner Konzentration nicht gerade zuträglich war. Vielleicht hätte ich das Thema doch nicht ansprechen sollen.

„Gut, dass du weißt, wie es mit ihr im Schlafzimmer ist", sagte ich in einem lockeren Ton, und Omen warf mir einen Blick zu, der so sengend war, dass mein Wunsch, seinen Kuss noch einmal zu spüren, noch stärker wurde.

Moment mal, Hormone. Ich hatte drei andere monströse Liebhaber, die nicht jede meiner Bewegungen auf Anzeichen dafür beobachteten, dass ich alles Leben in beiden Welten auslöschen würde. Kein Grund, so gierig zu sein. Oder dumm.

Wir gingen durch ein paar weitere prächtige Räume, die leicht nach Jasmin rochen. Omen verlangsamte seinen Schritt, als er sich der nächsten Tür näherte.

Aus dem Raum dahinter ertönte wieder die scharfe, skurrile Stimme, die ich zu Beginn dieses jüngsten Schlamassels aus Omens Telefon gehört hatte. Diesmal war sie noch prägnanter, da sie nur durch die Luft und nicht durch eine Telefonleitung drang. „Da bist du ja endlich, Omen. Komm her. Erzähl mir nicht, dass du schüchtern geworden bist."

„Nur vielleicht ein wenig vorsichtiger", sagte er und schlenderte durch die Tür.

Ich folgte ihm in einen Raum, der so imposant war, dass ich mich zusammenreißen musste, um nicht zu keuchen.

Zwei Lampen erhellten die goldverkleideten Wände und Decken. Das Gold würde reichen, um eine dieser Sammlervillen zu Hause zu kaufen. Überall waren vergoldete, filigrane Bordüren und aufwändige

Blumenmalereien in Rosa-, Blau- und Grüntönen. Zwischen zwei weiteren Kristallkronleuchtern ragte ein massiver goldener Baldachin mit modellierten Blättern aus der Wand, von dessen Rändern blumige Vorhänge herabfielen, die ein riesiges Bett umrahmten. Der Jasminduft, der hier besonders intensiv war, unterstrich die opulente Atmosphäre noch mehr.

Wenn Könige so lebten, sollte ich meine eigene Dynastie gründen.

Irgendwie schaffte es die Gestalt, die sich auf den Seidenbezügen des Bettes räkelte, ihre Umgebung an Extravaganz noch zu übertreffen. Tempest wäre auch ohne jegliche Inszenierung schwer zu übersehen gewesen. Sie war mindestens einen Meter achtzig groß und hatte die Statur einer Amazone: muskulös und drall zugleich. Ihr bronzenes Haar glänzte genauso wie das Gold um sie herum, und einige ihrer Locken kräuselten sich um ihr Gesicht, als hätten sie einen eigenen Willen. Wie eine Art Medusa – Omen hatte gesagt, dass sie gerne in verschiedene Rollen schlüpfte.

Ihre funkelnden Augen mit den schlitzförmigen Pupillen passten zu den löwenartigen Aspekten ihres Wesens, und auch ihre ausgeprägten Wangenknochen und die markante Nase hatten etwas Katzenhaftes an sich. Ein Gesicht, das man nicht so schnell vergaß. Der Stoff, der ihre üppige Figur umhüllte, war wie ein Bademantel geschnitten, allerdings kaum wie die Sorte, die es bei Target zu kaufen gab. Dieser Bademantel war der einer Königin, aus scharlachrotem und violettem Satin, durchzogen von Goldstickereien.

Über dem prunkvollen Bademantel trug sie so viele goldene Armreifen mit Smaragden und Saphiren, dass ich mir nicht sicher war, ob sie bei all dem Gewicht überhaupt aufrecht sitzen *könnte*, selbst wenn sie es gewollt hätte. Viel Glück beim Gehen unter der Last des Reichtums. Obwohl sie so, wie sie dalag, überaus zufrieden aussah.

Was jedoch den größten Eindruck hinterließ und worüber

ich mich keineswegs lustig machen konnte, war die Macht, die von ihr ausging, wie der Wind über einem stürmischen Ozean, kühl und rasiermesserscharf. Obwohl Omen sich über die Jahre zu einem eiskalten Bastard wie er im Buche stand entwickelt hatte, enthielt die Energie, die von ihm ausging, immer noch eine gewisse Wärme. Tempest war eine Bestie durch und durch.

Ärgerlicherweise stieg inmitten der Ehrfurcht und des Unbehagens, die ich nach Kräften zu unterdrücken versuchte, auch ein Anflug von Eifersucht in mir auf. Der Höllenhund-Wandler war dieser Frau sehr nahe gewesen, auch wenn er sie jetzt nicht einmal mehr als Freundin bezeichnen wollte. Auch wenn er behauptete, dass der Sex mit ihr nichts zu bedeuten hatte, kannte sie ihn auf eine Art und Weise, wie ich es vermutlich nie tun würde, da er mich nur noch als tickende Zeitbombe betrachtete.

Ich hätte ihn nicht nach ihrer früheren Liaison fragen sollen.

Ich schob die Eifersucht zusammen mit dem Rest beiseite und sammelte mich. Wir kamen ein paar Schritte vor der goldenen Barriere zum Stehen, die den Raum durchzog, um Touristen von den wertvollsten Möbeln fernzuhalten.

Tempests Blick wanderte von Omen zu mir. „Nun", sagte sie in einem Tonfall, der bedrohlich und amüsiert zugleich klang, „was haben wir denn hier?"

„Nur eine gewöhnliche Sterbliche", antwortete ich, wobei ich mich um denselben Tonfall bemühte. Das schien mir sicher genug, um es zu sagen, bevor wir genau wussten, wie und in welchem Umfang wir sie in unsere Pläne einbeziehen würden.

„Hmm." Ihre katzenartigen Augen huschten zu den Schatten am Rande des Raumes. „Lass mich deine ganze Truppe sehen, Omen. Die unbezwingbaren Wesen, die alles darangesetzt haben, meine Pläne zu durchkreuzen."

Natürlich konnte sie die Schattenwesen, die im Dunkeln

geblieben waren, spüren. Damit hatte Omen gerechnet. Auf seine Handbewegung hin materialisierten sich unsere drei Kameraden um uns herum.

Omen hatte mir erzählt, dass es eine Truppe von Geflügelten gewesen war, die versucht hatte, Tempest auf den Befehl der Obersten hin zu vernichten. Falls die Sphinx Thorn und Flint als Wesen der gleichen Art erkannte, zeigte sie keine Anzeichen dafür, dass sie sich durch ihre Anwesenheit gestört fühlte. Sie legte den Kopf schief, während ihre Haarsträhnen weiterhin um ihr Gesicht tanzten. „Das sind nicht alle. Da war doch auch ein Inkubus."

„Er ist heute Abend anderweitig beschäftigt", antwortete Omen, und das stimmte auch gewissermaßen. Ruse hatte angeboten, zurückzubleiben und dafür zu sorgen, dass Antic uns nicht folgte, um uns auf ihre koboldartige Weise zu ‚helfen'. „Gegen eine Sphinx können meine Talente nicht viel ausrichten", hatte er in einer flapsigen Art gesagt, wobei seine Stimme etwas angespannt geklungen hatte.

Der Höllenhund-Wandler schaute sich aufmerksam im Raum um, seine Haltung war locker, aber selbstsicher. „Du hast wohl kaum alle deine Verbündeten zu dieser Unterredung mitgebracht. Natürlich nicht, denn wie es scheint, hast du dir eine ganze Schar besorgt, mehr als vielleicht in diesen Palast passen würden. Seltsamerweise ausschließlich Sterbliche. Was für einen grandiosen Plan hast du diesmal ausgeheckt, Tempest?"

„Ach, du kennst mich doch. Bis zu einem gewissen Grad spiele ich einfach nach Gehör." Die Sphinx schenkte ihm ein nicht gerade verhaltenes Lächeln und fuhr mit den Fingern über die Bettdecke. „Ich genieße es ungeheuer, eine Horde Sterblicher auf Abruf zu haben, die Schattenwesen abgrundtief hassen, während sie im Dienste eines solchen stehen."

„Sie fügen Schattenwesen *Schmerzen* zu", warf Snap mit seiner neuen Kühnheit ein, die er seit meiner Rückkehr an den Tag legte. Er sollte mehr über diesen Schmerz wissen als jeder andere hier, abgesehen von Omen. Sie waren beide in Käfigen der Lichtarmee eingesperrt gewesen und mussten qualvolle Experimente über sich ergehen lassen.

Tempest hob gleichgültig eine Schulter. „Weniger inkompetente Wesen, die mir auf die Nerven gehen. Die Lichtarmee wäre wohl kaum effektiv, wenn ich sie nicht ihren niedersten Begierden frönen lassen würde, oder?"

„Effektiv bei *was*?", wollte Omen wissen. Sein Ton war befehlend, aber nicht zornig. Noch hatte sich kein einziges Büschel seines gelbbraunen Haares erhoben, so sehr ihn seine ehemalige Verbündete auch provozierte. Ich konnte einen Anflug von Zuneigung nicht unterdrücken, der in dieser Situation völlig fehl am Platz war.

Er hatte wilde Zeiten mit dieser Frau erlebt, ja, und ich konnte nachvollziehen, dass die Aussicht sie wiederzusehen, sehr verlockend für ihn war. Er war wild, grausam und egoistisch gewesen. Doch irgendwie hatte er sich zu etwas viel Besserem entwickelt, während sie sich gar nicht verändert hatte oder vielleicht sogar noch schlimmer geworden war. Ein Anführer, der sowohl mitfühlend als auch hart sein konnte, der sah, wozu Leute fähig waren, und ihnen eine Chance gab, selbst wenn er skeptisch war.

Man konnte ihn ein Monster nennen, so viel man wollte, aber er war mehr als das. Und er hatte das durch lebenslange Bemühungen und Entschlossenheit erreicht.

Kein Wunder, dass er wütend geworden war, als ich immer wieder versucht hatte, seine coole Fassade zu durchlöchern.

Ich vermutete, dass Tempest das auch gerne getan hätte, doch sie schien noch nicht so vertraut mit seinem neuen Ich zu sein. Sie kicherte verschmitzt und blickte ihn durch ihre Wimpern hindurch an. „Ich nehme an, du hast den ultimativen Plan inzwischen aufgedeckt?"

„Ihr wollt eine Krankheit entwickeln, die sich unter den

Schattenwesen ausbreitet und uns alle tötet", antwortete Omen. „Ich nehme an, *du* willst nicht wirklich Selbstmord durch Massengenozid begehen?"

„Oh, ich werde mich aus der Schlacht heraushalten. Den Robustesten wird nichts passieren. Bei den Sterblichen und den Schwächeren sieht es anders aus."

Wenn ich bemerkte, wie sich Omens Haltung leicht versteifte, entging es ihr wohl auch nicht. „Dann arbeiten sie also wirklich an etwas, mit dem die Schattenwesen infiziert und vernichtet werden sollen."

„Ach, sieh mich nicht so an, Omen. Ich bin sicher, *du* hast nichts zu befürchten. Ich werde die törichten Wesen eliminieren, die sich hierherwagen und meinen Lebensstil stören könnten. Außerdem werde ich einen großen Teil der Menschheit auslöschen. Die Überlebenden werden unter quälenden Schuldgefühlen wegen ihrer Fehlkalkulation leiden ..." Sie klimperte mit den Wimpern. „Das wird bestimmt ein toller Moment."

Mir rutschte das Herz in die Hose. Omen hatte angenommen, dass die erklärte Mission der Lichtarmee auch eine Fassade für einen weiteren Plan von Tempest war. Offenbar war das nicht der Fall. Dies ging so weit über die Auslöschung von ein paar Kreaturen hinaus, um sich auf die Kosten einiger Sterblicher zu amüsieren, dass wir uns genauso gut in einem anderen Sonnensystem befinden könnten.

Die Chancen, dass sie bereit war, diese Pläne fallen zu lassen, um sich an einem Komplott zu beteiligen, bei dem ich so tat, als würde ich sie besiegen, nur um die Obersten von ihrem Vorhaben abzubringen? Ich würde sie auf etwa eine Billion zu eins schätzen.

Thorn verlagerte sein Gewicht, und ich konnte das Entsetzen spüren, das er im Zaum halten musste, während er Omen die Führung überließ. Snap konnte ein Schaudern nicht unterdrücken. Er war der Jüngste in meiner Schattenwesen-

Truppe. Würde *seine* Kraft ausreichen, um ihn vor dieser Bedrohung und Krankheit zu schützen?

Spielte es überhaupt eine Rolle, ob sie überlebten, wenn so oder so Dutzende von Schattenwesen und Menschen wegen Tempest und der Lichtarmee sterben würden?

„Sie sind fast fertig", prahlte sie, als hätte sie ein Publikum, das vor Begeisterung und nicht vor Besorgnis tobte. „Nur noch ein oder zwei Geistesblitze, dann ist es fertig. Du warst mir in der letzten Zeit unabsichtlich ein Dorn im Auge. Bist du bereit, dich am epischsten Schlag unserer beiden Karrieren zu beteiligen?"

Mir drehte sich der Magen um. Ich warf Omen einen Blick zu und fragte mich, ob er mitspielen würde, um sie vorerst bei Laune zu halten. Doch sein Kiefer war noch verkrampfter und ein glühender orangefarbener Höllenfeuerschein überschattete das helle Blau seiner Augen.

„Wann bist du von Spielchen zu offener Kriegsführung übergegangen?", fragte er. „Dieser Plan ist so weit unter dem Niveau der Tempest, mit der ich zu tun hatte, dass ich nicht glauben kann, dass du das nicht siehst."

Sie schniefte. „Der Plan ist überhaupt nicht unter meiner Würde. Vielleicht ist das Problem, dass ihr alle vergessen habt, was ihr eigentlich seid. Man nennt uns schließlich nicht ohne Grund Monster, oder?" Sie warf jedem meiner Schattenwesen-Begleiter einen strengen Blick zu. „Wahrscheinlich ist dein Hund schon so lange an der Leine, dass du vergessen hast, was es heißt, frei zu sein, Omen. Wo ist deine teuflische Wut auf die erbärmliche Arroganz der Sterblichen geblieben, die dich früher angetrieben hat? Und du, Geflügelter, betrauerst du etwa immer noch deine Verluste? Wofür setzt du deinen spektakulären Körper ein? Um Kakerlaken zu zerquetschen? Oder lässt du sogar bei ihnen Nachsicht walten?"

„Ich habe eine Menge Schädel und Brustkörbe eingeschlagen, um meine Schattenwesen-Kollegen zu *verteidigen"*, polterte Thorn, der sich nicht länger zurückhalten konnte.

„Als ob sie die Mühe wert wären." Tempest stieß ein schrilles Lachen aus, das wie zersplitterndes Glas klang und in mir den Wunsch weckte, *ihr* den Schädel einzuschlagen. Sie wandte sich an Snap. „Und ein Verschlinger – eine der seltensten unserer Art – und wozu setzt du deine Talente ein, außer um hübsch auszusehen? Du solltest da draußen sein und eine sterbliche Seele nach der anderen verschlingen, um so großartig zu werden, wie es dir bestimmt ist. Du hättest schon eine Vielzahl verschlungen, wenn dich dein albernes Mitgefühl nicht zurückhalten würde."

„Diese Seelen gehören den Sterblichen, die sie in sich tragen", erwiderte Snap, der bei ihren Worten erneut erschauderte. Die Farbe war aus seinem Gesicht gewichen und er sah blass unter seinen goldenen Locken aus.

In diesem Moment konnte ich mich nicht mehr zurückhalten. „Du hast gut reden. Du tust so, als wärst du die Krone aller Schattenwesen, dabei ermutigst du seit Jahrzehnten einen Haufen Sterblicher dazu, dein eigenes Volk zu vernichten. Soweit ich das beurteilen kann, bist du diejenige, die vergessen hat, was sie ist."

Die Sphinx zog die Augenbrauen hoch. „Mutige – und lächerliche – Worte von einer Sterblichen, die gerade neben *diesen* Schattenwesen steht. Glaubst du etwa, dass du jemals mehr für sie sein wirst als ein Groupie?"

Die Bemerkung traf mich härter, als sie sollte. „Du hast keine Ahnung ...", begann ich und schaffte es, mein Temperament wieder unter Kontrolle zu bringen, bevor ich etwas sagte, was ich später bereuen würde. „Du weißt überhaupt nichts. Und ich dachte, eine Sphinx könnte wenigstens ein wenig Weisheit vortäuschen."

Im Gegensatz zu meiner Zunge konnte ich meine Kräfte leider nicht so gut beherrschen. Ich hatte kaum zu Ende gesprochen, da loderten die Abscheu und die Wut, die in mir brodelten, wie ein Feuer in mir auf.

Die Flammen schossen von meinen Ellbogen in meine Schultern. Thorn löschte sie, indem er mit seinen breiten Händen auf meine Arme schlug, bevor sie mein Haar in Brand setzen konnten.

Mein Mund war staubtrocken. Tempest musterte mich jetzt mit weitaus größerem Interesse, als sie es bisher während dieses Gesprächs getan hatte. Der Blick, den sie über mich schweifen ließ, hinterließ ein unangenehmes Kribbeln.

Sie setzte sich aufrechter hin, als wollte sie mich genauer in Augenschein nehmen. Ich widerstand dem Drang, vor ihr zurückzuweichen, und hob trotzig mein Kinn. Doch als sie ihr Wort erneut an mich richtete, war ihre Stimme nicht so spöttisch, wie ich erwartet hatte.

„Also doch nicht so sterblich." Sie lachte wieder, diesmal war es eher ehrfürchtig als verächtlich. „Und ich dachte schon, der Verschlinger wäre dein größter Fund, Omen. Wo um alles in der Welt hast du einen Phönix aufgetrieben?"

Ich hätte mich freuen sollen, dass sie beeindruckt war, doch alles an dieser Frau sagte mir, dass sie nicht die Art von Wesen war, vor dem ich Ehrfurcht haben sollte. Ein Phönix? Nur weil ich mich selbst ebenso in Brand steckte wie alles andere, auf das ich zielte?

Tempest betrachtete mich und ihre Lippen verzogen sich zu einem Grinsen. „Das wusstest du nicht, oder? Wie schön, dass ich das miterleben darf. Wenn du in Flammen aufgehst, wird die ganze Welt mit dir brennen."

Eine Welle der Kälte überflutete mich bei dieser Aussage und erstickte jeden Funken in mir. Meine Stimme klang säuerlich. „Dann ist es ja gut, dass ich nicht vorhabe, in Flammen aufzugehen."

„Rede dir das ruhig weiter ein, meine Liebe." Die Sphinx erhob sich, wobei ihre unzähligen Klunker um sie herum schwangen. Vom Bett aus blickte sie auf Omen hinab. „Also?

Bist du den ganzen Weg hierhergekommen, nur um mir deine Missbilligung entgegenzuschleudern, oder wirst du dich besinnen und das Gelage genießen?"

„Es ist viel Zeit vergangen", antwortete Omen mit leiser Stimme. „Ich genieße nicht mehr dieselben Dinge wie du."

„Dann haben wir nichts mehr zu besprechen. Halte dich aus meinen Angelegenheiten heraus, und ich lasse euch in Ruhe. Du weißt, was euch erwartet, wenn du diese Bitte missachtest."

„Tempest", begann Omen, doch sie war bereits in die Schatten gesprungen. Auf eine Handbewegung des Höllenhundes hin stürzten Thorn und Flint ihr hinterher.

Meine Beine hatten plötzlich eine unheimliche Ähnlichkeit mit Spaghetti. Als sie trotz meiner Anstrengung wackelten, war Snap im Nu an meiner Seite und hatte seine Hand auf meinem Rücken gelegt.

„Es ist egal, wie sie dich genannt hat", sagte er. „Wir wissen, wer du bist."

Wussten sie das? Wusste *ich* das?

Omens Hände waren zu Fäusten geballt. Als unsere geflügelten Krieger ohne die Sphinx zurückkehrten, sah er nicht überrascht aus.

„Es ist uns nicht gelungen, sie aufzuhalten", erklärte Thorn mit schmerzverzerrter Miene. „Sie war so schnell …"

„Ihr braucht euch nicht zu entschuldigen. Keiner von uns hat geahnt, was uns hier erwarten würde." Der Höllenhund-Wandler atmete geräuschvoll aus.

„Sie wird uns wohl nicht helfen, die Obersten zu beschwichtigen", meinte Snap zaghaft.

Omen stieß ein bellendes Lachen aus. „Nein, das nehme ich nicht an."

Auch meine Hände ballten sich zu Fäusten. Ich verschränkte die Arme vor der Brust und versuchte, die nagende Bemerkung der Sphinx zu verdrängen – *Die ganze Welt wird mit dir brennen* – und mich auf die Unermesslichkeit all dessen zu konzentrieren, was sie sonst noch so von sich gegeben hatte.

„Es gibt eine ganz offensichtliche Antwort auf dieses Problem", sagte ich. „Unser Plan war es immer, die Lichtarmee zu zerstören. Jetzt kommt eben noch hinzu, dass wir auch noch Tempest vernichten müssen. Und zwar ein für alle Mal."

# ACHT

*Sorsha*

Obwohl niemand das Radio des Supermobils eingeschaltet hatte, hatte es vor etwa zehn Minuten einfach angefangen, zu dudeln, und wechselte zwischen lauter klassischer Musik und einer Talkshow hin und her, in der jeder auf Russisch zu schreien schien – was seltsam war, da wir uns in Paris befanden.

Ruse und Antic drückten vergeblich auf den Knöpfen herum. Schließlich schritt Thorn auf das Armaturenbrett zu.

„Ich bitte um Verzeihung", entschuldigte er sich feierlich bei dem Wohnmobil und schlug mit der Faust das Radio ein. Es stotterte kurz, bevor es verstummte, wie so ziemlich alles nach einem Schlag des Kriegers.

Missmutig betrachtete Omen die zertrümmerte Stelle, die wir den Pferdewandlern irgendwie erklären mussten, wenn wir ihnen ihr Fahrzeug zurückgaben, doch er kritisierte Thorns Vorgehen nicht. Stattdessen drehte er sich nur von seinem üblichen Platz an der Küchentheke zu uns anderen um. Zweifellos wäre es tatsächlich das Ende der Welt, wenn er sich jemals dazu herabließe, – sowohl im übertragenen als auch im wörtlichen Sinne – sich zu uns auf die lederne Sofabank zu setzen.

„Unsere Beobachtungen der letzten Tage haben deutlich gemacht, dass wir uns nicht auf unsere bisherige Taktik verlassen können", begann er. „Ob auf Tempests Drängen hin oder aus eigener Initiative, die örtlichen Einrichtungen der Lichtarmee sind abgeriegelt. Wir haben weder die Möglichkeit mit Ruse' Charme noch mithilfe von Drohungen, an den Schutzmaßnahmen vorbeizukommen, wenn erst gar niemand herauskommt."

„Glaubst du wirklich, dass alle Mitarbeiter der Lichtarmee in diesen Gebäuden leben?", fragte Snap. Während er sprach, zog er mich noch enger an sich, was ein Kunststück war, da ich bereits fast auf seinem Schoß saß. Nach unserer Begegnung mit Tempest vor ein paar Tagen schien er sogar noch besitzergreifender geworden zu sein.

Ich drückte ihm einen Schmatzer auf die Wange, um ihm zu zeigen, dass ich seine Zuneigung erwiderte, und er strahlte mich an, bevor er fortfuhr. „Die Einrichtungen, die wir gefunden haben, scheinen nicht als Wohnungen gedacht zu sein. Wird den Leuten von der Lichtarmee nicht langweilig, wenn sie ihre ganze Zeit bei der Arbeit verbringen? Haben manche von ihnen nicht vielleicht Familien, von denen sie getrennt sind?"

„Ich bin mir sicher, dass die Antwort auf diese beiden Fragen ja lautet", meinte Omen. „Vermutlich sind sie einfach bereit, ein paar Freiheiten zu opfern, um sicherzustellen, dass sie uns weiterhin bekämpfen können."

Ich trommelte mit den Fingern auf dem Tisch. Die tagelange Überwachung, ohne dass wirklich etwas passiert war, hatte mich ruhelos gemacht, vor allem, weil ich fest entschlossen war, Tempest zu besiegen. „Um fair zu sein, Langeweile und Einsamkeit sind wahrscheinlich besser als geköpft oder ausgeweidet zu werden. Wenn sie glauben, dass sie in tödlicher Gefahr schweben, könnte ich mir vorstellen, dass sie es eine ganze Weile hinter verriegelten Türen aushalten."

Thorn musterte Omen. „Die Sphinx weiß, dass wir in dieser Stadt Nachforschungen anstellen werden. Unsere früheren Quellen haben darauf hingewiesen, dass der sterbliche Anführer der Lichtarmee in Europa unterwegs ist. Auf der Karte, die wir gesehen haben, waren hier mehrere Operationsbasen eingezeichnet. Könnte es sein, dass ihre Schutzmaßnahmen anderswo weniger streng sind?"

„Ich glaube nicht, dass Tempest Abstriche machen wird. Womöglich hat sich sogar der Anführer selbst verkrochen, bis die Sphinx der Meinung ist, dass wir keine Bedrohung mehr darstellen." Der Höllenhund-Wandler rieb sich das Kinn. „Sie konnte unseren letzten Plan, der beinahe funktioniert hätte, nur deswegen vereiteln, weil sie schnell genug eingegriffen hat. Wenn wir einen anderen Zugangspunkt finden und sie ablenken könnten, bevor wir uns um die Sterblichen kümmern … Ohne Zugangspunkt haben wir allerdings keine Möglichkeit, Informationen über ihre aktuellen Operationen oder potenziellen Schwachstellen zu ermitteln."

„Ich könnte die Fühler nach einem anderen sterblichen Hacker ausstrecken", schlug Ruse vor. „Nach jemandem, der noch nicht für die Lichtarmee arbeitet, und ein paar hilfreiche Daten ausgraben kann. Diese Trottel können ihre Operationen nicht ohne jegliche Interaktion mit der Außenwelt durchführen."

Omen nickte. „Gute Idee. Deine Computerfachfrau in den USA hat einen erheblichen Beitrag zu unserer Mission geleistet. Tu das. Während du einen geeigneten Menschen aufspürst, werden wir anderen uns in den Untergrund begeben. In Paris gibt es eine Vielzahl von Tunneln und Katakomben, die sich unter einem großen Teil der Stadt erstrecken. Wir werden uns aufteilen und die Bereiche in der Nähe der Einrichtungen der Lichtarmee nach alternativen Zugangsmöglichkeiten absuchen. Es ist riskant, doch wir sollten nichts unversucht lassen."

„Ich werde nach Eindrücken suchen, falls die Lichtarmee diese Kanäle auch benutzt hat", bot Snap an und freute sich über die Gelegenheit, sein nicht-tödliches übernatürliches Talent einbringen zu können.

„Ausgezeichnet. Für den Fall, dass wir in Schwierigkeiten geraten, sollte in jeder Gruppe jemand sein, der über Kampferfahrung verfügt. Snap, du gehst mit Flint. Thorn, sieh zu, dass du die Koboldin zu etwas Nützlichem überreden kannst. Und unsere Chaos-Queen" – seine eiskalten Augen verweilten auf meinem Gesicht – „kommt mit mir."

Weil er den anderen nicht zutraute, dass sie auf mich aufpassen konnten? Ich verkniff mir ein halbes Dutzend bissiger Bemerkungen, die ich ihm am liebsten entgegengeschleudert hätte. Nachdem ich in unserem Gespräch mit Tempest neulich Abend Eindrücke seiner Geschichte bekommen hatte, hatte ich mir vorgenommen, ihn nicht mehr zu bedrängen. Bisher war mir das auch tatsächlich ganz gut gelungen. Warum sollte ich wegen eines kleinen Seitenhiebs meine Siegesserie ruinieren?

„Klingt nach einem interessanten Date!", sagte ich stattdessen und wurde mit dem Zucken des Kiefers des Höllenhund-Wandlers belohnt.

Mein Verschlinger war nicht ganz so großzügig. Ich glaubte nicht, dass er Omen seine jüngsten Missetaten schon verziehen hatte. Snap schlang seinen Arm noch etwas fester um mich. „Ich würde lieber bei Sorsha bleiben. Ich kann sie beschützen, falls es nötig sein sollte."

Omen warf ihm einen bösen Blick zu. „Ich verspreche,

dass ich keine ruchlosen Absichten habe. Ihr werdet sie bald in etwa demselben Zustand zurückbekommen, in dem sie sich jetzt befindet, je nachdem, was wir in diesen Tunneln finden."

„Ich finde trotzdem, dass wir ein besseres Team wären."

„Und *ich* habe meine Befehle bereits erteilt. Wenn du mir nicht mehr zutraust, diese Truppe in unser aller Interesse zu führen, weißt du, wo die Tür ist."

Trotz Omens sanften Tons zuckte Snap zusammen. Ich drückte seinen Arm, bevor er mit der Auseinandersetzung fortfahren oder sie zu etwas Größerem ausweiten konnte. Es war schon schlimm genug, Omen und Thorn über mein Schicksal streiten zu sehen.

„Hey", sagte ich. „Ich kann ziemlich gut *selbst* auf mich aufpassen, wie ihr beide wissen solltet. Ich komme schon zurecht. Falls Omen beschlossen hat, mich doch loszuwerden, würde er sich nicht die Mühe machen, eine große Touristenexpedition daraus zu machen."

Snap gab ein Brummen von sich, doch er erwiderte meinen Kuss und umarmte mich noch etwas fester, bevor er mich losließ, damit ich mich zu dem Höllenhund-Wandler gesellen konnte, der mich jetzt anfunkelte. Dieses Date fing ja gut an.

Leider musste ich zugeben, dass das spätnächtliche Herumtreiben in den Pariser U-Bahn-Tunneln nicht das schlimmste Date gewesen wäre, das ich je erlebt hatte. Es schaffte es aber definitiv auf die Liste der zehn schlechtesten. Die kühle, nach Erde riechende Luft in den Gängen vermittelte mir das Gefühl, lebendig begraben zu werden. Die niedrigen Decken und die allgemeine Dunkelheit minderten diesen klaustrophobischen Eindruck nicht gerade.

Omen ließ sein Höllenhundfell glühen, um die Wände aus Stein, Lehm und ein paar aufgeschichteter Knochen in einen orangefarbenen Schimmer zu tauchen. Ich neigte meinen

Kopf in diese Richtung. „Ein Ort ganz nach deinem Geschmack, was, Höllenhund?"

„Ich glaube, ich habe noch nicht genug Sterbliche abgeschlachtet, um aus ihren Überresten eine ganze Katakombe zu machen", antwortete er, was nicht sonderlich beruhigend war, wenn man berücksichtigte, dass die Knochen von etwa ein paar tausend Leichen zu stammen schienen.

Wir gingen weiter, bis wir die Stelle erreichten, von der Omen gesagt hatte, sie befände sich unter einer Schokoladenfabrik, in der die Lichtarmee anscheinend ihre Geschäfte abwickelte. Mir blieb nichts anderes übrig, als ihn beim Wort zu nehmen, denn hier unten sah eine triste Wand aus wie die andere. Im schummrigen Licht konnte ich weder Falltüren noch andere Öffnungen ausmachen, durch die wir heimlich in das Gebäude hätten eindringen können.

„Ich könnte etwas Feuer machen, damit wir mehr Licht haben", sagte ich mit einem leichten Zögern, das mir nicht gefiel. Tempests Bemerkungen hafteten an mir wie eine Brennnessel und riefen ein ebenso lästiges Kribbeln hervor. Wenn ich ein Phönix war, bedeutete das, dass ich dazu verdammt war, früher oder später mit meiner Kraft zu verbrennen?

Und wie viel würde mit mir verbrennen, wenn es so weit war?

Omen betrachtete mich. Er war während unserer Erkundung erstaunlich sparsam mit seinem Spott umgegangen. Ich konnte nicht sagen, ob er mein zerstörerisches Potenzial oder mein Selbstvertrauen bewertete.

„Sie hat nicht immer recht", sagte er, als wäre das die Antwort auf meinen Vorschlag.

„Was?"

„Tempest. Sphinxe mögen für ihre Weisheit bekannt sein, aber sie sprechen auch in Rätseln, und manchmal verwechseln sie die beiden Dinge in ihrem Kopf. Sie ist nicht allwissend, und sie hat viele Gründe, dich verunsichern zu wollen." Er hielt inne und ließ seinen Blick durch den Gang schweifen. „Und ich kann gut genug sehen, um zu sagen, dass auch dieser Ort ein Reinfall ist. Wir sind hier fertig. Komm mit." Er schlenderte weiter den Tunnel entlang.

Ich beschleunigte mein Tempo, um mit ihm Schritt zu halten. „Du glaubst also nicht, dass ich tatsächlich ein Phönix bin?"

„Oh, das glaube ich schon. Das ist die einzige Erklärung, die wirklich Sinn ergibt, wenn man sich aus Versehen selbst in Brand steckt. Ich glaube nur nicht, dass das zwangsläufig bedeutet, dass man noch mehr verbrennt, wenn man zufällig in Flammen aufgeht. Allerdings würde ich es vorziehen, nicht zu experimentieren, um das herauszufinden." Er blickte sich zu mir um und ließ ein knappes, aber deutliches Lächeln in der Dunkelheit aufblitzen. „Ich nehme an, dass du unverkohlt eine bessere Kameradin bist."

„Nun, es freut mich, zu hören, dass du deine ursprüngliche Meinung über mich zumindest so weit revidiert hast."

Er lachte. „Du steckst voller Überraschungen. Zum Glück sind nicht alle davon schlecht."

Ich beschloss, das als Kompliment zu werten.

„Hast du schon einmal einen Phönix gesehen?", fragte ich. Was war mit den anderen meiner Art geschehen? Tempest hatte angedeutet, dass es nicht viele von uns gab.

Omens Antwort bestätigte dies. „Nein", sagte er. „Und die Geschichten, die ich gehört habe, stammen überwiegend von Sterblichen und nicht von Schattenwesen, deswegen vertraue ich nicht darauf, dass sie wahr sind. Es könnte sein, dass nur ein Hybrid ein Phönix werden kann. Ich bezweifle sehr, dass Tempest jemals einem begegnet ist."

Okay, das beruhigte mich ein wenig. Sie erzählte also nur

unausgegorene Fabeln und sprach nicht aus eigener Erfahrung.

Omen führte uns durch mehrere immer schmaler werdende Gänge, was dem erdrückenden Gefühl des Erstickens nicht gerade zuträglich war, und dann eine grobe Treppe hinauf, die an einer dicken Holzverkleidung endete.

„Die Sphinx ist nicht die Einzige, die ein paar Tricks auf Lager hat." Omen drückte auf einen Knopf im Holz. Eines der Paneele schwang auf und wir zwängten uns durch die Öffnung in einen kleinen, staubigen Raum, der mit mehreren Stühlen und Kisten mit spitz zulaufenden Kerzen vollgestellt war.

Ein wachsartiger Duft stieg mir in die Nase, als ich Omen durch die Tür am anderen Ende folgte und feststellte, dass Versailles noch nicht meine ganze Ehrfurcht in Anspruch genommen hatte.

Wir betraten eine Kathedrale – und was für eine. Die gewölbte steinerne Decke war so hoch, dass es den Anschein erweckte, sie würde den Himmel berühren. Hoch über dem Altarbereich streuten kunstvolle Buntglasfenster das Licht der Straßenlaternen von draußen in bunten Farbtupfern über den gefliesten Boden. Die Säulen, die in regelmäßigen Abständen entlang der Kirchenbänke angeordnet waren, waren so gewaltig, dass ich nicht sicher war, ob ich meine Arme um eine davon hätte legen können, selbst wenn ich mich dazu geklont hätte.

Ich hatte nicht viel für Religion übrig, doch wenn es einen Ort gab, der mich von der Großartigkeit eines Lebens nach dem Tod hätte überzeugen können, dann dieser hier.

„Notre Dame", sagte Omen neben mir und blickte zu den riesigen Glasfenstern hinauf. „Ich behaupte nicht, die Sterblichen hätten nicht auch ein paar spektakuläre Dinge zustande gebracht."

Apropos Überraschungen: Ich hätte nie gedacht, dass der

Höllenhund-Wandler einmal ein positives Wort über Sterbliche verlieren würde.

Plötzlich verspürte ich eine andere Art von kribbelndem Unwohlsein unter meiner Haut, das ein flackerndes Feuer in mir entfachte. Ich unterdrückte die unbehagliche Hitze, doch vielleicht wäre es einfacher, damit klarzukommen, wenn ich sagen würde, was mir seit unserer Konfrontation mit Tempest durch den Kopf ging.

Ich senkte meinen Blick, als mich ein ungewöhnliches Gefühl des Unbehagens beschlich. „Weißt du, es tut mir leid. Es tut mir leid, dass ich so hart mit dir umgesprungen bin. Am Anfang hattest du es verdient, als du dich mir gegenüber wie ein Arschloch benommen hast, doch selbst nachdem du mit den Tests und all dem aufgehört hast, habe ich nicht erkannt, wie weit du dich von dem entfernt hast, was du früher warst, und wie schwer das gewesen sein muss. Du bist nicht wie Tempest. Ich weiß nicht, wie ähnlich du ihr früher warst, doch jetzt bist du es nicht mehr. Weder, wenn du der eiskalte Bastard bist, noch wenn du dein Feuer herauslässt. Nur, falls du dir deswegen noch Sorgen machst.“

Die Bemerkungen, die er in den letzten Wochen in unseren Gesprächen gemacht hatte, ließen mich vermuten, dass er das tat.

Omen gab ein stotterndes Lachen von sich, was nicht ganz die Reaktion war, die ich mir von meinem Versuch, ihm ein Friedensangebot zu unterbreiten, erhofft hatte.

„Du entschuldigst dich bei *mir*?“, fragte er und drehte sich zu mir um, um mich direkt anzuschauen. „Ich bin derjenige, der dich vor nicht einmal einer Woche festgekettet hat.“

Ich verschränkte die Arme vor der Brust. „Ich sage nicht, dass das der Höhepunkt meines Lebens war, doch nach allem, was du gehört hast, und durch den Einfluss, den die Obersten auf dich haben, verstehe ich dein Verhalten. Es bedeutet viel, dass du mich ihnen nicht direkt übergeben hast. Dass du keine leichtfertige Entscheidung getroffen hast." Ich hielt inne. „Ich bin mir immer noch nicht ganz sicher, warum du den Freifahrtschein, den ich dir gegeben habe, *nicht* angenommen hast."

Er strich mit seinen Fingerknöcheln über mein Gesicht. Es war eine flüchtige Berührung, die eine Welle viel verlockenderer Hitze in mir auslöste. Seine Augen fixierten mich, ungläubig und vielleicht ein wenig zwiespältig, aber keineswegs verächtlich. „Wenn du dein Leben der Gnade der Obersten anvertraust, nur um zwei Schattenwesen zu retten, von denen eines dir nicht viel Grund zur Großzügigkeit gegeben hat, fällt es mir äußerst schwer, zu glauben, dass du dich umdrehen und den Rest der Welt aus einer Laune heraus niederbrennen würdest."

Meine Kehle war wie zugeschnürt. „Ich weiß nicht, ob ich eine große Wahl haben werde."

„Natürlich hast du die. Man hat immer die Wahl. Und trotz deines Spotts und deines Trotzes ist dir die Sache offenbar wichtig genug, um Entscheidungen zu treffen, die nicht zu einer Massenvernichtung führen." Omens Blick senkte sich für eine Sekunde, bevor er mich noch intensiver ansah. „Das hätte ich schon erkennen sollen, bevor du dich zwischen Thorn und mich werfen musstest. Du hast nie ein Geheimnis aus *deiner* Gesinnung gemacht. Ich habe nur deinen Altruismus nicht als das erkannt, was er war. Oder vielleicht habe ich es mir selbst nicht erlaubt, ihn zu erkennen, bis er nicht mehr zu übersehen war."

Ich schluckte schwer. „Also wartest du nicht immer noch darauf, dass ich Mist baue, damit du einen Vorwand hast, mich an die Obersten auszuliefern?"

Er sah ehrlich erschrocken über diese Frage aus. „Ist es das, was du gedacht hast?"

„Du warst nicht gerade gesprächig, seit du mich von den Ketten befreit hast, selbst für deine Verhältnisse."

Wieder strich er mit seiner Hand über mein Gesicht, diesmal mit etwas mehr Druck als zuvor. Mein Herz setzte einen Schlag aus. Dann hüpfte es weiter in meiner Brust, als würde dort ein Abschlussball aus den 50er Jahren stattfinden.

Omen verzog den Mund. „Ah. Nun. Es gab da ein paar Dinge, von denen ich wusste, dass ich sie dir sagen sollte. Da ich nicht genau wusste, wie ich das anstellen sollte, habe ich einfach geschwiegen." Er holte tief Luft. „Ich muss mich bei dir entschuldigen. Bei unserer ersten Begegnung habe mich dir gegenüber wirklich viel arschlochhafter verhalten, als du es verdient hast, und ich hätte früher von dir ablassen sollen. Du hattest noch weniger Einfluss auf die Umstände, in denen du dich wiedergefunden hast, als ich, und du hast viel weniger Zeit gebraucht, um etwas Bewundernswertes daraus zu machen. Du stellst meine eigenen Bemühungen in den Schatten."

Die Tatsache, dass der Höllenhund-Wandler sich bei irgendjemandem entschuldigte, vor allem bei mir, war so bizarr, dass meine Gedanken einige Sekunden lang um seine Worte kreisten, bis sie langsam in meinen Verstand sickerten. „Willst du mit deiner plötzlichen Freundlichkeit den Wettbewerb darum gewinnen, wer das tollste Wesen hier ist?"

Omen stieß ein Grollen aus. „Ich versuche, dir zu vermitteln, dass es mir leidtut, dass ich deine ‚herausragenden' Qualitäten nicht früher erkannt habe. Musst du einem immer alles so hart wie möglich machen?"

Ein Lachen sprudelte aus mir heraus. Ich konnte das Lob, das er mir zuteilwerden ließ, immer noch nicht ganz begreifen, doch ich kannte ihn mittlerweile gut genug, um das orangefarbene Flackern in seinen Augen zu erkennen und zu bemerken, dass seine Hand an meiner Wange verweilte, als ob er noch nicht bereit wäre, damit aufzuhören, mich zu berühren. Ich wusste vielleicht nicht, wie ich auf Omens Freundlichkeit reagieren sollte, doch ich wusste, was ich mit dieser Hitze anfangen konnte.

Ich fuhr mit meinen Fingern an der Vorderseite seines

Hemdes entlang und hielt erst wenige Zentimeter oberhalb seines Hosenschlitzes inne. „Ich wüsste da etwas, das wir beide genießen würden, wenn ich es hart mache."

Omen stieß ein Knurren aus, doch mir entging das Verlangen nicht, das darin mitschwang. Dann zog er meinen Mund auf seinen und küsste mich so leidenschaftlich, dass die Hitze bis in meine Zehenspitzen schoss.

Ich griff nach seinem Hemd und erwiderte seinen Kuss mit allem, was ich in mir hatte. Ganz gleich, wie sehr wir uns gestritten hatten, ganz gleich, wofür wir uns vielleicht beide entschuldigen mussten, es war einfach nur richtig, wie unsere Körper aufeinanderprallten.

Omens Zunge glitt in meinen Mund. Er zog mich fester an sich und legte eine Hand auf meinem Po, während die andere an meiner Seite hinaufglitt und meine Brust umfasste. Das Gefühl seiner harten, steifen Länge, die sich durch unsere Kleidung hindurch gegen mich drückte, sandte einen Hitzeschock direkt zwischen meine Beine.

Ich hatte nicht gedacht, dass ich es in einer berühmten Kathedrale mit einem meiner Liebhaber treiben würde, schon gar nicht mit dem höllischsten von ihnen, doch ich hatte nicht das geringste Interesse daran, dieses Geschehen zu unterbrechen.

Omen drückte mich gegen eine der Säulen. Seine feurige Kraft flackerte zwischen uns auf und meine inneren Flammen loderten, um ihm zu begegnen, wie sie es schon einmal getan hatten. Jeder Zentimeter meiner Haut brannte vor Lust.

Der Höllenhund-Wandler senkte seinen Mund auf meinen Hals, und ich fuhr mit meinen Fingern durch seine kurzen Haarbüschel, die sich aufgestellt hatten. Mir entwich ein Wimmern, als er mit seiner Zunge über die Stelle unter meinem Kinn leckte.

„Sag mir, was du willst", forderte Omen, seine Stimme war belegt vor Verlangen und Erwartung.

Oh, es gab verdammt viele Dinge, die ich wollte, doch im

Moment schien nur eines von Bedeutung zu sein. „Fick mich. Fick mich so hart, wie du kannst.“

Ein feuriges Glucksen kam ihm über die Lippen und ergoss sich heiß über meine Haut. „Nur dieses eine Mal unterwerfe ich mich gerne deinem Befehl.“

Das letzte Mal hatte er mir die Kleider vom Leib gebrannt. Oder vielleicht hatte ich sie selbst verbrannt – es war schwer zu sagen, bei all den umhertanzenden Flammen. Diesmal zog er mir mein Top auf sterbliche Weise aus und warf es beiseite, womöglich, weil ihm bewusst war, dass ich kein Outfit zum Wechseln dabeihatte. Die Geschwindigkeit, mit der er meinen BH öffnete, könnte allerdings von übernatürlicher Kraft gewesen sein.

Den Bruchteil einer Sekunde später durchschoss mich ein heftiges Glücksgefühl, als er an meinem Nippel saugte und mir ein Keuchen entwich. Ich umklammerte sein Haar und zerrte mit der anderen an seinem Hemd. Sein höllisches Licht flackerte über seinen ganzen Körper, und das Kleidungsstück zerfiel zu Asche. Zusammen mit allen anderen Kleidungsstücken, die er getragen hatte. Ich Glückspilz.

Ich fuhr mit den Fingern über die straffen Muskeln seines Oberkörpers, und sein Teufelsschwanz kitzelte meinen Unterarm. Ich konnte nicht widerstehen, seine warme pulsierende Länge mit meinen Fingern zu umfassen. Er zuckte gegen meine Handfläche und seine Schwanzspitze zeichnete eine schwindelerregende Linie entlang meines Oberschenkels. Dann setzte Omen mich auf dem Fliesenboden ab und riss mir den Rest meiner Kleidung vom Leib.

Die Fliesen waren alles andere als bequem, doch bevor die Kälte des glatten Steins meine Haut durchdringen konnte, strömte ein Schwall von Omens Feuer um mich herum und unter mich. Es fühlte sich an wie eine feurige Daunendecke.

Omens Mund versengte meine Lippen und sein Körper schwebte knapp über dem meinen. „Ich werde dich ficken, bis du vor Lust schreist", versprach er, so selbstbewusst, dass mein Höschen nass geworden wäre, wenn ich es noch angehabt hätte. „Doch ich werde mir Zeit lassen. Ich will mich an jeden Zentimeter deiner Haut erinnern. Das erste Mal war etwas verschwommen – positiv verschwommen, aber trotzdem."

Er fuhr mit seinen Zähnen über mein Schlüsselbein, und ich atmete mit einem zufriedenen Brummen ein. „Dem werde ich nicht widersprechen." Trotzdem keimte ein winziges Fünkchen Besorgnis in mir auf, jetzt, wo wir unsere fleischliche Zusammenkunft etwas langsamer angingen.

Als er mit seinen Reißzähnen über meine Brust fuhr, fehlten mir fast die Worte, die mir mit meinem nächsten Atemzug jedoch über die Lippen kamen. „Wir sollten sichergehen, dass dabei keine Höllenwelpen herauskommen."

Omen stieß ein Schnauben aus, das genauso sexy war wie alles andere an ihm, und ließ seine Zungenspitze gegen meinen Nippel schnalzen. „Das ist unmöglich. Ohne die Schattenwesen-Zeremonie, die deine Mutter durchgeführt hat, ist das unmöglich. Und da das in der Geschichte der Schattenwesen bisher nur drei Menschen geschafft haben, ist es zweifelhaft, dass ich mich dieser Zeremonie unwissentlich unterzogen habe."

Das klang plausibel. Vor allem, im Hinblick auf meine Befürchtung, dass er alles, was Ähnlichkeit mit einem Kondom hatte, durchbohren würde – nicht, dass ich welche dabeihätte. Außerdem wollte ich diesen Fick *wirklich* nicht beenden, bevor wir überhaupt angefangen hatten.

Omen saugte meinen anderen Nippel zwischen seine Lippen und ließ gleichzeitig seine Hand zwischen meine Schenkel gleiten. Die Lust, die mich durchströmte, fegte alles andere weg, was ich hätte sagen können. Ich stieß ein Knurren aus und hob meine Hüften, um ihm entgegenzukommen. Seine Finger krümmten sich in mir. Sie waren genauso heiß wie alle anderen Teile von ihm, und entfachten neue Flammen, doch das war nicht halb so viel, wie ich wollte.

„Ich werde dich auseinandernehmen und dich wieder zusammensetzen, und du wirst um mehr betteln", murmelte Omen. Er küsste meinen Bauch und ließ meinen Körper langsam sinken.

Der Laut, der mir daraufhin entwich, war nicht besonders aussagekräftig. Was ich damit sagen wollte, war in etwa: *Klingt fantastisch, mach weiter!* Scheinbar musste ich dieses Gefühl jedoch nicht deutlicher zum Ausdruck bringen, denn in der nächsten Sekunde presste der Höllenhund-Wandler seinen glühenden Mund zwischen meine Beine.

Oh, halleluja! Die Kraft seiner Lippen und seine weiche Zunge ließen Wellen der Lust durch mich pulsieren. Alles, was ich tun konnte, war zu stöhnen und an die riesige Decke über mir zu starren. Die Ekstase baute sich so schnell in mir auf, dass ich genauso gut nach oben fliegen könnte, um ihr zu begegnen.

Doch Omen löste sein Versprechen ein, den Moment auszukosten. Jedes Mal, wenn ich kurz vor meinem Höhepunkt war, verlangsamte er die Bewegungen seiner Zunge und neckte mich mit seinen Fingern, anstatt bis zur Erlösung in mich hineinzustoßen. In meinem Inneren bildete sich ein Knoten des Verlangens, der immer größer wurde, je näher ich dem Höhepunkt kam.

Ich umklammerte seine kurzen Haarbüschel und meine Finger streiften seine Kopfhaut. Schließlich sprudelten die Worte, auf die er wohl gewartet hatte, mit einem Knurren aus mir heraus. „Bitte, verdammt noch mal. *Bitte.*"

Ich spürte, wie sich Omens Lippen an mir zu einem Grinsen verzogen. Als er erneut kräftig an meinem Kitzler saugte und seine Finger noch tiefer in mich hineingleiten ließ, hätte ich wirklich vor Lust schreien können. Meine Sicht verschwamm mit einem Klingeln in meinen Ohren, als ich in eine Explosion der Glückseligkeit stürzte.

Die Flammen, auf denen ich lag, kräuselten sich unter meinem Rücken, als würden sie meinen Orgasmus in noch größere Höhen treiben. Kaum war ich inmitten des Nachglühens wieder zu Atem gekommen, erhob sich Omen über mich. Er hob meine Hüften vom Boden, um sich mit mir zu vereinen.

Als er seinen Mund auf meine Lippen presste, nahm ich seinen rauchigen Geschmack wahr. Dann drang sein steifer Schwanz in mich ein. Ich schlang meine Beine um ihn und wölbte meinen Rücken, um mich seinem Rhythmus anzupassen. Ich wollte immer mehr, als das Vergnügen wieder in mir anschwoll. Unsere Flammen knisterten zwischen uns mit einem Stechen, das nur aus Freude und nicht aus Schmerz bestand.

Ich hätte nicht gedacht, dass der Höllenhund-Wandler meinen Körper in eine noch größere Ekstase versetzen könnte, doch ich hatte nicht mit all seinen besonderen Eigenschaften gerechnet. Während sich unsere Körper in einem immer rasanteren Tempo aufeinander zu bewegten, glitt etwas über meinen Hintern. Die Teufelsspitze seines Schwanzes zeichnete lustvolle Muster auf meine Haut, bevor sie zwischen meine Pobacken glitt, um meine andere Öffnung zu streicheln.

Ein weiterer Lustschauer gesellte sich zu den Empfindungen, die mich bereits durchströmten, und ein keuchender Schrei brach aus meinem Mund.

Omen küsste mich, als wolle er dieses Geräusch in sich aufsaugen. Er drang bis zum Anschlag in mich ein, während sein Teufelsschwanz von hinten eine schwindelerregende Spur auf meine Haut zeichnete. Schließlich zerbrach ich in tausend schimmernde, glühende Stücke, die von innen heraus leuchteten.

Als ich erschauderte und meine Fingernägel in Omens

Rücken und Hintern grub, stöhnte er auf. Nach ein paar zunehmend unberechenbaren Stößen folgte er mir. Es hätte ebenso gut ein Spurt aus flüssigem Feuer sein können.

Als sich seine Muskeln entspannten, ließ der Höllenhund-Wandler uns beide auf den Boden sinken, wobei ein Teil seines Gewichts auf mir ruhte. Diesmal zögerte ich nicht, ihm in die Augen zu sehen. Das orangefarbene Flackern vermischte sich in einem perfekten Kontrast mit dem eisigen Blau.

Er schenkte mir ein sardonisches Lächeln, als könnte er sich nicht dazu durchringen, selbst nach den Schwächen und der Bewunderung, die er bereits zugegeben hatte, völlig zufrieden auszusehen. Diese Zurückhaltung war so typisch für Omen, dass sich ein Flattern der Zuneigung in meiner Brust regte.

Darauf folgte ein bittersüßer Schmerz. Plötzlich erinnerte ich mich daran, wie er im Palast über seine Zeit mit Tempest gesprochen hatte.

Ich hatte das Bedürfnis, die Situation zu klären. In unser beider Interesse. „Das hier war mehr als einfach nur Sex. Zumindest für mich. *Du* bedeutest mir mehr als das." Ich war mir noch nicht ganz sicher, was oder wie viel, doch ich wusste, dass das, was ich gesagt hatte, stimmte.

Omens Lächeln wurde etwas weicher. „Ich glaube nicht, dass irgendetwas mit dir jemals ‚nur' sein wird, Chaos-Queen." Er senkte den Kopf, seine Lippen streiften meine Wange und beantworteten eine Frage, die ich noch gar nicht gestellt hatte. „Du bist ein edleres Wesen, als Tempest jemals war oder sein könnte. So viele Dinge ich im Laufe der Jahre auch bereut habe, du wirst nicht dazugehören. Selbst wenn wir dadurch beide verdammt werden."

Ein unerwarteter Kloß bildete sich in meiner Kehle. Es würde ihn womöglich nicht nur seine Freiheit, sondern auch sein Leben kosten, wenn die Obersten herausfanden, dass er sich ihren Befehlen widersetzt hatte.

Ich legte meinen Arm um seinen Hals, und er küsste mich erneut, sanfter, jedoch nicht weniger feurig. Als er meine Lippen mit seiner Zunge auseinanderschob, leuchtete in meinem Kopf eine Glühbirne auf. Ich küsste ihn noch fester und zog mich dann zurück.

„Was?", fragte Omen und musterte amüsiert er mein Gesicht.

Ich grinste ihn an. „Ich weiß, wie wir an die Schwachköpfe der Lichtarmee herankommen, auch ohne, dass sie einen Fuß nach draußen setzen."

# NEUN

*Ruse*

Nachdem wir kurz vor der italienischen Grenze einen Tankstopp eingelegt hatten, übernahm Omen das Steuer des Supermobils. Ich war froh, von dieser Pflicht befreit zu sein, vor allem, weil die Blinker des Wohnmobils angefangen hatten, im Takt des rumpelnden Motors zu flackern. Ich ließ mich in die weichen Lederpolster des Sofas sinken und holte mein Handy heraus.

Einen Moment später kam Sorsha mit einem Grinsen herübergeschlendert. „Irgendwelche neuen Informationen von unserem neuen Hacker-Kollegen?", fragte sie, hüpfte auf den Tisch und ließ ihre Beine baumeln.

Seit sie mit ihrer neuesten brillanten Idee von ihrer Erkundungstour in den Tunneln unter Paris zurückgekehrt war, wirkte sie irgendwie lebhafter. Es gefiel mir, sie so strahlend zu sehen, doch manchmal machte sie einen fast frenetischen Eindruck auf mich, als würde sie rasen, um einer tieferen Angst einen oder zwei Schritte voraus zu sein.

Außerdem war mir der rauchige Geruch nicht entgangen, der auf ihrer Haut haftete, als sie voller Energie zurückgekehrt war. Es war nicht nur ihr natürlicher, feuriger Geruch, sondern auch ein Hauch von Schwefel, der zu dem Höllenhund-Wandler gehörte. Inwieweit war sie von ihrem neuen Geistesblitz beflügelt und inwieweit von dem, was die beiden getrieben hatten, nachdem sie Frieden geschlossen hatten?

Es war schon schlimm genug, sich als Inkubus zu verlieben, ohne dabei auch noch eifersüchtig auf die anderen Partner meiner Geliebten zu sein. Mochte die Dunkelheit mich davor bewahren, dass sie jemals danach fragte, mit wie vielen Frauen ich im Laufe der Jahrhunderte intim war. Doch das Wissen, dass sie es mit Omen getrieben hatte – und offensichtlich glücklich darüber war – rief irgendwie andere Ängste in mir hervor.

„Er konnte in den letzten Stunden nichts Neues in Erfahrung bringen. Und da er sterblich ist, muss er ab und zu schlafen", erklärte ich. „Jetzt, da wir festgestellt haben, dass die Lichtarmee in Rom wesentlich aktiver ist als irgendwo sonst auf dieser Seite des Ozeans, wird er dort nach auffälligeren Mustern suchen. Schon bald werden wir ihre Familie und Freunde einkreisen können."

Sorsha seufzte und die Bewegungen ihrer Beine verlangsamten sich. „Das funktioniert natürlich nur, wenn die Mitarbeiter der Lichtarmee zumindest ein wenig Kontakt zu den Menschen haben, die ihnen wichtig sind. Vielleicht hat ihr Anführer – der Sterbliche oder Tempest – ihnen auch jegliche Kommunikation untersagt."

Ich drückte sanft ihren Oberschenkel. „Dann wirst du dir einen anderen brillanten Plan einfallen lassen. In letzter Zeit hast du einen Geistesblitz nach dem anderen."

Genau in diesem Moment ruckelte das Supermobil. Sorsha musste sich an der Tischkante festhalten, um das Gleichgewicht nicht zu verlieren. Als hätte es Schluckauf ruckelte das Wohnmobil erneut. Omen stieß vorne ein frustriertes Knurren aus.

„Langsam glaube ich, dass es keine so gute Idee war, ‚Darlene‘ durch die Schatten zu transportieren", sagte ich, gerade laut genug, dass er mich hören konnte.

Sorsha lachte, unterbrochen von einem erneuten Ruck. „Sie ist nicht mehr ganz so wie früher, so viel ist sicher. Was meinst du, wie wir den Schluckauf heilen können? Ihr ein Glas Wasser geben? Sie erschrecken?"

„Na ja, wir haben sie gerade mit ihrer Lieblingsflüssigkeit vollgetankt, also nehme ich an, das wird nicht reichen." Wir kicherten, bis meine gute Laune durch die Tatsache, dass ich keine Ahnung hatte, was ich in Bezug auf unsere Transportprobleme oder irgendetwas anderes tun sollte, getrübt wurde.

Ich versuchte, weiterzugrinsen, doch auch Sorsha wurde still und musterte mich aufmerksam. Sie rutschte vom Tisch, nahm meine Hand und zog mich in Richtung Schlafzimmer. „Komm mal kurz mit."

Wollte sie noch ein wenig Action? Mein eigenes Verlangen regte sich, als ich ihr durch den Flur folgte. Doch selbst das vertraute Gefühl der Lust – beziehungsweise das der zärtlichen Zuneigung – konnte meine ruhelosen Gedanken nicht wirklich beruhigen.

Die anderen hatten mir bruchstückhaft ihre Begegnung mit Tempest geschildert. All die hochmütigen Bemerkungen der Sphinx, das Ignorieren ihrer Bedenken sowie der Vorwurf, sie hätten ihre monströse Natur vergessen. Gegen mich hatte sie diesen Vorwurf nicht erhoben, allerdings nur, weil ich nicht dabei gewesen war, wie ich annehmen musste. Als Snap es erzählt und dabei gequält den Mund verzogen hatte, hatte es mich wie ein Schlag in die Magengrube getroffen.

Hatte ich mich trotz meiner promiskuitiven Neigung in Sorsha verliebt? Oder hatte ein subtilerer Aspekt meiner

Kräfte einfach erkannt, was für ein Segen es wäre, für alle Zeiten eine einfache Nahrungsquelle an meiner Seite zu haben?

Sie war die erste Sterbliche – oder zumindest Halbsterbliche – die mich so akzeptierte, wie ich war. Ich konnte meinen Hunger nach Vergnügen Nacht für Nacht stillen, ohne sie auf übernatürliche Art und Weise verführen zu müssen. In vielerlei Hinsicht kam es mir unglaublich *gelegen*, dass ich mich nach einer verbindlicheren Beziehung mit ihr sehnte.

Liebte ich sie, oder wollte ich mich selbst davon überzeugen, dass dies der größte Betrug war, den ich je begangen hatte? Nur dieses Mal an mir selbst.

Ich wollte mich nicht weiter mit dieser Frage auseinandersetzen. Und Sorsha eine schöne, intime Zeit zu bereiten, war das Einzige, was ich ohne jeden Zweifel tun konnte. Wenn sie das also von mir wollte, würde ich es verdammt noch mal auch tun.

„Ich hoffe, du weißt, dass das länger als *kurz* dauern wird", meinte ich neckisch, als sie die Schlafzimmertür hinter uns schloss. „Ich habe einen Ruf zu wahren."

Sie stupste mich in die Brust. „Ich habe dich nicht hierhergebracht, um dich zu vernaschen, obwohl ich nicht abgeneigt wäre, wenn wir mit dem Reden fertig sind. Was ist mit dir los? Du wirkst ein wenig abwesend, seit wir diese Reise angetreten haben."

Meine Geliebte war viel zu scharfsinnig. Ich lachte kurz auf und versuchte, das Gespräch in eine andere Richtung zu lenken. „War ich nicht aufmerksam genug, Flamme?"

Sorsha stupste mich erneut an und ihr Blick gab mir zu verstehen, dass sie keine Argumente oder Dummheiten dulden würde. „Ich kann mich nicht über mangelnde Aufmerksamkeit beschweren, wie du sicher weißt. Doch wir haben so viel Zeit miteinander verbracht, dass ich merke, wenn du nicht so sorglos bist wie sonst, Mr. Charming. Ich habe mich dir gegenüber geöffnet. Inzwischen solltest du wissen, dass ich dich nicht für irgendetwas verurteilen werde, das dich bedrückt."

Bei dieser Frage überkam mich ein ungewohnter Anflug von Schuldgefühlen. Unsere Sterbliche hatte sich mir *tatsächlich* geöffnet. Sie hatte mir sogar erlaubt, ihren Geisteszustand zu lesen, obwohl sie als Kind eine schreckliche Erfahrung mit einem anderen Schattenwesen gemacht hatte, das ihren Geist manipuliert hatte. Sie hatte mir gesagt, dass sie mich liebt, und sie hatte kein übernatürliches Verlangen, das dahinterstecken könnte.

Sie hatte an mich geglaubt, und ich sollte besser anfangen, auch an sie zu glauben, sonst würde ich sie verlieren, unabhängig von meinen eigenen Beweggründen.

Ich zog sie in meine Arme und schmiegte meinen Kopf an ihren. Inzwischen roch sie nur noch nach sich selbst, unerbittlich süß. Was auch immer in mir vorgehen mochte, es ließ sich nicht leugnen, dass das Gefühl, ihr nahe zu sein, die Spannung in meiner Brust etwas löste.

„Ruse", stieß sie hervor, doch ihre Stimme war sanfter geworden. Auch das konnte ich in ihr hervorrufen – die Zärtlichkeit, die ihr Feuer so gut ergänzte.

„Omen hat dich verschleppt", begann ich. „Er hatte sogar vor, dich den Obersten auszuliefern, damit sie dich töten. Und ich konnte nichts tun, um ihn aufzuhalten oder dir zu helfen. Thorn und Snap haben sich der Sache sofort angenommen – sogar die Koboldin hat vielleicht etwas dazu beigetragen, ob es nun geklappt hat oder nicht."

„Du hast schon bei vielen anderen Dingen geholfen. Nicht jedermanns Talente sind für jedes Problem geeignet."

„Du bist das Wichtigste, was ich in meinem Leben hatte, seit ... eigentlich jemals." Als ich die Worte fand, durchbohrte mich die Wahrheit dieser Aussage, scharf und eindringlich. Vielleicht hätte ich beruhigt sein und diesen Zweifel ausräumen sollen, doch die Gewissheit, dass meine Gefühle echt waren, machte mir mein Versagen nur noch deutlicher bewusst. „Wenn ich dich nicht einmal beschützen kann, wenn deine ganze Existenz auf dem Spiel steht, wie um alles in der Welt könnte ich dich überhaupt verdient haben?"

Sorsha stieß einen erstickten Laut aus und drehte sich in meinen Armen, um meinem Blick zu begegnen. Sie berührte mein Gesicht, strich mit ihrem Daumen über meine Wange, und dank dieser wundersamen Liebe, zu der ich fähig geworden war, entfachte diese Berührung mehr Wärme, als ich jemals beim Geschlechtsakt mit unzähligen anderen Frauen erlebt hatte.

„Du weißt, dass ich es dir nicht übelnehme, dass du dich nicht vor die Fänge des Höllenhundes geworfen hast, oder?", fragte sie. „Während Omen mich gefangen hielt, gab es keinen einzigen Moment, in dem ich mir dachte: ,Wo ist dieser Inkubus, verdammt nochmal? Er hätte mich schon längst retten müssen.'"

„Das heißt aber nicht, dass du das nicht hättest denken *sollen*", murmelte ich.

„Nun, ich würde das nicht so sehen wollen. Ich glaube nicht, dass Liebe eine Transaktion sein sollte, bei der man Punkte sammeln muss, um jemanden zu ,verdienen'. Wenn es so wäre ... wie zum Teufel sollte *ich* irgendeinen von euch verdienen? Soweit wir wissen, kann ich jeden Moment in Flammen aufgehen und euch alle mit in den Tod reißen."

So sehr sie sich auch um einen lockeren Tonfall bemühte, es schwang genug Anspannung in ihrer Stimme mit, um mir zu verraten, dass ich mir ihre Angst nicht nur eingebildet hatte. Tempest hatte auch in ihr Zweifel geweckt. Sie machte sich Sorgen, dass sie uns verletzen könnte.

Ich küsste ihre Schläfe. „*Ich* weiß, dass das nicht passieren wird. Genauso wie alle anderen, einschließlich Omen, trotz seines kurzen Moments der Unüberlegtheit. Ein kleines Feuer ab und zu wird uns nicht umbringen. Und manche Arten des Verbrennens sind durchaus vergnüglich."

Sorsha brummte, als ob sie mein Argument nicht ganz akzeptierte, aber keine Lust hatte, das Thema zu vertiefen. „Das ist nicht der Punkt. Ich habe beschlossen, dass *du* mich verdienst. Ich will dich in meinem Leben haben, weil es mit dir so viel wundervoller ist. Und sag mir lieber nicht, dass ich nicht meine eigenen Entscheidungen treffen darf."

Meine Mundwinkel zuckten nach oben, bevor ich es verhindern konnte. Unsere Sterbliche konnte wirklich überzeugend sein. „Wehe dem, der das versucht." Vielleicht konnte ihre Erklärung meine Schuldgefühle nicht ganz vertreiben, doch vielleicht hätte ich diese Schuldgefühle gar nicht erst aufkommen lassen sollen. Wenn das, was ich ihr bieten konnte, ihr genügte, dann war die Frage, ob es mir genügte, ganz und gar mein Problem.

„Ich werde mich wohl ewig fragen, wie ich es geschafft habe, dich zu dieser Entscheidung zu bewegen", fügte ich hinzu, lässig genug, um ihr zu verstehen zu geben, dass es ein Scherz war.

Sorsha verdrehte die Augen und wippte ein wenig gegen mich, während sie einen verdrehten Songtext vor sich hinträllerte. „Oh, I, I just glide to your charm, all right? It must have clean gone to my head."

Ich umfasste ihren Kiefer und zog sie so nah an mich heran, dass meine Nase die ihre berührte. „Ich werde dir viel mehr als meinen Charme zeigen", raunte ich, bevor ich sie küsste. Bei diesem Versprechen wusste ich zumindest, dass ich es einlösen konnte.

Warum sollte das nicht ausreichen? Sie zum Lachen zu bringen, sie vor Lust seufzen zu lassen ... Ich hatte Talente, über die keiner unserer anderen Mitstreiter verfügte.

Ich küsste sie noch leidenschaftlicher und ließ sie auf das Bett sinken. Ihre Finger glitten über meine Brust, während sie mit ihrer anderen Hand eines meiner Hörner umfasste, was mir einen elektrischen Schauer über die Haut jagte. Ich war gerade dabei, ihr Shirt hochzuziehen, als sich ein winziger schuppiger Körper zwischen uns hindurchschlängelte, als wollte er auch mitkuscheln.

„Pickle!", rief Sorsha kichernd und griff nach dem kleinen Drachen. Ihr Schattenwesen-Haustier gab ein entrüstetes Fiepen von sich. „Habe ich dich etwa vernachlässigt? Ich verspreche dir, dass du meine volle Aufmerksamkeit bekommst, sobald ich dieses ... Gespräch mit Ruse beendet habe." Sie stand auf, um ihn aus der Tür zu schieben, und warf mir einen amüsierten Blick zu. „Tut mir leid. Ich wusste nicht, dass er hier drin ist."

„So viel Konkurrenz um deine Zuneigung heute", stichelte ich.

„Gut, dass ich so viel davon zu geben habe." Sie schubste mich zurück aufs Bett, beugte sich über mich und hielt dann inne. „Es gibt verschiedene Arten, jemanden zu retten, weißt du. Vielleicht sind Duelle auf Leben und Tod nicht deine Stärke, aber du hast mir schon so oft Mut gemacht, als ich es wirklich brauchte. Ich weiß, dass ich immer auf dich zählen kann."

„Sorsha", sagte ich, und in meiner Stimme schwangen mehr Emotionen mit, als ich bewältigen konnte. Sie einfach wieder zu küssen, schien der einfachste Weg zu sein, es ihr zu zeigen. Doch bevor sich unsere Münder berührten, wurden wir erneut unterbrochen, diesmal durch das Klingeln ihres Handys.

Stöhnend griff Sorsha nach ihrer Handtasche. Da sie nur selten Anrufe erhielt, war es vermutlich wichtig. Als sie einen Blick auf das Display warf, versteifte sich ihre Haltung.

„Es ist Vivi. Ich habe sie in den letzten Tagen schon zweimal vertröstet."

Das Zögern in ihrer Stimme machte mich stutzig. Die Frau, der sie aus dem Weg ging, war ihre beste Freundin – ich erinnerte mich an die Wärme in ihrer Stimme, wenn sie über oder mit Vivi sprach. Doch seit wir in ihr Leben getreten waren, hatte sie sich zunehmend von ihrer besten Freundin zurückgezogen. Gab es überhaupt jemanden in ihrem Leben, von dem sie sich nicht entfernt hatte, seit sie uns kennengelernt hatte?

Wenn sie schon Angst hatte, *uns* in unserem halbunsterblichen Zustand zu verletzen, wie viel Angst musste sie dann bei Leuten wie Vivi haben? Glaubte sie, dass sie sie nur retten konnte, indem sie auf Abstand ging?

Es war nicht richtig, dass ihre Ängste sie von den Menschen trennten, die ihr am Herzen lagen und denen sie am Herzen lag. Unsere Sterbliche mochte mehr Schattenwesen sein, als sie vermutet hatte, doch das sollte nicht bedeuten, dass sie keine menschlichen Freundschaften verdiente. Vielleicht musste sie daran erinnert werden, um ihre Ängste zu besänftigen. Sie sollte sich mit jemandem unterhalten, der ausnahmsweise mal mit ihrer nichtmonströsen Seite sprechen konnte.

Ich setzte mich neben ihr auf und küsste sie auf die Wange. „Geh ran. Ich kann warten, und du weißt, dass ich kein Problem damit habe, zu teilen."

Sorsha holte tief Luft und nickte. Sie drückte auf die Antworttaste. „Hey, Vivi! Ich weiß, ich weiß. Es war alles ein wenig verrückt, es tut mir leid!"

Ich ließ mich in die Kissen sinken und beobachtete, wie ein zaghaftes Lächeln ihre Lippen umspielte, während sie mit ihrer besten Freundin plauderte. Eine tiefere Zufriedenheit, als ich sie seit Tagen empfunden hatte, legte sich über mich.

Zumindest eine Sache hatte ich hier richtig gemacht. Vielleicht hatte sie recht damit, dass es verschiedene Arten der Rettung gibt. Die Art und Weise, wie ich Sorsha beschützen konnte, entsprach nicht Thorns kriegerischer Stärke, doch das musste nicht bedeuten, dass sie weniger wichtig war, solange ich diese Gelegenheiten erkannte, wenn sie kamen.

# ZEHN

*Sorsha*

Ich blickte an dem stuckverzierten Wohnhaus hoch, dessen schmale Fassade mehrere Stockwerke über der Straße aufragte. Der Stuck war mit orangebraunen und cremefarbenen Flecken übersät, und die Scharniere der antik aussehenden Eingangstür waren rostig.

„Das ist das Haus?"

„Es sei denn, unser tüchtiger Hacker hat die Telefonnummer zu einer falschen Adresse zurückverfolgt." Ruse legte den Kopf schief und bedeutete mir dann, von der Tür zurückzutreten. „Warte hier. Ich werde die Lage erst einmal von den Schatten aus checken. Wenn wir Glück haben, brauchen wir deine diebischen Fähigkeiten gar nicht. Der Kerl da oben ist mit einer Mitarbeiterin der Lichtarmee verlobt, doch sie leben noch nicht zusammen. Soweit wir wissen, ist er selbst nicht in die Machenschaften der Armee involviert. Es gibt also keinen Grund, warum er unter einem besonderen Schutz stehen sollte."

Schließlich hatte die Lichtarmee keinen Grund zu glauben, dass der Mann dort oben etwas wusste, das ihren Feinden – also uns – helfen könnte. Wenn seiner Verlobten bei ihren Telefongesprächen nichts Nützliches herausgerutscht war, würde Ruse einfach dafür sorgen, dass der Kerl vergaß, dass wir jemals hier gewesen waren, und wir würden darauf hoffen, dass unser neuer Hacker von Paris aus anderweitige Verbindungen ausgraben konnte. Dank allem, was verkabelt war und sich wild im Internet herumtrieb.

Ruse verschwand in den Schatten einer Gasse zwischen diesem und dem nächsten Wohnhaus, die so schmal war, dass ich nicht hindurchgepasst hätte. Während ich auf seinen Bericht wartete, zückte ich mein Handy, um den Eindruck zu erwecken, dass ich nicht einfach nur hier herumlungerte. Der Rest meines Schattenwesen-Quartetts war auch mitgekommen, blieb jedoch in der Dunkelheit, bis wir wussten, wonach wir suchten.

Schade, dass wir uns nicht schreiben konnten, während sie sich im Schatten aufhielten. Meine Lippen kräuselten sich bei dem Gedanken, welche begeisterten Beobachtungen und mürrischen Warnungen Snap und Thorn weitergeben würden.

Omen? Wer wusste schon, was der Höllenhund-Wandler mir schreiben würde. Doch auch wenn er nicht gerade weniger rätselhaft geworden war, fühlte ich mich seit unserem Intermezzo in der Kathedrale wohler mit den Ungewissheiten, die er schürte.

Er versuchte, dafür zu sorgen, dass ich das hier lebend überstand. Ob das Tempest und den Obersten passte oder nicht. Davon war ich jetzt überzeugt. Und wenn wir auf dem Weg dorthin die Chance hatten, noch ein oder zwei hitzige Momente zu erleben, dann hätte vermutlich keiner von uns beiden etwas dagegen.

Als Ruse aus den Schatten trat, sah er zufrieden aus. „Kein

bisschen Eisen oder Silber in der Nähe, zumindest nicht so viel, dass es von Belang wäre."

Ich steckte mein Handy zurück in die Handtasche und fühlte mich plötzlich hilflos. Das war mein Plan gewesen, doch die Tatsache, dass er funktionierte, bedeutete, dass ich keine Rolle dabei spielen musste. „Dann sollte ich wohl zurück zum Supermobil gehen."

„Auf gar keinen Fall! Komm mit." Er schubste mich in Richtung Tür. „Ich habe schon genug mit unserem Gastgeber gesprochen, um sicherzustellen, dass Besucher willkommen sind. Du kannst doch nicht den ganzen Weg nach Rom kommen, ohne dir ein paar Sehenswürdigkeiten anzusehen. Und ich verspreche dir, dass du von dort oben einen tollen Blick haben wirst."

Wie immer konnte ich seinen neckischen Schmeicheleien nicht widerstehen, auch ohne, dass er seinen übernatürlichen Charme auf mich wirken ließ. Ich folgte ihm in einen engen Korridor, der zu einem klapprigen Aufzug führte, der so klein war, dass wir uns praktisch aneinander kuscheln mussten, um in die Kabine zu passen. Gut, dass der Rest unserer Mitstreiter auf eine viel kleinere Größe schrumpfen konnte, wenn sie durch die Schatten reisten.

Surrend und gelegentlich leicht wackelnd, bewegte sich der Aufzug nach oben. Natürlich ließ es sich Ruse nicht nehmen, den beengten Raum auszunutzen und mir in den Hintern zu kneifen. Ich revanchierte mich mit einem Klaps, als er vor mir ausstieg, und er lachte.

Ich war mir nicht sicher, ob er die ganze „Ich hätte dich besser beschützen sollen"-Sache, die er mir gegenüber auf der Fahrt hierher geäußert hatte, ganz fallen gelassen hatte, doch im Moment schien er wieder zu seinem unbekümmerten flirtenden Selbst zurückgekehrt zu sein.

„Der Rest von euch kann auch rauskommen", verkündete er, während er an eine Tür klopfte, die eindeutig schon bessere Tage gesehen hatte. Gerade als die abgenutzte Tür, von der die weiße Farbe abblätterte, aufschwang, um uns einzulassen, materialisierten sich Thorn und Snap hinter mir.

„Omen wollte dieses und die umliegenden Gebäude genauer unter die Lupe nehmen", raunte Thorn uns zu, als wir hineingingen. Sein Mund war vor Unzufriedenheit verzogen, und seine fast schwarzen Augen schweiften durch den Raum, den wir noch vorsichtiger als sonst betraten.

Unser verzauberter italienischer Gastgeber winkte uns in ein kleines Wohnzimmer mit abgenutzten Stühlen, einem ramponierten Couchtisch und einem Fenster, das so groß war, dass ein Krieger mit ausgestreckten Armen hindurchgehen könnte, ohne den Rahmen zu berühren. Das Fenster bot einen Blick über eine weitläufige Parklandschaft und die eindrucksvollen Ruinen des Kolosseums.

„Wow", hauchte ich und musste erst einmal Luft holen. Ruse hatte nicht gelogen, was die Sehenswürdigkeiten anging. Wie magnetisch angezogen, ging ich auf das Glas zu und ließ den Anblick auf mich wirken.

Snap gesellte sich zu mir, schlang seine Arme um meine Taille und drückte mir einen Kuss auf die empfindliche Stelle direkt hinter dem Ohr, woraufhin mich ein angenehmes Kribbeln durchströmte. Selbst die beeindruckende Aussicht konnte ihn nicht von der öffentlichen Zurschaustellung seiner Zuneigung abhalten. Dann lehnte er seinen Kopf an meinen, wobei sein Kinn meine Schläfe berührte, und blickte ebenfalls aus dem Fenster.

„Dieses Gebäude ist sehr alt, selbst für sterbliche Verhältnisse. Thorn meinte, er war noch jung, als es gerade neu gebaut war. Ich glaube, ich war noch nicht einmal geboren."

Da Schattenwesen keine Geburtstage feierten, weil sie gar nicht richtig geboren wurden, und weil Zeit in ihrem Reich nicht wirklich existierte, behielten sie ihr Alter nicht besonders genau im Auge. Snap könnte nur ein paar Jahre oder einige Jahrzehnte älter sein als ich. Doch in der Welt der Sterblichen war er noch ein ziemlicher Neuling.

„An diesem Ort wurden viele Kämpfe ausgefochten", sagte ich ihm und fuhr mit den Fingerspitzen über seine Knöchel. War seine Umarmung noch fester als sonst? Vielleicht hatte der Anblick von Ruse, der mich im Aufzug betatscht hatte, seinen Beschützerinstinkt geweckt. „Meistens zur Unterhaltung. Wie die Fußballspiele, die du in meinem Fernseher gesehen hast, als ich noch einen Fernseher hatte."

Und eine Wohnung, in der der Fernseher untergebracht werden konnte. Für diesen Verlust konnte ich jedoch nicht einmal meine Schattenwesen-Gefährten verantwortlich machen, schließlich war ich diejenige, die das Haus in Brand gesetzt hatte. Wobei sie allerdings dafür verantwortlich waren, dass die Lichtarmee meine Wohnung überhaupt gefunden hatte und mich entführen wollte, um mich möglicherweise umzubringen. Doch wer hätte damit schon gerechnet?

Thorn tauchte an meiner anderen Seite auf. „Sterbliche haben manchmal seltsame Prioritäten."

Ich hob die Augenbrauen. „Sagt der Geflügelte, der aus Gründen, an die er sich nicht einmal mehr erinnern kann, in einem ungeheuren Krieg gekämpft hat?"

Er stieß ein Grunzen aus, als würde er meinen Standpunkt akzeptieren, doch sein Stirnrunzeln weckte in mir die Frage, ob ich mit meiner Stichelei zu weit gegangen war. Oder vielleicht bedrückte ihn etwas anderes. Er sah ernster aus als sonst, und das wollte bei dem Krieger etwas heißen.

Ich bewegte mich in Snaps Umarmung, und der Verschlinger ließ mich mit einem leisen Laut der Unzufriedenheit los. Ich trat näher an den Geflügelten heran und umfasste seinen muskulösen Arm. Manchmal vergaß man leicht, wie viel Leidenschaft sich unter all der Masse und den Muskeln verbarg, doch in gewisser Weise war mein kriegerischer Liebhaber der Sensibelste von allen.

Ich verschränkte meine Finger mit seinen. „Ist alles in Ordnung? Hat Omen etwas bemerkt, das ihn zu der Annahme veranlasst hat, dass wir hier in Schwierigkeiten stecken könnten?"

Thorn schüttelte den Kopf. „Nicht, dass ich wüsste. Ich glaube, er wollte sich nur vergewissern, dass Tempest nicht hier ist." Er ließ seine Hand auf meiner Hüfte verweilen und strich liebevoll mit dem Daumen darüber, doch sein Blick wanderte zum Horizont hinter dem Kolosseum. „Da ist noch mindestens ein anderer in der Nähe, der sich daran erinnern könnte, wofür wir gekämpft haben."

Noch ein Geflügelter? Thorn konnte spüren, wenn einer der wenigen seiner verbliebenen Artgenossen in der Nähe war. So hatten wir Flint gefunden. Es machte Sinn, dass er noch mehr von ihnen antreffen würde, während wir durch die Welt jetteten. Er schien darüber nicht sonderlich glücklich zu sein, obwohl er uns seine Natur bereits offenbart hatte.

Ich drückte seine Hand. „Vielleicht will er uns sich ja auch anschließen, so wie Flint. Ihn hast du ja relativ schnell überzeugt."

„Vielleicht. Doch aufgrund der Tatsache, dass er im Reich der Sterblichen in unmittelbarer Nähe zum Terrain unserer Schande verweilt, bin ich mir nicht sicher, wie er darüber denkt."

„Fragen kann ja nicht schaden, oder?", meinte Snap fröhlich und wandte sich vom Fenster ab. „Mehr Schattenwesen an Bord zu bringen, hat sich bisher als hilfreich erwiesen, wie Sorsha vorausgesagt hat." Er beugte sich vor, um mir einen weiteren Kuss zu geben, dieses Mal auf die Schläfe.

„Diejenigen, die nicht an Bord kommen, könnten jedoch Probleme verursachen", murmelte Thorn.

Glaubte er, dass dieser Geflügelte gegen uns arbeiten könnte? Es war schwer vorstellbar, dass ein Wesen mit einer ähnlich strengen Art wie Flint und er eine Haltung wie die von Tempest einnahm, doch es gab viele Möglichkeiten, wie ein mächtiger Krieger destruktiv werden konnte, wenn er – oder sie – auf die Idee kam, es zu sein.

Hinter uns stieß Ruse' Marionette ein lautes Lachen aus. Ich drehte mich um, um das „Verhör" des Inkubus zu beobachten. Sogar der Geflügelte hörte auf zu grübeln, um sich auf mein Zupfen hin umzudrehen.

Unser Gastgeber plapperte in schnellem Italienisch vor sich hin, so schnell, dass ich kein einziges Wort verstand, das ich auch nur ansatzweise kannte, wobei ich zugeben musste, dass sich mein Wortschatz hauptsächlich auf „Spaghetti" und „Fettuccine" beschränkte. Der Mann gestikulierte bei nahezu jedem Ausruf wild in der Luft herum. Ruse nickte und erwiderte etwas in der gleichen Sprache mit einem absolut authentischen Akzent. Offenbar brachte das Dasein als Inkubus eine natürliche Mehrsprachigkeit mit sich.

Ich beobachtete den gestikulierenden Sterblichen und versuchte zu erraten, worüber sie wohl sprachen. Das Wohnhaus würde um ein Stockwerk erweitert werden? Ananas war der beste Pizzabelag aller Zeiten? Wir sollten alle in ein Riesenrad steigen und eine Runde drehen?

Ruse' Stimme wurde leiser, sein Tonfall ernster. Er untermalte einige Aussagen mit dramatischen Gesten. Ich war mir ziemlich sicher, dass die ruckartige Handbewegung das Schließen – oder Öffnen? – einer Tür symbolisieren sollte. Die flatternde Bewegung seiner Hände – ein Zeichen für ein geflügeltes Schattenwesen? Seinem Tonfall nach zu urteilen, kam er gleich zur Sache.

Das Lächeln seines Gesprächspartners verblasste ebenfalls, doch er antwortete genauso emotional wie zuvor, nur dass er jetzt verärgert statt begeistert klang. Er mimte etwas, von dem ich annahm, dass es sich *nicht* um

Zuckergussblumen auf einem Kuchen handelte, auch wenn es so aussah, und dann etwas, das auf eine Explosion hinweisen könnte. Das erweckte bei mir nicht den Eindruck einer guten Nachricht. Wenn es eine Explosion der Freude gewesen wäre, hätte er sicherlich glücklicher ausgesehen.

Während der Inkubus und unser verzauberter Gastgeber ihre hitzige Diskussion fortsetzten, trat Omen aus dem Schatten neben der Badezimmertür und schlenderte auf uns zu. Er bemerkte Ruse' Blick, sagte jedoch nichts. Der Inkubus nahm seine Anwesenheit mit einem knappen Nicken zur Kenntnis.

„Verstehst du, was sie sagen?", fragte Snap und strich über mein Haar.

„Ein paar Brocken, doch ich habe schon seit Jahrhunderten nicht mehr viel Zeit in diesem Land verbracht, und die Sprache hat sich sozusagen weiterentwickelt."

„In der Tat", brummte Thorn. „Und zwar nicht zum Besseren."

Ich stieß ihn sanft mit meinem Ellbogen an. „Die Jugend von heute und ihr verrückter Slang, was?"

Der Krieger warf mir einen verletzten Blick zu, doch seine Augen funkelten amüsiert. „Ich scheine Euch ganz gut zu verstehen, Mylady."

„Das tust du. Auf so viele wunderbare Arten."

Omen räusperte sich, wobei es sich vermutlich um eine höfliche Art und Weise handelte, mir mitzuteilen, dass ich die Klappe halten sollte. Ich hätte jedoch ohnehin geschwiegen, denn in diesem Moment kam Ruse mit einem angespannten Gesichtsausdruck zu uns. Sein neuer Freund saß auf einem Stuhl und blickte kopfschüttelnd zu Boden.

„Seine Verlobte hatte ihm nicht viel erzählt", sagte der Inkubus mit untypisch grimmiger Stimme. „Trotzdem konnte ich eine ganze Menge an Informationen aus dem herauslesen, was er gehört und gesehen hat, und aus unbewussten Eindrücken in seinem Kopf. Die Lichtarmee hat hier definitiv größere Operationen am Laufen. Sie konzentrieren sich besonders auf diese Krankheit, mit der sie die Schattenwesen infizieren wollen. Und so wie es sich bei seiner Frau angehört hat, wollen sie die Krankheit bereits in wenigen Tagen auf die Welt loslassen."

# ELF

*Sorsha*

Ins Kolosseum zu gelangen war kein Kinderspiel, doch ich hatte schon schwierigere Situationen gemeistert. Nachdem ich mir den Ellbogen beim Klettern an einem besonders rauen Stück Stein aufgeschürft hatte, entfernte ich mich von den hoch aufragenden Wänden der ehemaligen Tribüne und ging zu Omen, der im Mondlicht auf einer Seite der riesigen Arena stand.

Er hatte die Arme vor der Brust verschränkt, als hätte er dort schon eine Weile gewartet, doch nicht jeder von uns konnte unsichtbar durch Schatten huschen, um alle Sicherheitsmaßnahmen zu umgehen. Ich breitete meine Arme aus, wie um zu sagen: *Hier bin ich!*, und schaute mich an dem Ort um, den er für meine nächste Trainingseinheit ausgewählt hatte.

Die ebene Fläche endete einige Meter entfernt an einer Grube voller verfallender Steinmauern und Bögen, die fast bis zum Boden reichten. Seltsam, sich vorzustellen, dass vor zweitausend Jahren Gladiatoren und Bestien auf dieser Bühne gekämpft hatten … und jetzt war ich hier, im Begriff, eine andere Art von Kampf zu beginnen. Ob ich ihn gegen den Höllenhund-Wandler vor mir oder gegen meine inneren Dämonen führen würde, würde ich noch früh genug herausfinden.

„Also gut", sagte ich. „Was soll das Ganze? Oder wolltest du einfach einen Ort mit so viel Platz wie möglich, falls meine Kräfte explodieren?"

Omen warf mir einen strengen Blick zu. „Wenn du daran mitwirken willst, Tempest außer Gefecht zu setzen, musst du noch mehr an deinem Fokus arbeiten. Da du mehr Übung mit körperlicher als mit geistiger Gymnastik hast, dachte ich, dass wir damit anfangen sollten." Er neigte den Kopf in Richtung des kaputten Bodens vor uns. „Mal sehen, ob du eine Runde um die Arena schaffst. Ohne Stürze."

Ein Sturz in die Tiefe wäre vermutlich keine gute Idee, selbst wenn es sich dabei nicht um eine seiner Regeln gehandelt hätte. Ich atmete die kühle Nachtluft ein, und ein trockener, moosiger Geruch erfüllte meine Lunge. Dann lief ich los.

Ich sprang über den kleinen Metallzaun, der Touristen, die keine Todessehnsucht hatten, davon abhalten sollte, in die Tiefe zu stürzen, und landete leicht schwankend auf dem nächsten Bogen. *Dieser* Teil war ein Kinderspiel. Ich war schon Dutzende Male über höhere und schmalere Felsvorsprünge geklettert.

Der Weg durch die Arena war eine Kombination aus Seiltanz und Hindernislauf, bei dem man vor allem Sprünge vollführen musste. Auch wenn der Weg nicht die schwierigste Herausforderung war, die ich je gemeistert hatte, hatte ich noch nie eine so lange Partie Himmel und Hölle spielen müssen. Als ich wieder zur Plattform zurückkehrte, lief mir der Schweiß unter meinem Pferdeschwanz den Nacken hinunter, und auch meine Wadenmuskeln hatten eine klare Meinung zu dieser nächtlichen Aktivität, und zwar keine gute.

Ich schaffte es zurück zu Omen mit nichts Schlimmerem als ein wenig Müdigkeit und einem leichten Schmerz in der Ferse, wo ich auf einer besonders widerwärtigen Beule an einer der bröckelnden Wände gelandet war. Wie üblich behielt der Höllenhund-Wandler jegliche Zeichen der Anerkennung für sich.

„Gut", sagte er schroff. „Nachdem du das überlebt hast, kommt nun der herausfordernde Teil der Aufgabe."

Er verschwand in den Schatten und tauchte nur gelegentlich entlang des Weges auf, um helle Quadrate, die ich schnell als Zettel erkannte, an den alten Steinvorsprüngen anzubringen. Omen hatte mindestens zwanzig davon platziert, bevor er auf die Plattform zurückkehrte und seine Hände mit einem Ausdruck der Genugtuung über seine Arbeit zusammenschlug.

„Soll ich sie alle anzünden?", fragte ich, bevor er den entsprechenden Befehl erteilen konnte.

Seine Mundwinkel bogen sich leicht nach oben, doch der Anflug eines Lächelns reichte aus, um die Erinnerung an unser Intermezzo in der Kathedrale wachzurufen. Ich glaube nicht, dass die Hitze, die mich bei diesem Gedanken durchströmte, die Art war, die er entfachen wollte, doch es *war* weniger wahrscheinlich, dass sie mich buchstäblich verbrannte.

Vielleicht könnten wir auch hier drin eine leidenschaftliche Arbeitspause einlegen? Eine große Fick-Tour durch die Wahrzeichen Europas machen?

Das orangefarbene Blitzen in seinen kühlen Augen deutete darauf hin, dass er entweder meine Gedanken erraten hatte – oder selbst ähnliche Vorstellungen hatte. Leider war Omen sehr gut darin, diesen Vorstellungen nicht nachzugeben. Er deutete auf den Weg, den er gelegt hatte. „Du weißt, wie das funktioniert. Mach dich an die Arbeit. Es gibt Extrapunkte, wenn du sie alle beim ersten Mal abfackelst, ohne anhalten zu müssen."

„Und ohne mich dabei selbst anzuzünden."

„Ja, das versteht sich von selbst."

„Ich weiß nicht. Manchmal magst du es, wenn ich das Feuer aus nächster Nähe entfache", scherzte ich und sprang über den Zaun, bevor er sich darüber beschweren konnte, dass ich das Training nicht ernst genug nahm.

Obwohl ich nie wirklich eine eifrige Schülerin gewesen war, zog ich diese Art des Trainings den meisten von Omens früheren Methoden vor. Einmal war er sogar in einem Wohnmobil auf mich zugerast und hätte Pickle fast abgefackelt, nur um mir Angst zu machen. Die majestätische Arena und der Dunst des Nachthimmels über mir machten es mir leicht, alle Sorgen, die an mir nagten, hinter mir zu lassen und mich dem Augenblick hinzugeben.

Egal, was irgendjemand sagte, das Feuer in mir gehörte *mir*. Ich würde herausfinden, wie ich damit umgehen konnte, oder bei dem Versuch sterben … und wir würden einfach die Tatsache ignorieren, dass die letzte Möglichkeit manchmal viel zu wahrscheinlich erschien.

Ich konzentrierte mich auf die kleinen weißen Quadrate, die das Mondlicht einfingen, auf den Schwung meines Körpers, der sich von einem Vorsprung zum bewegte, und auf die Flammen, die auf mein Rufen hin in meiner Brust aufloderten. Raus, raus, raus, immer nur ein bisschen, genug Hitze, um den Zettel vor mir und den nächsten mit einer hellen Flamme zu Asche zu verbrennen.

Ich legte einen perfekten Lauf hin. Nach einem besonders weiten Sprung verlor ich das Gleichgewicht und musste anhalten und mich sammeln, bevor ich den Zettel verbrennen und weiterlaufen konnte. Doch Omen lächelte, als ich ihn erreichte.

„Du bist immer für eine Herausforderung zu haben, stimmt's, Chaos-Queen?", sagte er in einem so warmen Ton, dass ich den Drang unterdrücken musste, ihn zu einer ganz anderen heißen Aktivität herauszufordern.

„Vielleicht solltest du eines Tages aufhören, mich Chaos-Queen zu nennen", erwiderte ich stattdessen.

Er gluckste. „Du darfst den Spitznamen nicht auf deine derzeitigen Fähigkeiten beziehen. Er erinnert mich nur daran, wo wir angefangen haben."

„Und wie weit wir gekommen sind?"

„Das auch." Er tippte mir ans Kinn. „Tempest wird nicht wissen, wie ihr geschieht, wenn wir deine Kräfte entfesseln." Dann trat er zurück und verschwand wieder in den Schatten, um seinen Kurs neu festzulegen, wobei er diesmal mehr Zettel auslegte, denn egal, wie gerne er mich mittlerweile haben mochte, ich wusste, dass ich nicht damit rechnen konnte, dass er mich jemals in Ruhe lassen würde.

Während ich mich darauf vorbereitete, ein weiteres Mal durch den Parcours zu flitzen, lief mir ein Schauer über den Rücken, möglicherweise wegen des Gedankens an Tempest und ihr Grinsen. Ich bemühte mich, das Unbehagen zu verdrängen. Die kleinen Flammen, die aufgelodert waren, versengten meine Finger, bevor sie sich wieder beruhigten.

Scheiße auf einem Sodacracker. Wie sollte ich meine Kräfte aufhalten, wenn sie die Hälfte der Zeit aus dem Nichts zu kommen schien? Wenn der Trick darin bestand, sich niemals über irgendjemanden zu ärgern, dann war ich aufgeschmissen.

Meine Verzweiflung war mir scheinbar ins Gesicht geschrieben, als Omen wieder auftauchte. Er musterte mich forschend. „Bist du wieder startklar?"

Ausnahmsweise war es eher eine Bitte als ein Befehl – das war eine Verbesserung. Ich rollte mit den Schultern und holte tief Luft. Ich hatte mich nicht *ernsthaft* verletzt, weder jetzt noch in der Vergangenheit. Meine Schattenwesen-Kräfte heilten mich schneller, als es ein normaler Mensch getan hätte, fast so leicht, wie sie mich auch verbrannten. Wenn ich dafür hier und da ein paar Blasen in Kauf nehmen musste, konnte ich das verkraften, solange es bedeutete, dass ich gleichzeitig die Bösewichte zur Strecke brachte.

„Kein Problem", meinte ich. „Ohne Funken kann man kein Feuer machen."

„Das weißt du besser als die meisten anderen. Dann fang mal an."

Trotz der zusätzlichen Zielscheiben überstand ich diese und die nächste Runde vollkommen problemlos, und alle Zettel waren zumindest angesengt, wenn nicht sogar zu Asche geworden. Außerdem hatte ich mir ein paar weitere Stellen an der Wirbelsäule und an den Armrücken verbrannt, doch bisher gelang es mir ganz gut, das Brennen zu ignorieren. Wenn ich es so gut verbergen konnte, dass Omen es nicht bemerkte, dann war das schon mal ein Fortschritt.

Nachdem ich die letzte Runde beendet hatte, lehnte ich mich gegen das Geländer. Ich konnte mir ein Gähnen nicht verkneifen. Dass ich nicht gleich in Flammen aufgegangen war, hatte ich zumindest zum Teil meinem schweißdurchtränkten Shirt zu verdanken.

„In Ordnung", sagte Omen. „Das reicht für eine Nacht. Du hast dich gut geschlagen. Doch es gibt da noch eine Sache, an der wir arbeiten sollten."

„Klar. An was?" Ich schüttelte die Müdigkeit, so gut es ging, aus meinen Gliedern und bemühte mich, die wunden Stellen, an denen mein Oberteil rieb, auszublenden.

Sie würden heilen. Keine große Sache. Ich würde mich von meiner Nervosität nicht davon abhalten lassen, diese psychotische Sphinx aufzuhalten.

„Wir dürfen nicht vergessen, was dich zu einer so starken Gegnerin macht. Du bist zu etwas in der Lage, das kein anderer von uns kann." Omen trat in die dunkleren Nischen des Gebäudes und zog einen Beutel aus einer finsteren Ecke hervor. Ich glaubte zu sehen, wie er ein Schaudern unterdrückte, obwohl der Beutel gar nicht so schwer aussah.

Dann kippte er die Tasche in der Mitte der Plattform um, und ich verstand. Er hatte mehrere Metallgegenstände dabei, einige aus Silber und einige aus Eisen.

Ich musterte sein Gesicht. „Du hast das alles mitgeschleppt? Du hättest fragen können, ob…"

Er winkte ab. „Ich überlebe es schon, gelegentlich in der Nähe von Metall zu sein. Allerdings kann ich es nicht lange genug anfassen, um Dinge effektiv zu benutzen. *Du* könntest Tempest jedoch mithilfe von Silber und Eisen fixieren, sodass sie nicht in die Schatten fliehen kann, wie beim letzten Mal. Wenn du sie dazu zwingen kannst, ihre physische Form beizubehalten, haben wir eine echte Chance, sie zu Fall zu bringen."

„Verstehe. Und was genau soll ich jetzt damit machen?"

„Ich lasse eine Kette aus einer Mischung der beiden Metalle anfertigen, die lang genug ist, um Tempest damit umwickeln zu können. Sie wird allerdings nicht vor morgen fertig sein. Im Moment wäre es wohl am sinnvollsten, wenn du übst, das Zeug zu schmelzen. Finde heraus, wie viel Feuer du erzeugen musst, um das Metall zum Schmelzen zu bringen. Du solltest die Kette direkt um Tempest herum schmelzen, damit sie sie nicht einfach abschütteln kann."

Ich hatte schon einmal die silbernen und eisernen Gitterstäbe von den Käfigen der Lichtarmee geschmolzen. Das hier war im Grunde genommen nichts anderes. Ich sah die Sammlung von Gegenständen durch und zog bei einigen eine Augenbraue hoch. Die verschnörkelte silberne Zuckerdose sah aus, als wäre sie aus Versailles gestohlen worden, und der Sphinx die gusseiserne Bratpfanne über den Kopf zu ziehen, wäre äußerst befriedigend. Es wäre jedoch etwas schwierig, sie bis zum richtigen Moment zu verstecken.

Ich konzentrierte mich zuerst auf die kleineren Stücke und öffnete die Schleusen in meinem Inneren, bis ich das brennende Gefühl in meiner Kehle spürte. Ein Flammenstoß verwandelte eine silberne Halskette in eine schimmernde

Pfütze. Ein noch stärkerer Feuerstoß verflüssigte eine Eisenstange von der Größe meines Daumens. Die Verbrennungen, die ich mir vorhin zugefügt hatte, kribbelten, doch es brachen keine neuen auf meiner Haut aus. Zwei Siege auf einmal.

Die Bratpfanne erwies sich als das schwierigste Objekt. Ich starrte sie eine ganze Minute lang an, bevor die Flammen, die ich heraufbeschworen hatte, den Rand und den Griff absinken ließen.

Meine Frustration entfachte eine Gegenreaktion an meiner Hüfte. Ich strich darüber und hoffte, dass Omen zu sehr von dem metallischen Spektakel abgelenkt war, um es zu bemerken.

„Wenn wir gegen Tempest antreten, wirst du nicht mit etwas so Dickem arbeiten müssen", meinte er. „Es ist allerdings gut, zu wissen, dass du es kannst, falls es nötig sein sollte."

Ich stieß ein heiseres Lachen aus. Es klang noch matter als zuvor, obwohl ich mich in der letzten halben Stunde kaum bewegt hatte. „Solange derjenige, auf den ich es mit der geschmolzenen Pfanne abgesehen habe, nichts dagegen hat, zu warten, während ich mich abmühe."

„Hey." Omen berührte meine Schulter, zum Glück nicht an einer Stelle, an der ich mich gegrillt hatte. Seine Stimme wurde ungewöhnlich sanft. „Du hast es erfasst. Sie glaubt, dass sie alles weiß, und das ist ihr größter Fehler. Sie hat keine Ahnung, worauf sie sich einlässt, wenn du dich richtig ins Zeug legst."

„Sie kennt dich auch nicht mehr wirklich", erinnerte ich ihn und konnte dem Drang nicht widerstehen, ihn zu küssen. Wenn ich mich dadurch vergewissern wollte, dass er immer noch Interesse an mir hatte, konnte mir das wohl niemand verübeln.

Omen erwiderte meinen Kuss, seine Hand glitt nach oben, um über mein Haar zu streicheln, doch wie es schien, stand eine Welttournee zu den bekanntesten Sexpunkten heute Abend nicht auf dem Programm. Als er sich zurückzog, hatte er trotz der höllischen Hitze, die in seinen Augen loderte, seinen sachlichen Blick.

Vielleicht war er sogar noch ernster als sonst. Er sprach nicht, als wir die Plattform zu den Mauern des Kolosseums überquerten, und auch nicht, als ich ihn einen Block weiter auf der Straße einholte, nachdem wir getrennt durch die Schatten gegangen waren. Auf seiner Stirn hatte sich eine nachdenkliche Furche gebildet.

Wir hatten das Supermobil – und den Rest unserer Truppe – auf einem Parkplatz in der Nähe zurückgelassen, der für die Nacht geräumt worden war. Die Tarnung als Stadtbus funktionierte noch ganz gut. Sie hatte sich sogar an die Stadt angepasst. Ich hoffte nur, dass sich niemand darüber wunderte, warum dieser spezielle Stadtbus eine herumwirbelnde Satellitenschüssel auf dem Dach hatte.

Sobald ich eintrat, eilte Snap an meine Seite, um mich zum Tisch zu begleiten und seinen Arm um mich zu legen. Ruse hatte Pizza besorgt, und sie hatten ein paar Stücke für das einzige Gruppenmitglied übriggelassen, das tatsächlich essen *musste*.

Nachdem ich eines davon verschlungen hatte, fühlte ich mich nur noch halb so erschöpft. Ich ließ mich in Snaps Arme zurücksinken, während ich meine andere Hand auf Thorns Oberschenkel legte, der sich neben mich gesetzt hatte, und fühlte mich gestärkt durch die Anwesenheit meiner vier Liebhaber und der anderen Verbündeten, die uns bis hierher begleitet hatten.

„Nach dem, was Tempest gesagt hat, als wir uns mit ihr getroffen haben, und dem, was Ruse von dem Kerl hier erfahren hat, sollten wir uns bald auf den Weg machen", sagte ich und sah Omen an. „Sie hat in der Vergangenheit schon mal einen Angriff von Geflügelten überlebt. Wie sollen wir überhaupt nahe genug herankommen, um sie anzugreifen?"

„Das wird vermutlich nicht so einfach. Doch mir ist klar geworden, dass wir vielleicht schon die perfekte Strategie gefunden haben. Eine, die die Geflügelten unserer Truppe nicht einbezieht, zumindest nicht sofort." Er blickte von Thorn zu Flint und legte den Kopf leicht entschuldigend schief. „Das soll keine Kritik an den Anwesenden sein, aber die Geflügelten sind nicht gerade für ihr Feingefühl oder ihren Scharfsinn bekannt. Ich bin mir nicht sicher, ob wir noch einmal von ihnen verlangen können, einen solchen Angriff zu wagen, geschweige denn, ihn erfolgreich durchzuführen."

„Leider kann ich sie wohl nicht dazu überreden, auf unsere Wünsche einzugehen", sagte Ruse.

„Nein. Doch ein anderer Aspekt der jüngsten Pläne unserer Sterblichen könnte uns in die richtige Richtung führen." Omen stieß einen scharfen Atemzug aus. „Tempest interessiert sich ausschließlich für sich selbst, doch sie schätzte die Verbindung, die sie und ich hatten, genug, um mir die Hand zu reichen, anstatt uns einfach abzuweisen. Sie hat uns die Chance gegeben, uns ihr anzuschließen. Ich denke, damit können wir arbeiten."

Bei dem Gedanken, uns auf irgendeine Weise bei Tempest einzuschmeicheln, bekam ich eine Gänsehaut, doch ich nickte. „Wie?"

„Ich kann ihr sagen, dass ich es mir anders überlegt habe und mit ihr zusammenarbeiten möchte. Sie wird zwar misstrauisch sein, doch sie wird mir genug glauben, um sich mit mir zu treffen. Ihr Ego ist zu groß, als dass sie die Möglichkeit völlig ausschließen könnte. Du und ich werden alleine gehen. Ich werde dich als Waffe präsentieren, die wir für ihre Sache einsetzen können, als ob du unter meiner Kontrolle stündest. Sobald wir ihr Vertrauen gewonnen haben, schlägst du zu – hart genug, um mir zumindest die Möglichkeit zu geben, die Sache zu beenden."

„Und mit ‚beenden' meinst du …?"

Antic führte einen kleinen Tanz zwischen den Tischen auf

und fuhr sich dramatisch mit dem Finger über ihren Hals. Omen verzog das Gesicht, widersprach allerdings nicht.

„Sie hätte diese Welt schon vor Jahrhunderten verlassen sollen. Diese Gnadenfrist hat jetzt ein Ende. Solange sie weiterlebt, stellt sie eine Bedrohung für Sterbliche und Schattenwesen gleichermaßen dar." Er hielt inne und sein Blick verweilte auf mir. „Und die Obersten werden *dir* gegenüber viel eher Gnade walten lassen, wenn wir den unwiderlegbaren Beweis haben, dass du sie vernichtet hast."

Er war also bereit, eine ehemalige Freundin zu töten. Nach allem, was ich von ihr gesehen hatte, konnte ich bei dem Gedanken nicht viel Unbehagen aufbringen. Ich hatte bisher Dutzende von sterblichen Lakaien der Lichtarmee verbrannt. Wenn sie es verdient hatten, dann hatte Tempest es noch tausendmal mehr verdient, weil sie sie dazu angestiftet hatte.

Thorn regte sich neben mir. „Ich glaube, ich sollte mit den anderen Geflügelten in der Nähe sprechen, falls wir trotz aller Bedenken hinsichtlich unserer Täuschungsfähigkeiten doch noch mehr Leute brauchen."

„Es schadet nie, einen Ersatzplan zu haben. Sag ihnen, was sie hören müssen." Zum ersten Mal überhaupt ließ sich Omen auf die Sofabank mir gegenüber sinken. Er stützte sich mit den Unterarmen auf der Tischkante ab. „Sorsha und ich werden etwas Zeit brauchen, um die Schwächen unseres Gegners durchzugehen. Eines kann ich mit Sicherheit sagen: Wir werden nur eine einzige Chance bekommen. Und wenn wir das Ziel verfehlen, *wird* Tempest uns dafür bezahlen lassen."

# ZWÖLF

*Thorn*

Als wir in dem riesigen Hof standen und zur Kuppel des majestätischen Gebäudes vor uns hinaufschauten, machte sich eine unangenehme Enge in meinen Gliedern breit. Die Säulen, die den Hof einrahmten, und der verwitterte Stein erinnerten mich an die archaischen Zeiten vor dem Krieg, der fast das gesamte Volk der Geflügelten ausgelöscht hatte. Die Tatsache, dass Flint und ich kurz davor waren, mit zwei weiteren Überlebenden dieser Katastrophe zu sprechen, trug nicht dazu bei, meine Unruhe zu lindern.

Als wir den Hof durch die Schatten der Gebäude und der vorbeiziehenden Touristen überquerten, strahlte mein Begleiter neben seiner üblichen mürrischen Energie ein ebenso großes Unbehagen aus. Als wir Flint gefunden hatten, lebte er allein in einer Hütte mitten in der Wüste, wo er sich seelisch – möglicherweise auch körperlich, doch ich war nicht geneigt, nach Narben zu suchen – dafür geißelte, dass er noch lebte, während so viele unserer Art gestorben waren. Das war erst vor wenigen Wochen gewesen.

*Ich* hatte mich gerade erst mit dem Gedanken abgefunden, dass mein Überleben möglicherweise eher auf meinen Scharfsinn zurückzuführen war als auf einen Mangel an Tapferkeit. Doch Sorsha hatte recht gehabt, als sie darauf hinwies, dass ich mich kaum noch daran erinnern konnte, worüber wir überhaupt gestritten hatten. Langsam wuchs in mir die Überzeugung, dass das Ergebnis für alle meine Brüder besser ausgefallen wäre, wenn ich meinen Zweifeln damals mehr Beachtung geschenkt hätte.

Es war jedoch nicht abzusehen, was wir von den beiden Geflügelten zu erwarten hatten, die ich an diesem Ort, den die Sterblichen Vatikan nannten, spüren konnte. Dass sie sich dort auf dem Dach aufhielten, ließ nicht gerade vermuten, dass sie unsere düstere Vergangenheit hinter sich gelassen hatten. Da ich selbst ab und zu in der Vergangenheit geschwelgt hatte, war ich mit den Anzeichen dafür vertraut.

Aber sie waren hier, und jeder Geflügelte hatte den Instinkt und die Kraft eines Kriegers. Wir brauchten Verbündete jetzt mehr denn je. Und ich würde gerne etwas zu unserer aktuellen Sache beitragen, abgesehen davon, dass ich unseren Kommandanten fast zu Brei geschlagen hätte.

Das war alles, was die sterbliche Frau, die mein Herz erobert hatte, in den letzten Tagen von mir gesehen hatte. Wie konnte ich in den kommenden Tagen Anspruch auf ihre Zuneigung erheben, geschweige denn einen so großen Anspruch, wie ich ihn gerne erhoben hätte, wenn alles, was ich ihr bieten konnte, Brutalität und Grausamkeit war?

Ich hatte Flint in unsere Truppe geholt. Ich könnte dasselbe mit den beiden tun. Den Diplomaten spielen anstatt den Barbaren.

„Mir gefällt das Echo der Vergangenheit hier nicht", murmelte Flint, als wir uns dem Hauptgebäude näherten. „Warum strömen so viele Sterbliche hierher?"

„Sie haben die Vergangenheit, an die diese Gebäude erinnern, nicht erlebt", erklärte ich. „Die Echos sind für sie mehr Fantasie als Realität."

Anstatt zu antworten, gab er nur ein Grunzen von sich. Ohne unser Vorgehen zu besprechen, huschten wir durch die Schatten um die Säulen, die den Eingang säumten, und machten uns auf den Weg zum Dach, wo die Anwesenheit unserer Brüder am stärksten zu spüren war.

Sie hatten eine Art Lager auf der Rückseite der kunstvollen Kuppel aufgeschlagen. Hoch über den umliegenden Gebäuden trat ich in meiner physischen Gestalt aus den Schatten heraus, um ihnen in einer Erscheinungsform zu begegnen, die für diese Welt besser geeignet war. Wenn sie nicht einmal aus den Schatten hervorkamen, würden sie uns auf unserer Mission nicht viel nützen.

Das warme morgendliche Sonnenlicht beruhigte mich. „Meine Brüder", sagte ich, leise, jedoch laut genug, dass meine Stimme über den hellen Stein schallte. „Wir sind gekommen, um euch in einer Zeit großer Not unseren Respekt zu zollen."

Die beiden Gestalten bewegten sich und traten direkt hintereinander an die Seite der Kuppel. Irgendetwas an ihrer Erscheinung ließ mich erschauern. Als sie sich auf dem schmutzigen Beton materialisierten, begriff ich, warum.

Die beiden Gestalten, eine männliche und eine weibliche, waren genauso hochgewachsen und kräftig wie Flint und ich. Außerdem waren beide so in Mitleidenschaft gezogen, dass nicht einmal ihre Schattenwesen-Kräfte sie heilen konnten.

Der Mann stand schief, ihm fehlte ein Arm, und wo seine rechte Schulter gewesen war, war nur noch eine Kuhle zu sehen, in der sich das Fleisch zu dicken, wulstigen Narben verdichtet hatte. Der Frau fehlte der linke Unterschenkel. Stattdessen war an ihrem Knie ein abgenutzter Holzpfosten befestigt. Noch auffälliger war jedoch ihr Gesicht, in dem die Hälfte ihres Kiefers fehlte.

Wir konnten unsere körperlichen Merkmale formen und sie wieder auflösen, wenn wir uns aus den Schatten heraus- und wieder hineinbewegten, doch diese Merkmale waren in unserer Essenz verankert … und wenn sie irreparabel beschädigt wurden, blieben sie so. Ähnlich, wie wenn ein Schattenwesen auf der Seite der Sterblichen starb und auch in der Schattenwelt tot blieb. Allem Anschein nach waren diese beiden nur knapp dem letzteren Schicksal entgangen.

Eine andere Art von Unbehagen machte sich in meiner Brust breit. Obwohl ihr Gesicht entstellt war, kam mir der Anblick der Frau mit den Flügeln unerwartet vertraut vor.

Ein Gefühl, das sie offensichtlich teilte. Ihr Blick glitt über uns hinweg und blieb auf mir haften. Ihre Stimme klang durch ihren beschädigten Kiefer verzerrt, war dadurch allerdings nicht weniger eindringlich. „Wenn das nicht Thorn ist. Du bist also nach all den Jahren zurückgekehrt, um dich endlich um die Trümmer zu kümmern, die du hinterlassen hast?"

Meine Lunge zog sich zusammen. Ich richtete mich so weit auf, wie es mein beachtlicher Körperbau zuließ. „Wovon sprichst du?"

„Ach, erinnerst du dich etwa nicht mehr an die, an deren Seite du gekämpft hast? Du standest einst Schulter an Schulter mit jemandem, der wie ein Bruder für mich war."

Jetzt wusste ich, warum sie mir so bekannt vorkam. In ihren violetten Augen, in ihrem silbrigen Haar hallte ein anderer Aspekt der Vergangenheit nach. Meine Stimme war leiser als zuvor. „Haze."

Er war einer meiner engsten Kameraden gewesen. Wir hatten unzählige Male Seite an Seite gekämpft. Wie oft hatte ich einen tödlichen Schlag abwehren müssen, damit er nicht getroffen wurde? Und er hatte das Gleiche für mich getan. Bis zu dieser letzten Schlacht, als ich meinen Posten verlassen hatte und nicht mehr rechtzeitig zurückgekehrt war.

Die Frau, für die er wohl mehr als ein Kamerad gewesen

war, starrte mich einfach mit ihren wilden Augen an. Unaufgefordert rutschten mir weitere Worte heraus. „Ich habe nach ihm gesucht. Wenn ich irgendetwas hätte tun können …"

„Du hättest bei uns bleiben und so kämpfen können, wie es deine Aufgabe war", schnauzte sie. „Stattdessen hast du den feigen Weg gewählt."

Es ist noch nicht lange her, da hätte ich dieses Urteil ohne Widerspruch akzeptiert. Es wäre nur eine Bestätigung meiner Selbsteinschätzung gewesen. Doch jetzt regte sich ein Protest in mir. „Ich bin nicht aus Feigheit gegangen. Ich bin gegangen, weil ich gesehen habe, wie viele von uns bereits gefallen waren, und weil ich es für falsch hielt, uns wegen Dingen, die keiner von uns wirklich verstand, so erbittert zu bekriegen. Ich hätte die Schlacht gerne verhindert, wenn ich es gekonnt hätte."

Der Mann lachte laut auf. „Die Schlacht verhindert? Bist du ein Geflügelter oder ein Schwächling? Es war unsere Pflicht, unseren Brüdern beizustehen und dem Ruf zum Krieg zu folgen. Dass wir überhaupt noch hier sind, ist eine Schande, aber *du* – deine Narben sind der Beweis dafür, was für einen geringen Preis du bezahlt hast."

Diese Bemerkung erinnerte mich an die harschen Bemerkungen der Sphinx vor ein paar Tagen, an ihren Vorwurf, ich hätte vergessen, was ich war. Ihre Andeutung hatte mir einen Stich versetzt. Das Gleiche von einem meiner eigenen Leute zu hören, war noch schlimmer. Die Schuldgefühle, die seit vielen Jahrhunderten mein ständiger Begleiter waren, durchzuckten mich, wie ich es nie wieder für möglich gehalten hatte. Hatte ich mich *tatsächlich* zu weit von dem entfernt, was ich eigentlich sein sollte?

Ich schluckte schwer. „Was geschehen ist, ist geschehen. Ich dachte, dass es für uns alle, auch für Haze und dich, das Beste wäre. Es ist weder ruhmreich noch von Vorteil, in der Schande zu verharren. Es gibt andere Kriege, in denen wir gebraucht werden und in denen wir ein besseres Ergebnis für unsere Artgenossen erzielen könnten, wenn wir dem Ruf folgen."

Das, was von den Lippen der Frau übriggeblieben war, verzog sich zu einem unübersehbaren Grinsen. „Bist du deswegen hier? Um uns dazu zu bringen, uns an einem weiteren Gefecht zu beteiligen? Damit du zusehen kannst, wie uns noch schlimmer zugesetzt wird, während du dich zurücklehnst und dem Kampf einfach seinen Lauf lässt?"

Auch wenn sie alte Schuldgefühle in mir wachgerufen hatte, so hatte ich doch mein Ehrgefühl nicht verloren. „Ich habe in den letzten Wochen wahrscheinlich mehr Blut vergossen und mehr meiner Artgenossen beschützt als ihr in den vergangenen Jahrhunderten."

Als sie zusammenzuckte, verspürte ich einen heftigen Anflug von Schuldgefühlen. Diese Aussage war an sich schon ein Schlag gewesen, der eigentlich unter meiner Würde war. Ich hustete, während ich um Worte der Wiedergutmachung rang.

„Das sollte keine Kritik sein. Ihr habt eine schreckliche Last getragen, eine viel größere als ich. Das respektiere ich. Es ist nur so, dass die Schattenwesen einer weitaus größeren Bedrohung ausgesetzt sind, als wir es in den vergangenen Zeitaltern je waren. Noch nie zuvor war die Gefahr so groß. Ich würde nicht einmal für einen Moment von dieser Sache abrücken, da ich weiß, wie viel auf dem Spiel steht."

„Es ist unsere Chance zu gewinnen, wo wir zuvor verloren haben", fügte Flint mit seiner dröhnenden Stimme hinzu. „Eine Gelegenheit, die Schande unseres Fortbestehens für etwas Sinnvolles zu nutzen."

Er beherrschte den grimmigen Tonfall der beiden definitiv besser als ich. Doch unsere beiden Brüder wirkten dennoch nicht überzeugt. Die Frau bewegte ihren gebrochenen Kiefer in einer Übelkeit erregenden Weise hin und her. „Ihr habt uns vor all diesen Jahren verraten, und jetzt wollt ihr unsere Hilfe? Pah!"

War es ihr wirklich wichtiger, an ihrer Selbstgerechtigkeit festzuhalten, als das zu tun, was in diesem Moment nötig war, egal, wer die Botschaft überbrachte?

Wie ich meine Art kannte, war diese Frage vermutlich töricht. Natürlich war es so.

Ich ignorierte den Stich, den ich bei dem Wort „verraten" verspürte und konzentrierte mich auf das Hier und Jetzt. „Die Existenz *allen* Lebens in beiden Welten könnte auf dem Spiel stehen. Hier geht es nicht darum, was ich will, sondern um das Allgemeinwohl."

„Das behauptest du", bemerkte der Mann. „Wir haben niemandes Wort dafür, außer deinem und du hast uns in der Vergangenheit verraten."

Verzweiflung regte sich unter meinen Schuldgefühlen. „Wenn ihr mit uns kommt, könnt ihr mit anderen sprechen. Sie können euch versichern, dass die drohende Katastrophe viel zu real ist. Es wäre nur …"

„Nein", unterbrach die Frau. „Ihr könnt hier nicht so einfach aus dem Nichts auftauchen und ein noch größeres Opfer von uns verlangen, nachdem ihr selbst so wenig geopfert habt. Wenn ihr wirklich die Vergehen von vor Jahrhunderten sühnen wollt, dann ehrt lieber die Gefallenen, einschließlich Haze."

Bei dem Gedanken, dass ich etwas für diejenigen tun könnte, die an meiner Stelle gestorben waren, wurde mir schlecht. Allerdings fiel es mir schwer, mir vorzustellen, was das sein könnte. „Wie soll ich sie denn ehren?", fragte ich.

„Wir hatten eine Schatulle …" Sie sah auf ihre Hände hinunter. „Sie war von Sterblichen gemacht, aber trotzdem wunderschön. Darin waren die Überreste derer, die gefallen sind, darunter die meines Waffenbruders. Ein Rudel Greife spürte die Macht, die in diesen Überresten verborgen war, und flog damit davon. In unserem unzulänglichen Zustand hatten wir nicht die Kraft, uns mit ihnen anzulegen und sie uns zurückzuholen.“

Greife. Die Kreaturen waren eine Mischung aus Adler und Löwe und konnten furchterregende Gegner sein. Gegen einen unverletzten Geflügelten kamen sie jedoch nicht an, es sei denn, sie waren deutlich in der Überzahl. „Dabei könnte ich behilflich sein. Wohin ist dieses Rudel geflüchtet?“

„Das wissen wir nicht“, antwortete der Mann. „Es ist schon einige Jahre her, und wir waren nicht in der Lage, sie weiter zu verfolgen. Greife sind jedoch territoriale Wesen. Bestimmt halten sie sich noch in dieser Region auf.“

Mit Region könnte er ganz Italien oder sogar das Mittelmeer meinen. „Einige Jahre“, wiederholte ich, und mir wurde schwer ums Herz.

Die Frau schnaubte. „Das ist deutlich weniger Zeit als du damit verbracht hast, herumzuschleichen und rein gar nichts als Gegenleistung anzubieten. Bist du nur bereit, deine Kraft zu nutzen, wenn es *einfach* ist?“

Die Worte nagten an mir, obwohl ich wusste, dass sie nicht wahr waren. Doch was *hatte* ich getan, um die Verluste auszugleichen, die meine Brüder während meiner Abwesenheit erlitten hatten?

„Unsere aktuelle Mission ist dringend“, sagte ich, in dem Versuch, einen Kompromiss zu finden. „Wenn ihr euch uns anschließt und die Sicherheit beider Welten wieder garantiert ist, bin ich gerne bereit...“

„Ha!“, sagte die Frau wieder. „Ich verstehe schon. Nein, kümmere dich ruhig weiter um deine Ehre, während wir uns daran erinnern, wie die Welt wirklich ist. Glaubst du, unsere eigenen Angelegenheiten hätten keine Dringlichkeit? Die Greife reißen an den Gefallenen und verschlingen sie Stück für Stück ... Selbst aus der Ferne spüre ich, wie Hazes Überreste schwinden ...“

Ihr Gesicht verzog sich so qualvoll, dass sich mein Magen verkrampfte. Wie lange würde es dauern, eine umherstreifende Schar von Greifen aufzuspüren? Und das nur, um meinen ehemaligen Kameraden zu zeigen, dass sie mir wichtig waren, auch wenn ich nicht bis zum bitteren Ende an ihrer Seite gekämpft hatte?

Was würde mit Sorsha und den anderen passieren, wenn ich *sie* im Stich ließ, um mich darum zu kümmern?

Flint beobachtete mich mit offensichtlicher Unsicherheit. Ich betrachtete die zerstörten Körper meiner Brüder noch einmal – die Zerstörung, der ich entkommen war, weil ich mich meiner Pflicht entzogen hatte, so ehrenwert meine Motive auch gewesen sein mochten – und bevor ich darüber nachdenken konnte, kam mir ein Schwur über die Lippen.

„Ich schwöre, dass ich euch so gut wie möglich helfen werde, so wie ich es denen, die gekämpft haben und gefallen sind, schulde und ewig schulden werde."

# DREIZEHN

*Sorsha*

In einem Punkt hatte Omen recht gehabt: Er war Tempest wichtig genug, um einem weiteren Treffen zuzustimmen. Es wäre schön gewesen, wenn sie nicht darauf bestanden hätte, das Treffen drei Autostunden entfernt abzuhalten, so hatten wir jedoch zumindest die Möglichkeit, etwas Sightseeing zu machen, wenn wir schon den ganzen weiten Weg bis hierher gekommen waren.

Wir parkten das Supermobil ein paar Kilometer von dem Treffpunkt entfernt, den sie ausgewählt hatte. Die anderen blieben im Wohnmobil, da Omen versprochen hatte, mich allein zu ihr zu bringen, und die Sphinx die anderen Schattenwesen sofort spüren würde. Als wir ausstiegen, fing der Höllenhund-Wandler Thorns Blick auf und zeigte in den Nachthimmel.

„Du und Flint könnt im Dunkeln dort oben schweben, wo ihr einen guten Überblick über die Umgebung des Turms habt. Sobald ihr Flammen seht, bewegt ihr eure Ärsche so schnell wie möglich zu uns." Er ließ seinen Blick über den Rest von ihnen schweifen. „Ihr anderen bleibt an Ort und Stelle und haltet euch von Ärger fern."

Snap runzelte die Stirn und zog mich für einen schnellen, aber fordernden Kuss zu sich, als wolle er mich daran erinnern, dass ich besser zurückkommen sollte. Auch Ruse sah nicht gerade erfreut aus, zurückgelassen zu werden, doch sein Beitrag, den Verlobten der Frau von der Lichtarmee zu bezaubern, schien einige seiner Zweifel an seiner Würdigkeit zerstreut zu haben.

„Macht ihr die Hölle heiß", sagte er zu Omen und mir.

Antic hüpfte wie wild von einem Fuß auf den anderen um uns herum, wobei sie aussah wie ein kleines Kind, das dringend pinkeln musste. „Bist du sicher, dass ich nichts tun kann? Für ein wenig Ablenkung sorgen, vielleicht? Sie durch einen Scherz aus der Reserve locken? Ich habe diese verrückte Frau noch nicht einmal gesehen!"

„Glaub mir, das ist auch besser so", meinte Omen trocken.

Ich stellte mir vor, wie Tempest sich auf die Koboldin stürzte wie ein Löwe auf ein schwächelndes Gazellenbaby. „Wir beide schaffen das mit den Scherzen schon", versicherte ich ihr. „Omen und ich könnten mit einem Comedy-Programm auf Tour gehen."

Sie sah mich skeptisch an, während Omen ein resigniertes Schnauben ausstieß. Selbst wenn dies der wichtigste Schritt in unserem ganzen Kreuzzug war, erwartete er doch wohl nicht, dass ich die Sache mit Thorns Ernsthaftigkeit anging, oder?

Wenigstens hatten wir keinen drei Kilometer langen Fußmarsch vor uns. Nachdem wir ein paar Blocks gelaufen waren, hielt Omen eines der wenigen Taxis an, die bis spät in die Nacht durch die Stadt fuhren. Als ich mich auf den Rücksitz setzte, klirrte meine Handtasche leise.

Das Taxi fuhr los, und Omen blickte zu mir herüber. „Bist du bereit?"

Ich nickte, auch wenn „bereit" nicht gerade das Wort war,

das ich benutzt hätte. Ich war bereit zu akzeptieren, dass ich mich niemals besser auf einen Kampf gegen ein psychotisches Schattenwesen vorbereitet fühlen würde als jetzt, also konnten wir es genauso gut hinter uns bringen. Wir hatten den ganzen Tag trainiert. Ich kannte die Bewegungen, die ich machen sollte, auswendig. Allerdings konnte keiner von uns genau vorhersagen, wie Tempest sich verhalten würde, sobald wir ihr gegenüberstanden.

Würde die Silber- und Eisenkette in meiner Handtasche ausreichen, um ihre Kräfte zu zügeln? Würde es mir gelingen, die Enden rechtzeitig um sie herum zu verschmelzen? Wie viel von mir selbst würde ich verbrennen, wenn ich ihre Augen blendete?

Alles sehr gute Fragen, auf die ich bald eine Antwort haben würde, ob ich nun wollte oder nicht.

Es war nicht schwer zu erkennen, als wir uns unserem Ziel näherten. Der Schiefe Turm von Pisa spiegelte das Licht der Straßenlaternen auf seiner blassen, schrägen Oberfläche und sah aus wie eine mehrstöckige Hochzeitstorte, die kurz vor dem Umkippen stand. Ich hoffte, dass unser kleines Duell ihm nicht den letzten Stoß versetzen würde. Ich hatte bereits das Wahrzeichen einer Stadt im Laufe dieses Kreuzzugs zerstört.

Tempest war nirgendwo zu sehen, dafür standen zwei junge Männer neben dem Sockel des Turms. Ich zögerte, weil ich mir nicht sicher war, wie wir dieses Treffen durchziehen sollten, wenn wir sterbliche Zuschauer hatten, doch nur einen Moment später tauchte die Sphinx aus der Dunkelheit zwischen den beiden Männern auf, ohne auch nur das geringste Anzeichen von Sorge zu zeigen. Sie tätschelte einem der beiden sogar die Schulter, als würde sie einen Hund streicheln.

Sie hatte sich für diesen Anlass anders, aber nicht weniger extravagant gekleidet. Die Robe, die sie heute trug, sah aus wie eine Toga, wohl passend zum italienischen Thema. Es war jedoch kein normales weißes Laken. Nein, wenn Tempest eine Toga trug, musste sie natürlich aus teurer purpurroter Seide sein, die mit einer kunstvollen goldenen Schließe verziert und mit glitzernden Edelsteinperlen bestickt war. Da wir in Sichtweite der öffentlichen – wenn auch ruhigen – Straßen waren, ruhte ihr volles bronzenes Haar friedlich auf ihren Schultern, doch bei genauerem Hinsehen konnte ich erkennen, dass ein paar Strähnen zuckten, so als könnten sie es gar nicht erwarten, sich zu lösen und herumzufliegen.

Ich konnte mich ihr noch nicht nähern. Ausgehend von seiner eigenen Empfindsamkeit schätzte Omen, dass sie die Kette aus giftigen Metallen, die ich bei mir trug, wahrscheinlich nicht bemerken würde, solange ich mindestens drei Meter Abstand hielt, idealerweise mehr, nur um sicherzugehen. Ich blieb auf dem grasbewachsenen Rasen stehen, der einen großen Teil des Hofes um den Turm ausmachte, und umklammerte den Riemen meiner Handtasche, wobei ich dem Drang widerstand, noch einmal zu überprüfen, ob ich sie offen gelassen hatte, um schnell hineingreifen zu können.

Omen schlenderte ungewohnt lässig auf sie zu, schließlich wollte er Tempest davon überzeugen, dass er hier war, um ihre Freundschaft wieder aufleben zu lassen. Er neigte den Kopf in Richtung der sterblichen Lakaien der Sphinx. „Du hast Gesellschaft mitgebracht. Ich dachte, wir würden uns allein treffen."

„Du hast dein halb-menschliches Spielzeug, also dachte ich mir, dass ich dafür zumindest zwei durch und durch menschliche mitbringen kann." Tempest warf ihren sterblichen Untergebenen einen verächtlichen, amüsierten Blick zu. „Nicht, dass sie hier von großem Nutzen wären, doch es bereitet mir Freude, dass sie etwas beiwohnen müssen, das sie verabscheuen."

Dann wussten sie also, was sie war? Wie konnte es sein,

dass sich Mitglieder der Lichtarmee von einem Schattenwesen herumkommandieren ließen?

Zweifellos durch dieselbe Methode, die wir auch angewandt hatten. „Du hast sie mit einem Zauber belegt", konnte ich nicht umhin zu sagen, auch wenn ich eigentlich meinen Mund halten sollte. Omen sollte inzwischen wissen, dass es ein wenig Spielraum geben musste, wenn diese Regel Teil eines Plans war, an dem ich beteiligt war.

Tempest stieß ein leises Glucksen aus. „Oh, nein. Ich habe ihnen ein Rätsel gestellt, das sie nicht beantworten konnten, und das hat sie dazu verpflichtet, mich zu beschützen, bis die Wirkung nachlässt, es sei denn, sie sterben in der Zwischenzeit." Mit klimpernden Wimpern betrachtete sie den Mann, dem sie die Schulter getätschelt hatte. „Wenn das nicht so wäre, würdest du mich umbringen wollen, so wie alle anderen Schattenwesen auch, nicht wahr?"

„Du bist ein Monster", sagte der Mann steif. „Unsere ganze Arbeit besteht darin, diese Welt von dir und deinesgleichen zu befreien. Sobald ich nicht mehr unter diesem Zauber stehe …"

Tempest winkte gelangweilt mit der Hand, um ihn zu stoppen. „Ja, ja. Das werden wir ja sehen." Dann glitt ihr Blick wieder zu mir. „Stört es dich, zu hören, wie sehr deine Art die monströse Seite hasst, die du bei dir selbst entdeckt hast, Halbsterbliche?"

Ich schaffte es, mit einer beeindruckend ruhigen Stimme zu sprechen. „Nicht mehr so sehr, seit ich weiß, dass jemand hinter den Kulissen die Fäden zieht."

Sie stieß ihr schallendes Lachen aus, das mir von der Begegnung in Versailles noch im Gedächtnis war. „Denkst du etwa, ich hätte ihren Hass heraufbeschworen? Ich habe ihnen nur ein Ziel gegeben, auf den sie ihn lenken können. Ich verfüge nicht über übernatürliche Kräfte, die es mir erlauben, Einfluss auf die Gedanken der Menschen zu nehmen oder eine Motivation zu erzeugen, wo keine ist – Omen kann das bezeugen."

Der Gesichtsausdruck des Höllenhund-Wandlers war die einzige Bestätigung, die ich brauchte. „Ich könnte mir vorstellen, dass du sie mit gutem Zureden auf den rechten Weg gebracht hast", sagte er leichthin. „Du bist eine Meisterin der Worte."

„Hmm", schnurrte Tempest. „Bis zu einem gewissen Grad. Sie haben keine Ahnung, was auf sie zukommt. Das gilt allerdings nur für die Auswirkungen ihres Ziels auf sie, nicht auf uns." Sie stupste den Mann neben sich an. „Warum wollt ihr die Schattenwesen abschlachten?"

„Warum nennst du sie so?", fragte er sofort und verzog angewidert den Mund. „Wir alle wissen, dass sie Monster sind, genau wie du. Sie lauern in den Schatten und bestehlen und verfolgen uns. Wir werden nicht sicher sein, bis sie aus dieser Welt verschwunden sind."

„Und wer hat dir das alles über diese Monster erzählt?"

„Das brauchte mir niemand zu erzählen. Der erste Jäger der Lichtarmee, unter dem ich gearbeitet habe, hat es mir gezeigt. Das Wesen, das wir gefangen hatten, hätte uns alle in Stücke gerissen, wenn wir nicht schnell genug gehandelt hätten."

Die Sphinx zog die Augenbrauen hoch. „Und was macht dich so sicher, dass wir alle so sind?"

„Dazu braucht man sich nur einmal anzusehen, was du uns gerade antust", erwiderte der Mann wie aus der Pistole geschossen. „Du zwingst uns gegen unseren Willen, hier zu sein, um dir zu helfen. Und das nur, weil wir eine dumme Frage nicht beantworten konnten. Sobald der Zauber nachlässt, werde ich ..."

„Wisst ihr was? Ich sehe ein, dass das vielleicht zu viel des Guten war, euch beide mitzunehmen. Ich werde euch nicht zwingen, dieses offensichtliche Elend noch länger zu ertragen." Tempest zog ihre Hand zurück, fuhr eine Reihe messerähnlicher Krallen aus ihren Fingern aus und rammte sie dem Kerl direkt in die Seite seines Kopfes.

Ich unterdrückte einen Schrei und biss mir gleichzeitig auf die Zunge, woraufhin der metallische Geschmack von Blut meinen Mund erfüllte, während die gleiche Flüssigkeit über den Kopf des jungen Mannes lief.

Er verdrehte die Augen und sackte zu Boden, während die Sphinx ihre Krallen wieder einzog. Sie wischte ihre Hand lässig am Hemd des anderen Mannes ab und ignorierte sein Zusammenzucken. „So. Bin ich nicht gnädig?"

Die beiden bezeichneten *sie* nicht zu Unrecht als Monster. Gleichzeitig hatte sie ihre menschliche Ungeheuerlichkeit nur allzu deutlich gemacht. So gerne ich auch diesem einen Schattenwesen die Schuld an den Gräueltaten der Lichtarmee gegeben hätte, war ich im Laufe der Jahre zu vielen unabhängigen Jägern und Sammlern begegnet. Die Tiefe des Hasses und der Abscheu konnte durchaus in den Herzen der Sterblichen wohnen, ohne dass man sie dazu überreden musste. Wir Sterblichen hatten andere *Menschengruppen*, weiß der Teufel, oft genug aus weniger gerechtfertigten Gründen abgeschlachtet.

Wut und Abscheu flammten in mir auf, sowohl gegenüber dieser Frau als auch gegenüber den Sterblichen, die für sie arbeiteten. Gleichzeitig verspürte ich auch ein wenig Angst vor den Kräften, über die sie verfügte. Ich unterdrückte eine Flamme, kurz bevor sie an die Oberfläche meiner Haut schoss. Meine Muskeln brannten, und ich presste meinen Kiefer fester gegen den Schmerz zusammen.

Es sollte so aussehen, als wäre ich freiwillig hier, um mich von Omen an Tempest übergeben zu lassen.

„Mehr, als er verdient hat", zwang ich mich zu sagen.

Tempests Augen leuchteten anerkennend. „Ganz genau." Sie richtete ihre Aufmerksamkeit auf ihren ehemaligen Liebhaber und Mitstreiter. „Du bist also zur Einsicht gekommen, mein lieber Freund?"

Ich konnte nur erahnen, wie sehr er bei dieser Bezeichnung innerlich zusammenzuckte. „Es ist, wie der Phönix sagt", antwortete er. „Sie verdienen die Hölle, die du auf sie herabregnen lassen wirst. Und wer könnte dir dabei besser helfen als ein Höllenhund? Ich bin lieber an deiner Seite, als mir die Mühe zu machen, unsere erbärmlichen Artgenossen zu beschützen, die nicht auf sich selbst aufpassen können."

Nachdem Omen mehrmals betont hatte, was er den niederen Schattenwesen schuldete, und dass er sich schämte, ihnen in der Vergangenheit Schaden zugefügt zu haben, klangen diese Worte wie eine offenkundige Lüge. Doch scheinbar hatte er die Sphinx damals tatsächlich auf diese Weise besänftigt. Es war genau das, was sie hören wollte und was er ihrer Meinung nach fühlen *sollte*. Sie hatte keine Ahnung, was er in den Jahrhunderten, seit ihrer letzten gemeinsamen Intrige durchgemacht hatte.

Tempest lächelte und neigte den Kopf. „Ich wusste, dass du zur Vernunft kommen würdest. Und das Timing könnte nicht besser sein. Wir sind fast bereit für das große Finale."

Das hatte sie bereits angedeutet, und Ruse' Fragen hatten es bestätigt. Omen schenkte ihr ein träges Lächeln, doch sein Blick war eindringlicher geworden. „Ist die Krankheit schon vollständig ausgereift?"

„Es fehlen nur noch ein oder zwei Optimierungen. Ich bezweifle, dass es recht viel länger als eine Woche dauern wird, bis sich die jahrelange Arbeit auszahlen wird." Sie rieb ihre Hände aneinander und musterte mich erneut. „Und für das Unheil, das wir sonst noch anrichten wollen, hast du mir dieses schöne Geschenk mitgebracht. Wie hast du *sie* dazu gebracht, sich gegen ihre eigenen Artgenossen zu wenden?"

„Sie sind nicht meine Artgenossen", sagte ich automatisch, wie wir es geübt hatten.

Omen nickte zustimmend. „Ihre menschliche Seite hat ihre Schwächen. Mein Inkubus konnte sie dazu bringen, sich meinem Willen zu beugen. Sie wird tun, was immer ich ihr befehle."

Das würde ihm so passen. Ich widerstand dem Drang, ihm mein zuckersüßestes Grinsen zu schenken und mit einem süffisanten „Ja, Meister" zu antworten. Wenn ich es zu sehr übertrieb, würde Tempest unser Spiel durchschauen.

„Wunderbar. Du musst deinen Einfluss auf mich ausweiten."

„Sorsha", sagte Omen mit einem Hauch von Sarkasmus, „tu, was Tempest sagt."

„Natürlich." Ich lächelte sie strahlend an. Wieder loderte Feuer in meiner Brust auf. Zum Glück konnte sie dank meiner Handtasche nicht sehen, dass ich meine Hand zur Faust ballte, um es zu unterdrücken.

Ich musste mich zusammenreißen und cool bleiben, bis es an der Zeit war, meine Flammen herauszulassen. Ich würde es schaffen.

„Besser so, als ihren irrationalen sterblichen Zwängen zu folgen." Tempest winkte mich mit einem Finger zu sich heran. „Lass uns dich mal aus der Nähe betrachten. Ich will sehen, wozu du fähig bist, Feuervogel."

Oh, sie war kurz davor, das herauszufinden. Das war der Moment, auf den Omen und ich gewartet hatten. Als ich auf sie zuging, atmete ich tief ein, jeder Muskel spannte sich für den Einsatz meiner Kräfte an. Noch zwei Schritte, noch einer …

Ich schob eine Hand in meine Handtasche und holte im selben Moment mit der anderen nach der Sphinx aus. Während ich die Kette aus meiner Tasche zerrte, schoss Feuer aus meiner ausgestreckten Handfläche.

Es lief allerdings nicht so, wie wir es geübt hatten. Meine Emotionen kochten zu schnell und zu heftig hoch – tosende Flammen loderten hinter meinen Ohren auf und zischten an meinem Hals und meiner Wirbelsäule vorbei. Der Feuerstrahl, den ich wie einen glühenden Dolch direkt in

Tempests Augen schleudern wollte, löste sich stattdessen in Funken auf.

*Nein.* Ich warf die Kette, wobei ich gleichzeitig eine starke Hitze erzeugte, um ihre Flugbahn zu lenken und das Metall aufzuweichen, doch Tempest hatte meinen ersten Fehler genutzt, um auszuweichen. Die Kette prallte gegen die Seite ihres Gewandes, wickelte sich aber nicht ganz um sie herum.

Omen stürzte sich auf sie und verwandelte sich in der Luft in seine Höllenhund-Gestalt, doch die Sphinx war bereits im Schatten verschwunden. Ich könnte schwören, dass ich ein raues Lachen aus der Dunkelheit um den Turm herum hörte.

Auch Omen war verschwunden. Zurück blieb ein Klumpen geschmolzenen Metalls, Tempests anderer gefangener Sterblicher und das angesengte Gras, das mein Versagen dokumentierte.

Verdammte Eselscheiße.

Ein verbrannter Geruch lag in der Luft, und meine verkohlte Haut brannte, als ein Windhauch über mich hinwegwehte. Wieder loderte Hitze in mir auf. Ich lief im Gras hin und her, schnappte nach Luft und dämpfte das Feuer, so gut ich konnte. Das stechende Gefühl breitete sich bis in meinen Rücken aus.

Als Omen wieder auftauchte, waren die beiden Geflügelten bei ihm. Alle drei blickten erschöpft und gequält drein.

Ich sprach das Offensichtliche aus. „Sie ist wieder entwischt."

Natürlich war sie das. Omen hatte gewusst, dass wir ohne ein Ass im Ärmel keine echte Chance hatten – und ich hatte diese Chance vermasselt. Meine Wut auf mich selbst brannte noch heißer als der Rest meines Zorns und Blasen bildeten sich auf meiner Zungenspitze.

So eine Chance würden wir nicht noch einmal bekommen. Sie würde Omen nie wieder vertrauen. Und in einer Woche oder weniger würde sie die Lichtarmee dazu bringen, ihre Hölle auf die ganze Welt loszulassen.

Die Tatsache, dass Omen mich nicht auf mein Versagen hinwies, verstärkte meine Schuldgefühle sogar noch mehr. „Wir werden einen anderen Weg finden", sagte er. „Es muss noch eine andere Möglichkeit geben."

Dies war jedoch die erfolgversprechendste gewesen. Ich war einfach so verdammt wütend geworden …

„Wenn diese verdammten Sterblichen, die sich der Lichtarmee angeschlossen haben, nicht so erpicht darauf wären, jedes Wesen zu töten, das sie nicht verstehen", begann ich, und die glühende Hitze breitete sich in meinem Zahnfleisch aus.

„Sie hat die Schlimmsten von ihnen rekrutiert", meinte Omen. „Sie ernähren sich vom Hass der anderen. Sie repräsentieren wohl kaum alle deiner Art."

Er schaffte es nicht ganz, diese Aussage überzeugend klingen zu lassen. Ich wusste, wie er über Sterbliche dachte. In seinen Augen war *ich* eine Ausnahme, und zwar hauptsächlich wegen meines Schattenwesen-Anteils. Er störte sich nur deswegen daran, dass Schattenwesen Menschen etwas antaten, weil es noch mehr Wut auf sein Volk lenkte.

Ich konnte nicht stehenbleiben, und meine Füße trugen mich zum Fuß des Turms und wieder zurück. Wenn ich stehenbleiben oder auch nur *langsamer* werden würde, könnten die Flammen, die mich durchströmten, noch stärker auflodern – und zwar direkt aus mir heraus.

Thorn machte einen Schritt auf mich zu, seine Miene war angespannt. „Sorsha."

Ich schüttelte den Kopf, bevor er fortfahren konnte. „Ein Kampf verloren. Es wird noch viele weitere geben. Es gibt doch immer welche, oder? Ich muss mich nur abkühlen. Geht ihr schon mal vor, fliegt zurück zum Supermobil oder so. Ich werde zu Fuß gehen. Das sollte reichen."

Meine Gefährten zögerten. „Irgendwie habe ich das

Gefühl, dass du einen Anstandswauwau gebrauchen könntest", meinte Omen, dem es sogar gelang, seine Stimme sanft klingen zu lassen.

Ich starrte ihn an und konnte das Feuer für einen Moment so weit besänftigen, dass das Brennen nachließ. „Ich weiß besser als du, was ich brauche. Und was ich brauche, ist ein langer Spaziergang, ohne dass jemand über jeden meiner Schritte urteilt. Wir alle wissen, dass ich es heute verbockt habe. Bitte reibe es mir nicht unter die Nase. Ich verspreche, dass Darlene vor mir sicher ist, wenn ich dort ankomme."

Er hielt inne, sein Gesicht spannte sich an, doch er antwortete nicht. Und als er es schließlich tat, war seine Stimme wieder sanft. „Ich weiß, dass du alles gegeben hast, und ich kann dir deswegen keinen Vorwurf machen. Du brauchst etwas Freiraum, um deine Selbstkritik zu verarbeiten? Dann nur zu. Wenn du dich verirrst, ruf uns an und wir holen dich ab."

Auf keinen Fall würde ich mich so erniedrigen. Ich nickte knapp.

Thorn runzelte die Stirn. „Seid Ihr sicher? Ich könnte Euch Freiraum geben und trotzdem in Sichtweite bleiben, falls Ihr mich brauchen solltet."

Mein treuer Krieger war wie immer fest entschlossen, mich zu beschützen. Das Schlimmste daran war, dass seine Beharrlichkeit das Feuer in mir nur noch heftiger prickeln ließ.

„Hast du noch andere Schattenwesen in der Nähe gesehen oder Leute, die mit Tempest zusammenarbeiten könnten?", fragte ich.

„Nein", gab er zu.

„Dann glaube ich nicht, dass ich dich brauchen werde. Gib mir die Chance, durchzuatmen, okay?"

Thorn sah immer noch nicht sonderlich begeistert aus, folgte Omen und Flint allerdings in die Schatten.

Tempests Marionette stand immer noch da, doch ich hatte

mehr Lust, ihn zu verbrennen, als ihm zu helfen. Ich machte auf dem Absatz kehrt und entfernte mich vom Turm.

Mit jedem Block, den ich zurücklegte, loderte das Feuer in mir heißer. Meine Fingernägel gruben sich in meine Handflächen. Ich kam an mehreren Stuckhäusern vorbei, an Restaurantterrassen, die für die Nacht abgesperrt waren, an dunklen Hauseingängen und verwinkelten Gassen. Alle Fenster waren dunkel, und die Bewohner dahinter schliefen vermutlich bereits tief und fest.

Sie schliefen in aller Ruhe, ohne sich der Schrecken bewusst zu sein, die um sie herum im Gange waren. Würde es sie überhaupt kümmern, wenn sie davon wüssten? Während die Lichtarmee Schattenwesen folterte und ermordete, erzählte sich der Rest der Menschheit fröhlich Geistergeschichten, drehte Monsterfilme und schürte diesen Hass. Womöglich hätten sie sich sogar alle der Lichtarmee angeschlossen, wenn sie wüssten, wie real diese Kreaturen tatsächlich waren.

Arschlöcher und Bastarde, alle von ihnen. Genauso wie ich, nicht wahr? Ich wollte Tempest für diesen kurzen Moment die Schuld für ihre Verbrechen geben. Die wahren Monster waren genau hier, überall um uns herum, lachten und lebten ihr sinnloses Leben.

Eine Hitzewelle, die so gewaltig war, dass man sie als Tsunami bezeichnen könnte, rollte über mich hinweg – und brach aus mir hervor. Flammen loderten an den Fassaden der Gebäude vor mir auf. Weitere Flammen züngelten an meinen Armen und Beinen entlang.

Ich ließ mich auf den Boden sinken und schlug mit den Gliedmaßen auf das Pflaster, um das Feuer zu löschen. Doch nichts half gegen das Inferno, das bereits den ganzen Häuserblock verschlang, auf den ich zugegangen war.

Feuer zischte und Rauch stieg auf. Glas zersplitterte, als die Flammen höherschlugen und Schreie ertönten. Das Feuer schien die Bewohner des gegenüberliegenden Wohnblocks geweckt zu haben. Sie hatten Glück, dass meine Flammen nicht in diese Richtung züngelten und sie statt der Waren in den Läden verbrannten.

Mein Magen zog sich zu einem riesigen Knoten zusammen. *Ich* hatte Glück.

Die Hitze, die mich mit dem Nachtwind umwehte, ließ alle Stellen pochen, an denen ich mich verbrannt hatte. Ich erstarrte und mein Blick fiel auf einen Obst- und Gemüsemarkt, wo all die Köstlichkeiten, bei deren Anblick mein Verschlinger in Ohnmacht gefallen wäre, bereits verkohlt waren. In einem Musikladen knackten die Saiten eines Klaviers, bevor sie rissen und im Uhrengeschäft daneben schmolzen die Glasabdeckungen im zerbrochenen Schaufenster.

Das war mein Werk. Vor meinen Augen verbrannte die Existenz von Dutzenden von Menschen, weil ich meiner Wut freien Lauf gelassen hatte. Und es gab nichts, was ich tun konnte, um diese Flammen zu beruhigen. Ich hatte den dringenden Verdacht, dass ich, wenn ich mit meiner Kraft versuchte, die Flammen unter Kontrolle zu bringen, nur noch mehr Feuer entfachen würde.

Also entschied ich mich für die Strategie, die sich in meiner Karriere als Diebin bisher bewährt hatte und rannte, so schnell mich meine Füße tragen konnten.

Das Knistern des Feuers und das Heulen der Sirenen verfolgten mich noch lange, nachdem ich den Ort des Geschehens hinter mir gelassen hatte. Mit jedem Atemzug setzte sich ein rauchiger Geruch in meiner Lunge fest. Ich lief weiter in die Richtung der Stelle, an der das Wohnmobil geparkt war, während ein Gefühl der Schwere in mir aufstieg und den letzten Rest meines inneren Feuers ertränkte.

Ich war eine Bedrohung. Wie viel würde ich wohl noch zerstören, bevor dieser Kampf zu Ende war? Was, wenn die Obersten recht hatten? Was, wenn ich sowohl für die

Sterblichen als auch für die Schattenwesen eine größere Bedrohung darstellte, als Tempest es je gewesen war?

Ich sollte Omen sofort bitten, mich zu den Obersten zu bringen, um mich dem Schicksal zu stellen, dem ich so lange entgangen war.

Ich blieb stehen und schloss die Augen. Die Hoffnungslosigkeit drückte so stark gegen meine Rippen, dass ich kaum Luft bekam. Dann tauchte das Bild von Tempests leuchtenden Augen und ihren schlitzartigen Pupillen vor meinem geistigen Auge auf, und ich hörte ihr schrilles Lachen in meinem Kopf.

Sie hatte mich provoziert. Sie hatte herausgefunden, welche Knöpfe sie bei mir drücken musste, und darauf eingehämmert wie ein Sechsjähriger bei einem Fahrstuhlstreich. Sie hatte *gewollt*, dass ich explodiere, vermutlich sogar noch stärker, als ich es tatsächlich getan hatte.

Ich hatte niemanden verletzen wollen. Und wenn ich jetzt aufgab, würde ich Tempest nur freie Bahn lassen. Genau das wollte sie, oder?

Ich war unsere beste Chance gewesen, sie aufzuhalten, und vielleicht würde ich noch eine Chance bekommen.

Mir war jetzt klarer, was ich von ihr zu erwarten hatte. Die anderen zählten auf mich. Ich musste wenigstens lange genug durchhalten, um den Rest der Welt vor dem brutalen Chaos zu bewahren, das sie über sie bringen wollte.

Und dann … dann würde ich vielleicht das Gefühl haben, dass ich eingeschläfert werden musste. Doch noch war es nicht so weit. Zu viel hing von mir ab. Zu viele Leben standen auf dem Spiel.

Ich hob mein Kinn und ging weiter. Die Luft, die meine Lunge füllte, schmeckte jetzt sauberer. Die Sirenen waren verstummt.

Ich hatte vor, diese Mission bis zum Ende durchzuziehen, und wehe denen, die sich mir in den Weg stellten.

# VIERZEHN

*Sorsha*

Snap hätte nicht sanfter sein können, als er einen weiteren Tupfer Aloe-Gel auf die Verbrennungen auf meinem Rücken strich, doch meine Haut war so wund, dass ich trotzdem zusammenzuckte. Er stieß ein heftiges Zischen durch seine Zähne aus.

„Ich würde die Sphinx bedenkenlos verschlingen", erklärte er.

Von den vielen Dingen, für die ich Tempest verantwortlich hätte machen können, gehörte das Flambieren meines Körpers nicht dazu. Das war definitiv meine eigene Schuld gewesen. Trotzdem konnte ich mich nicht dazu durchringen, meinen Liebhaber zu korrigieren, genauso wenig wie ich fragen wollte, ob jemand etwas über einen Brand in der Innenstadt von Pisa letzte Nacht gehört hatte.

Keiner meiner Begleiter hatte den Brand erwähnt, allerdings waren wir unmittelbar danach nach Rom zurückgefahren, und sie verfolgten die Nachrichten nicht gerade aufmerksam. Vielleicht hätten sie sich ohnehin nicht viel dabei gedacht. Ein ganzer Häuserblock mitsamt Inhalt verbrannt? Das waren eben die Gefahren, die mit einem Leben als Sterblicher einhergingen.

Einerseits wünschte ich mir, ich könnte den Vorfall auch so einfach abtun und andererseits graute mir vor dem Gedanken, jemals die Schuldgefühle zu überwinden, die dafür sorgten, dass sich mein Magen heftig zusammenzog.

„Wenn das ausreichen würde, um sie zu vernichten, hätten wir sie dir direkt zum Fraß vorgeworfen", sagte Omen von der Tür aus, obwohl er noch besser als ich wusste, dass Tempest sich wohl kaum von jemandem irgendwohin werfen lassen würde.

Ich verlagerte meine Position auf dem Bett, sodass ich mir die Haare aus der Stirn streichen konnte. Snap trug noch mehr Aloe – die zweite Schicht seit meiner Rückkehr gestern Abend – auf meinen Hals auf. „Wie werden wir uns ihr als Nächstes nähern, jetzt, wo sie keine Freundschaftsarmbänder von dir annehmen wird?"

„Darüber habe ich mir Gedanken gemacht, während du geschlafen hast", antwortete der Höllenhund-Wandler, als wäre mein Schlaf reine Faulheit und keine körperliche Notwendigkeit gewesen. „Da wir unser bestes Täuschungsmanöver bereits verspielt haben, müssen wir vermutlich zu deiner alten Strategie der zahlenmäßigen Überlegenheit zurückkehren. Vielleicht können wir ein oder zwei Schattenwesen mit einer Fähigkeit auftreiben, die uns einen klaren Vorteil verschafft."

„Ich denke, unser Hacker-Freund kann in der Zwischenzeit noch ein paar Leute mit Verbindungen zur Lichtarmee ausfindig machen, die ich bezaubern kann", schlug Ruse vor, schlenderte an Omen vorbei ins Schlafzimmer und stützte sich auf die kleine Kommode. „Wir sollten weiterhin versuchen, so viel wie möglich über ihre Machenschaften in Erfahrung zu bringen."

Thorn trat aus dem Schatten am Fußende des Bettes hervor, um sich ebenfalls an dem Gespräch zu beteiligen. „Ich könnte versuchen, noch einmal mit meinen geflügelten Brüdern zu sprechen. Sie wollten sich zwar eigentlich nicht einmischen, doch wenn ich mich schnell um ihre Belange kümmern könnte ... Möglicherweise ist es eine einfache Angelegenheit." Er klang allerdings skeptisch.

„Ich werde dir bei allem helfen, was sie verlangen", fügte Flint hinzu und blickte über Omens Schulter.

Eine Sekunde später hüpfte Antic herein. Sie zitterte am ganzen Körper vor Aufregung. „Ich habe eine Idee! Ihr denkt alle nicht groß genug. Ihr habt nur auf die sterbliche Seite geschaut. Wie wäre es, wenn ich über eine Schwelle gehe und schaue, ob ich Hilfe aus dem Schattenreich auftreiben kann?"

Omen verschränkte die Arme vor der Brust. „Wir brauchen keine Horde von Gnomen und Kobolden."

„Hey, eine Horde könnte viel ausrichten! Und ich kann auch Wesen überzeugen, die größer sind als ich! Einer meiner besten Freunde war ein Seedrache, nur damit ihr es wisst."

Bei so vielen Wesen auf so engem Raum war kaum noch Platz, sich zu bewegen. Ich gab ein grummelndes Geräusch von mir und griff nach dem Kleiderstapel neben meinem Bett. „Wessen Idee war es, eine Strategiebesprechung in meinem Schlafzimmer abzuhalten – und das, während ich nicht einmal ein Oberteil anhabe? Soll sie doch über die Schwelle gehen. Im Schattenreich gibt es viel mehr von euch als hier. Bestimmt wird sie dort jemanden finden."

„Dann mach dich auf den Weg", wies Omen die Koboldin an. „Mal sehen, wie lange es dauert, bis du diesen Jemand findest."

„Aye, aye, Käpt'n!" Sie salutierte vor ihm und huschte wieder hinaus, wodurch allerdings nicht wirklich mehr Platz als vorher war. Ich schlüpfte in mein Oberteil, wobei ich auf die immer noch wunden Stellen an meinem Hals, meinem Rücken und meinen Armen achtete.

Snap legte schützend eine Hand auf meine Hüfte. „Du und ich könnten zusammen nach Schattenwesen suchen, Pfirsich", sagte er. „Ich kann Schattenwesen erkennen, aber du kannst besser erklären, wie sehr wir ihre Hilfe brauchen."

Omen klatschte entschlossen in die Hände. „Perfekt. Ich werde mich ebenfalls in der Stadt umsehen, Ruse wird seinen Charme spielen lassen, und Thorn und Flint können mit ihren nicht ganz so engelsgleichen Freunden verhandeln. Lasst uns versuchen, uns bis Mitternacht wieder hier zu treffen. Tempest wird ihre Pläne noch schneller vorantreiben, nachdem sie gesehen hat, wie weit wir bereit sind, zu gehen, um sie aufzuhalten."

Thorns Mund verzog sich bei seinen Anweisungen, obwohl er den Plan vorgeschlagen hatte. Als alle Anstalten machten, zu gehen, nahm ich seine Hand. „Gib mir eine Sekunde", bat ich Snap.

Als wir allein waren, blickte der massige Krieger auf mich herab. „Kann ich noch etwas für Euch tun, bevor ich gehe, Lady Sorsha?" Seine Muskeln waren bereits angespannt, als wäre er bereit, mir zu Hilfe zu eilen.

„Ich habe mich gefragt, ob ich etwas für *dich* tun kann", sagte ich und drückte seinen beeindruckenden Bizeps. „Nach dem, was du vorhin gesagt hast, haben eure ‚Brüder' im Vatikan euch das Leben schwer gemacht."

Thorns angespannter Kiefer deutete darauf hin, dass er uns nicht einmal die Hälfte erzählt hatte. „Ich bin verantwortlich für die Spannungen, die zwischen uns bestehen, und ich werde sie lösen", sagte er. „Das ist das Mindeste, was ich ihnen schulde."

„Ich glaube nicht, dass du ihnen irgendetwas schuldig bist. Es ist Jahrhunderte her. Außerdem hast du nicht einmal etwas falsch gemacht."

„Darüber gibt es unterschiedliche Meinungen. Und die Vergangenheit hat stärkere Auswirkungen auf sie als auf mich." Seufzend neigte er den Kopf, um seine Lippen auf meine zu pressen. Er senkte die Stimme, als er weitersprach. „Glaub mir, wenn ich einfach immer an Eurer Seite bleiben könnte, würde ich viel lieber hierbleiben."

„Na, dann beeil dich", sagte ich, gab ihm einen Kuss und folgte ihm durch die Tür, wo Snap bereits wartete.

Normalerweise hätte ich mir keinen besseren Begleiter für die Erkundung einer Stadt wünschen können als den Verschlinger. Er verschlang neue Sehenswürdigkeiten und Erfahrungen genauso eifrig wie seine Lieblingsfrüchte – und menschliche Seelen.

Für die erste Stunde oder so traf diese Erwartung zu. Snap starrte mit großen Augen auf die sich abzeichnenden antiken Ruinen im Forum, hörte unter eifrigem Brummen zu, als ein Fremdenführer die Aktivitäten beschrieb, die dort stattgefunden hatten, und kostete mit seiner gespaltenen Zunge die Energien rund um die Strukturen, wenn keine anderen Touristen in der Nähe waren.

Doch wir fanden kein Schattenwesen, das wir um Hilfe bitten konnten – das Pärchen, das Snap in den Schatten witterte, flüchtete, sobald er ihnen Aufmerksamkeit schenkte. Als wir an einer Gruppe von Schaulustigen im College-Alter vorbeikamen, die sich an mir vorbeidrängten, ohne auch nur einen Blick zurückzuwerfen, geschweige denn, sich zu entschuldigen, verdüsterte sich das sonst so fröhliche Wesen des Verschlingers.

„Die Schattenwesen sind nervös wegen der vielen Sterblichen hier", sagte er. „Die Menschen sind nicht gerade freundlich mit diesem Ort umgegangen, obwohl es ihre eigene Vergangenheit ist. Ich kann nichts mehr von den Zeiten wahrnehmen, in denen hier alles heil war und gefeiert wurde. Ich nehme viele Eindrücke von Menschen wahr, die darauf einschlugen und herumhackten, oder Worte einritzten, die sie zum Lachen brachten, um zu zeigen, wie *wenig* sie davon hielten … Warum haben sie das wohl getan?"

Angesichts der angespannten Verwirrung in seiner

Stimme bildete sich ein Kloß in meiner Kehle. „Wir sind nicht immer stolz auf unsere Vergangenheit", erklärte ich. „Es ist schwieriger für uns, da wir nicht annähernd so lange leben wie Schattenwesen, verstehst du? Die Gesellschaft, die diesen Ort nutzte, war schon weg, bevor einer der Ur-Ur-Ur-Ur-Großeltern der Leute geboren wurde, die jetzt leben. Deswegen fühlt es sich nicht wirklich real an."

„Ich habe damals auch noch nicht existiert, und ich finde es hier trotzdem faszinierend."

Ich stieß ihn spielerisch mit meinem Arm an. „Nun, das ist ein Teil dessen, was dich so besonders macht."

Das Kompliment brachte ihn wieder zum Strahlen, allerdings nur kurz. Unter den Kreaturen, die sich in der Nähe des Pantheons und der großen Museen aufhielten, fanden wir keine Unterstützer. Als wir uns dem Trevi-Brunnen näherten, verdichteten sich die Wolken am Himmel, und Snap fröstelte, als das Sonnenlicht schwächer wurde.

„Jemand hat diese Skulptur ganz ohne Magie geschaffen", erklärte ich über das Plätschern des Wassers hinweg. „Wirklich erstaunlich."

„Allerdings", stimmte Snap zu, doch die Begeisterung in seiner Stimme hatte etwas nachgelassen. „Sie haben so viele Dinge gebaut ... und so viele von ihnen wünschen sich, dass kein Wesen wie ich sie jemals zu Gesicht bekommt. Sie würden es nicht gutheißen, dass ich all die Früchte und den Honig genieße und ..." Er runzelte die Stirn. „Die *meisten* Menschen würden uns tot sehen wollen, wenn sie von uns wüssten, nicht wahr? Deshalb halten wir unsere Existenz geheim."

„Na ja, vielleicht nicht *tot*", begann ich, doch ich wusste nicht so recht, wie ich fortfahren sollte. Es war *tatsächlich* möglich, dass die Mehrheit der Menschen wollte, dass Wesen wie meine monströsen Liebhaber abgeschlachtet wurden, wenn sie von der Existenz der Schattenwesen erfuhren. Ich wollte ihn nicht anlügen. Doch der Schmerz in seinen Augen und die Düsternis, die sich in seine Worte schlich, ließen mein Herz schmerzen.

Die Lichtarmee hatte Snap zwar nicht getötet, sondern nur gefangen gehalten, doch wie sehr hatte ihn dieses Erlebnis *verändert*, wenn sie seinen Sinn für Wunder zerstört hatten?

Eine Stichflamme durchzuckte meine Eingeweide. Ich hustete und schaffte es gerade noch, sie hinunterzuschlucken, sodass sie nur meinen Magen versengte. Meinem Verschlinger und mir selbst zuliebe versuchte ich, das Gespräch mithilfe eines Songtexts auf ein weniger deprimierendes Thema zu lenken.

„Komm schon. Wir müssen noch ein Schattenwesen finden, das wir überzeugen können." Ich zupfte an Snaps Ellbogen und sang: „And if I only could, I'd make an eel maraud, and I'd bet him with all our aces."

Der Song von Kate Bush brachte mir nur ein müdes Schmunzeln von Snap ein, doch das war besser als nichts. Dank der zwei, möglicherweise bald vier, Geflügelten, Omen, der sich mit einem besonders hartnäckigen Gespenst aus seiner schrecklichen Vergangenheit herumschlagen musste, und mir, die links und rechts Unschuldige verbrannte, lag schon genug Düsternis über unserer Gruppe.

Das Heben von Snaps Laune half uns allerdings nicht, neue Verbündete zu finden. Kurz vor Mitternacht kehrten wir zum Supermobil zurück. Omen trat aus dem Schatten hervor, bevor wir die Tür erreicht hatten, und bat Snap herein. „Ich muss mit unserer Sterblichen sprechen", sagte er, ohne sich die Mühe zu machen zu fragen, wie unsere Suche verlaufen war. Ich nahm an, dass unser Versagen offensichtlich war.

Snaps Augen flackerten kurz neongrün auf, doch seine Loyalität gegenüber dem Schattenwesen, das ihn für diese Mission rekrutiert hatte, stand eindeutig im Widerspruch zu seinem Wunsch, bei mir zu bleiben. Er hielt inne und sagte dann mit vorsichtiger, aber fester Stimme: „Was willst du von ihr?"

Omen seufzte. „Ich will nur mit ihr reden, versprochen. Wenn jemand dafür sorgen wird, dass sie ein schreckliches Ende findet, dann werde das nicht ich sein. Bist du immer noch nicht davon überzeugt?“

Der Verschlinger wirkte verärgert, allerdings nur leicht. „Ich hätte nicht gedacht, dass du es überhaupt versuchen würdest“, erwiderte er, verschwand jedoch im Wohnmobil, nachdem ich erneut seinen Arm getätschelt hatte.

Obwohl der frühe Herbstabend lau war, jagte mir Omens ernste Miene einen eisigen Schauer über den Rücken. „Was ist das große Geheimnis?“

Er führte mich an die Seite des Wohnmobils. Nicht ganz Rom war landschaftlich so reizvoll – der heruntergekommene Vorort, in dem wir uns versteckten, roch eher nach Teer als nach Gelato, und irgendwo in der Ferne knarrte eine lose Tür in ihren Angeln im Wind. Das Supermobil trug mit seinen rotierenden Radkappen, die sich wie Hamsterräder drehten, zur Atmosphäre bei.

„Es ist kein Geheimnis“, antwortete Omen. „Ich dachte nur, ich sollte es dir zuerst sagen, damit es keine Missverständnisse gibt. Ich habe beschlossen, noch einmal mit den Obersten zu sprechen.“

Trotz dem, was er gerade zu Snap gesagt hatte, und unseren Gesprächen der letzten Tage, stotterte mein Puls. Bevor ich etwas sagen konnte, hob er seine Hände. „Ich werde dich nicht einmal erwähnen. Ich werde ihnen sagen, was ich über Tempest herausgefunden habe. Vielleicht kann ich sie dazu bringen, meinen letzten Auftrag dahingehend zu ändern, Tempest auszuschalten, anstatt ,Ruby‘ zu finden. Und unabhängig davon, ob sie das tun oder nicht, sie könnten unserer Sache etwas mehr Kraft verleihen. Sie haben schon einmal eine ganze Reihe ihrer Lakaien auf sie gehetzt, um sie zu vernichten.“

Das ergab Sinn – genug Sinn, dass Omen bereit dazu war,

so sehr es ihm auch missfiel, mit den Wesen zu sprechen, die ihn an die Leine gelegt hatten.

„Das wäre sicher hilfreich", meinte ich. „Es ist an der Zeit, dass sie mit uns arbeiten anstatt gegen uns."

Omens Mundwinkel zuckten nach oben. „Wir werden sehen. In jedem Fall gilt: Wer nicht wagt, der nicht gewinnt. Ich glaube nicht, dass sie herausfinden können, dass ich Kontakt zu dem Sterblichen-Schattenwesen-Hybriden hatte, nach dem sie suchen. Ich wollte nicht, dass du dir deswegen Sorgen machst."

Ich stemmte meine Hände in die Hüften. „Ich, und mir Sorgen machen?", stichelte ich. „Kennst du mich überhaupt?" Doch die Wahrheit war, dass er mich sogar sehr gut kannte. So gut, dass ich hinzufügen musste: „Danke. Dafür, dass du dir Gedanken darüber machst, ob ich mir Sorgen mache."

Er gab einen abweisenden Laut von sich. Dann fuhr er mit den Fingern an meinem Kiefer entlang und zog mich zu sich. Er küsste mich so leidenschaftlich, dass Flammen unter meiner Haut prickelten, allerdings nur die angenehmen.

Warum konnte sich mein inneres Feuer nicht immer so herrlich anfühlen?

Als er mich losließ, verspürte ich einen weiteren Schmerz in meiner Brust, der sich zu dem gesellte, den Snaps Enttäuschung ausgelöst hatte. Ich konnte nicht anders, als meine Finger mit Omen zu verschränken, bevor er seine Hand fallenließ. „Sieh zu, dass du zurückkommst."

Er schenkte mir ein breites Lächeln. „Bisher hat es noch niemand geschafft, mich zu vernichten, so viele es auch schon versucht haben. So leicht wirst du mich nicht los, Chaos-Queen."

Ich lachte und folgte ihm ins Supermobil, damit er den anderen sagen konnte, wohin er ging, doch unter meiner heiteren Antwort hielt der Schmerz an.

Wie war ich mit diesem Mann an einen Punkt gelangt, an

dem ich bei dem Gedanken, ihn zu verlieren, Feuer vom Himmel regnen lassen wollte?

# FÜNFZEHN

*Omen*

Es sagte etwas darüber aus, wie begierig die Obersten auf Neuigkeiten über die Mission waren, auf die sie mich geschickt hatten, dass der schmierige Kobold, der mich vor ihrer imposanten Höhle aufgehalten hatte, nur wenige Minuten später mit einem energischen Röcheln zurückkam, das durch die geronnene Dunkelheit um uns herum schallte. „Sie werden dich jetzt empfangen. Komm mit!"

Diese Begrüßung war völlig anders als bei meinem letzten Besuch, bei dem man mich über einen Tag lang hatte warten lassen. Und damals hatten *sie* mich vorgeladen. Ich konnte nur hoffen, dass sie von den Neuigkeiten, die ich ihnen überbrachte, zu sehr abgelenkt sein würden, um sauer darüber zu sein, was ich nicht mitgebracht hatte.

Was mich betraf, so hatte ich keine Ahnung, wo ein Hybridwesen namens Ruby sich aufhalten könnte. Das einzige Mischwesen aus Mensch und Schattenwesen, das ich kannte, hieß Sorsha, und die Obersten hatte mir nicht aufgetragen, nach *ihr* zu suchen.

Außerdem hatte Tempest bereits ein ganzes Reich an Leben ruiniert. Deutlicher konnte eine Bedrohung nicht sein.

Der Kobold folgte mir den ganzen Weg in die gähnende Höhle, wo mich angesichts der mächtigen, wenn auch schwerfälligen Energien der Obersten ein Juckreiz an meinem schattenhaften Körper überkam und ich einen kräftigen Zug am Hals spürte. Sie ließen mich nie ganz vergessen, welche Macht sie über mich hatten. Es wäre mir lieber gewesen, wenn ihr schmieriger Lakai das nicht mitbekommen hätte, doch es stand mir nicht zu, ihn wegzuschicken. Oder ihm die Kehle durchzuschneiden, was fast dasselbe bewirkt hätte, nur mit deutlich mehr Befriedigung.

Schattenwesen konnten in ihrer Schattengestalt nicht sterben, doch wir konnten so verstümmelt werden, dass wir genauso gut tot sein könnten.

Die durchdringende Aufmerksamkeit der Obersten lastete noch schwerer auf mir als zuvor. Der Kobold verbeugte sich, als wollte er gelobt werden, weil er die unglaubliche Aufgabe bewältigt hatte, mich die kurze Strecke vom Eingang zu begleiten. Selbstachtung war keine Eigenschaft, auf die die Obersten bei ihren Untergebenen Wert legten.

Die Obersten ignorierten ihn. „Was hast du uns zu sagen, Höllenhund?", fragte eine von ihnen, und ihre hohle, brüllende Stimme hallte in jedem Teil meines Wesens wider.

Oh, ich hatte ihnen eine ganze Menge zu sagen, doch das, was ich ihnen tatsächlich sagte, sollte ich mir lieber gut überlegen. Ich sammelte mich. „Ich bin keinem Wesen namens Ruby begegnet, doch meine Suche hat eine noch größere Gefahr für beide Welten zutage gefördert. Das Schattenwesen, das ihr für tot hieltet, und an dessen bösartigen Tricks ich zugegebenermaßen manchmal beteiligt war, ist noch am Leben. Tempest, die Sphinx, hat ein Komplott geschmiedet, das gewaltiger ist als alles zuvor."

Ich konnte mit dem Gemurmel zwischen den aufgeblasenen Leviathanen nicht viel anfangen. „Das kann nicht sein", sagte einer von ihnen schließlich. „Unsere Krieger haben berichtet, dass sie die Sphinx in Stücke gerissen haben. Sie würden es nicht wagen, uns anzulügen."

„Ich bezweifle, dass sie wussten, dass sie lügen", antwortete ich. „Ich könnte mir vorstellen, dass sie auch bei ihnen einen ihrer Tricks angewandt hat, um sie glauben zu lassen, sie wäre gestorben. Was auch immer sie in Stücke gerissen haben, sie hat es entweder überlebt oder sie war es nicht. Ich habe von Angesicht zu Angesicht mit ihr gesprochen. Und wenn jemand diese Bedrohung erkennen sollte, dann bin ich es."

Eines der gewaltigen Wesen kam mit einem heftigen Energieschwall näher. „Woher sollen wir wissen, dass *du* nicht derjenige bist, der hier zu einem Trick greift?"

Ich musste jeden Muskel in meinem Körper anspannen, um dem Drang zu widerstehen, zusammenzuzucken. So leicht, wie ich den Kobold – der immer noch dämlich dreinschaute – zu Brei hätte schlagen können, sodass es Jahrhunderte dauern würde, bis er wieder zu einem richtigen Wesen zusammengewachsen wäre, hätten die Obersten mich noch schneller in Stücke reißen können. Vor all den Jahren, als wir unsere Abmachung getroffen hatten, hatten sie das nur deswegen nicht getan, weil sie glaubten, ich sei ihnen in einem Stück nützlicher. In diesem Glauben sollte ich sie auch weiterhin lassen.

„Welchen Grund sollte ich haben, mir das auszudenken?", fragte ich und blieb standhaft. „Ich stehe kurz davor, meine Abmachung mit euch zu erfüllen. Es würde nichts bringen, euch an meine alte Verbindung mit der Sphinx zu erinnern, wenn sie keine wirkliche Bedrohung darstellen würde."

Das darauffolgende Grummeln klang zumindest ein wenig zustimmend. Meine Nackenhaare senkten sich, doch ich wagte es nicht, mich zu bewegen.

„Was ist das für ein Komplott, das die Sphinx ausheckt?", fragte der erste Sprecher. „Wie viel Gefahr kann von ihr ausgehen, nachdem wir die ganze Zeit nichts von ihr gehört haben?"

„Das ist vermutlich genau das, was sie euch glauben machen will. Sie wollte euch in Sicherheit wiegen." Eine kleine Beleidigung ihrer Würde konnte nicht schaden. „Und dieser Plan ist gerade deshalb so gefährlich, *weil* sie so lange Zeit hatte, alles zu arrangieren. Sie hat vor, so viele Sterbliche wie möglich zu töten. Und wie ich sie und ihre Methoden kenne, könnten es mehr sein, als in der gesamten Welt der Sterblichen am Leben bleiben, wenn sie fertig ist. Außerdem will sie alle Schattenwesen, die sich auf die Seite der Sterblichen gewagt haben, mit einer Krankheit infizieren und ebenfalls auslöschen."

Ein weiterer Oberster meldete sich zu Wort. „Du hast diese Krankheit schon einmal erwähnt. Damals hast du behauptet, die Sterblichen würden versuchen, sie zu erschaffen."

„Offenbar werden diese Sterblichen von Tempest gelenkt. Und zwar so, dass sie am Ende daran zu Grunde gehen", erklärte ich. „Doch sie hat mir klargemacht, dass auch Schattenwesen sterben werden. Und ihr ist vollkommen egal, wie viele. Ich könnte mir vorstellen, dass sie sogar versuchen wird, die Krankheit bis zu eurer Türschwelle zu verbreiten, wenn sie einen Weg findet. Sie hegt einen starken Groll, nachdem sie beinahe von den Geflügelten abgeschlachtet wurde."

Der gaffende Kobold erschauderte. Dabei hätte er sich eigentlich mehr Sorgen um sich selbst machen sollen. Irgendwie hatte ich den Verdacht, dass er Tempests Krankheit nicht standhalten würde.

Die grandiosen Goliaths murmelten wieder etwas vor sich hin. Es war ein schmaler Grat zwischen der Beleidigung durch die Andeutung, sie seien verwundbar, und dem

Versuch, ihnen zu verdeutlichen, was für eine Bedrohung Tempest darstellte. Sie klangen, als würden sie meinen Bericht zumindest einigermaßen ernst nehmen.

„Du hast viel mit der Sphinx kommuniziert", sagte einer von ihnen schließlich. „Wir gehen davon aus, dass du uns diese Information deshalb überbracht hast, weil du bereits eine Idee hast, wie sie zu Fall gebracht werden könnte."

Ausnahmsweise spielten sie mir einmal direkt in die Hände. Ich lächelte, so gut ich in meinem benebelten Zustand konnte, und senkte den Kopf. „Natürlich. Es wäre mir eine Ehre, euch nicht nur von dem Problem zu berichten, sondern es auch für euch zu lösen. Ich denke jedoch, dass der Kampf gegen ein Wesen mit so viel Erfahrung und erwiesener Macht kein Spaziergang sein wird. Deswegen dachte ich, dass ihr euren Befehl im Hinblick darauf vielleicht anpassen solltet."

„Inwiefern?"

Ich musste es also wirklich aussprechen, oder? Typisch. „Eure ursprüngliche Anweisung lautete, dass ich euch über Rubys Aufenthaltsort informieren sollte. Diese Ruby hat jedoch seit Jahrzehnten keine nennenswerten Probleme verursacht. Tempest hingegen steht kurz davor, die schlimmste Katastrophe zu entfesseln, die je ein Schattenwesen über die Reiche gebracht hat. Wenn ich also jetzt sie verfolgen soll, übernehme ich gerne die Verantwortung für ..."

Ich wurde von einem dröhnenden Lachen unterbrochen, das mir durch Mark und Bein ging. Was zur Hölle war an meinem Vorschlag *lustig*? Die Frage brannte mir auf der Zunge, doch ich zögerte, sie zu stellen.

Das brauchte ich auch gar nicht. Dasselbe Wesen, das gelacht hatte, richtete einen Hauch von Aufmerksamkeit auf mich, der noch dichter und dunkler war als zuvor. „Natürlich würdest du das gerne tun. Das war doch die ganze Zeit dein Plan, oder? Du musstest die Wiederauferstehung der Sphinx erfinden, damit wir deinen Kreuzzug ernster nehmen.

Dachtest du wirklich, wir würden eine solche Täuschung nicht durchschauen?"

Na ja, ich hätte es wahrscheinlich nicht gedacht, wenn es tatsächlich eine Täuschung gewesen wäre. Jetzt, da er es so formulierte, konnte ich nachvollziehen, dass es für jemanden, der Tempest in den letzten Tagen nicht von Angesicht zu Angesicht gegenübergestanden hatte, wie ein Täuschungsmanöver meinerseits aussah.

„Nein", sagte ich und bemühte mich, meine Stimme so wenig verärgert wie möglich klingen zu lassen. „Deshalb würde ich nie versuchen, euch zu täuschen. Sie ist wirklich am Leben und zieht die Fäden bei der Lichtarmee. Ich würde gerne ein paar eurer Lakaien zu ihr bringen, damit sie es euch bestätigen. Allerdings kann ich nicht versprechen, dass sie sie nicht verschlingt und in einem noch verheerenderen Zustand wieder ausspuckt, als sie es bei ihrer Ankunft waren."

„Ich sehe keinen Grund, warum das notwendig sein sollte", sagte ein anderer Oberster. „Deine Absichten sind klar genug. Du wirst deine ursprüngliche Weisung wieder aufnehmen und in die Welt der Sterblichen zurückkehren, um sie *sofort* auszuführen. Wir haben lange genug gewartet."

Sie versuchten vielleicht schon seit Jahrzehnten, „Ruby" zu finden, mich hatten sie jedoch erst vor ein paar Wochen gebeten, die Suche aufzunehmen. So wie es aussah, würde ich nicht von ihrer Geduld profitieren.

Ich war nicht der Typ, der kampflos aufgab. „Wenn nichts unternommen wird, um Tempest aufzuhalten, dann gibt es möglicherweise bald nichts mehr, was es wert wäre, vor Ruby gerettet zu werden. Wollt ihr mich wirklich in die Lage bringen, sagen zu können: Ich habe es euch ja gesagt?"

Ihr Gemurmel klang beunruhigt, jedoch nicht wirklich besorgt. „Wenn die Sphinx wirklich eine solche Bedrohung darstellt, dann kümmere dich um sie, wie du es für richtig hältst. Wir haben keine Anzeichen dafür gesehen, dass Gefahr von ihr ausgeht."

Sie hatten auch keine Anzeichen dafür gesehen, dass von Sorsha Gefahr ausging. Nun, abgesehen von dem, was sie sich in ihren Köpfen über Mensch-Schattenwesen-Hybriden ausgedacht hatten. Ich biss mir auf die Zunge, da es weder für Sorsha noch für mich gut wäre, wenn es so wirkte, als wäre ich zu sehr auf sie fixiert.

Diese verdammten aufgeblasenen Giganten. Was könnte ich sagen, das durch ihre unglaublichen Dickschädel dringen würde?

Der alberne Kobold war bereits an meine Seite geeilt. „Ich kann den Höllenhund wegbringen, damit er euch nicht weiter belästigt, Erhabene", bot er an.

„Lass mich in Ruhe", schnauzte ich, weit weniger besorgt darüber, was *er* von mir hielt, und trat ein wenig näher an die Obersten heran. „Wollt ihr als diejenigen in die Geschichte eingehen, die eine Katastrophe ungeheuren Ausmaßes verhindert haben, oder als diejenigen, die tatenlos zusahen und es geschehen ließen? Ich gebe euch die Chance, Ersteres zu sein. Und glaubt mir, wenn Tempest ihren ganzen Zorn auf uns alle niederregnen lässt, werde ich nicht verschweigen, wie gleichgültig ihr diesbezüglich gewesen seid."

Ich bereute meine Drohung fast sofort. Ein Schwall von eiskalter Wut traf mich und warf mich wie eine Flutwelle zurück. Ich schüttelte mich, um mich zu vergewissern, dass ich noch im Besitz aller meiner Gliedmaßen war, bevor mich ein weiterer Schwall traf. Mein Hals fühlte sich an, als würde sich ein Würgehalsband schmerzhaft darum herum zusammenziehen.

Die widerhallenden Stimmen mehrerer ertönten gleichzeitig. „Verschwinde, Höllenhund, wir wollen nichts mehr von diesen lächerlichen Geschichten hören."

Ich hätte noch etwas dazu sagen können, wer hier lächerlich war, doch es würde niemandem helfen, wenn ich in winzigen Stücken über das gesamte Schattenreich verstreut wäre. „Wie ihr befehlt, Oberste", stieß ich zwischen zusammengebissenen Zähnen hervor.

Ich machte mich auf den Weg, mit dem Einzigen, was ich vor diesem Besuch noch nicht besessen hatte: der Gewissheit, dass meine Kameraden und ich in diesem Krieg ganz auf uns allein gestellt waren.

# SECHZEHN

*Sorsha*

„Eigentlich keine Überraschung, oder?", meinte ich, nachdem Omen uns von seinem Gespräch mit den Obersten berichtet hatte. „Wir wussten bereits, dass sie unausstehlich und übermäßig von mir besessen sind."

„Ja, es war dumm von mir, zu glauben, dass sie die Nachricht über das Wiederauftauchen eines Wesens beunruhigen würde, das sie schon vor Jahrhunderten für so gefährlich hielten, dass sie alles darangesetzt haben, es zu vernichten." Omen verdrehte die Augen in Richtung der Decke des Supermobils, doch trotz seines trockenen Tonfalls konnte ich erkennen, wie frustriert er über die Wesen war, die ihn in ihrer Gewalt hatten.

„Wir haben es schon einmal ohne die Hilfe der Obersten mit der Lichtarmee aufgenommen", sagte Snap, der neben mir auf dem Sofa saß, und strich mit seiner Hand über mein Haar. „Die Obersten scheinen viele Dinge nicht zu wissen."

Neben ihm machte Ruse eine vage, obszöne Geste in

Richtung der schattenhaften Herrscher. „Woher sollen sie auch etwas über ein Reich wissen, das sie nie betreten haben?"

„Ganz genau." Während Pickle sich in meinem Schoß zusammenrollte, kraulte ich vorsichtig seinen Bauch und bemühte mich, so zu tun, als wäre ich mit all dem völlig einverstanden. Dabei ließ der Gedanke, dass diese anmaßenden Wesen Omens völlig berechtigte Warnungen ignorierten, die Flammen in mir unangenehm heiß auflodern. Dazu kam noch, dass sie mich für eine viel schlimmere Bedrohung hielten als eine jahrhundertealte völkermordende Irre, die für unzählige Tode von Menschen und Schattenwesen gleichermaßen verantwortlich war. Doch, wenn ich beschloss, dass dieses Feuer nicht vorhanden war, war ihre Forderung, mich zu vernichten, definitiv nicht gerechtfertigt.

Wenn die Verdrängung der Realität bei den Obersten funktionierte, warum sollte sie nicht auch bei mir funktionieren?

Doch die Hitze, die ich nicht ganz aus meinem Bewusstsein verdrängen konnte, kribbelte unter meiner Haut. Ich nahm meine Hand von Pickles Seite, als eine besonders heiße Stichflamme über meine Handfläche schoss. Ich hatte den kleinen Drachen schon einmal verbrannt, und es hatte Tage gedauert, bis er mir verziehen hatte. Wenn nicht einmal *er* in meiner Nähe sicher war …

Doch das war er. Ich hatte es unter Kontrolle. Nachdem ich ein paar Mal tief durchgeatmet und ein Bild des Ozeans in meinem Kopf heraufbeschworen hatte, zogen sich die Flammen zurück.

„Hat noch niemand etwas von Thorn gehört?", erkundigte ich mich.

Omen schüttelte den Kopf. „Ich muss unseren geflügelten Gefährten noch davon überzeugen, wie wunderbar Handys sind. Er meinte, er müsste seinen ehemaligen Kameraden erst bei etwas helfen, bevor sie bereit sind, uns zu unterstützen. Ich nehme an, wir werden erst sehen, ob es sich gelohnt hat, wenn sie auftauchen."

Er konnte seine Skepsis nicht verbergen, was ich verstehen konnte, denn auch ich war ziemlich skeptisch. Der Krieger konnte körperliche Schläge einstecken, ohne mit der Wimper zu zucken, doch sein erstes Gespräch mit den beiden Geflügelten hier schien ihn aufgewühlt zu haben. Er hatte sich so schuldig gefühlt, weil er bei der letzten Schlacht nicht dabei gewesen war, weil er nicht *gestorben* war ... Wie sehr würden sie dieses Mal seinen Glauben an sich selbst erschüttern?

„Sobald er zurückkommt, sollten wir einer interessanten Spur nachgehen, die mein Hacker in Paris gefunden hat", sagte Ruse. „Da ist ein interessantes Muster, das ... "

Der Inkubus wurde von schallenden triumphalen Posaunen und dem bunten Aufflackern der Deckenbeleuchtung unterbrochen. Die elektrischen Schalttafeln, die rosa, orange und grün blinkten, als wären wir in einem Nachtclub, erhellten drei Gestalten, die gerade an der Eingangstür erschienen waren.

Antic hüpfte angesichts der unerwarteten Begrüßung lachend auf und ab. Hinter ihr blickten sich Gisele und Bow um. Die zierliche Einhornwandlerin und der stämmige Zentaur sahen gleichermaßen verwirrt aus.

Oje. Das Supermobil gehörte eigentlich den beiden Pferdewandlern, die es uns großzügig geliehen hatten, damit wir unsere Mission fortsetzen konnten. Als sie es uns überlassen hatten, waren noch keine seltsamen Instrumente auf dem Dach und es hatte auch nicht einfach angefangen, Musik zu machen. Es schien fast, als sei das Fahrzeug froh, sie wiederzuhaben. Ich war mir allerdings nicht sicher, ob ihnen die Art und Weise gefiel, wie das Fahrzeug diese Freude zum Ausdruck brachte.

Omen eilte an ihnen vorbei, um auf den Knöpfen am

Armaturenbrett herumzudrücken. Die Furche auf seiner Stirn vertiefte sich, als er die zertrümmerte Stelle entdeckte, an der Thorn vor nicht allzu langer Zeit das Radio „deaktiviert" hatte. Giseles Rehaugen folgten ihm, ihr regenbogenfarbenes Haar fiel über ihre Schulter.

„Was habt ihr mit dem Supermobil gemacht?", fragte sie mit ihrer melodischen Stimme, die sich über die Kakophonie erhob. „Ich dachte, ihr wolltet damit fahren, und es nicht komplett umbauen."

Omen schaffte es, die Trompeten zum Schweigen zu bringen, doch die Lichter blitzten weiterhin stroboskopartig über uns. Der Höllenhund-Wandler hatte gegenüber den Pferdewandlern viel Verachtung zum Ausdruck gebracht, als sie sich uns angeschlossen hatten, dabei hatten sie sich als fähige Kämpfer und großzügige Verbündete erwiesen. Das war ein schuldbewusstes Anspannen seiner Miene wert, als er nach einer Erklärung suchte.

Ich schaffte es, ein Lächeln zu unterdrücken, als ich sah, wie er von Schattenwesen, die er einst belächelt hatte, in die Schranken gewiesen wurde. Trotzdem konnte ich mir eine Bemerkung nicht verkneifen. „Ja, Omen, warum erzählst du ihnen nicht, was du mit *Darlene* angestellt hast?"

Bow fuhr sich mit der Hand durch seine dichte Irokesenmähne aus kastanienbraunem Haar und betrachtete immer noch verwirrt sein ehemaliges Zuhause in der Welt der Sterblichen. „Wer ist Darlene?"

Omen warf mir einen bösen Blick zu. Das geschah ihm recht, weil er Dingen Namen gab, die ihm nicht gehörten. Ich lehnte mich in Snaps Umarmung zurück und beobachtete, wie der Höllenhund-Wandler sich aufrichtete.

„Das ist unwichtig." Er deutete in das Innere des Wohnmobils. „Wir haben das nicht mit Absicht gemacht. Wir konnten sie wohl kaum über den Ozean fahren, und nachdem wir sie über die Schwellen transportiert haben, war sie nicht mehr ganz so wie vorher."

„Ich glaube, das Wort, das du suchst, ist ‚Entschuldigung‘", meldete sich Ruse zu Wort.

Omen warf ihm einen Blick zu, und ein Hauch von Verlegenheit huschte über sein Gesicht. Der Ausdruck des Höllenhund-Wandlers war ungewohnt, aber trotzdem irgendwie liebenswert. Er drehte sich wieder zu den Pferdewandlern um. „Ich bitte um Verzeihung. Ich hatte keine Ahnung, welche Auswirkungen das Schattenreich auf euer Fahrzeug haben würde. Es ist ein wenig ... einzigartiger als zuvor, doch es scheint noch genauso gut zu funktionieren."

„Ich nehme an, das ist das Wichtigste." Gisele blickte zu den Lichtern hinauf, die endlich wieder weiß leuchteten. „Vielleicht sind einige der Veränderungen sogar eine Verbesserung. An die Disco-Atmosphäre könnte ich mich glatt gewöhnen."

Wie aufs Stichwort nahm ihr Partner ihre Hand und wirbelte sie herum. Die Einhornwandlerin kicherte, und die Anspannung in meiner Brust löste sich etwas. Ich hatte ganz vergessen, welche Stimmung die beiden mit ihrer unbeschwerten Präsenz verbreiteten – und ich war froh, dass Gisele sich vollständig von den Verletzungen erholt hatte, die ihr die Soldaten der Lichtarmee zugefügt hatten. Noch vor ein paar Wochen war sie nicht einmal in der Lage gewesen, ohne Bows Hilfe aufzustehen.

„Wie hast du es geschafft, die beiden aufzuspüren?", fragte ich Antic. Die Koboldin war den Pferdewandlern noch nie begegnet. Sie hatte sich unserer fröhlichen Truppe angeschlossen, nachdem sie ins Schattenreich zurückgekehrt waren, wo Gisele schneller heilen konnte.

Antic sprang auf, setzte sich auf die Tischkante und warf mir ein Grinsen über ihre Schulter zu. „Das war kinderleicht. Ich habe die Sache angepriesen, und sie haben *mich* aufgespürt. Ich dachte mir, es könnte keine besseren Verbündeten geben als die, die ihr schon kennt."

Bow öffnete einen der Schränke. „Unser Gras ist noch da, und unser anderes *Gras* auch! Ich frage mich, was die Reise ins Schattenreich mit dem Zeug angestellt hat."

Omen räusperte sich. „Vielleicht ist es im Moment nicht der beste Zeitpunkt, um das herauszufinden."

„Im Kühlschrank sind frische Erdbeeren", bot Snap großzügig an. „Die sind köstlich."

Bow holte die Früchte heraus, und einen Moment später verspeisten wir die süßen Beeren gemeinsam – außer Omen, der das ganze Treiben mit verzogenem Mund beobachtete. Der Zentaur zeigte Snap einen Daumen nach oben, während er kaute. „Ausgezeichnete Wahl. Mann, habe ich das Essen der Sterblichen vermisst."

Ein strahlendes Lächeln erschien auf dem Gesicht des Verschlingers. Er steckte sich eine weitere Erdbeere in den Mund und hörte aufmerksam zu, wie die Pferdewandler Antic von einem ihrer Kämpfe mit den Soldaten der Lichtarmee erzählten, wobei sie die wichtigsten Momente nachstellten. Snap warf erst einen Blick auf mich und dann auf Ruse. „Es ist schön, dass sie wieder da sind, nicht wahr?"

„Die Koboldin hat gute Arbeit geleistet", stimmte Ruse amüsiert zu und klopfte Snap auf die Schulter. „Es ist schön, *dich* so fröhlich zu sehen, mein Freund. Waren wir in letzter Zeit nicht unterhaltsam genug, um dich bei Laune zu halten?"

Snap blinzelte ihn mit einem Anflug von Ärger an. „Ich hatte nicht erwartet, dass diese Mission ‚unterhaltsam' sein würde. Habe ich irgendetwas getan, das dich stört?"

„Nein, nein, ganz und gar nicht. Ich erinnere mich nur an die guten alten Zeiten, als ich nur ein paar Blasen in der Spüle aufwirbeln musste, um dich zum Lächeln zu bringen."

Der Verschlinger strahlte. „Ich mag Seifenblasen immer noch. Aber seitdem hast du keine mehr gemacht."

Der Inkubus gluckste und klopfte dem anderen Mann erneut auf die Schulter. „Na schön, das kommt auf meine To-do-Liste."

Es war *tatsächlich* schön, wieder mehr von Snaps sonnigem Gemüt zu sehen – genauso wie zu sehen, dass auch Ruse sich darüber freute. Der Inkubus hatte sich vielleicht Sorgen darüber gemacht, wie viel er im Vergleich zu den anderen beitragen konnte, doch er hatte sich immer als wichtiger Teil dieser Gruppe gefühlt. Vielleicht hatte sich dieses Zugehörigkeitsgefühl nach einem Moment des Zweifels wieder eingestellt.

Ich erfreute mich noch ein paar Sekunden an der Kameradschaft neben mir, bevor die Pferdewandler das Gespräch wieder auf unsere aktuelle Situation lenkten.

„Wir hätten Cori auch mitgebracht", sagte Gisele, „doch nachdem er so lange in seinem Käfig eingesperrt war, hat er gezögert, sich noch einmal in die Welt der Sterblichen zu wagen. Sobald wir die Lichtarmee dem Erdboden gleichgemacht haben, werden wir ihm sagen, dass die Luft rein ist."

Omen der sich an der Wand abgestützt hatte, richtete sich auf. „Das könnte sich als schwieriger erweisen als ursprünglich angenommen. Wir haben einige unerfreuliche Informationen über die Mächte hinter der Lichtarmee aufgedeckt."

Die Augenbrauen der Einhornwandlerin schossen in die Höhe. „Inwiefern?"

Ich merkte, dass es Omen widerstrebte, dieses Thema anzusprechen, doch wenn wir unsere zurückgekehrten Verbündeten an Bord holen wollten, mussten wir ihnen alles sagen, was wir wussten. Er holte tief Luft. „Eine frühere Verbündete von mir, ein sehr mächtiges Schattenwesen, zieht hinter den Kulissen die Fäden. Wir hätten die Lichtarmee *fast* besiegt, doch dann hat sie sich zu ihren Gunsten eingemischt. Und es scheint sie wenig zu kümmern, wenn dabei Schattenwesen verletzt werden."

Die feurige Wut, die in mir aufgestiegen war, als er uns von der Zurückweisung der Obersten berichtet hatte, flammte wieder auf. Während er mit seinem Bericht über alles, was wir von Tempest gehört und mit ihm erlebt hatten, fortfuhr, loderten die Flammen trotz meiner Bemühungen höher.

Ein Brennen breitete sich über meinen Rücken aus. War das der Geruch nach verbranntem Leder?

Ich konnte nicht zulassen, dass die Sphinx die Oberhand über mich gewann. Vor allem nicht, wenn sie nicht einmal in der Nähe war, verdammt. Ich biss die Zähne zusammen, doch jedes Mal, wenn es mir gelang, mein inneres Feuer zu beruhigen, erwähnte Omen irgendein anderes Detail, das es erneut entfachte.

Er hatte den Pferdewandlern nichts über meine wahre Identität oder von meinen Schwierigkeiten mit meinen Kräften erzählt. Vermutlich wollte er das Schlimmste für sich behalten, so wie er es bei Antic und Flint getan hatte. Da sollte ich meine Angewohnheit, mich selbst in Brand zu setzen, lieber nicht demonstrieren. Ich hätte das alles ohnehin nicht hören müssen, schließlich war ich die meiste Zeit dabei gewesen.

Ich gab Snap einen Kuss auf die Wange, damit er sich keine Sorgen machte, und stand auf. Das Schlafzimmer, das ich für mich beansprucht hatte, fühlte sich im Moment wie der sicherste Ort an. Wenn ich das Wohnmobil verließ, würde das unweigerlich Fragen aufwerfen.

Vielleicht versengte ich die Decke ein wenig, als ich mich darauf fallen ließ, doch ohne Omens Stimme und Tempests Namen in meinen Ohren, begann die Hitze in mir nachzulassen. Als es an der Tür klopfte, war nicht viel mehr als Glut übrig.

Ruse' Stimme klang beschwichtigend. „Flamme?"

Ich wog meine Möglichkeiten ab und entschied, dass es besser war, ihn hereinzubitten, als ihn abzuweisen. Trotz seines sorglosen Auftretens hatte der Inkubus bewiesen, dass er sich gelegentlich auch Sorgen machen konnte.

„Was gibt's?", fragte ich und brachte mich in eine sitzende Position.

Er schlüpfte ohne weitere Aufforderung durch die Schatten, wie ich es mir schon gedacht hatte. Typisch für Schattenwesen und ihre laxe Auffassung von Privatsphäre. Snap hätte nicht einmal geklopft.

Als er mich mit leeren Händen auf dem Bett sah, hielt Ruse inne. „Hast du geschlafen? Ich wollte dich nicht aufwecken. Ich hatte das Gefühl, du wärst gegangen, weil dich etwas geärgert hat. Und nein, ich habe nicht in deinen Kopf geschaut", fügte er schnell hinzu und schenkte mir ein Lächeln. „Mittlerweile *kenne* ich dich einfach ein wenig."

Bei dieser Bemerkung musste ich lächeln. Eine Woge der Zuneigung erfüllte meine Brust und löschte die letzten prickelnden Flammen. Der Inkubus nahm gewisse Bitten um Privatsphäre sehr ernst, da er wusste, wie wichtig mir das war, selbst jetzt, nachdem ich ihm einmal die Erlaubnis gegeben hatte, meinen Geisteszustand zu lesen.

Er wollte so gerne für mich da sein, mich beschützen. Ich wusste nicht, ob meine Schattenwesen-Liebhaber zu Letzterem wirklich imstande waren, doch vielleicht sollte ich ihm die Chance geben, zumindest Ersteres zu tun.

Ich bedeutete ihm, sich neben mich zu setzen. „Ich bin nicht verärgert. Na ja, gut, Tempest ist an sich ziemlich nervig. Doch das ist nicht das Problem. Wenn ich über ihre Taten nachdenke, über all den Schrecken, den sie verbreitet hat und weiterhin verbreiten will, werden meine Kräfte ziemlich, äh, heiß."

Ruse strich mir ein paar Haarsträhnen aus der Stirn. Obwohl es eine einfache Geste war, lag unglaublich viel Zärtlichkeit darin. „Das ist doch eigentlich etwas Gutes. Dann kannst du genug Feuer auf sie hinabregnen lassen, wenn die Zeit gekommen ist."

„Das schon, allerdings ist die Zeit noch nicht gekommen, und …" Ich sträubte mich, den Rest zuzugeben. Süße, einfältige Platanen, wann war ich denn ausgerechnet *feige* geworden?

Ich rang mich dazu durch, die Worte auszusprechen. „Die Obersten glauben, dass ich noch mehr zerstören könnte als Tempest. Ich weiß, dass Omen überzeugt ist, dass es nicht passieren wird, schließlich glaubt ihr alle nicht, dass ich dazu fähig bin, doch wenn sich das Feuer in mir aufbaut, bin ich mir manchmal nicht sicher, ob sie vielleicht recht haben. Ich habe mich *nicht* unter Kontrolle, nicht vollständig."

„Ich würde ja eine Bemerkung darüber machen, wie sehr ich es genieße, dass du dich gehen lässt, doch ich glaube nicht, dass es das ist, was du hören willst."

Ich versetzte Ruse einen Stoß mit dem Ellbogen, woraufhin er gluckste. Dann legte er seinen Arm um mich, zog mich an sich und senkte den Kopf, um mir einen sanften Kuss auf die Schläfe zu drücken, während er sprach.

„Du hast in den letzten Monaten eine Menge außergewöhnlicher Dinge vollbracht, Flamme. Du hast Liebe in einen Inkubus gezaubert, Begierde in einen Verschlinger, Sanftmut in einen geflügelten Krieger und Barmherzigkeit – sowie ein paar andere Dinge, wie sich langsam herausstellt – in einen Höllenhund. Einer rätselhaften Sphinx und ein paar spießigen Obersten zu beweisen, dass sie sich irren, wird das Unbedeutendste sein, was du erreicht hast, wenn du fertig bist."

Er sagte es so zuversichtlich und liebevoll, dass ich ihm fast glaubte. So überzeugend, dass ich meine Zweifel zumindest weit genug beiseiteschieben konnte, um mit meiner Hand durch sein Haar zu fahren. „Plötzlich fallen mir ein paar Dinge ein, die ich jetzt gleich gerne erreichen würde."

Wie um diese Aussage zu unterstreichen, öffnete sich ein Paneel an der Decke über uns und ein Plastikvögelchen an einer Feder schwang heraus. „Kuckuck!", rief es fröhlich. „Kuckuck!"

Die arme Darlene. Ruse und ich sahen uns an und brachen in Gelächter aus. Seltsam beschwingt zog ich ihn mit mir aufs Bett und presste meinen Mund auf seinen.

Wenn ich sein ganzes Vertrauen in mich aufsaugte, würde vielleicht etwas von seiner Zuversicht auf mich übergehen.

# SIEBZEHN

*Sorsha*

Nach nur ein paar – unglaublich köstlichen – Küssen drang Bows Stimme durch die Schlafzimmertür. „Thorn! Wie schön, dich wiederzusehen."

Der Inkubus gab ein leises Stöhnen von sich und ließ seine Lippen von meinem Kiefer über meinen Hals wandern, bevor er den Kopf hob. „Schon wieder unterbrochen. Ich freue mich auf den Tag, an dem die Sphinx und Co. erledigt sind, damit ich dich in Ruhe genießen kann, doch jetzt sollten wir erst einmal herausfinden, was der Krieger mitgebracht hat."

Jeder Teil von mir, außer der Hitze, die sich zwischen meinen Schenkeln sammelte, stimmte zu. Ich küsste ihn noch einmal, bevor ich innehielt. „Falls du Nahrung *brauchen* solltest, musst du nur …"

Ruse hob seine Hand, um mich zu stoppen. Sein Mund verzog sich eine Sekunde lang in einem seltsamen Winkel, bevor er wieder sein übliches Grinsen aufsetzte. „Ich habe kein Problem damit, etwas zu sagen. Glaub mir, du hast mich sehr zufrieden gestellt, meine schöne Diebin."

Doch würde mir das immer gelingen? Ein seltsames Gefühl breitete sich in meiner Brust aus. Sorge und Eifersucht prallten aufeinander. Letztere schluckte ich hinunter. Ruse war, was er war, und ich akzeptierte das. Ich würde nicht verlangen, dass dieser Mann verhungerte, nur um meine menschlichen Vorstellungen von Treue zu wahren. Und wer war ich eigentlich, dass ich von Treue sprach, wo ich doch hier in diesem Wohnmobil mit drei anderen Männern geknutscht hatte?

„Falls ich dir einmal nicht ... Ich meine, falls du mehr als die Energie einer Frau benötigst, um satt zu werden, verstehe ich das. Schließlich bist du ein Inkubus."

Vielleicht war es mir nicht gelungen, die Eifersucht ganz aus meiner Stimme herauszuhalten. Trotz meines Versuchs, lässig zu wirken, wurden Ruse' warme Augen weicher, als er mich ansah. Er fuhr mit den Fingern über meine Wange und küsste mich so leidenschaftlich, dass es mir den Atem verschlug.

„Das weiß ich zu schätzen", murmelte er an meinen Lippen. „Du musst dir jedoch keine Sorgen deswegen machen."

Weil ich ihm genügte, oder weil er so diskret sein würde, dass ich es nie erfahren würde? Ich nahm an, dass es keinen großen Unterschied machte.

„Gut." Ich verschränkte meine Finger mit seinen, als wir den Hauptraum des Supermobils betraten.

Ich erwartete, unsere beiden stämmigen Geflügelten im Flur stehen zu sehen, doch es war nur Thorn, dessen imposante Statur den Raum ausfüllte. Flint war nirgendwo zu sehen. Während Thorns grimmiger Gesichtsausdruck oft kleinere Kreaturen in Angst und Schrecken versetzte, zeigten sich in seinen gemeißelten Zügen jetzt auch Nuancen von

Schmerz und Scham. Bei diesem Anblick drehte sich mir der Magen um.

„… hat beschlossen, bei ihnen zu bleiben und die Suche fortzusetzen", sagte er gerade zu Omen. „Doch meine erste Verantwortung gilt dir. Ohne deine Mission wäre ich gar nicht in der Welt der Sterblichen."

Knisternde Flammen durchzuckten mich. Ich schaffte es, sie zu unterdrücken, während ich zu ihnen hinüberging, doch es gelang mir nicht ganz, den sengenden Stich aus meiner Stimme heraushalten. „Diese geflügelten Arschlöcher wollten dir also weismachen, dass du *ihnen* noch mehr schuldest?"

Thorn senkte den Kopf, wie ich es nur einmal zuvor gesehen hatte, und zwar nachdem wir Omen aus den Fängen der Lichtarmee befreit hatten, und der Höllenhund-Wandler ihn verprügelte, weil er ihn nicht schon früher befreit hatte. Ach, mein lieber Krieger. Köpfe abreißen war eher sein Stil als meiner, doch in diesem Moment hätte ich nichts dagegen gehabt, ein paar geflügelte Schädel in die Stratosphäre zu befördern. Ich wusste seine Loyalität und sein Ehrgefühl zu schätzen, doch manchmal waren sie nicht gerade von Vorteil für ihn.

„Die Überreste von einem meiner engsten Kameraden wurden von einem Rudel Greife gestohlen", sagte er. „Ich habe versucht, sie im Auftrag meiner Brüder zu finden. Ich stieß auf mehrere Greife und kämpfte mit ihnen, doch ich konnte den Gegenstand, den ich suchte, nirgendwo entdecken. Es ist immer noch verschollen."

Zu den Narben, die sein Gesicht und seinen Körper zeichneten, waren ein paar neue dazu gekommen. Meine Hände verkrampften sich. „Sie sollten dir dankbar sein, dass du so viel für sie getan hast. Wieso soll es *deine* Schuld sein, dass sie nicht gut genug auf die Asche von diesem Kerl aufgepasst haben? Warum kämpfen sie nicht gegen eine Horde von Greifen, wenn sie ihnen so viel bedeutet?"

Thorns Stimme wurde noch angespannter. „Wie ich schon sagte, wurden ihre Körper im Krieg dauerhaft geschädigt."

Omen stieß ein abweisendes Knurren aus. „Deswegen haben sie noch lange keinen Freibrief, sich den einen Geflügelten zu eigen zu machen, den ich tatsächlich mag. Ich hoffe, du hast ihnen gesagt, dass sie sich ihre Bedingungen sonst wohin stecken können."

Thorns angespannte Haltung verriet mir, dass er seine Missbilligung nicht so deutlich zum Ausdruck gebracht hatte. „Ich habe ihnen mitgeteilt, dass meine Pflicht es erfordert, dass ich hierher zurückkehre und die Lage mit dir bespreche."

Und dann möglicherweise wieder zu ihnen? Bei diesem Gedanken durchströmte mich nicht nur Wut, sondern auch eine kalte Ablehnung. Ich wollte nicht ohne unseren Krieger an meiner Seite in die vor uns liegenden Schlachten ziehen.

„Wenn diese aufgeblasenen Arschlöcher meinen, sie hätten irgendeinen Anspruch ...", begann der Höllenhund-Wandler und wollte sich gerade in eine regelrechte Schimpftirade hineinsteigern, doch Thorn hatte sich wegen seines Tonfalls inzwischen noch mehr versteift. Thorns Leute zu beschimpfen, war nicht der richtige Weg, um ihn zu beruhigen – es würde ihm nur das Gefühl geben, dass er sie noch mehr verriet, wenn er blieb.

Ich ging auf den Geflügelten zu und stieß Omen mit dem Ellbogen beiseite, um ihn zum Schweigen zu bringen, bevor er noch mehr sagen konnte. „Gehen wir eine Runde spazieren?", fragte ich Thorn. „Ich glaube, dir haben inzwischen genug Leute gesagt, was du tun sollst. Ich würde gerne hören, was du denkst."

Omen murmelte etwas Abfälliges vor sich hin, widersprach jedoch nicht direkt. Thorn zögerte und schenkte mir dann ein Lächeln, das zwar schwach und angespannt war, aber besser als *nichts*. „Vielleicht würde mir das helfen, meine Gedanken zu ordnen, Mylady. Ich würde mich freuen, wenn Ihr mir zuhören würdet."

Ich folgte ihm aus dem Supermobil hinaus. Wir liefen über eine von Unkraut überwucherte Grünfläche, auf der sich ein Spielplatz befand, den niemand wirklich benutzen konnte, weil die Leiter an der Rutsche kaputt, die Schaukel über den Stützbalken gewickelt und ein Wipptier umgekippt war. Heute Nacht war es kühler als in den vergangenen Tagen, und die Sterne und der Mond waren hinter dichten Wolken verborgen. Ich ging dicht neben Thorn her, um von der Wärme zu profitieren, die sein kräftiger Körper ausstrahlte.

„Möglicherweise habe ich unsere Kriege in der Vergangenheit zu Recht infrage gestellt", sagte der Krieger nach einer Weile des Schweigens. „Das entbindet mich jedoch nicht von jeder Verantwortung für mein Handeln. Ich *bin* zu einer Zeit gegangen, als andere in der Schlacht gefallen sind oder ein ähnlich hartes Schicksal erlitten haben … Meine Zweifel haben dazu geführt, dass sie leiden mussten."

„Vermutlich hätten sie genau dasselbe Schicksal erlitten, wenn du dabei gewesen wärst", meinte ich. „Du kannst nicht wissen, ob deine Beteiligung wirklich einen Unterschied gemacht hätte. Sie waren genauso stark und kämpferisch, wie du, oder? Vielleicht wäre es genau dasselbe gewesen, nur dass du nicht hier wärst und dich deswegen schuldig fühlen würdest."

„Schon möglich. Das werde ich nicht leugnen." Der Wind zischte höhnisch durch die Blätter eines Baumes in unserer Nähe, und er runzelte die Stirn. „Allerdings habe ich auch keine Ahnung, wie viel ich zu Omens Sache beitrage. Warum sollte er meine Hilfe mehr verdienen als meine alten Brüder?"

„Du tust es doch nicht nur für ihn, oder? Was nützt es, den Überresten von jemandem nachzujagen, der bereits *tot* ist? Mit dem Kampf gegen Tempest könnten wir Millionen mehr Leben retten, als damals ausgelöscht wurden."

„Wenn ich mir jetzt die Zeit nehme, die Versäumnisse der

Vergangenheit aufzuholen, kann ich vielleicht auch neue Verbündete für diese Sache gewinnen."

„Okay, wenn du es so ausdrückst, verstehe ich, warum dir die Entscheidung schwerfällt." Ich blieb auf einer Lichtung zwischen den Bäumen stehen und blickte zu Thorn auf. In dem schwachen Licht von den Straßenlaternen in der Ferne sah sein weißblondes Haar fast silbern aus. Auch seine hellbraune Haut wirkte dunkler und seine Augen waren völlig schwarz. Auf seiner Stirn hatte sich eine Furche gebildet und mein Herz zog sich schmerzhaft zusammen, als ich sah, wie er mit sich rang.

Er blickte auf mich herab. „Es gibt noch andere Gründe, warum ich bleiben möchte. Egoistischere Gründe."

Bei seinem tiefen, eindringlichen Tonfall wurde mir trotz meiner Sorge um ihn schwindelig. „Auch ich bin in gewisser Hinsicht egoistisch. Doch ich möchte nicht, dass du bleibst, weil ich dir die Daumenschrauben ansetze und du dich deswegen schuldig fühlst."

„Du wirst also selbst kein Argument vorbringen?"

Ich atmete scharf ein. „Ich will dich bei uns haben. Ich will dich bei *mir* haben. Aber ich werde diese Sache mit dir oder ohne dich durchstehen. Was ich wirklich möchte, ist, dass du herausfindest, was du für *dich* selbst für richtig hältst. Nicht, was andere von dir wollen. Wenn du zurückblickst, solltest du hier drin wissen, dass du die beste Entscheidung getroffen hast, die du treffen konntest." Ich stieß mit meinem Zeigefinger in die Mitte seiner Brust.

Thorn hielt meine Hand fest und schlang seine Finger darum. Meine Haut wurde heiß unter seiner Berührung und seinem aufmerksamen Blick. „Diesen Faktor habe ich in der Vergangenheit nicht oft in Betracht gezogen. Was *ich* für das Beste halte. Welche Befehle ich selbst erteilen würde, wenn es nach mir ginge."

„Es liegt an dir, weißt du. Letzten Endes bist du immer

dein eigener Herr, auch wenn Omen oder die anderen Geflügelten sicher gerne hätten, dass du das anders siehst."

„Aber wie kann man sein Verantwortungsgefühl gegenüber anderen von seinem eigenen Urteilsvermögen trennen?"

„Jetzt kommen wir zu den schwierigen Fragen", neckte ich und hob meine andere Hand, um sein kantiges Kinn zu streicheln. „Ich denke, dass du dich in mancher Hinsicht von einem durchschnittlichen Geflügelten unterscheidest. Vielleicht hilft es dir, mit deiner egoistischen Seite in Kontakt zu treten, um eine Entscheidung zu treffen?"

Thorn brummte zustimmend, und beugte sich vor, um mich zu küssen. Die Leidenschaft, mit der er seine Lippen auf die meinen presste, hallte durch meinen Körper. Ich ergriff den Kragen seiner Tunika und stellte mich auf die Zehenspitzen, um ihm mit Begeisterung entgegenzukommen.

Er wich nur ein paar Zentimeter zurück, und sein Atem umspülte mich mit seinem Moschusduft. „Wenn Ihr mich bitten würdet, für Euch zu bleiben, würde ich es tun. Ihr habt Euch als die loyalste Gefährtin erwiesen, die ich mir wünschen könnte, und noch als so viel mehr als das … Ich glaube nicht, dass ich mich dazu durchringen könnte, Euch zurückzuweisen, egal, was auf dem Spiel steht."

Ich schluckte schwer, die Vehemenz seiner Worte klang in mir nach und weckte eine Hingabe in mir. „Und wenn du mir sagen würdest, dass du gehen musst, um endlich daran zu glauben, dass du deine Bestimmung erfüllt hast, *würde* ich dich *nicht* darum bitten, so sehr ich es mir auch wünschen würde. Mir wäre es lieber, du würdest woanders in Frieden leben, als von Schuldgefühlen geplagt neben mir zu sitzen. Doch wenn ich deinen Frieden *und* dich in meiner Nähe haben kann …"

Er gluckste und küsste mich erneut. Dann murmelte er: „Ich möchte Euch etwas zeigen, Mylady."

Bevor ich fragen konnte, was er mir zeigen wollte,

veränderte sich sein Körper an meinem. Sein Brustkorb dehnte sich aus, sein Körper wurde noch muskulöser. In seinen Augen leuchtete ein rötlicher Schein, wie die Glut in einem Kamin. Seine großen schwarzen Flügel entfalteten sich auf seinem Rücken, und die Federn flatterten in der Brise.

Er küsste mich erneut und ich nahm eine rauchige Note in seinem Moschusduft wahr. Dann legte er einen seiner kräftigen, muskelbepackten Arme um meine Schultern und schob den anderen unter meinen Hintern, um mich hochzuheben. Mit einem majestätischen Flügelschlag verließen auch seine Füße den Boden.

Von dem Kuss und dem Gefühl, in die Höhe zu steigen, wurde mir schwindelig. Gleichzeitig durchströmte mich ein Glücksgefühl. Als der Wind schärfer über uns hinwegfegte, küsste ich Thorn trotz meines stotternden Herzschlags.

Er drückte mich fest an sich, und ich zog instinktiv die Beine an und schlang sie um seine Taille. Eine harte, nicht zu übersehende Wölbung drückte gegen meine Mitte. Ich nahm einen lustvollen zittrigen Atemzug, griff in sein volles Haar und ließ meine Zunge aus meinem Mund gleiten, damit sie sich mit seiner verschlingen konnte.

Unsere Körper stießen bei jedem Schlag seiner Flügel aneinander, sodass eine qualvolle Reibung entstand, die mir ein Keuchen entlockte. Ich schlang meine Arme um Thorns Hals und riskierte einen Blick nach unten. Bei dem Anblick wich die Luft aus meiner Lunge.

Heilige Mutter aller Meteore, wir flogen wirklich. Die Stadt erstreckte sich unter mir als weites Feld blinkender Lichter, von denen einige entlang der Straßen flimmerten und andere erloschen, während die Leute sich für die Nacht zurückzogen.

Wer brauchte schon Sterne über sich, wenn man einen Anblick wie diesen *unter* sich haben konnte?

Mein Leben hatte noch nie so buchstäblich in Thorns Händen gelegen. Wäre ich seinem Griff entglitten, hätte mich kein noch so feuriger Energieschub davon abhalten können, auf dem Boden zu zerschellen. Doch selbst als mein Puls schneller ging, während ich die Szenerie, über die wir hinwegflogen, betrachtete, empfand ich nicht den geringsten Hauch von Panik. Ich hatte deutlich mehr Vertrauen in die Stärke des Kriegers als in meine eigenen Kräfte.

„Das ist unglaublich." Ich richtete meinen Blick wieder auf meinen Liebhaber, auf das glühende Gesicht des Geflügelten, das mich noch mehr beeindruckte als der Anblick unter uns, und meine Kehle schnürte sich zu.

Ich wollte nicht, dass er uns verließ, weder jetzt noch zu einem anderen Zeitpunkt. Dieses brutale, tapfere Monster war völlig anders als alle Wesen, denen ich je begegnet war oder denen ich noch begegnen würde. Und trotz allem, womit er im Moment zu kämpfen hatte, hatte er diesen Moment nur für mich geopfert.

Ich berührte sein Gesicht und strich mit dem Daumen über seine Lippen, bevor ich ihm wieder in die Augen sah. Ich wollte ihm die Entscheidung nicht abnehmen, doch er hatte es verdient, genau zu wissen, wofür er sich entschied, oder?

„Ich liebe dich", murmelte ich.

Die Worte kamen so leise heraus, dass ich Angst hatte, sie würden im Wind verloren gehen. Doch das Aufflackern in Thorns Augen ließ keinen Zweifel daran, dass er sie gehört hatte. Selbst mit dem übernatürlichen Nachhall war seine Stimme voller Rührung. „Ich dich auch, Sorsha."

Er küsste mich so leidenschaftlich, dass mir schwindelig wurde – oder vielleicht drehten wir uns nach einem weiteren Flügelschlag tatsächlich und schraubten uns immer höher in den Himmel. Ein kühler Luftzug leckte über meinen Nacken, doch das bildete nur einen perfekten Kontrast zu der Hitze, die zwischen uns brodelte.

Thorns Lippen wanderten von meinem Mund zu meinem Kiefer und an meinem Hals hinunter und entfachten überall

Lust, wo sie meine Haut berührten. Seine sonore Stimme ließ meine Haut erbeben. „Und du würdest mich nicht hassen, wenn ich gehen würde?"

Ich schüttelte den Kopf und saugte so viel wie möglich von dem Wesen in mir auf, das mich umarmte. „Die Tatsache, dass du dich von der Liebe nicht davon abhalten lässt, deine Pflichten zu erfüllen, ist ein Teil dessen, was dich ausmacht. Es ist eine Ehre, dass ich dir so viel bedeute, dass du mich überhaupt bei deiner Entscheidung berücksichtigst."

Ein tiefes Grummeln drang aus seiner Kehle und er fuhr mit seiner Hand über meine Brust. Ein Glücksgefühl durchströmte mich, als seine Handfläche über meinen Nippel strich. „Wie könnte meine Abwesenheit dich nicht verletzen? Allein der Gedanke daran ist schon schwer genug."

„Natürlich würde es mich verletzen, aber das ist in Ordnung." Ich dachte an den Moment in Omens Höhle, als ich zwischen ihn und Thorn gesprungen war und mein Leben aufs Spiel gesetzt hatte, um sie beide zu retten. „Manchmal tut es weh, das Richtige zu tun. Doch das Falsche würde noch mehr schmerzen. Und wie du dich auch entscheidest, ich weiß, dass es wichtig ist, damit du der Mann sein kannst, der du glaubst, sein zu müssen, und dass du nicht gehst, weil ich dir nichts bedeute. Was das angeht, hast du bereits alles bewiesen, was nötig ist."

Lächelnd drückte ich ihm einen Kuss auf die Wange, bevor ich zu singen begann: „Because I've had the climb of my life, no, I'd never melt this way and more."

Thorn stieß ein Schnauben aus, das überraschenderweise sogar belustigt klang. „Du und deine lächerlichen Lieder", grummelte er, bevor er mich erneut küsste und mich an seinen muskelbepackten Körper zog. Ich spürte seine dicke, harte Erektion durch die Schichten unserer Kleidung, und es war ein Wunder, dass ich nicht spontan in Flammen aufging.

Wenn ich mich jemals selbst in Brand setzen sollte, wäre das die richtige Art, das zu tun.

Ein sehnsüchtiges Wimmern entwich meinen Lippen, und mein Krieger wusste genau, wie er darauf reagieren musste. Ohne zu zögern, zerrte er an meiner Jeans und das Geräusch von reißendem Stoff ertönte. Ich ließ meine Hand zwischen uns nach unten gleiten, um seine Hose zu öffnen. Scheiß auf die kühle Nachtluft an meinem plötzlich nackten Hintern oder auf die Sorge, wo wir eine neue Hose finden würden, um keinen Walk of Shame zum Wohnmobil hinlegen zu müssen – ich wollte meinen Liebhaber in mir haben, damit er mich mit all der Kraft füllte, die sein Körper bieten konnte.

Thorn wirbelte uns wieder in der Luft herum und ließ mich mit einer erstaunlichen Gelassenheit auf ihn herabsinken, die so gar nicht zu der Begierde in seinen Augen passte. Als ich auf ihn sank, stöhnten wir gemeinsam auf.

Sein Schwanz war in seiner Schattenwesen-Gestalt noch massiver, doch das Brennen, mit dem er mich dehnte, fühlte sich so verdammt gut an. Als würde er mich in zwei Hälften teilen, während er gleichzeitig die einzige Kraft im Universum war, die mich zusammenhielt. Jede Zelle in mir bebte vor Verlangen nach mehr.

Unsere Münder prallten aufeinander, in unserem Verlangen nacheinander war kein Platz mehr für Zärtlichkeit. Ich bewegte mich an dem Krieger, erst langsam, während sich mein Körper an seinen Umfang anpasste und dann schneller, als ich mehr aushalten konnte.

Bei jeder Reibung durchfuhr mich eine Welle der Lust, und ich stieß Laute aus, die so wild waren, dass ich kaum glauben, dass sie aus meiner Kehle stammten. Thorn hielt meinen Po und meinen Hinterkopf fest und bewegte sich mit mir, seine Kraft strahlte durch jede Facette unserer Vereinigung.

Ein Stöhnen entwich mir, als er noch tiefer in mich hineinstieß. Seine Flügel trugen uns immer höher. So etwas hatte ich noch nie gefühlt: Ich raste innerlich auf meinen

Höhepunkt zu, während mein Körper im gleichen Tempo nach oben schoss.

Das Kribbeln der Ekstase durchflutete mich von meinem Innersten bis in meine Finger- und Zehenspitzen, schwoll an und wurde intensiver. Mit einem letzten Stoß explodierte Thorn mit solcher Wucht in mir, dass ich mich nur noch zitternd an ihm festklammern konnte.

Dann kam auch Thorn mit einem gellenden Schrei, der mich in seiner Leidenschaft einhüllte. Seine Arme drückten fester zu, als wollte er mich nie wieder loslassen. Ich verschmolz mit ihm, flog hoch hinaus und war gleichzeitig vollkommen geerdet durch diesen monströsen Mann, der zumindest in diesem Moment nur mir gehörte.

# ACHTZEHN

*Sorsha*

„Souvlaki und Moussaka, wir kommen!", verkündete Ruse, als wir den Grenzübergang zwischen Albanien und Griechenland mit Getöse verließen. Nach ein paar beschwichtigenden Worten mit der Grenzpatrouille, hatten sie uns mit einem breiten Lächeln durchgewunken.

Der Inkubus, der am Steuer saß, drehte sich um und warf Snap ein Grinsen zu. „Warte nur, bis du siehst, wie viele kulinarische Köstlichkeiten es hier zu entdecken gibt."

Die gespaltene Zunge des Verschlingers schnellte zwischen seinen Lippen hervor. Er lehnte sich am Fahrersitz vorbei, um einen Blick auf das Armaturenbrett zu werfen. „Vielleicht sollten wir bald einen Tankstopp einlegen? Sorsha wird bald etwas zu essen brauchen." Ein neckisches Funkeln blitzte in seinen Augen auf.

„Ja, natürlich. Alles zum Wohle unserer Sterblichen", stichelte Ruse, doch ich glaubte immer noch, einen Hauch von Anspannung in seiner Stimme zu hören, denn sein verzauberter Hacker hatte angeblich eine vielversprechende Spur gefunden, die uns nach Kreta führte. Irgendetwas an diesem Unterfangen beunruhigte ihn.

Die Telefongespräche und E-Mails, die der Hacker ausgegraben hatte, deuteten darauf hin, dass es auf der alten Insel jemanden gab, der sehr eng mit Tempest zusammenarbeitete. Wenn ich ihn das nächste Mal mit ihm allein war, würde ich ihn darauf ansprechen müssen.

Langsam begann ich zu begreifen, wie verlockend es sein konnte, einfach in die Köpfe der Menschen zu schauen.

„Straight Flush!", verkündete Antic und knallte ihre Spielkarten auf den Tisch, wo ich mit ihr und den Pferdewandlern Poker spielte, um mir die Zeit zu vertreiben. Auch Snap hatte eine Weile mitgespielt, bis wir dazu übergegangen waren, um Münzen anstatt Erdbeeren zu spielen – was im Grunde genommen seine eigene Schuld war, weil er alle gegessen hatte.

Vielleicht war das auch besser so, denn die Koboldin erwies sich als ernsthafte Gegnerin. Leise kichernd fügte sie weitere Kupfermünzen zu ihrem bereits beträchtlichen Haufen hinzu, und Bow stieß ein frustriertes Schnauben aus.

Omen trat aus dem Schatten hervor und warf uns einen bösen Blick zu, doch es gelang ihm, nicht noch einmal zu erwähnen, wie viel schneller wir nach Kreta hätten kommen können, wenn er mich in ein Flugzeug gesetzt und dann mit dem Wohnmobil über ein paar Schwellen gebrettert wäre. Das Glitzern, das Gisele für gewöhnlich ausstrahlte, glich eher dem Aufblitzen eines geschärften Skalpells, seit er das angesprochen hatte.

„Hast du ihr nicht schon genug zugemutet?", hatte sie mit einer Handbewegung in Richtung Waschbecken gesagt, aus dem zu diesem Zeitpunkt abwechselnd Ananassaft und saure Milch tropfte, und der Höllenhund-Wandler war klug genug gewesen, den Mund zu halten.

Ich musste zugeben, dass der Ananassaft eigentlich gar

nicht so schlecht schmeckte. Über Geschmack ließ sich eben nicht streiten! Der warme Eistee, der heute Morgen ein paar Stunden lang aus dem Duschkopf gesprudelt war, war hingegen nicht so mein Fall gewesen.

„Wir müssen sowieso noch mal tanken, bevor wir unser Ziel erreichen", sagte Omen zu Ruse. „Wo wir halten, überlasse ich dir."

„Du lässt mich also den Boss spielen? Das könnte gefährlich werden." Ruse winkte Snap zu sich. „Nimm mein Handy und sieh nach, wo wir halten können, um kulinarisch auf unsere Kosten zu kommen."

Auf Omens Wink hin erschien Thorn einen Moment später, und erstattete mit gesenktem Kopf Bericht. „Keine Anzeichen für irgendwelche Aktivitäten in diesem Gebiet. Ich glaube nicht, dass wir verfolgt werden."

Der Krieger hatte beschlossen, in dieser möglicherweise entscheidenden Phase unserer Mission den Kurs beizubehalten, doch ich wusste, dass er sich immer noch unwohl fühlte, weil seine Gefährten angedeutet hatten, dass er ihnen etwas schuldete. Nachdenklich betrachtete er die Landschaft, die am Fenster vorbeizog.

Ich reichte meine Karten an Gisele weiter, damit sie mischen konnte, und sah zu Omen auf. „Wenn das eine Falle von Tempest ist, braucht sie niemanden, der uns folgt. Sie wird einfach dort auf uns warten."

Er verzog das Gesicht. „Ich würde es ihr zutrauen, dass sie mehrere Taktiken anwendet, um uns im Auge zu behalten. Wir haben sie schon einmal überrascht."

„Ich weiß, dass Thorn und du euch gerne Sorgen macht", rief Ruse nach hinten, „doch ich hätte nicht vorgeschlagen, diese Reise anzutreten, wenn es nach einer Falle aussehen würde. Die Bruchstücke, die die Lichtarmee mit diesem Kerl in Verbindung bringen, liegen meist Monate oder sogar Jahre zurück. Seit er letzten Monat nach Kreta geschickt wurde, scheint es keine Kommunikation mehr zwischen der Armee und ihm gegeben zu haben. Und damals wusste Tempest nicht einmal, dass wir nach ihr suchen würden."

„Ich hätte deinem Vorschlag auch nicht zugestimmt, wenn ich es für eine Falle halten würde", murmelte Omen. „Ich weiß nur, dass wir nicht vorsichtig genug sein können, wenn es um die Sphinx geht."

Antic sprang auf das Sofa. „Zu viel Schwarzmalerei hier. Spielen wir noch eine Runde, oder was?"

Ich stimmte einer weiteren Runde zu, auch wenn sie mich meinen letzten Cent und einige Fünf-Cent-Stücke kostete. Die Koboldin freute sich gerade über ihren Sieg, als das Wohnmobil langsamer wurde.

Ruse hielt an einer heruntergekommenen Tankstelle mit nur zwei altersschwachen Zapfsäulen und einem ähnlich schäbigen Café daneben. Die Aufschrift auf dem schäbigen Schild über der Tür war unleserlich. Die Säulenattrappen, die sich auf beiden Seiten entlang der Fassade des Gebäudes erstreckten und an griechische Tempel erinnern würden, wären sie nicht rot-blau gestreift gestrichen, waren verblichen, und zwar nicht in einer Weise, die ihnen historische Pracht verlieh.

„Lasst euch von dem ersten Eindruck nicht abschrecken", sagte der Inkubus, während er den Weg nach draußen wies. „Hier soll es die besten Dolmades im Umkreis von hundert Kilometern geben."

Snap, dem bei diesem Anblick nicht das Wasser im Munde zusammenzulaufen schien, betrachtete die Restaurantfront mit einem leichten Stirnrunzeln. Er war nur ein paar Meter vor dem Wohnmobil zum Stehen gekommen. Als ich seinen Arm berührte, schüttelte er den Kopf, wie um seine Gedanken zu sortieren, und schenkte mir ein strahlendes Lächeln. „Sollen wir herausfinden, was diese Dole Mad Es sind?"

Ruse bestellte für uns alle, und ich vertraute dem Inkubus, wenn es um fleischliche Genüsse ging. Während er, Snap und ich die prall gefüllten Tüten zum Wohnmobil schleppten, wo die Pferdewandler sich die Sonne ins Gesicht scheinen ließen, tauchte ein Mann flackernd aus den Schatten auf. Er war so dünn, dass er als Wegweiser hätte durchgehen können, und pirschte sich an Omen heran. Ich blieb wie angewurzelt stehen.

„Was hat dieser Ausflug zu bedeuten?", fragte das unbekannte Schattenwesen mit hochmütiger, nasaler Stimme.

Omen unterdrückte mit sichtlicher Anstrengung ein Knurren. „Wer zum Teufel will das wissen?"

Der dünne Kerl, was immer er auch für ein Wesen war, verschränkte die Arme über der Brust. „Die Obersten erwarten, dass du deine Verpflichtung ihnen gegenüber ernster nimmst. Solange Ruby auf freiem Fuß ist, ist jetzt nicht die Zeit, um Urlaub zu machen."

Verdammte Schleimschnecke, ließen sie Omen jetzt schon verfolgen, um auf ihm herumzuhacken? Und zwar ausgerechnet, wenn das Wesen, über das er berichten sollte, genau hier stand, mit einer Ladung Dips und Pitas in der Hand. Mein Puls beschleunigte sich.

Der Höllenhund-Wandler verdrehte mit gequälter Miene die Augen, schaffte es jedoch, mir einen schnellen, warnenden Blick zuzuwerfen. Ich versuchte, möglichst unauffällig zum Supermobil zurückzueilen.

Omens Stimme verfolgte uns. „Zufälligerweise bin ich wegen einer vielversprechenden Spur hierhergekommen. Wie viele Jahre haben sich die Obersten schon in Geduld geübt? Wenn es ihnen lieber ist, dass *du* die Suche übernimmst, ist das allerdings kein Problem. Dann kehre ich einfach zu..."

„Auf keinen Fall!", protestierte der Lakai entsetzt und beleidigt, als könne er sich nicht vorstellen, eine so große Verantwortung zu übernehmen, und würde es gleichzeitig als erniedrigend empfinden, dass Omen versuchte, sie auf ihn abzuwälzen. Dann fiel die Tür mit einem Klicken zu und dämpfte ihre Stimmen.

Thorn erschien gerade lange genug, um mich zu beruhigen: „Er ist der Einzige, der hier herumschleicht." Dann verschwand er wieder, vermutlich um sich zu vergewissern, dass dies auch so blieb. Mein Appetit war mit einem Mal verschwunden.

Mit finsterer Miene stellte Ruse seine Tüte auf dem Tisch ab. „Wenn die wüssten", murmelte er, „würden sie nicht hier aufkreuzen, nur um Omen anzutreiben."

„Das heißt nicht, dass sie es nicht herausfinden können", flüsterte ich. Ich widerstand dem Drang, zum Fenster zu gehen, um zu beobachten, wie der Rest des Gesprächs verlief.

Snap richtete seinen Blick ebenfalls auf Omen und den wandelnden Wegweiser und schnalzte nervös mit der Zunge. Seine Schultern hoben sich. „Wenn dieses Wesen versucht, dir etwas anzutun ..."

„Das wird schon nicht passieren", sagte ich zuversichtlicher als ich mich tatsächlich fühlte, und ließ mich auf das Sofa fallen.

Pickle krabbelte auf meinen Schoß und ich ließ meine Finger abwesend über seinen Rücken gleiten. Wie genau beobachteten uns die Lakaien der Obersten? Was, wenn sie zufällig gerade dann vorbeikamen, wenn ich meine Kräfte nicht unter Kontrolle hatte?

Hitze zischte aus meinen Fingern und der kleine Drache jaulte auf.

„Pickle!", rief ich, wobei ich mich bemühte, meine Stimme leise zu halten. „Pickle, es tut mir leid."

Er flüchtete ins Schlafzimmer, die Flügel eng an seine Seiten gepresst. Mein Magen knurrte. Allein durch den Gedanken an den schlimmsten Fall, hatte ich ihn praktisch hervorgerufen.

„Ich gehe raus und schaue, ob Omen Hilfe braucht, um sich aus der Sache herauszureden", meldete sich Ruse zu Wort. „Sich mit Fremden anzufreunden, gehört nämlich normalerweise nicht zu seinen Aufgaben. Bleib du hier,

Flamme." Er konnte die Sorge in seinem Blick nicht ganz verbergen, bevor er in den Schatten verschwand.

Snap setzte sich neben mich und untersuchte meine Hände. Meine Handflächen waren nur leicht rosa geworden. Obwohl ich beteuerte, dass es in ein oder zwei Stunden sowieso verheilt sein würde, holte er schnell das Aloe-Gel.

„Ich kümmere mich um dich, so gut ich kann", sagte er und warf einen weiteren Blick zum Fenster. Irgendwie wurde ich das Gefühl nicht los, dass ihn nicht nur der unerwartete Besucher aus dem Schattenreich beunruhigte. „Egal, was ich tun muss."

Diese Formulierung lieferte mir einen Anhaltspunkt. Ich zog ihn neben mir auf den Boden. „Ich glaube nicht, dass du diesen Lakaien verschlingen solltest. *Kannst* du diese Kraft überhaupt bei Schattenwesen anwenden? Wie auch immer, Omen und Thorn können das sicherlich innerhalb von fünf Sekunden erledigen."

Snap seufzte und klemmte meinen Kopf in seiner Lieblingsposition unter sein Kinn. „Ich habe meine Kräfte noch nie bei Schattenwesen ausprobiert. Doch für dich würde ich es tun. Wenn es darum geht, meine Geliebte zu verteidigen, ist daran nichts Ungeheuerliches."

Ich zog mich zurück und blickte zu ihm auf. „Machst du dir schon wieder Gedanken darüber? Du hast nichts falsch gemacht. Du bist, was du bist, und du hast deine Natur genutzt, als es nötig war."

„Nicht nur dann." Er stieß einen zittrigen Atemzug aus und umarmte mich fester. „Dieser Ort hier mit den Farben und den Säulen … Er sieht ein wenig aus wie der Ort, an dem meine erste Verschlingung stattfand."

Ah, das erklärte einiges. Ich legte meinen Arm auf seinen und streichelte seinen Handrücken von den Fingerknöcheln bis zum Handgelenk. „Damals war es ein Unfall, oder?"

„Macht es das weniger schrecklich oder mehr? Es war das erste Mal, dass ich mich über eine Schwelle in die Welt der

Sterblichen gewagt habe. Ich hatte keine Ahnung, was mich erwartete. Da war ein Mann in einer Gasse, der schrie und Flaschen zerschlug. Sein Verhalten beunruhigte und verwirrte mich. Ich war verunsichert. Ich wusste nicht, warum er das tat, und ich wollte, dass er aufhörte, und bevor ich überhaupt merkte, was ich tat, war ich bereits dabei, seine Seele zu verschlingen. Ich fühlte all die Qualen, die ich ihm zugefügt hatte. Und ich wollte mehr."

„Und dann hast du dich für diesen Fehler bestraft, indem du dich ewig im Schattenreich versteckt hast, um sicherzugehen, dass du es nie wieder tust. Du hast den Vorfall nicht einfach so hingenommen."

„Ich weiß. Aber ..." Er lehnte seinen Kopf wieder an meinen. „Die Sphinx tut zwar böse Dinge, doch sie ist auch weise. Sie sagte, dass wir so tun, als wären wir keine Monster, dass wir nicht für immer ignorieren können, was wir sind. Ich wünschte, ich könnte es. Ich wünschte, es hätte mir nicht gefallen. Ich wünschte, ich würde nicht immer noch ab und zu ein Hungergefühl verspüren. Ich möchte einfach nur dein Liebhaber sein und Eindrücke schmecken können, um bei unserer Mission zu helfen. Selbst wenn du mich so akzeptierst, wie ich bin, weiß ich nicht, ob *ich* das kann."

War er deshalb in den letzten Tagen noch anschmiegsamer als sonst gewesen? Ich drehte mich in seinen Armen, um ihm einen Kuss zu geben. Er erwiderte ihn mit einer solchen Zärtlichkeit, dass es unmöglich war, sich diesen Mann als wilde Bestie vorzustellen.

„Ich habe gerade meinen unschuldigen Drachen verbrannt, weil ich meine Kräfte immer noch nicht im Griff habe", sagte ich. „Wenn du mir das verzeihen kannst, dann hoffe ich, dass du dir selbst verzeihen kannst, dass du auch nicht jede deiner Regungen unter Kontrolle hast. Du bist viel besser darin, deine Triebe im Zaum zu halten, als ich."

Snap schnaubte. „Du hattest viel weniger Zeit, dich an deine Kräfte zu gewöhnen."

„Aber viel mehr Übung, sie zu *benutzen*. Und ich baue trotzdem noch Mist. Wir tun einfach unser Bestes, oder? Niemand geht durchs Leben, ohne bewusst jemand anderem schaden zu wollen. Man entscheidet, was einem am wichtigsten ist, und handelt danach, so gut man kann, und das zeigt, wer man wirklich ist." Ich gab ihm einen weiteren Kuss. „Und ich finde, du bist verdammt fantastisch."

Er schmiegte sich brummend an mich, wobei sein Blick vorsichtig zu den Fenstern zurückkehrte. Die Stimmen waren verstummt. Ich hoffte, das bedeutete, dass Omen den dürren Lakaien weggeschickt hatte – mit oder ohne die Hilfe unserer Gefährten – und nicht, dass das Arschloch nachforschte, um sicherzugehen, dass der Höllenhund-Wandler sein Wort hielt.

Scheiß auf die Obersten, weil sie Omen belästigten, obwohl sie ihm bei der eigentlichen Katastrophe, die uns bevorstand, nicht helfen wollten. Scheiß auf Tempest, weil sie meine Schattenwesen-Liebhaber in eine Identitätskrise gestürzt hatte.

Die Wut nagte an meinen Nerven, doch Snaps liebevolle Wärme um mich herum verhinderte, dass sie zu einem richtigen Feuer aufflammte.

Die Pferdewandler stapften als Erste trotzig an Bord, gefolgt von einer hüpfenden Antic, Thorn und Ruse und schließlich einem finster dreinblickenden Omen.

„Er ist weg", sagte der Höllenhund-Wandler, bevor ich fragen konnte. „Doch sie werden bestimmt noch mehr schicken. Aufgeblasene, selbstgefällige Trottel. Und womöglich völlig ohne Vorwarnung."

Ich zwang mich zu einem Lächeln. „Ich werde mich besonders anstrengen, meine Neigung zum Flambieren im Zaum zu halten."

Als Omen das Steuer übernahm, blieb die Stimmung gedämpft. Gisele und Bow zogen sich mit einem Joint ihres „anderen" Grases in das große Schlafzimmer zurück. Antic versuchte, Pickle aus meinem Zimmer zu locken, und schmollte, als dieser nicht reagierte. Der Rest von uns starrte auf die prall gefüllten Tüten mit unserem Mittagessen, doch keiner machte Anstalten, sie zu öffnen.

Ruse hatte sein Handy herausgezogen. Er tippte und scrollte darauf herum, wobei seine Miene mit jeder Minute angespannter wurde.

„Hast du herausgefunden, dass es hier nur die *zweit*besten Dolmades der Gegend gibt?", fragte ich nach einer Weile, nur um eine Antwort aus ihm herauszubekommen.

Der Inkubus gluckste humorlos und steckte sein Handy in die Tasche. Sein Blick wanderte zum Fenster, doch seine trüben Augen verrieten, dass er in Gedanken ganz woanders war.

„Ich habe dir einmal von einer sterblichen Frau erzählt, mit der ich mich vor langer Zeit eingelassen habe", sagte er schließlich und ein gequälter Unterton schwang in seiner Stimme mit. „Zufällig lebte sie nicht weit von Athen entfernt. So wie jetzt viele ihrer Nachkommen."

Ein Schauer lief mir über den Rücken. Er meinte die erste sterbliche Frau, in die er sich verliebt zu haben glaubte – und die ihn zurückgewiesen hatte. „Hast du vor, hinzufahren?" Ich konnte mir die Frage nicht verkneifen.

Ein bittersüßes Lächeln umspielte seine Lippen. „Ich dachte, wenn es zeitlich passt, könnte ich einen kurzen Abstecher machen, um ihrer Enkelin einen Besuch abzustatten."

# NEUNZEHN

*Ruse*

Als er sein Motorrad, oder „Charlotte", wie er es zu nennen pflegte, von der Ladefläche des Wohnmobils hievte, konnte sich Omen ein Stirnrunzeln nicht ganz verkneifen. Er stellte es auf der dunklen Straße ab, wo wir am Stadtrand von Athen geparkt hatten, und warf mir einen abschätzigen Blick zu, als ob er glaubte, ich könnte sein wertvolles Gefährt kaputt machen, indem ich danebenstand.

„Lass dir nicht zu viel Zeit bei diesem Abstecher", sagte er in einem knappen, aber ruhigen Ton.

Ich tippte mir an die Mütze, die meine Hörner verbarg. „Bis du ein Schiff gefunden hast, werde ich schon da sein und einen Kapitän dazu bringen, uns mitzunehmen."

„Ich werde dich daran erinnern."

Er stieg wieder ins Wohnmobil ein, während Sorsha es nicht ganz so eilig hatte, mich zu verabschieden. Meine sterbliche Geliebte fuhr mit den Fingern über einen der Motorradlenker und sah mich dann ungewohnt nachdenklich an. „Bist du sicher, dass du das tun musst? Bist du sicher, dass du das *willst*?"

Obwohl sie mir ihren Segen gegeben hatte, meine Begierden frei zu befriedigen, glaubte ich, einen Hauch von Besitzanspruch oder allgemeines Unbehagen in ihrem Verhalten wahrzunehmen. Ich musste nicht einmal meine übernatürlichen Fähigkeiten einsetzen, um es zu bemerken. Doch andererseits konnten wir nichts für unsere Gefühle, oder?

Ich berührte ihre Wange und erfreute mich zum vielleicht hundertsten Mal daran, wie ihre hellen, kupferfarbenen Augen bei dieser einfachen Liebkosung aufleuchteten, und ich hoffte, noch hundert Mal dafür sorgen zu können, dass das passierte. „Es gibt nichts, was diese Frau in mir auslösen könnte, was du nicht tausendfach steigern könntest."

„Das weißt du nicht. Du hattest noch keine Gelegenheit, zu vergleichen." Sorsha stieß einen Seufzer aus. „Das ist es eigentlich auch nicht. Ich weiß nur, wie sehr sie dich verletzt hat. Nun, die Frau, an die dich diese Frau erinnern wird. Egal, was passiert, egal, was du siehst oder was sie sagt, wenn du mit ihr sprichst, es ändert nichts daran, wer du bist."

„Vielleicht schon", widersprach ich.

Ihre Augen flackerten, und ich spürte einen Hauch von Hitze, den sie wohl unterdrückt hatte, bevor sich ihre Wut zu Flammen verdichtete. „Sie kannte dich kaum. Sie hat sich nicht einmal die Mühe gemacht, dich kennenzulernen. Und ihre Enkelin hat nicht die geringste Ahnung, was ..."

„Ich weiß. Das habe ich nicht gemeint." Ich strich mit dem Daumen über Sorshas Kinn, direkt unter ihren verführerischen Lippen. „Aber was damals passiert ist, hat mich nicht losgelassen. Du hast das gesehen, sonst würdest du mich nicht verteidigen, was übrigens höchst bewundernswert ist. Dieses Fragment meiner Geschichte hat sich wie ein Splitter in meine Seele gebohrt, falls ich eine Seele habe, und ich denke, dass die Konfrontation notwendig sein könnte, um ihn endlich herauszuziehen. Ich möchte der sein, der ich ohne diesen Splitter bin."

Sorsha verzog das Gesicht, doch ihr Tonfall war sanft. „Gut, das ist ein nachvollziehbarer Grund, über den ich mich nicht beschweren kann." Sie beugte sich vor, um mir einen Kuss zu stehlen, so geschickt, wie sie schon so viele andere Dinge gestohlen hatte, nicht zuletzt mein Herz. Ich ließ meinen Mund auf ihren Lippen verweilen, um ein letztes bisschen Liebe und Mut aufzusaugen.

Als sie sich von mir löste, schwang ich mein Bein über das Motorrad. Es war nicht das erste Mal, dass ich mir Omens Motorrad auslieh, und mein Körper glitt problemlos auf den Sitz. Doch trotz meiner beruhigenden Worte an Sorsha war ich keineswegs beruhigt, als ich den Motor startete und mich auf den Weg durch die warme mediterrane Dämmerung machte.

Sorshas Gefühle waren nicht die einzigen Eindrücke, die sich in meinen Inkubus-Sinnen festgesetzt hatten. Von überall her, und mit jedem Tag mehr, huschten schwache Wellen der Vorfreude aus unbestimmten Richtungen über meine Haut. Wellen mit einer unterschwelligen Bösartigkeit.

Ich konnte nicht mit Sicherheit sagen, was es war. Möglicherweise handelte es sich nur um eine globale Epidemie emotionaler Verwirrung. Ich vermutete jedoch, dass ich die heftigen Hoffnungen derer wahrnahm, die über die Ziele der Lichtarmee Bescheid wussten und nicht gerade hinter Stahl und Silber verschanzt waren. Diejenigen, die wussten, dass Tempest kurz davor war, ihr Ziel zu erreichen.

Sorsha war nicht die Einzige, die mich brauchte. Da waren auch noch die Gefährten, denen ich versprochen hatte, bei dieser Mission zu helfen, und alle Schattenwesen, die zu Grunde gehen würden, wenn die Sphinx bekam, was sie wollte. Vielleicht mochte ich nicht jedes einzelne dieser Schattenwesen, doch ich wünschte ihnen auch nicht den Tod. Es wäre mir eindeutig lieber, wenn sie am Leben blieben und sich in einer Entfernung befanden, aus der sie mein Bewusstsein nicht belasten konnten.

Und wenn ich dafür sorgen wollte, sollte ich mich verdammt noch mal von meiner besten Seite zeigen. Dabei konnte ich keine nagenden Splitter der Scham und des Zweifels gebrauchen, und auch keine quälenden Erinnerungen, die ich hätte ruhen lassen sollen, bevor Sorsha überhaupt in mein Leben getreten war.

Danae hatte in einer Villa auf einem Hügel mit Blick auf das Meer gewohnt. Die Art von Haus, von der ich jetzt sagen würde, dass es eher wie eine Filmkulisse aussah. Es war immer noch da, und die blassen Stuckwände erhoben sich zwischen den verblühten Büschen. Hier und da waren ein paar Risse und ausgebesserte Stellen im Putz, die vorher nicht dagewesen waren, doch das Haus war in einem viel besseren Zustand als Danae selbst es heute wäre, wo auch immer ihre alten Knochen begraben waren.

Ich ließ Charlotte in sicherem Abstand zurück und wanderte durch die Dunkelheit um die Gartenmauer herum. Der knorrige alte Olivenbaum, von dem aus ich einst meine damalige Geliebte gerufen hatte, war inzwischen genauso tot wie sie, doch ein paar Meter von der Mauer entfernt entdeckte ich einen Felsvorsprung, von dem aus ich einen fast ebenso guten Blick in den Garten hatte. Als ich darauf kletterte, zog sich meine Brust zusammen.

Wenn meine Erinnerungen an Danae ein Splitter waren, dann grub er sich gerade jetzt in meine Eingeweide und ein Rinnsal aus Peinlichkeit und Scham tröpfelte aus dem Einstich. Die Art, wie sie mich angesehen hatte, als ich den Vorschlag gemacht hatte, unsere Beziehung über die rein körperlichen Freuden auszuweiten, wie sie *gelacht* hatte …

Was spielte das jetzt noch für eine Rolle? Ich war hier, und sie nicht. Meine Fähigkeit, zu lieben, hatte trotz meines Wesens und trotz ihrer Ablehnung überdauert. Dennoch spannte sich mein ganzer Körper an, als ich in den Garten blickte, und mich auf eine noch heftigere Welle des Schmerzes gefasst machte.

Die jetzigen Besitzer hatten den Garten umgestaltet. Das Einzige, was ich wiedererkannte, war der Marmorbrunnen in der Mitte. Der arme Amor, der über dem Wasserbecken thronte, hatte seinen Kopf verloren, was dem Ganzen ein makabreres Aussehen verlieh.

Eine neuere schmiedeeiserne Bank stand in der Nähe im Schatten eines Zitronenbaums, und Sträucher wuchsen verstreut auf dem Gelände, anstatt wie früher ordentlich nebeneinander. Die verschiedenen Grüntöne ihrer Blätter boten auch ohne Blüten einen farbenfrohen Anblick und der Kräuterduft, der in der Luft lag, war so stark, dass ich ihn sogar im Schatten wahrnahm.

Der Himmel hatte sich inzwischen verdunkelt, doch in einigen Fenstern der Villa brannte noch Licht. Ich wollte gerade über die Mauer klettern, um durch das Glas zu spähen, als die Frau, die ich besuchen wollte, herausspazierte und mir die Mühe ersparte.

Sie musste die Enkelin sein – Demi, wie ich im Internet herausgefunden hatte. Sie war etwas größer und schlanker als ihre Großmutter, doch ihr Haar schimmerte genauso honigbraun und fiel ihr locker über die Schultern. Hier und da fing das Licht eine graue Strähne ein – sie war etwa ein Jahrzehnt älter, als Danae während unserer ... Bekanntschaft gewesen war. Das bedeutete jedoch nur, dass ihre anmutigen Züge noch ein paar Fältchen mehr aufwiesen, die an ihre Vorfahrin erinnerten. Fast war es so, als würde ich Danae selbst sehen, die inzwischen ein paar Jahre gealtert war.

Ich nahm alles in mich auf, während mein Herz gleichmäßig weiterschlug. Die Scham war in der Stille der Nacht verschwunden. Ich verspürte weder Verlust noch Reue. Ich konnte nicht einmal behaupten, dass ich wütend war, als ich an die Frau erinnert wurde, die in mir nicht mehr als einen sehr lebendigen, vielseitigen Dildo gesehen hatte.

Nein, was ich fühlte, war vor allem eine leichte Neugierde. Wie weit war der Apfel wohl vom Stamm gefallen?

Dem Buch in ihrer Hand nach zu urteilen wohl gar nicht so weit. Sie hob den Band, an dem ein ausgefranstes Lesebändchen baumelte, und sprach mit tiefer, süßer Stimme. Sie rezitierte den Text eines Theaterstücks von Aristophanes, wenn ich mich recht entsann.

Dieses Hobby hatte sie wohl von ihrer Großmutter übernommen. So hatte ich mich in Danae verliebt: Ich hatte sie beobachtet, wie sie durch ihren Garten schritt, leidenschaftliche Reden hielt und Witze aus der griechischen Antike zum Besten gab. Sie wollte keine professionelle Schauspielerin werden, sondern diese Szenen nur zu ihrem Vergnügen ausleben, weil sie Freude an der Poesie und am Drama hatte. Darin fand sie mehr Tiefe, als sie jemals bereit gewesen war, in mir zu sehen.

Hätte es mich ärgern sollen, eine Frau zu sehen, die ihr so ähnlich war und sich auch noch so verhielt wie Danae? Das tat es nicht. Stattdessen überkam mich eine seltsame, heitere Gewissheit.

Demi bewegte sich *genauso*, wie ihre Großmutter es getan hatte. Keine von ihnen hatte jemals wirklich leidenschaftlich zum Kampf aufgerufen, den Untergang unaussprechlicher Feinde geplant oder mit skurrilen Schurken geplaudert. Ich hatte mich in die Rollen verliebt, die Danae bewundert hatte, dabei war das alles nur gespielt.

Sorsha hingegen war diese wilde und unerschütterliche Frau, auf der diese Rollen basierten – und noch mehr. Die Liebe, die in ihrer Gegenwart in mir gewachsen war, durchdrang mich bis in mein Innerstes. Sie war jetzt so mit meinem Wesen verwoben wie die Wurzeln des Zitronenbaums mit der Erde.

Und ich hätte es nicht anders gewollt.

Welcher Splitter auch immer von den Torheiten

vergangener Zeiten übriggeblieben war, er zerbröselte mit dieser Erkenntnis. Ohne einen Moment zu zögern, trat ich von der Mauer zurück und macht mich auf den Weg zum Motorrad.

Obwohl sie inzwischen quer durch Athen zum Hafen gefahren waren, war es nicht schwer, meine Gefährten zu finden. Dort angekommen, öffnete ich meine übernatürlichen Sinne für die Energie, die ich als Sorshas erkannte. Sie war gerade stark genug, um mich zu ihr zu führen.

Vor langer Zeit hat mich die leise Sehnsucht in den Gedanken einer Frau dazu gebracht, zu glauben, dass ich ihr lediglich gestehen musste, wie viel ich für sie empfand, um ihre Gefühle für mich zu vertiefen.

Jetzt brauchte ich die Seele meiner Geliebten nicht mehr nach einem entsprechenden Gefühl zu durchsuchen. Ich hatte eine Frau, die mir ihre Zuneigung mit jedem Wort und jeder Geste entgegenbrachte.

Das Supermobil war vor einem geschlossenen Fischgeschäft geparkt. Die Tarnung als Reisebus wurde durch das Lametta an den Dachrändern ein wenig beeinträchtigt, da es auch ohne Wind flatterte. Es war auf jeden Fall gut, dass wir nicht noch eine Reise über die Schwellen gewagt hatten. Vermutlich wäre es sonst zudem noch mit Weihnachtskugeln geschmückt gewesen.

Ich stellte das Motorrad hinter dem Supermobil ab und schlüpfte durch die Schatten hinein. Vor Sorshas Tür blieb ich stehen. Ich konnte spüren, dass sie im Schlafzimmer war, doch es bereitete mir ein unerklärliches Vergnügen, ihre Privatsphäre zu respektieren und anzuklopfen. „Ich bin heil und unversehrt zurückgekehrt, Flamme."

„Das will ich hoffen", antwortete sie trocken, doch als ich hineinschlüpfte, lächelte sie. Sie musterte mich von oben bis unten, wie um meine Behauptung zu bestätigen, und strich mir liebevoll über das Haar. Ihre Hand verweilte auf einem meiner Hörner, was mir einen Schauer über den Rücken jagte, bevor sie sie sinken ließ. „Du siehst glücklich aus. War sie so, wie du sie dir vorgestellt hast?"

„Sie war genau das, was sie sein sollte, nämlich nichts, woran ich Interesse habe. Es wäre furchtbar langweilig geworden, sobald sie meinem Charme erlegen wäre."

Ich zwinkerte Sorsha zu, und sie lachte. Trotzdem zog die Bemerkung womöglich ein wenig zu sehr an den Fäden der Eifersucht. Nur einen Augenblick lang züngelten Flammen über ihre Hände, fast nicht zu sehen, aber eindeutig gleißend heiß. Sie verschwanden so schnell wieder, ohne dass sich ihr Gesichtsausdruck änderte, dass ich mir nicht sicher war, ob sie überhaupt bemerkt hatte, dass ihre Kraft für einen Moment zum Vorschein gekommen war.

Ich griff nach dem Saum ihres Oberteils und zog sie an mich, wobei ich mein Gesicht so neigte, dass meine Stirn auf der ihren ruhte. Unsere Sterbliche strahlte so viel Kraft und Feuer aus, dass man leicht vergaß, wie verletzlich sie sein konnte. Sie hatte mich nicht darum gebeten, und das sollte sie auch nicht müssen. Es war ein Vergnügen und eine Ehre, es aus freien Stücken heraus zu sagen.

„Falls ich mich vorhin nicht klar genug ausgedrückt habe: Außer dir gibt es niemanden, den ich brauche oder will."

Ihre Lippen spitzten sich und sie erwiderte meinen Kuss mit einem Lächeln. Doch selbst, während ich den Moment genoss, wusste ich, dass das nicht genug war. Sie hatte Sorgen, die weit über meine Rolle in ihrem Leben hinausgingen.

Sie brauchte mehr als *mich* … Womöglich mehr als uns alle vier, trotz allem, was wir ihr bieten konnten. Sie war ein Wesen aus zwei Welten, das über Fähigkeiten mit möglicherweise apokalyptischem Potenzial verfügte.

Wir konnten nur die Schattenwesen-Seite beurteilen. Also sollte ich wohl dafür sorgen, dass sie auch die andere Perspektive bekam, die sie vielleicht brauchte, oder? Die Art von Hilfe, um die sie nicht wagte, zu bitten.

Womit Tempest uns auch in den nächsten Tagen konfrontieren würde, Sorsha musste in Bestform sein, um es zu bewältigen.

Ich verließ ihr Zimmer und zückte mein Handy. Diesmal jedoch nicht, um weiter in meiner eigenen Vergangenheit zu forschen. Sondern um die Nummer der wichtigsten Sterblichen in Sorshas Leben aufzurufen.

„Hallo?", sagte die Stimme am anderen Ende der Leitung energisch und vorsichtig zugleich.

Ich lehnte mich an die Wand des Wohnmobils und neigte den Kopf, um das Lametta zu beobachten, das in der künstlichen Brise wehte. „Hallo, Vivi. Es ist der Lieblingsinkubus deiner besten Freundin. Wie wäre es mit einem kleinen Ausflug?"

# ZWANZIG

*Sorsha*

Ich bemühte mich, auf dem schwankenden Dock das Gleichgewicht zu halten, und betrachtete das seetüchtige Gefährt, auf das Omen gezeigt hatte. *„Das ist das Schiff, das du uns besorgt hast?"*

Das Boot war groß genug, das war nicht das Problem. Doch von der weißen Farbe des Rumpfes war mehr abgeblättert oder abgekratzt worden, als übrig war, und so fragte ich mich, wie intakt das Holz darunter war. Überall in der kleinen Kajüte ragten morsche Balken hervor, die das Schiff wie einen mutierten Narwal aussehen ließen.

„Es ist ein altes Fischerboot", erklärte Omen und warf einen zufriedenen Blick auf seinen Fund. „Lasst euch nicht von der äußeren Aufmachung abschrecken, der Motor ist neu. Ich dachte, wir sollten die Zeit auf See nutzen, um noch ein wenig zu trainieren, und dafür sind Requisiten immer nützlich. Es sei denn, du hast etwas Besseres zu tun?"

Ich atmete die feuchte, salzige Luft ein. Ich schätzte, wenn es einen Ort gab, an dem ich meine feurigen Fähigkeiten sicher üben konnte, dann stand eine riesige Wasserfläche ganz oben auf der Liste. „Ich nehme an, du hast ihr schon einen Namen gegeben?"

Seine Lippen verzogen sich zu einem Grinsen, und er wies mit seiner Hand auf das Boot. „Das brauchte ich nicht."

Gewellte blaue Buchstaben zogen sich über die fleckige weiße Farbe: *Penelope*. Der Name hätte durchaus von Omen stammen können. Ich neigte den Kopf zu ihm. „Jetzt ist mir klar, warum du sie gekauft hast."

Er winkte ab und bedeutete mir, an Bord zu gehen. „Lass uns loslegen, Chaos-Queen, solange du den Hafen noch in einem Stück gelassen hast."

Ich streckte ihm die Zunge heraus und lief über die Planke, die auf das Schiff führte. Um keine Aufmerksamkeit zu erregen, falls Tempests Lakaien oder ein anderes Mitglied der Lichtarmee hier herumschnüffelten, waren die anderen drei Schattenwesen unserer Truppe in den Schatten an Bord gegangen.

Unser ursprüngliches Quartett war wieder beisammen. Die Pferdewandler und Antic hatten wir im Supermobil in Athen zurückgelassen. Wenn wir nicht innerhalb von drei Tagen von Kreta zurückkehren würden, sollten sie eine Rettungsaktion starten. Ich hatte erwartet, dass Antic sich darüber beschweren würde, dass wir sie nicht mitnahmen, doch bei dem Gedanken, als potenzielle Retterin aktiv werden zu können, hatte sie sich so sehr gefreut, dass sie womöglich sogar hoffte, wir würden in eine Falle tappen.

Es würde eine lange Fahrt werden, trotzdem hatte Omen bei diesem letzten Teil der Reise nichts von Flugzeugen hören wollen. „Zu viele Daten, zu wenig Platz." Als ob es mitten auf dem Meer viele Orte gäbe, an die wir fliehen könnten. Allerdings hätte ich auf einem Flug definitiv kein Training absolvieren können, und vielleicht würde das Rauschen der

Wellen meine Nerven angesichts der bevorstehenden Konfrontation beruhigen.

Omen legte ab, und ich winkte den anderen Bootsfahrern zu, an denen wir vorbeikamen, um zu zeigen, dass wir ganz normale Leute waren, die aus reinem Vergnügen eine Bootsfahrt unternahmen, wenn auch auf einem etwas ungewöhnlichen Schiff.

Als der Hafen in der Ferne zu einem Klecks zusammengeschrumpft war, materialisierten sich Ruse, Snap und Thorn auf dem Deck. Snap lehnte sich über die Metallreling, die fast an der gesamten Steuerbordseite angebracht war, und sog mit einem glücklichen Gesichtsausdruck den Duft des Meeres ein. Thorn kletterte sofort auf den höchsten Pfosten, um den ein zerschlissenes Segel gewickelt war. Dort oben hatte er die beste Aussicht über die Umgebung.

Ruse ließ sich in einen der Liegestühle fallen, sein Gesicht war leicht grünlich und er hielt sich mit einer Hand den Bauch. „Ich war noch nie ein großer Fan von Wasserreisen", gab er zu.

Ich setzte mich neben ihn und lehnte meinen Kopf zurück, um mir die Mittelmeersonne ins Gesicht scheinen zu lassen. „Du könntest in den Schatten bleiben. Davon gibt es hier genug."

„Dort ist es noch schlimmer. Und das will etwas heißen, wenn man bedenkt, dass ich in meiner Schattengestalt keinen richtigen Magen habe."

„Das bedeutet dann wohl, dass das Picknick nur für mich ist."

Während ich die große Tüte mit den mitgebrachten Lebensmitteln nach einer Flasche Limonade durchwühlte, eilte Snap mit einem Laut der gespielten Verzweiflung herbei. „*Ich* nehme Ruse' Portion."

Der Inkubus fühlte sich offenbar gut genug, um zu lachen. „Was für eine Überraschung!"

Der Verschlinger warf mir den verschmitzten Blick zu, den er zu perfektionieren begann und der durch sein strahlendes Grinsen noch liebenswerter war. „Dir würde auch schlecht werden, wenn du alles allein essen würdest, Pfirsich. Ich habe nur dein Wohlergehen im Sinn."

„Natürlich hast du das", erwiderte ich neckisch. „Aber es ist noch nicht mal Mittagspause. Wir haben gerade erst gefrühstückt."

Der nächste Laut, den Snap von sich gab, war nicht so scherzhaft, doch er begnügte sich damit, eine Pflaume aus der Tüte zu nehmen. Er hockte sich auf die Reling, ließ seine langen Beine über das Wasser baumeln, und brummte fröhlich, während er in die Frucht biss. „*Ich* mag das Meer."

„Wie schön für dich", murmelte Ruse, doch nachdem wir ein Stück in etwas ruhigerem Wasser zurückgelegt hatten, und er dem leisen Dröhnen des Motors gelauscht hatte, nahm er wieder seine übliche Farbe an.

In den ersten Stunden konzentrierte sich Omen auf das Segeln, womit er offenbar Erfahrung hatte, sodass wir anderen faulenzen konnten – oder, in Thorns Fall grüblerisch den Horizont betrachten. Ich wusste, dass diese Gnadenfrist nicht von Dauer sein würde. Kurz nachdem wir unser Picknick verzehrt hatten, kam der Höllenhund-Wandler aus der Kabine, betrachtete das endlose Blau um uns herum und schnippte mit den Fingern.

„Also, Chaos-Queen. Mal sehen, was wir tun können, um deine katastrophalen Naturkräfte abzumildern."

Ich leckte mir die letzten Puderzuckerkrümel von meinem Bougatsa-Dessert von den Fingern. „Ich bin hier nicht der Hund. Wie wäre es mit einem ‚Bitte'?"

Er funkelte mich an und senkte leicht den Kopf. „Würde Ihre Hoheit mir freundlicherweise erlauben, Ihr weiterhin beizubringen, wie Sie vermeiden kann, sich selbst in Brand zu setzen?"

„Schon besser." Ich stand auf, streckte die Arme und

knackte mit den Fingerknöcheln – und versuchte, nicht darauf zu achten, dass sich drei weitere Blicke mit mehr oder weniger großer Besorgnis auf mich gerichtet hatten.

Snap sprang von der Armlehne des Liegestuhls auf, wo er sich an mich geschmiegt hatte. „Wenn ich irgendwie helfen kann ...“

„Ich habe die Sache im Griff“, erwiderte Omen trocken. „Sie wird in deiner Sichtweite bleiben, du kannst dich also selbst davon überzeugen, dass ich sie in einem Stück lasse.“

Machte sich der Verschlinger etwa Sorgen, ob Omen mir etwas antun würde oder ob ich mir selbst etwas antun könnte? Zu diesem Zeitpunkt war es schwer zu sagen, wer von uns beiden eine größere Bedrohung für mein Wohlbefinden darstellte. Ruse hatte sich vielleicht sogar ein wenig aufgerichtet, als würde er sich auf eine Intervention vorbereiten, und Thorn betrachtete nicht mehr den Horizont, sondern mich.

Ich verschränkte die Arme vor der Brust. Okay, ich hatte in den letzten Tagen ein paar Flammen mehr als sonst losgelassen, allerdings hatten wir es mit einem psychopathischen, immens mächtigen Schattenwesen zu tun, das jeden Moment einen doppelten Völkermord in Gang setzen könnte, wer konnte es mir also verübeln, dass ich ein wenig überdreht war?

Welches Ausmaß hätte der Völkermord, der uns bevorstand, wohl wenn ich diese Kräfte *nicht* unter Kontrolle bekam?

Ich verdrängte diese Frage und nickte Omen zu. „Hast du noch ein paar Papierschnipsel, die ich verkohlen kann?“

„Ich dachte, wir probieren zur Abwechslung mal etwas anderes aus. Wir werden nur etwas Sparring machen. Und mit ‚nur‘ meine ich nur Fäuste und Füße. Keine übernatürlichen Kräfte. Wenn du dein Feuer rauslässt, verlierst du automatisch, egal wie wütend ich dich gemacht habe. Oh, und um die ganze Sache etwas spannender zu machen …“ Mit einer Geschicklichkeit, die ich bei seiner gut gebauten Statur nicht erwartet hätte, sprang er auf die Reling. „Wenn du mit beiden Füßen das Deck berührst, hast du auch verloren. Sollen wir mit fünf Runden anfangen, oder brauchst du mehr Anläufe, um warm zu werden?“

Ich stieg auf einen Holzbalken, der quer über das Heck führte, und sah ihn mit hochgezogenen Augenbrauen an. „Du gehst davon aus, dass ich überhaupt fünf brauche. Dabei klettere ich schon seit Jahren über Dächer und Fenster.“

Omen lächelte mich an und seine Zähne blitzten auf. „Wir werden sehen.“

Dann stürzte er sich ohne Vorwarnung mit seiner muskulösen Gestalt auf mich.

Ich rannte über die Rampe, die aus dem Heck ragte, schwankte und sprang dann in die Luft, um eines der salzverkrusteten Seile zu ergreifen und mich über den Kopf des Höllenhundes hinweg zu schwingen. Ruse stieß einen anerkennenden Schrei aus, doch anstatt zurückzuschlagen, war ich nur geflohen. Ich wirbelte herum, wich der auf mich zurasenden Faust aus und schaffte es, Omen einen Tritt gegen die Wade zu verpassen, bevor er ausweichen konnte.

Ich pirschte mich auf der Stange an ihn heran, wir befanden uns nun beide direkt über dem offenen Wasser. „Wie lautet die Regel für nasse Hunde? Zählt das auch als verloren?“

„Ich denke schon“, antwortete Omen und stürzte sich erneut auf mich.

Beinahe hätte ich einen spektakulären Bauchplatscher hingelegt. Nur um Haaresbreite gelang es mir, mich an einer Kante am oberen Rumpf festzuklammern, sodass ich es gerade schaffte, mein Bein wieder über die Reling zu schwingen.

Als ich wieder nach oben kletterte, kam der Höllenhund bereits auf mich zugerast. Ich rannte an der Reling entlang und begann, an einem Seil in der Nähe des Bugs hochzuklettern.

Mein Fuß streifte Omens Gesicht, der meinem Tritt auswich und meinen Knöchel erwischte. Mit einem Ruck riss er mich auf das Deck und ich prallte mit dem Hintern gegen die morschen Holzbretter.

Auf dem Rücken liegend, strampelte ich mit den Beinen in der Luft. „Theoretisch haben meine Füße den Boden nicht berührt."

Omen schnaubte. „Und ich dachte, die Regeln wären klar und deutlich. Doch da du offenbar entschlossen bist, nicht nur eine Diebin, sondern auch eine Betrügerin zu sein …"

Die Worte hätten an mir abprallen sollen. Schließlich hatte man mir schon weitaus schlimmere Dinge an den Kopf geworfen verdammt, *er* hatte mir schon schlimmere Dinge an den Kopf geworfen. Doch irgendetwas an dieser Anschuldigung löste einen Funken in mir aus, und ich musste meine Hände zu Fäusten ballen, um das Aufflackern der Hitze zu unterdrücken, die aus mir hervorzubrechen drohte.

Ein Grund mehr, alles bei diesem Training zu geben. Ich musste verdammt noch mal lernen, dieses innere Feuer zu kontrollieren, bis ich es auf ein bestimmtes Ziel richten konnte.

„Gut", sagte ich. „Dann muss ich dich eben die anderen vier Male fertigmachen."

Omens eisige Augen funkelten. „Versuch es doch."

Ich musste zugeben, dass ich die Regeln nicht ganz fair fand. Omen brachte vielleicht kein eigenes Höllenfeuer mit, doch in Sachen Geschwindigkeit und Geschicklichkeit war er Sterblichen haushoch überlegen. Nicht, dass ich mich beschweren würde, dass ich nicht mit ihm mithalten konnte. So viel Selbstachtung hatte ich dann doch noch.

Dann musste ich eben etwas raffinierter sein.

Nach ein paar weiteren Finten und Abwehrmanövern am Rande des Bootes witterte ich meine Chance. Ich ließ mich in die Tiefe fallen, schlang meinen Arm um die Reling und rammte beide Füße seitlich gegen Omens Beine.

Er rang um sein Gleichgewicht, doch er war nicht schnell genug. Diesmal kam das Geräusch des Aufeinandertreffens von Fleisch und Holz nicht von mir. Ich richtete mich auf und grinste auf ihn hinab, während er den Staub von seinen Klamotten wischte.

„Wir fangen gerade erst an", versprach er. „Du musst in der Lage sein, dich zu beherrschen und die Flammen nach deinem Willen zu bändigen, wenn du Tempest gegenüberstehst. Und sie wird es dir nicht leicht machen."

„Nur zu", schoss ich zurück, doch plötzlich – vielleicht lag es an der Erwähnung von Tempest – spürte ich einen weiteren Hitzeschub. Diesmal strömte er durch meine Rippen und in mein Oberteil, bevor es mir gelang, die Flammen unter Kontrolle zu bekommen. Mein Herz setzte einen Schlag aus und ich presste meine Arme gegen meine Seiten, um sie zu unterdrücken.

Omen sagte nichts, doch seine Miene wurde angespannt, und sein Mund verzog sich zu einer grimmigen Linie. Bevor ich mehr tun konnte, als Luft zu holen, stürmte er wieder auf mich zu.

Der kurzzeitige Kontrollverlust musste mich verunsichert haben. Omen schlug erbittert zu, und jedes Mal, wenn seine Fingerknöchel meinen Körper berührten, drohte ein weiterer Wutausbruch meine Selbstbeherrschung zum Einsturz zu bringen.

*Bleib ruhig!*, dachte ich angesichts des Feuers, das von meinem Bauch bis zu meiner Brust loderte. *Er will dich nur ärgern. Er ist keine wirkliche Bedrohung. Beruhige dich einfach.*

Meine mentalen Befehle waren nicht sonderlich effektiv. Ich stieß mir das Knie an einem Brett, als ich einem Roundhouse-Kick auswich, und ein Flammenschwall leckte über meine Hand und versengte meine Finger.

Omen sah es nicht, da mein gebeugter Oberkörper den

Ausrutscher verdeckte. *Nicht schon wieder. Bleib verdammt noch mal* in *mir*, befahl ich der aufgewühlten Energie.

Sowohl um mich abzulenken als auch um meinen Gegner zu ärgern, tanzte ich mit ein wenig musikalischer Untermalung rückwärts. „And if you only scold and spite, we'll be holding on forever. But we'll only be faking a fight …"

Omen stürzte sich erneut knurrend auf mich und schnitt mir den Weg ab, als ich nach den Seilen greifen musste, um zu entkommen. Meine Füße schwebten nur Zentimeter über dem Deck, doch ich zog mich schnell genug hoch, um ihm einen Schlag auf den Hinterkopf zu verpassen.

Er schwankte, fing sich aber wieder und wirbelte herum, um hinter mir her zu stürzen. Der Gesang hatte meine Laune nicht so verbessert, wie ich gehofft hatte – eigentlich überhaupt nicht. Ich biss die Zähne zusammen, um ein erneutes Auflodern der Flammen zu unterdrücken, und krabbelte über das Netz. Ich trat Omen gegen die Schulter, stieß ein Zischen aus, als er mein Bein so festhielt, dass er mir fast die Hüfte auskugelte, und schaffte es schließlich in Sprungweite des gegenüberliegenden Geländers.

„Komm schon, Chaos-Queen", sagte der Höllenhund-Wandler und stürmte hinter mir her. Seine Stimme war angespannt, und in seinem Gesicht lag ein Ausdruck, der besorgt und grimmig zugleich wirkte. „Willst du etwa einfach vor den Bastarden der Lichtarmee und der Sphinx davonlaufen? Waren sie nicht diejenigen, die deine Feen-Adoptivmutter *getötet* haben? Wie viele willst du sie noch ermorden lassen?"

„Ich laufe nicht weg", schnauzte ich und drehte mich um, um ihm einen Aufwärtshaken zu verpassen, dem er gekonnt auswich. Meine Turnschuhe quietschten auf der Metallstange. „Nennt man das nicht einen klugen Kampf?"

„Bisher sieht es nicht sonderlich klug aus. Außerdem

haben wir keine Zeit mehr, vor dem Problem davonzulaufen, meinst du nicht?"

„Das weiß ich." Heilige Harpyien, er konnte wirklich nervig sein. Noch mehr Feuer knisterte in mir. Jeder Muskel in meinem Körper versteifte sich, um es zurückzuhalten. „Ich werde bereit sein."

„Bist du sicher? Du musst es angehen, bevor es zu spät ist. Doch vielleicht sollte ich lieber nichts von einem Wesen erwarten, das nur zu Hälfte …"

Noch bevor er den Satz beenden konnte, loderte das Feuer so heftig und plötzlich auf, dass meine Sicht getrübt wurde. Alles, was ich sehen konnte, war der grelle Schein der Flammen; alles, was ich fühlte, war das Brennen, das jeden Zentimeter meiner Haut bedeckte. Der Schmerz war so stark, dass die Luft aus meiner Lunge wich.

Dann prallte eine massive Kraft gegen mich und ich stürzte kopfüber in den ruhigen Ozean. Das Salzwasser brodelte einen Moment lang um mich herum, bevor es die Flammen erstickte.

Prustend tauchte ich wieder auf und die wunden Stellen auf meiner Haut kribbelten. Mein Pferdeschwanz schwebte über meine Schulter und ich sah, dass das Ende verkohlt war. Übelkeit stieg in mir auf.

Omen war mit mir ins Wasser gesprungen. Er schüttelte sein nasses Haar aus, was mich unbestreitbar an einen Hund erinnerte, und blickte mich mit seinen funkelnden orangefarbenen Augen durchdringend an. Sein Mund verzog sich.

„Das war ein Tiefschlag", sagte er. „Das hätte unter meiner Würde sein müssen."

Ich brauchte eine Sekunde, um zu begreifen, dass er sich entschuldigte, und eine weitere, um zu erkennen, dass der Grund für die Entschuldigung die Bemerkung war, die das Inferno in mir ausgelöst hatte, nicht das unerwartete Bad. Ich warf einen Blick auf das Boot und sah die Brandspuren auf dem gesprenkelten Lack. Mein Magen verkrampfte sich erneut.

Ich hatte fast unser einziges Transportmittel verbrannt, ohne dass Land in Sicht war, und Omen bat *mich* um Entschuldigung.

Meine Zunge fühlte sich bleiern in meinem Mund an. Ich hatte versagt. Diese Trainingseinheit war eine verdammte Katastrophe gewesen.

Doch was hatte es für einen Sinn, es anzusprechen, wenn Omen es genauso gut wusste wie ich?

Nachdem ich einige Minuten lang um Worte gerungen hatte, war alles, was aus meinem Mund kam: „Nun, jetzt sind wir beide nicht mehr auf dem Boot. Vielleicht sollten wir das in Ordnung bringen?"

Thorn war vom Mast heruntergeflogen. Als er sich über die Reling lehnte, wich die schwelende Dunkelheit aus seinen Augen und seine Flügel verschwanden. Einen Moment später gesellten sich Ruse und Snap zu ihm und sahen ebenso besorgt aus. Das entwickelte sich ja zu einer regelrechten Party anlässlich meiner Ungeschicklichkeit. Wunderbar.

Omen schwamm näher an mich heran. Durch die Feuchtigkeit waren seine Wimpern dunkler als sonst, was seinen Blick noch durchdringender erscheinen ließ, doch ausnahmsweise war er nicht so eisig wie sonst. Er strampelte im Wasser und untersuchte nacheinander meine Unterarme.

Die roten Flecken verblassten bereits wieder zu ihrem üblichen Rosa. „Deine Selbstheilungskräfte scheinen genauso schnell stärker zu werden wie dein Feuer", bemerkte er.

„Ach, wie schön. Mehr Zeit, um bei lebendigem Leib zu verbrennen, wenn kein Ozean in der Nähe ist, in den man mich werfen kann."

Als sich unsere Blicke begegneten, lag eine stürmische Emotion in seinen Augen, die ich nicht deuten konnte. „Vielleicht bin ich die Sache falsch angegangen."

„Wie meinst du das?" Was zur Hölle hatte er jetzt noch für mich auf Lager?

Er strich mit den Fingerspitzen über mein nasses Haar und entfachte damit eine viel angenehmere Wärme. Dabei kam mir der Gedanke, dass es sein könnte, dass er sich auch Sorgen um mich machte, so schwer es ihm auch fiel, dies zu zeigen.

„Ich habe versucht, dich bis ans Äußerste zu treiben", sagte er. „Dich an das Gefühl zu gewöhnen, damit du es kontrollieren kannst. Doch vielleicht kannst du diese Kraft gar nicht auf diese Weise kontrollieren. Vielleicht liegt die Antwort nicht darin, deine Wut zu unterdrücken, sondern darin, dafür zu sorgen, dass sie sich auf das richtige Ziel konzentriert."

Ich zog eine Augenbraue hoch. „Du versuchst, meine Wut von dir fernzuhalten, habe ich recht?"

Dieses Mal ließ er sich nicht provozieren. „Nein", erwiderte er ernsthaft. „Ich versuche, sie von *dir* fernzuhalten. Was auch immer die Obersten oder Tempest oder sonst wer behauptet, mit dir ist alles in Ordnung. Du hast die Scheiße nicht verdient, die sie dir antun wollen. Du bist unglaublich."

„Dem kann ich nur zustimmen", rief Ruse vom Deck aus.

„Fantastisch", murmelte Snap enthusiastisch.

Ein Lächeln umspielte Thorns Lippen. „Ich hätte es nicht treffender ausdrücken können."

Angesichts dieser Flut von Bewunderung – ausgerechnet von dem Wesen, das einst mein größter Kritiker gewesen war – wusste ich nicht, was ich mit mir anfangen sollte. Mein Mund öffnete und schloss sich und öffnete sich erneut, um Meerwasser auszuspucken. Eines musste ich in diesem verdammten Wasser auf jeden Fall weiterhin tun: mit den Beinen strampeln. Egal, wie überraschend verständnisvoll mein Höllenhund-Wandler plötzlich geworden war.

Omen blickte zu unserem Publikum auf, bevor er seinen Blick wieder auf mich richtete, wobei seine Hand an meinem

Kinn verweilte. „Ich bin mir nicht sicher, ob es ausreicht, das zu sagen. Es könnte sein, dass du der Zerstörung nicht entgehst, indem du alles ignorierst, was gegen dich gerichtet ist. Denk an alle, die für dich sind. Wie wäre es also, wenn wir dich erden, anstatt dich wütend zu machen?"

Ich blinzelte ihn an, und bevor ich mich zurückhalten konnte, rutschte mir eine ironische Antwort heraus. „Das könnte ein bisschen schwierig werden, wenn man bedenkt, dass im Moment buchstäblich keine Erde in Sicht ist."

Omens Mundwinkel zuckten nach oben. „Dann ist es ja gut, dass ich eine eher metaphorische ‚Erdung' im Sinn hatte." Er deutete nach oben. „Thorn, könntest du ein Netz herunterwerfen – eines, das gut am Schiff befestigt ist. Und der Rest von euch kann auch mit anpacken. Unsere Sterbliche verdient unsere gemeinschaftlichen Bemühungen."

Hatte er mich gerade tatsächlich als *ihre* bezeichnet?

Ich hatte nicht viel Zeit, über seine überraschenden Komplimente oder seine Absichten nachzudenken, bevor der Krieger ein schweres Netz über die Seite des Bootes warf. Als Omen mich durch das kühle Wasser dorthin zog, sprangen die anderen ebenfalls ins Wasser. Bei ihnen war es egal, wenn sie ihre Kleidung anließen. Sie konnten in den Schatten verschwinden und sich anschließend wieder mit trockenen Klamotten materialisieren. Trotzdem entging mir nicht, dass Snap beschlossen hatte, sich von Anfang an aller Kleidungsstücke zu entledigen.

Omen lenkte meine Aufmerksamkeit von Snaps nacktem Körper ab, indem er mit seinen Fingern eindringlich mein Kinn nach oben drückte. Er schlang einen Arm durch das Netz. „Um sicherzustellen, dass Penelope nicht abhandenkommt", erklärte er mit einem schiefen Lächeln, bevor er meinen Mund auf seinen zog.

Ich fühlte mich völlig nackt, als sich mein Körper im Wasser an den des Höllenhund-Wandlers schmiegte. Unsere Kleidung klebte an unserer Haut und seine Lippen berührten die meinen. Die Spuren von Meersalz auf unseren Lippen verliehen dem Kuss einen zusätzlichen Reiz – ebenso wie das Wissen, dass dies das erste Mal war, dass er seine Zuneigung vor seinen Gefährten öffentlich zur Schau stellte.

Ruse stieß ein leises Glucksen aus. Drei andere Körper trieben um meinen herum, ihre Wärme umgab mich im kühlen Wasser. Schließlich löste Omen seine Lippen von meinem Mund und schmiegte seinen Kopf an meinen. „Du gehörst uns. Wir werden nicht zulassen, dass du dich selbst verlierst, Phoenix.“

*Uns.* Das Wort kribbelte in mir, zu süß, als dass ich mich mit Protesten darüber aufhalten könnte, ob ich überhaupt jemandem gehörte. Ich kannte ihn inzwischen gut genug, um sicher zu sein, dass er es nicht so gemeint hatte. Ich gehörte *zu* ihnen, diesbezüglich hatte ich überhaupt keine Zweifel.

Und sie waren alle hier bei mir – die Männer, die ich liebte.

Natürlich ergriff der Inkubus die Initiative, um die Dinge voranzutreiben. Als Omen seinen Mund meiner Halsbeuge näherte, beugte sich Ruse vor, um mich zu küssen. Der Höllenhund-Wandler wich zur Seite, um ihm Platz zu machen.

Hinter mir war Thorns massige Gestalt aufgetaucht. Er ließ seine Hände über meine Taille und dann weiter nach oben gleiten, um meine Brust zu umfassen. Seine Finger strichen nacheinander über meine Nippel, bis sie sich unter dem nassen Stoff verhärteten und ich erschauderte.

Eine andere Hand, schlank und geschmeidig, fuhr währenddessen über meinen Oberschenkel. Snap drückte seinen Mund auf meine Schulter und zog mit seinen Zähnen den Saum meines Oberteils beiseite, um sich Zugang zu mehr Haut zu verschaffen.

Ich wusste nicht, ob mich das so erden würde, wie Omen es sich erhofft hatte, ob es überhaupt etwas dazu beitragen würde, meine inneren Flammen zu beruhigen, wenn ich sie kontrollieren musste, doch ich hätte mir keine angenehmere Strategie vorstellen können. Alle meine Liebhaber hatten sich zusammengetan, um mich anzubeten. Das Feuer, das mich jetzt durchströmte, bestand nur noch aus Glückseligkeit.

Sie scharten sich um mich, ihre Münder hinterließen heiße Spuren auf meiner Haut und ihre Finger lösten an jedem Zentimeter meines Körpers schwindelerregende Wellen aus, die mich an das Wogen des Meeres erinnerten. Thorn zog mir mein Oberteil und meinen BH aus und warf sie über den Rumpf auf das Deck; Snap zog mich etwas höher, und ließ seine gespaltene Zunge über meine Brust gleiten. Während Omen an einem meiner Nippel saugte, glitt Ruse' Hand zwischen meine Beine und schürte das stärkste Feuer, zu dem mein Körper fähig war.

Meine Hüften wiegten sich unter ihrer Liebkosung, und mein Körper pochte vor Lust. Omen erstickte mein Keuchen mit einem weiteren Kuss, und Thorn fuhr mit seinen Fingern meine Wirbelsäule hinunter und knabberte verblüffend zärtlich an meinem Schulterblatt.

Während ich mit einer Hand an Ruse' Hemd herumfummelte, ließ ich die andere über Snaps schlanke Brust gleiten. Der Inkubus hielt nur einen Augenblick inne, dann verschwand seine Kleidung genauso wie die des Verschlingers. Snap öffnete meine Hose und zog sie mir mit Omens Hilfe aus.

Das Verlangen, das mich durchströmte, war zu stark, als dass noch Platz für Geduld gewesen wäre. Ich schlang meine Beine um die von Ruse, um ihn näher an mich zu ziehen. Ein bedürftiges Wimmern entwich mir, als er die Spitze seines Schwanzes über meinen Kitzler und weiter nach unten führte. Snap küsste mich, während der Inkubus in einem Rausch wilder Lust in mich eindrang.

Thorn stand hinter mir, streichelte meine Brüste und hielt mich fest, damit ich Ruse' Stößen begegnen konnte. Omen streifte die empfindliche Haut meines Halses mit den Spitzen seiner hündischen Reißzähne. Ich ließ meine Hand an seinem inzwischen ebenfalls nackten Körper hinabgleiten und umfasste seine Erektion. Der Höllenhund-Wandler stöhnte an meinem Hals.

Meine Hüften stemmten sich gegen die von Ruse, mein Verstand war benommen von der intensiven Lust, die sie in mein ganzes Wesen zauberten. Als der Inkubus den empfindlichsten Punkt in mir traf, ließ Snap seine Hand zwischen uns gleiten. Seine Finger fanden meinen Kitzler. Der Verschlinger küsste mich erneut und umkreiste diesen Nervenknoten im Takt mit dem köstlichen Pochen des Schwanzes des Inkubus.

Thorn kniff in meine Nippel. Mein Griff um Omens Schwanz wurde fester und er zuckte immer schneller, während ich mich in die atemlose Welle meines Orgasmus stürzte. Ich schrie auf, als mein Höhepunkt mit einer solchen Hitze über mich hereinbrach, an die nicht einmal meine Flammen herankamen.

Der Höllenhund-Wandler stieß in meine Hand und sein Atem stotterte. Ruse ergoss sich mit einem Stöhnen in mir. Ich schwebte noch in der Glückseligkeit dieser ersten Erlösung, als er sich zurückzog und Snap sich mit seiner gesamten besitzergreifenden Entschlossenheit vor mich schob.

„Mein Pfirsich?", murmelte er in einem Tonfall, der keinen Zweifel daran ließ, was er wissen wollte.

Ich drückte seine Schulter. „Bitte."

Er drang so schnell und tief in mich ein, dass ich erneut aufkeuchte. Ein heißer Schwall an meinem Handgelenk und Omens Mund, der sich auf meinen presste, sagten mir, dass noch einer meiner Liebhaber seinen Höhepunkt erreicht hatte. Ich tastete hinter mich, und Ruse führte meine Hand mit einem wissenden Brummen durch das Wasser zu Thorns Unterleib.

„Sorsha", grummelte Thorn, als ich seine steife Härte umfasste. Sein Mund brannte an meiner Wange. Ich drehte meinen Kopf so, dass er mich dort küsste, wo ich es am meisten wollte.

Nein, ich fühlte mich ganz und gar nicht geerdet. In der Mitte der vier monströsen Männer, die ihre Zuneigung auf so unterschiedliche, aber herrliche Weise zum Ausdruck brachten, schwebte ich genauso hoch wie in jener Nacht, als der Geflügelte mit mir davongeflogen war. Mein Körper wölbte und wand sich zwischen ihnen. Snap drang mit hungrigem Keuchen noch tiefer in mich ein, während Omens Schwanz über meinen Po strich. Ich kam erneut und schoss in den klaren blauen Himmel.

Snap vergrub sein Gesicht an meinem Hals und erschauderte, als er ebenfalls kam. Thorn folgte kurz darauf mit einem Stöhnen. Wir trieben dahin, ineinander verschlungen und befriedigt, in unserem eigenen Kreis der Ekstase in einer ansonsten leeren Welt.

Würde diese außergewöhnliche Begegnung mein Feuer zähmen? Ich wusste es nicht, doch in diesem Moment fühlten sich die Bande zwischen uns zu stark an, als dass eine Sphinx oder ein mörderischer Sterblicher sie zerreißen könnte.

* * *

Es war bereits Abend, als wir das Boot andockten und das felsige Gelände zu dem Ort hinaufliefen, den Ruse' Hacker ausfindig gemacht hatte. Als Ruse auf die heruntergekommene Hütte deutete, in der Tempests sterblicher Lakai seine Arbeit verrichtet hatte, war die Nacht bereits angebrochen.

„Nach allem, was wir gehört haben", flüsterte der Inkubus, als wir uns dem Gebäude näherten, „hat sie diesen Kerl Ruinen untersuchen lassen, die mit Schutzvorrichtungen zur Abwehr von Schattenwesen errichtet wurden. Anscheinend wollte sie herausfinden, welche Geheimnisse man in der Vergangenheit vor den Augen der Monster verbergen wollte."

Ich betrachtete den dünnen Schein, der durch das schäbige Fenster der Hütte drang. „Sie muss denken, dass alles, was er finden könnte, wichtig für die Ausführung ihres Plans ist, sonst würde sie ihn nicht hier draußen herumschnüffeln lassen, anstatt ihn hinter den Mauern der Gebäude der Lichtarmee einzusetzen."

Nach einer kurzen Erkundungstour tauchte Thorn wieder neben uns auf. „In den Wänden sind Silber- und Eisenplatten eingearbeitet. Sie sind jedoch zerbrechlich genug, dass ich sie mit geringem Aufwand zerschlagen kann."

„Nicht gerade unauffällig", sagte Ruse.

„Wir haben keine Zeit für Subtilität – und wenn dieser Sterbliche so sehr in Tempests Angelegenheiten verstrickt ist, wie es scheint, könnte er sie bei jedem Anzeichen von Einmischung kontaktieren. Wir haben keine Zeit für ausgefeilte Pläne." Omen rieb sich die Hände. „Also, lassen wir es krachen."

Thorn schenkte uns ein grimmiges Lächeln, ließ seine massigen Schultern kreisen und eilte auf die Hütte zu. Da ich bereits gesehen hatte, wie er Betonwände durchschlug, war dies keine überraschende Leistung. Trotzdem summte das Adrenalin durch meine Adern.

Der Krieger rammte seine Fäuste zuerst gegen die seitliche Hüttenwand. Das verwitterte Holz knarrte und zersplitterte. Mit zusammengebissenem Kiefer wegen der giftigen Metalle um ihn herum packte Thorn den erschrockenen Mann mittleren Alters, der im Inneren der Hütte stand, und zerrte ihn unter dem schwankenden Dach hervor.

Der Rest von uns eilte bereits über den Hügel auf ihn zu. Als ich einen dünnen Metallring am Zeigefinger des Mannes aufblitzen sah, beschleunigte ich mein Tempo. Sobald ich ihn erreicht hatte, ergriff ich seine Hand und riss ihm den Ring vom Finger.

Der Mann zuckte mit einem seltsam dumpfen Schrei zurück. Eine Sekunde später war Ruse an seiner Seite. Der Inkubus verfiel in seinen schmeichelnden Tonfall. „Hallo, mein Freund. Wir sind hier, um dir zu helfen, der Dämonin zu entkommen, die dich in ihrem Bann hält."

Doch es trat kein Glanz in die grauen Augen des Mannes. Er versuchte, zurückzuweichen, doch Thorn hielt seine Schultern immer noch fest umklammert.

Ruse' Gesicht legte sich kurz in Falten, doch er ließ nicht locker. „Wir wollen nur das Beste für dich. Wir werden das alles in Ordnung bringen, keine Sorge."

Der Mann wand sich erneut in Thorns Händen, völlig unbeeindruckt. Dann machte er eine verzweifelte Geste in Richtung Snap, als ob er annahm, dass der am harmlosesten aussehende unter uns am ehesten auf seiner Seite wäre.

Bei der Bewegung seiner Hände durchfuhr mich ein Stich des Wiedererkennens, und plötzlich ging mir ein Licht auf.

Ein raues Glucksen kam mir über die Lippen. „Tempest hat sich nicht umsonst die Mühe gemacht, ihn zu verstecken. Sie wusste, dass kein Schattenwesen ihn mit ein paar Schmeicheleien bezaubern kann."

Omen warf mir einen scharfen Blick zu. „Wovon sprichst du?"

Ich deutete auf den Mann. „Ich bin mir ziemlich sicher, dass die Geste, die er gerade gemacht hat, Zeichensprache war. Er kann Ruse nicht hören – er ist taub."

# EINUNDZWANZIG

*Snap*

„Sieh es dir an", sagte Ruse und fuchtelte mit seinem Telefon vor dem Gesicht des Sterblichen herum. Auf dem leuchtenden Bildschirm war eine Nachricht zu sehen, die der Inkubus getippt hatte. „Weckt das nicht den Wunsch in dir, jeden meiner Befehle zu befolgen?"

Der Mann, der für Tempest arbeitete, ruckte mit dem Kopf zur Seite, konnte sich aufgrund von Thorns starkem Griff jedoch nicht weiter bewegen.

Wir waren in die teilweise demolierte Hütte hineingegangen und saßen um einen Holztisch herum, der mit Splittern der Wand übersät war, die der Krieger durchschlagen hatte. Thorn hatte den Mann in einen Stuhl gedrückt und stand nun hinter ihm. Ruse saß ihm gegenüber am Tisch. Sorsha und ich standen auf beiden Seiten des Inkubus und beobachteten das Geschehen, während Omen in dem kleinen Raum neben der Küche der Hütte auf und ab ging. Ohne ihn auch nur anzusehen, konnte ich erkennen, dass der Höllenhund-Wandler genauso unglücklich mit der Situation war, wie unser Gefangener aussah.

„Würde es denn funktionieren, selbst wenn du ihn dazu bringen *könntest*, es zu lesen?", fragte ich.

Ruse verzog das Gesicht. „Ich weiß es nicht. Ich habe noch nie versucht, jemanden mit visuellen Mitteln zu überzeugen. Mit meiner Stimme zu überzeugen, ist mir angeboren. Es wäre einfacher zu beurteilen, wenn wir ihn dazu bringen könnten, den Text überhaupt zu lesen. Selbst wenn unser Krieger diesem Arschloch die Augen aufhält, können wir ihn nicht dazu bringen, sich auf die Worte zu konzentrieren."

„Versuch es mal damit." Omen warf ein Stück Papier und einen Stift auf den Tisch. „Deine Handschrift könnte mehr Macht enthalten als Worte, die auf einem sterblichen Gerät getippt wurden."

„Vorausgesetzt er *liest* es." Sorsha lehnte sich über die Schulter des Inkubus. „Schreib die Buchstaben richtig groß, damit er sie nicht übersehen kann."

Ruse gluckste leise. „Als ob ich einem Kind das Lesen beibringen würde." Doch er tat wie ihm geheißen und kritzelte breite Striche auf das Blatt Papier. LIES, WAS ICH SCHREIBE. „Das sollte ich wohl als Erstes klarstellen."

Thorn packte den Kopf des Mannes und drehte ihn zum Tisch, wo Ruse seine Botschaft wie eine Flagge schwenkte. Der Mann schien einen Blick darauf zu werfen, doch er verzog sein Gesicht nur zu einer säuerlichen Miene, bei der sich meine Zunge kräuselte. Er fuchtelte mit den Händen durch die Luft und machte noch weitere Gesten, mit denen er sich für gewöhnlich ausdrückte. Ich verstand zwar keine Zeichensprache, doch ich hatte den Eindruck, dass er Ruse mitteilen wollte, dass er sich den Zettel – und möglicherweise auch andere Dinge – in den Anus schieben konnte.

Falls der Charme des Inkubus irgendeine Wirkung hatte,

dann machte er den Mann definitiv nicht freundlicher. Ich beugte mich über den Tisch und streckte meine Zunge heraus, um genauere Eindrücke zu sammeln. Vielleicht brauchten wir die Hilfe dieses Mannes gar nicht. Vielleicht konnte ich etwas Nützliches über seine Ermittlungen für Tempest in Erfahrung bringen, ohne dass er mit uns kooperierte.

Der Mann schien den Tisch nicht für seine Arbeit benutzt zu haben. Ich sah, wie sich seine Finger um eine heiße, nach Kaffee duftende Tasse legten, wie er Messer und Gabel für eine einfache Mahlzeit mit gegrilltem Fleisch aus der Schublade nahm und wie er ein Buch auf den Tisch legte, während er über eine Geschichte nachdachte, in der Männer mit großen Hüten auf Pferden aufeinander schossen.

Ich ging vom Tisch weg und prüfte den Schrank daneben, das schmale Bett mit der kratzigen Decke und ging schließlich um Omen herum, um die Küche zu untersuchen. Mit jedem Aufflackern von Empfindungen, das ich wahrnahm, bildeten die Fragmente, die ich gesammelt hatte, ein lückenhaftes Bild vom Leben des Mannes hier. Es war alles andere als anschaulich oder umfassend, doch es war besser als nichts.

„Er ist schon eine Weile hier", berichtete ich und testete die Wände zwischen meinen Worten. „So lange, dass ihm langweilig geworden ist. Er denkt an eine Frau, die an einem anderen Ort lebt. Sie lächelt viel, und er findet sie sehr hübsch. Er wird ärgerlich, wenn er sie mit einem Mann sieht, der den Arm um sie legt."

Ich runzelte die Stirn und sortierte die Emotionen, die ich von den Erinnerungen unseres Gefangenen aufgeschnappt hatte. „Ich glaube, er will sie, aber sie ist mit einem anderen zusammen. Er gibt die Hoffnung nicht auf, weil er glaubt, dass die Sphinx ihm helfen wird."

Sorsha rümpfte die Nase und warf dem Mann einen bösen

Blick zu. „Er hilft Tempest, damit er eine Frau zwingen kann, mit ihm zu schlafen? Was für ein Trottel. Und die Lichtarmee bezeichnet euch als ‚Monster'."

Die Eindrücke bereiteten auch mir Unbehagen. Und sie halfen uns nicht wirklich, Tempest zu besiegen. „Ich kann nicht viel über seine Arbeit herausfinden. Er geht früh los und kommt spät zurück, müde. Er geht viel spazieren und gräbt. Vielleicht hat er nach etwas gesucht?"

Ich kniete neben einem Weidenkorb in der Ecke, über dessen Rand ein zerknittertes Hemd hing. Meine Zunge huschte durch die Luft über dem Korb, und ein Kribbeln vergangener Aufregung durchfuhr mich. „Er hat etwas gefunden. Ich kann nicht sagen, was es war, doch er wollte Tempest unbedingt davon erzählen, damit er endlich von hier wegkann."

Omen drehte sich ruckartig um. „Hat er es ihr schon gesagt?"

„Ich glaube, er hat ihr einiges erzählt, doch er musste noch einmal zurück, um weitere Nachforschungen anzustellen." Ich legte den Kopf schief, als würden sich die verworrenen Eindrücke dadurch zu einer kohärenteren Geschichte zusammenfügen. Leider funktionierte es nicht.

Am Tisch hatte Ruse das Papier umgedreht und schob es dem Mann zusammen mit dem Stift hin. Nachdrücklich deutete er auf die beiden Gegenstände. Die Lippen des Mannes kräuselten sich. Er schnappte sich das Papier, zerknüllte es und schleuderte es dem Inkubus ins Gesicht.

„In Ordnung." Ruse stand auf. „Ich denke, wir haben festgestellt, dass sich mein Charme nicht auf Geschriebenes oder Gesten erstreckt. Was nun?"

Vielleicht sollte ich die Kleidung testen, die der Mann trägt? Ich stellte mich neben Thorn und neigte meinen Kopf. Eine Welle tiefen, kalten Hungers nagte an meinen Eingeweiden. Ich verschloss meinen Geist davor und atmete weitere Eindrücke ein.

„Es ist zu präsent", sagte ich mit einem Anflug von Bedauern. Der Schwall an Emotionen, den der Mann gerade erlebte, übertönte jegliche subtilere Information. „Er ist wütend und frustriert, und ein wenig verängstigt. Außerdem denkt er daran, wie Sphinx herausfindet, dass wir ihn gefunden haben, und nicht so sehr daran, was wir tun werden."

Omen knurrte leise. „Wir haben kein Druckmittel in der Hand. Ihm geht es an diesem Ort offensichtlich um nichts anderes als um sein eigenes Leben, und wir können uns sicher sein, dass er weiß, dass Tempest ihn auf episch schmerzhafte Weise abschlachten würde, wenn er sie verrät, also wird *unsere* Drohung, ihn zu töten, nicht viel bewirken."

Sorshas Mund verzog sich. „Er muss etwas Nützliches wissen, wenn er für Tempest gearbeitet hat. Was immer er hier aufgedeckt hat, könnte der Grund dafür sein, dass sie die Krankheit, die die Lichtarmee erschaffen hat, endlich auf die Welt loslassen kann."

Omen sah mich an, bevor er seinen Blick wieder abwandte. Er zögerte, was so untypisch für unseren Anführer war, dass ich mich zu ihm umdrehte, um ihn aufmerksam zu mustern.

„Es gibt da eine Möglichkeit", begann er und wog seine Worte ab.

Mit einem Mal machte unser Gefangener eine ruckartige Vorwärtsbewegung. Da wir uns auf den Höllenhund-Wandler konzentrierten, musste sich Thorns Griff um unseren Gefangenen minimal gelockert haben. Die Knie des Mannes schlugen gegen die Unterseite des Tisches, und er zückte eine kleine Waffe, die dort befestigt gewesen sein musste.

Der Krieger stieß ihn zu Boden. Das Gewehr ging mit einem Knall los, der die Stille der Nacht durchbrach und die zerklüftete Kante der Wand hinter Sorsha streifte.

Er hätte sie fast getötet. Wäre sie ein paar Zentimeter weiter nach rechts geflogen, hätte die Kugel sie in die Stirn getroffen. Ohne nachzudenken, ohne etwas anderes zu fühlen als rachsüchtiges Entsetzen, warf ich mich zwischen meine Geliebte und ihren Angreifer.

Als ich mich über den zusammengesackten Mann beugte, ebbte meine Wut innerhalb weniger Augenblicke zu einem dumpfen Zorn ab. Er konnte keinen weiteren Angriff starten, solange er unter Thorns massigem Körper eingeklemmt war.

Omen kickte die Waffe in die Nacht, und zwar nicht gerade sanft. Er starrte auf den Mann hinunter. „Dir liegt nicht sonderlich viel an deinem Leben, oder?"

Selbst als mein anfänglicher Beschützerinstinkt nachließ, blieb ein Hungergefühl zurück, das jetzt eher nagte als knabberte. Am liebsten hätte ich meine nadelartigen Zähne herausgelassen, die den Schädel dieses Mannes durchbohren und seine Seele Stück für Stück verschlingen könnten.

Ich holte scharf Luft, und Omen sah mich an. Als ich seinen Blick sah, verstand ich.

Er wollte nicht, dass ich meinen Hunger zügelte. Als er sagte, es gäbe einen Weg, meinte er damit, dass ich meine Macht nutzen sollte. Dass ich das Wesen unseres Gefangenen bis auf die nackte Essenz häuten sollte, trotz der Qualen, die er dadurch erleiden würde. Auf diese Weise könnte ich sehen, was er gewesen war und getan hatte.

Wenn der Mann sich weigerte, mit uns zu kommunizieren, und Ruse ihn nicht dazu überreden konnte, war es die naheliegende Lösung, ihn zu verschlingen. Dadurch würden wir in wenigen Minuten mehr erfahren als durch sein Haus. Und was dieser Lakai wusste, könnte den Unterschied ausmachen zwischen der Rettung Hunderter Millionen anderer Lebewesen, ob sterblich oder nicht, und unsagbarem Leid.

Doch mein Körper sträubte sich. Meine Zunge zitterte über meinen Lippen, und der Hunger stieg in meinem Schlund auf. Woher sollte ich wissen, ob ich diese

Entscheidung aus Gerechtigkeit oder aus Ungeheuerlichkeit traf?

„Sag es ihm. Mach ihm klar, dass er sterben wird, wenn er nicht bereit ist, sein Wissen zu teilen. Er sollte eine Wahl haben“, krächzte ich. Auch wenn wir bereits sicher waren, wie er sich entscheiden würde.

„Snap?“, sagte Sorsha leise. Ihre Hand glitt um meinen Unterarm, eine sanfte Wärme. Trotz all des Feuers und der Kraft steckte auch eine unglaubliche Sanftheit in meiner Geliebten.

Sie machte sich keine Sorgen um sich selbst. Sie hatte gezeigt, dass sie mich liebte, unabhängig davon, ob ich mich dieser Macht zuwandte. Sie sorgte sich nur um mein eigenes Wohlergehen, darum, wie ich mich beim Akt des Verschlingens fühlte.

„Ich werde dir keine Befehle erteilen“, sagte Omen. „Es ist auch *deine* Entscheidung. Ich werde nur darauf hinweisen, dass viel auf dem Spiel steht. Manchmal gibt es keine Antwort, die nicht zumindest ein wenig ungeheuerlich ist.“

Die Wahrheit dieser Worte versetzte mir einen Stich in die Brust. Sorsha drückte meinen Arm, und der Widerstand in mir begann zu schmelzen.

Ja. Wenn ich diesen Mann nicht verschlang, würde ich wahrscheinlich all diese anderen Wesen zu einem schrecklichen Tod verurteilen. Wäre es humaner von mir, diese Verwüstung zuzulassen, nur weil die Zerstörung nicht durch meine eigenen Kiefer vollzogen wurde?

Das war es, was meine Geliebte und meine Freunde in mir sahen: Kein Monster, das sich der Bösartigkeit hingab, sondern ein Schattenwesen mit einer Fähigkeit, die eine gewaltige Katastrophe rückgängig machen könnte. Ich konnte das tun. Womöglich war es sogar mein *Schicksal*. Und zum ersten Mal seit jener Nacht vor langer Zeit, als ich meine Zähne unwissentlich in den Schädel meiner ersten Mahlzeit versenkt hatte, jagte mir dieser Gedanke keinen Schauer über den Rücken.

Warum hatte ich mich Omens Sache überhaupt angeschlossen, wenn ich bei dieser Mission nicht bereit war, alles zu geben, was ich hatte?

Während ich mit mir selbst rang, hatten Ruse und Thorn unserem Gefangenen die Situation so gut wie möglich mit Bewegungen und hingekritzelten Worten vermittelt. Doch er schüttelte nur trotzig den Kopf. Mit einem langsamen Atemzug hockte ich mich neben ihn.

„Du trägst dazu bei, dass viele Menschen verletzt werden, die nichts Unrechtes getan haben", sagte ich ihm, und hoffte, dass die Bedeutung meiner Worte zu ihm durchdringen würde, auch wenn er meine Stimme nicht hören konnte. „Ich muss dir wehtun, damit diese Schrecken aufhören. Dafür wurde ich geschaffen – das werde ich nicht leugnen. Manchmal kann nur ein Monster ein Monster bekämpfen."

In diesem Moment wusste ich tief in meinem Inneren, dass ich mich niemals von meiner Ungeheuerlichkeit überwältigen lassen würde, solange mir diese und meine Welt und die Wesen, die darin lebten, am Herzen lagen.

Ein grünliches Licht blitzte vor meinen Augen auf, und ich gab mich der Verwandlung in meine volle Verschlinger-Gestalt hin. Meine Gliedmaßen dehnten sich aus und scharfe Zähne brachen aus meinem Kiefer hervor, als würde ich mich von einer Decke befreien, die sich eng um mich gewickelt hatte. Ein beinahe angenehmes Brennen breitete sich in meinen Muskeln aus.

Ein Teil von mir würde diesen Akt genießen, so grauenvoll er auch war. Das war auch in Ordnung. Den Genuss, den ich dabei empfand, konnte ich dem Guten zuschreiben, von dem ich wusste, dass ich es tat, selbst wenn ich die damit verbundenen Qualen bedauerte.

Mein Kiefer klaffte auf. Angetrieben von einer Mischung aus Entschlossenheit, Gerechtigkeit und dem anschwellenden

Hunger, umschloss ich den Kopf des Mannes mit meinen Zähnen.

Ich hatte vergessen, wie intensiv der Rausch der Bilder sein konnte. Bilder und Geräusche und, oh, die *Geschmäcker* durchströmten mich, so lebendig, dass ich dadurch fast mein Ziel vergessen hätte, wenn ich es mir nicht immer wieder vor Augen geführt hätte.

Ja, die Vorfreude eines kleinen Jungen, der über ein Feld zu einem Eiswagen rennt und es kaum erwarten kann, dass die cremige Süße seinen Mund überflutet, sollte ausgekostet werden. Ja, ich konnte mich einen Moment lang an seinem inneren Schrei erfreuen, während ich die Erinnerung an sein jugendliches Ich durchforstete, das auf der wertvollen Geige eines anderen herumtrampelte. Doch tiefer im Inneren würden die Antworten liegen, die wir brauchten.

Dort würde ich eine Sphinx, schreckliche Versprechen und Geheimnisse finden. Und ich konnte ihn so weit verschlingen, bis ich sie gefunden hätte.

Die Momente, nach denen ich gesucht hatte, trafen mich vollkommen unerwartet: ein Aufblitzen bernsteinfarbener Augen, anmutige Bewegungen juwelenbesetzter Hände, denen ich nicht folgen konnte, ein beißendes Gefühl der Zustimmung, das den Mann durchfuhr. Hohe Türme, tiefe Höhlen, trockene Hitze und feuchte Dunkelheit, Kammern, die von einem künstlichen Licht erhellt wurden. Das Aufblitzen von Metallen, die er zwar passieren konnte, seine Gebieterin jedoch nicht. Geschnitzte oder gemalte Schriftzeichen, die er fotografierte oder mit peinlicher Genauigkeit kopierte.

Anflüge von Triumph. Vielleicht würde es dieses Mal reichen. Vielleicht dieses Mal.

Ich verweilte so lange wie möglich bei jedem Bissen, saugte jedes Detail auf und prägte es mir ein. Der stumme Schmerzensschrei des Mannes zog sich gebrochen und rau durch die Erinnerungen, bis der Bilderstrom plötzlich abbrach.

Dann durchtrennte mein Hunger den letzten Faden. Sein Körper war nur noch eine leere Hülle.

Ich ließ mich nach hinten sinken und fiel dabei in meinen normalen sterblichen Körper zurück. Ich war immer noch aufgewühlt, teils von meinen Gefühlen, teils von denen meines Opfers, doch das stärkste Gefühl, das sich in meiner Brust ausbreitete, war Erleichterung.

Die Worte sprudelten nur so aus mir heraus. „Er hat Schriften mit Geschichten über die Schwächen der Schattenwesen gefunden. Gerüchte über Gifte und andere Toxine. Doch das reichte Tempest nicht. Sie wollte mehr. Es gab Berichte über Sterbliche, die Schattenwesen krank machten und dadurch selbst krank wurden. Und es gab Wege, sich davor zu schützen. *Um sich gegen die Schwächen des einen oder des anderen abzuschirmen, muss man beide Stärken in sich vereinen.* Ich weiß nicht, was das bedeutet, doch Tempest war erfreut, als er es ihr sagte. Außerdem war da ein Ort mit vielen großen Felsen. Er fand ein Bild davon. Davon könnten Energien ausstrahlen. Ich glaube, sie hat vor, ihre Krankheit von dort aus freizusetzen.“

„Große Felsen?“, wiederholte Sorsha. „Ein Berg?“

Ich konzentrierte mich auf das Bild vor meinem geistigen Auge. „Nein. Ein Felsen neben dem anderen und viele, die in einem Kreis stehen. Es ist ein großer Kreis, mit einem kleineren Ring darin. Einige waren aufeinandergestapelt wie … Tische.“

Ruse zog die Augenbrauen hoch. Er tippte auf seinem Handy herum und hielt mir den Bildschirm hin. „So in etwa?“

Mir stockte der Atem. „Ja. Das ist es.“

„Stonehenge“, murmelte Omen. „Wenn sie ihre Katastrophe von dort aus starten will, arbeitet sie die letzten Details bestimmt in der Nähe aus. Wir müssen nur …“

Das Dach über unseren Köpfen explodierte mit einem ohrenbetäubenden Knall und Schindeln regneten auf uns herab.

Thorn sprang brüllend von der schlaffen Leiche weg. Oranges Licht flackerte über Omens Körper. Rufe ertönten um uns herum, ein glänzendes Netz flog durch die Luft und Laser-Peitschen schlugen durch die Dunkelheit.

Der geflügelte Krieger duckte sich, wich aus und schlug seine Fäuste in die Gesichter zweier Angreifer, die in einer Welle den Abhang hinunterzurollen schienen. Ich wirbelte herum und sah mich nach einer Waffe um.

Doch wir vier Schattenwesen waren gar nicht ihr Hauptziel. Zwei Gestalten stürzten sich von hinten auf Sorsha. Eine von ihnen setzte sie mit einem elektrisch knisternden Gerät außer Gefecht, das ihren Körper zucken ließ, bevor sie den ersten Schlag landen konnte.

Ich stürzte mich auf sie, ohne Rücksicht darauf, dass ich sie nur mit meinen bloßen Händen verteidigen konnte, die nicht halb so gut geeignet waren wie die von Thorn. Die Rohlinge waren bereits dabei, ihren schlaffen Körper über den felsigen Boden zu schleifen. Ich stieß einen von ihnen zur Seite, doch es war zu spät. Als ich die Hände nach meiner Geliebten ausstreckte, stürzte ein katzenartiges Wesen mit riesigen Flügeln herab und griff mit ihren Pranken nach Sorsha.

Ein Peitschenhieb zischte über meine Schulter. Ruse schlug meinem Angreifer mit einem Kochtopf den Helm vom Kopf. Omen rannte an uns allen vorbei, wobei er dem Mann im Sprung mit seinen Höllenhundkrallen den Bauch aufschlitzte.

Doch sie war bereits verschwunden. Um uns herum lagen verstümmelte und blutende Körper. Ein paar Gestalten, die das Ganze mitangesehen hatten, flohen in die Nacht. Die Sphinx war in den schwarzen Himmel geflohen, und weder von ihr noch von ihrer kostbaren Fracht war eine Spur zu sehen.

Sie hatte Sorsha mitgenommen. Meine Finger krümmten sich in meinen Handflächen, während jeder Teil meines Körpers vor Entsetzen aufschrie. Was hatte Tempest mit ihr vor?

Wenn es sein muss, würde ich jedes Mitglied der Lichtarmee verschlingen, um sie zu retten.

# ZWEIUNDZWANZIG

*Sorsha*

Ich wachte zusammengerollt auf, die Knie an die Stirn gepresst, jeder Muskel war angespannt von der Erinnerung an den Stromschlag, der mich umgehauen hatte, als wäre es erst vor Sekunden geschehen. Selbst meine Hände hatten sich an meiner Brust verkrampft. Und, unter meiner Handfläche …

Schritte kamen auf mich zu. Mit einem Ruck fuhr ich mir mit der Hand über den Mund und hob vorsichtig den Kopf.

Ich war in einem Käfig eingesperrt, wie ich ihn schon in den Einrichtungen der Lichtarmee gesehen hatte: Ein massiver starrer Metallboden drückte gegen meine Schulter und meine Hüfte, und Gitterstäbe glänzten in dem grellen Licht um mich herum. Während Tempest mich mit ihren katzenartigen Augen beobachtete, legte sie ihre Hände um die Gitterstäbe, die scheinbar nicht aus Silber oder Eisen gefertigt waren – was mir jedoch ohnehin nichts ausgemacht hätte.

Jetzt, wo sie so nah war, traf mich die rasiermesserscharfe Kälte ihrer angeborenen Kraft härter als bei unseren vorherigen Begegnungen. Mein Puls stotterte und die Hitze in mir flammte auf.

Ich richtete den ersten Flammenstoß auf meine Wange. Die empfindliche Haut brannte, doch die Sphinx schien nichts bemerkt zu haben. Ihre vollen Lippen hatten sich zu einem Grinsen verzogen.

Ich hatte nicht viel Platz, um mich aufzurichten. Das Käfigdach befand sich nur etwa einen halben Meter über meinem liegenden Körper, und ich hätte meine Beine nicht zu den Wänden strecken können, ohne mit den Füßen an die Gitterstäbe zu stoßen. Es hatte Tempest und ihre Lakaien von der Lichtarmee bestimmt große Anstrengung gekostet, mich hier hineinzuzwängen.

In meiner Brust regte sich noch mehr Feuer. Wenn sie dachte, ich würde hier einfach nur untätig herumliegen …

„Wirf ruhig mit deiner Kraft um dich, wenn es sein muss", sagte die löwenartige Frau. „Es wird dir nichts bringen. Ich würde in den Schatten verschwinden, bevor ich mehr als einen Sonnenbrand bekäme, und hier drin gibt es nichts Brennbares."

Mein Blick glitt über sie hinweg in den Raum. Glitzernde Mülleimer, sie machte keine Witze. Der ganze Raum sah aus, als wäre er aus Stahl, von der Decke bis zum Boden sowie jedes einzelne Möbelstück darin, wovon es ohnehin nicht viele gab. Hinter Tempest stand ein Labortisch und neben ihr ein kleinerer Tisch mit glänzenden Instrumenten.

Der Anblick gefiel mir ganz und gar nicht.

Die Flammen in meiner Wange hatten den Klumpen dort zu einer dünneren Masse geglättet, die sich an mein Zahnfleisch drückte. Ich spannte meinen Kiefer an und beschloss, dass es sicher war, zu sprechen. „Was ist das hier – das Set eines Low-Budget-Alien-Horrorfilms? So wie du deine Gäste behandelst, ist es wirklich ein Wunder, dass du nicht beliebter bist."

Tempest kicherte über meinen Sarkasmus, ihre träge Stimme klang rauchig. „Du hättest ein richtiger Gast sein können, wenn du nicht versucht hättest, mich bei unserem zweiten Treffen zu verbrennen. Aber sieh nur, was ich trotzdem für dich getan habe! Ich habe diesen ganzen Raum nur für dich bauen lassen, mein lieber Phönix."

Nun, das war sicherlich ein gewisser Grad an Besessenheit. Ich verlagerte mein Gewicht, meine Arme schmerzten bereits von der ungünstigen Position, in der ich lag. „Gibt es einen bestimmten Grund dafür, dass ich diese VIP-Behandlung bekomme? Ich nehme an, du hast es nicht nur getan, um mich zu verspotten."

Wenn sie meinen Tod gewollt hätte, wäre ich schon längst tot. Ich war völlig hilflos, während ich bewusstlos war. Doch ich war hier, also brauchte sie offensichtlich etwas von mir … Wie genau wollte sie es sich wohl holen?

Hoffentlich nicht mit diesem Arsenal an Folterinstrumenten. Doch da ich mit den Methoden der Lichtarmee nur allzu vertraut war, vermutete ich, dass diese Hoffnungen ungefähr so viel wert waren wie die Asche, in die ich diesen Ort gerne verwandeln würde. Es ging nicht so sehr darum, ob ich mit einem dieser Instrumente konfrontiert werden würde, sondern vielmehr darum, wie bald.

„Du hast einen meiner Lakaien kennengelernt", sagte die Sphinx. „Ich nehme an, du hast nicht genug von ihm erfahren, um einen Zusammenhang herzustellen. Das ist völlig in Ordnung. Je weniger du weißt, desto leichter wird es sein, es dir wegzunehmen." Ihr Lächeln wurde noch schärfer.

Psychotisches Miststück. Wieder flammte Wut in mir auf, entlud sich in meinen Rippen, und Flammen züngelten über meinen Rücken. Ich biss die Zähne zusammen, unterdrückte ein Zischen und zügelte das Feuer in mir, so gut ich konnte.

Tempest legte den Kopf schief, und ihre Augen funkelten, als fände sie meine unberechenbaren Kräfte höchst amüsant. „Nur zu deiner Information, falls du auf irgendwelche märtyrerischen Gedanken kommen solltest: Wenn du zu viel Rauch ablässt, ist dein Käfig so eingestellt, dass er dich mit einer ganzen Menge Wasser überschüttet. Auf diesem Weg entkommst du mir also nicht."

Ich hatte nicht die geringste Hoffnung, in meinem jetzigen Zustand zu dieser Verrückten durchzudringen, doch ich konnte nicht anders, als ihr nicht vorhandenes Gewissen anzustacheln. „Stört es dich wirklich kein bisschen, dass du Leuten *hilfst*, die dich und alle deine Artgenossen hassen? Inwiefern ist es ein Sieg, wenn das, was du willst, davon abhängt, dass du ihnen jahrelang gibst, was sie wollen?"

„Weil, wenn ich es erst einmal habe, so viele Sterbliche erkranken und sterben werden, dass sich diese Welt nie wieder erholen wird. Die Ewigkeit ist sehr viel wert."

„Und was dann? Kannst du dann bis in alle Ewigkeit herumstolzieren und dich daran ergötzen, wie furchtbar alles ist?"

Ihre Augen funkelten durchdringend. „Ich bin sicher, dass ich genug Möglichkeiten finden werde, mich zu beschäftigen."

Wieder flackerten Flammen der Frustration in mir auf. „Sie halten euch alle für Monster, und du beweist ihnen, dass sie recht haben."

„Wer sagt, dass sie unrecht haben? Ich bin ein Monster. Das gebe ich zu. Und niemand wird mich davon abhalten, meine Monstrosität so auszuleben, wie es mir gefällt."

Sie wich mit einem Schwung ihrer Hüften zurück. Auch wenn das Kleid, das sie heute trug, nicht ganz so extravagant war wie ihre Gewänder bei unseren vorherigen Treffen, hatte sie es geschafft, eines zu finden oder anfertigen zu lassen, dessen Kragen und Rocksaum mit Diamanten bestickt war.

Sie funkelten auf der tiefvioletten Seide, und als sie mit einer Hand winkte, glitzerten die vielen Ringe daran ebenfalls.

„Es ist an der Zeit, dass du mir das letzte Teil gibst, das ich brauche, damit dieser Plan aufgeht. Ist es nicht schön, dass *du* meine Apokalypse überhaupt erst möglich machst? Ich werde dich meinen Lakaien überlassen. Oh, und bevor du auf dumme Gedanken kommst, sollte ich vielleicht erwähnen, dass nicht nur dein Käfig mit Wasserrohren ausgestattet ist."

Sie verschwand in den Schatten unter dem größeren Tisch, als mindestens ein Dutzend Sprühgeräte darüber aufleuchteten. Einen Augenblick später füllte eine Sintflut den Raum, als ob ein Gewitter hereingebrochen wäre. Die schweren Tropfen prasselten auf die Tische und verschwanden gluckernd in einem Abfluss, den ich in der hintersten Ecke des Fußbodens nicht bemerkt hatte.

Durch den Winkel sickerte viel zwischen den Gitterstäben hindurch und bespritzte meine Haut und Kleidung. Nass zu werden war allerdings meine geringste Sorge. Die Tür öffnete sich gerade lange genug, dass fünf Gestalten hindurchschlüpfen konnten. Sie trugen Plastikvisiere, um ihre Augen vor dem Wasser zu schützen. In Sekundenschnelle waren sie vom Haar bis zu ihren beigen Uniformen durchnässt.

Die drei kräftigsten von ihnen stürmten auf meinen Käfig zu. Ich spannte mich an und ignorierte das zunehmende Pochen in meinen verkrampften Muskeln. Als einer von ihnen die Vorderseite des Käfigs öffnete, schwang ich meine Beine nach vorne, nur um festzustellen, dass meine Knöchel mit einer halben Meter langen Kette zusammengebunden waren.

Ich landete dennoch einen Tritt, der nicht ganz so hart traf, wie ich es beabsichtigt hatte. Einer der anderen stämmigen Kerle packte meine Beine, bevor ich sie zurückziehen konnte. Ich schlug um mich, nicht wirklich in der Erwartung, zu verhindern, was auch immer sie vorhatten, sondern mit der Absicht, mich mit maximaler Anstrengung für die Demütigung und den Schmerz, den sie mir zweifellos zufügen würden, zu rächen.

Mein inneres Feuer war keine Hilfe. Als die Typen mich auf den Wartetisch bugsierten, regnete es Wasser auf mich herab. All die wütende Hitze, die aus meinem Körper hervorbrechen wollte, brutzelte stattdessen auf meiner Haut und verbrühte mich, bevor weitere Spritzer die kochende Flüssigkeit wegspülten. Meine Entführer trugen vielleicht ein oder zwei Blasen davon, jedoch nichts, wobei sie auch nur zusammengezuckt wären.

Sie drückten mich auf dem Rücken auf den Tisch und pressten meine Arme an meine Seiten. Stahlmanschetten legten sich um meine Hand- und Fußgelenke, meine Taille und schließlich um meinen Hals. Die Kante der letzten Manschette grub sich schmerzhaft in die zarte Haut meines Halses, als ich schluckte.

Die Sintflut stürzte immer noch auf mich herab, trübte meine Sicht und füllte meine Ohren. Ich öffnete meine Lippen nur leicht, um vorsichtig ein paar Schlucke zu trinken. Gefesselt und dehydriert würde ich nicht in der Lage sein, gegen jemanden zu kämpfen. Gott allein wusste, wann Tempest beschließen würde, mir etwas zu essen zu geben.

Die beiden Gestalten, die nicht ganz so stämmig waren, stiegen links und rechts auf den Tisch, wobei Rinnsale an ihren Visieren herunterliefen. Einer hielt ein Skalpell in der Hand, der andere eine Spritze. „Vorbereitung der Probenentnahme bei Bewusstsein der Zielperson", sagte die Erste, ihre Stimme dröhnte durch das fallende Wasser. „Beutel mit der Kennzeichnung A."

Als sie meinen Unterarm mit dem Skalpell aufritzte, unterdrückte ich einen Aufschrei. Ein stechendes Gefühl durchschoss meine Haut. Es fühlte sich an, als hätte sie ein Stück meines Fleisches herausgeschnitten. Sie ließ einen festen roten Fetzen in eine Tüte fallen. Dann zog sie mein Hemd hoch und schnitt in die Muskeln über meinen Rippen.

Mein Herz pochte noch heftiger. Sie rammte die Klinge genau zwischen zwei Rippen, und ein stechender Schmerz durchzuckte meine Brust. Ich konnte ein angestrengtes Wimmern nicht ganz unterdrücken.

Es war mir nicht gelungen, Tempests Entschluss zu erschüttern, doch diese Menschen waren keine uralten Monster ohne Moralvorstellungen. Sie waren meine verdammten Mitmenschen.

Ich neigte den Kopf, um nicht zu ertrinken, bevor ich den Mund vollständig öffnete und ein paar Worte ausspuckte. „Ich bin genauso ein Mensch wie ihr auch. Ich denke und fühle genauso wie ihr. Ich bin keine hirnlose Bestie, die herumläuft und unschuldige Menschen in Stücke reißt. Wie kommt ihr auf die Idee, dass es in Ordnung ist, mich so zu foltern?"

Die Laboranten arbeiteten weiter, ohne auch nur mit der Wimper zu zucken. Man hätte denken können, sie seien taub wie der Mann auf Kreta, hätten sie nicht miteinander geredet.

„Schienbein", erinnerte der Mann seine Kollegin, und sie griff nach meinem Hosenbein, um es hochzuziehen. Mein Knöchel stieß gegen die Manschette, und ich verspürte den instinktiven Drang, mich abzuwenden. Ein noch heftigerer Schmerz strahlte durch mein Bein nach oben.

„Ich bin in Austin, Texas, geboren", sagte ich in den künstlichen Regen hinein. „Als ich noch ein kleines Mädchen war, habe ich Eiscreme geliebt und die Fledermäuse beobachtet, die über die Brücke flogen. Ich bin zur Schule gegangen – ich habe die Namen aller Präsidenten gelernt, Aufsätze geschrieben und gelernt, dass man andere Menschen mit Respekt behandeln soll, auch wenn man persönliche Differenzen hat. Ich habe mich verliebt. Mir wurde das Herz gebrochen. Ich bin ein *Mensch*, verdammt noch mal. Ihr zerstückelt hier einen Menschen."

Nicht, dass es in Ordnung gewesen wäre, wenn sie so einen Mist mit einem Schattenwesen gemacht hätten. Doch meinen Entführern war es offensichtlich scheißegal, wie ähnlich ich ihnen war. Sie würden mich mit Freuden vernichten, so wie sie schon so viele andere Kreaturen vernichtet hatten – sogar ihr eigenen Leute, wenn sie glaubten, ihre Gegner kämen der Wahrheit zu nahe –, nur um die Chance zu haben, Wesen zu vernichten, von denen die meisten nicht mehr Schaden angerichtet hatten als der Durchschnittsmensch.

Wie konnten sie so viel Hass in sich tragen? Wie konnten sie zulassen, dass er jedes bisschen Mitgefühl in ihnen auslöschte?

Oder vielleicht waren Menschen eben generell nicht so mitfühlend. Ich war es doch selbst nicht wirklich, oder? Waren alle Sterblichen zu einem derart soziopathischen Verhalten fähig, wenn sie einen Schubs in die richtige Richtung bekamen?

„Hört mir zu!", schrie ich und meine Stimme verwandelte sich in einen Schrei, als das Skalpell die Spitze meines kleinen Zehs abtrennte. Wut loderte in mir auf und schoss aus meinem Körper – nur um sich in einem zischenden Dampfschwall aufzulösen, als sie auf das herabregnende Wasser traf. Meine Peiniger wichen nur kurz vor den heißen Spritzern zurück, beachteten mich aber ansonsten nicht weiter. Ich hätte genauso gut ein schlecht funktionierender Heizkörper sein können, anstatt ein lebendes, denkendes Wesen.

Zumindest *noch*. Als sie sich mir wieder näherten, hob der Mann die Spritze. „Es folgt die Entnahme der Proben der bewusstlosen Zielperson. Beutel mit der Aufschrift B."

„Nein!", rief ich und schaffte es, ein Schluchzen zu unterdrücken.

Er stach die Nadel in meinen Hals, direkt unter die Manschette. Dunkelheit vernebelte meinen Geist. Mein

Bewusstsein verengte sich und stürzte in die kühle Schwärze – allerdings nicht so schnell, dass mir eine letzte Bemerkung der Frau entging. Sie seufzte dabei, als würde es ihr auf die Nerven gehen, mich aufzuschlitzen und zu zerteilen.

„Ich hoffe, das reicht, um das Heilmittel zu bekommen."

# DREIUNDZWANZIG

*Thorn*

Die Koboldin beobachtete uns, als wir aus dem Schatten in das Innere des Supermobils traten. „Das war eine schnelle Fahrt." Sie besaß die Unverfrorenheit, ihre Lippen zu einem leichten Schmollmund zu verziehen, als wäre sie tatsächlich enttäuscht, dass wir unserem Feind nicht in die Hände gefallen waren.

Zumindest die meisten von uns nicht. Mein Kiefer verkrampfte sich, als mich erneut ein Gefühl von Wut und Verlust überkam.

„Wir sind über eine Schwelle zurückgekehrt", erklärte Omen knapp. „Es musste so schnell gehen, dass wir uns nicht einmal Gedanken um die Obersten machen konnten."

Giseles Blick glitt über uns vier und sie sprang mit einem wilden Blick in den Augen auf, der so gar nicht zu ihrer zierlichen Gestalt zu passen schien. „Was ist mit Sorsha passiert?"

Mit diesen Worten kam der kleine Drache aus dem

Badezimmer gekrochen. Pickle schaute uns an, seine Flügel zitterten auf Halbmast, und er stieß ein Schnauben aus, das sowohl bestürzt als auch verängstigt klang.

„Tempest hat sie mitgenommen", antwortete Snap, und seine sonst so heitere Stimme war messerscharf. Seit wir uns neu gruppiert hatten, ging eine leidenschaftliche Wut von dem Verschlinger aus. „Die Sphinx war zu schnell. Wir wurden von den Angreifern der Lichtarmee überwältigt. Wir müssen sie zurückholen, bevor sie ihr etwas antun!"

Ich wollte nicht sehen, in welchen Zustand es ihn versetzen würde, wenn ich zugeben würde, dass die Sphinx und ihre mörderische Lichtarmee unserer Sterblichen vermutlich bereits auf irgendeine Weise etwas angetan hatten. Meine Hoffnungen konzentrierten sich darauf, sie *lebend* wiederzubekommen.

Sie hatten Omen monatelang festgehalten, um ihre grausamen Experimente durchzuführen. Damals waren sie jedoch noch am Anfang ihrer Pläne gewesen. Tempest hatte angedeutet, dass sie damit rechnete, diese Pläne schon in wenigen Tagen zu verwirklichen. Hatte sie Sorsha für einen bestimmten Zweck gebraucht oder war es ihr nur darum gegangen, sie uns wegzunehmen?

Meine Hände ballten sich zu Fäusten. Wenn es Tempest um Letzteres ging, würde sie Sorshas Leben ein Ende setzen, sobald sie konnte. Und falls sie uns Sorsha tatsächlich unwiderruflich genommen hatte, würde ich dieses giftige Wesen Stück für Stück auseinandernehmen und die einzelnen Teile auf der ganzen Welt verstreuen. Ich würde ihr die Flügel vom Rücken reißen und sie ihr in den Rachen stopfen. Ich würde …

Unser Kommandant meldete sich wieder zu Wort. „Wir können nicht mit absoluter Sicherheit sagen, wohin Tempest sie gebracht hat, doch nach allem, was Snap von dem Mann auf Kreta erfahren hat, klingt es so, als würde sich die Sphinx in naher Zukunft auf den Weg nach Stonehenge machen.

Wenn sie glaubt, dass unsere Sterbliche eine Rolle in ihrem Plan spielen wird, ist es sehr wahrscheinlich, dass sie sich in Südengland aufhält. Omen schnitt eine Grimasse. „Was unsere Suche nicht wirklich einschränkt."

Ruse' Finger flogen über sein Telefon, das er in dem Moment gezückt hatte, als wir aufgetaucht waren. „Besser, als ganz Europa zu durchkämmen. Ich habe meinen Hacker bereits damit beauftragt, mehr Details über die verdächtigen Aktivitäten zu sammeln, die er in dieser Region bereits ausgegraben hat. Er sollte uns einen genaueren Standort liefern können."

Snap schwankte auf seinen Füßen, das Neongrün seiner Schattenwesen-Gestalt wirbelte in seinen Augen. „Wir können nicht einfach hierbleiben und warten. Wir müssen uns so schnell wie möglich auf die Suche nach ihr machen."

Bow erhob sich ebenfalls. „Wir helfen euch." Der Zentaur warf einen Blick auf Gisele. „Glaubst du, es ist sicher, das Supermobil hier zu lassen, solange wir weg sind?"

Die Sterblichen wurden oft pingelig, wenn ein Fahrzeug für eine ihrer Meinung nach unangemessene Zeit am selben Ort stand, und das war, meiner Erfahrung nach, manchmal gar nicht so lange.

Gisele runzelte die Stirn und warf ihr Haar zurück. „Wir sollten es nicht riskieren. Wenn wir dort sind, brauchen wir sowieso ein gutes Fluchtfahrzeug. Und Sorsha sollte einen vertrauten Ort haben, an dem sie sich erholen kann, sobald wir sie gerettet haben. Das Supermobil hat schon mal eine Reise durch das Schattenreich überlebt. Ich bin sicher, es kann noch eine weitere überstehen, wenn es so wichtig ist."

Omens Lippen zuckten mit einem Hauch von angestrengter Belustigung. „Wir werden unser Bestes tun, um die Reise so kurz wie möglich zu machen und Begleiterscheinungen zu minimieren. Vielleicht werden sich ihre neuen Eigenschaften mit der zweiten Reise wieder normalisieren." Er deutete auf den Fahrersitz. „Möchte sich einer von euch die Ehre geben? Es ist nicht weit bis zur nächsten Schwelle."

Gisele setzte sich hinter das Steuer. Mit einem entschlossenen Blick trat sie aufs Gas und lenkte das Wohnmobil in die Richtung, in die er zeigte.

Das Portal zwischen der Welt der Sterblichen und unserer Heimat war für menschliche Sinne nicht wahrnehmbar, doch ich nahm an, dass wir alle das schwache Vibrieren in unserem Körper spüren konnten, das immer stärker wurde, je näher wir kamen. Die Schwelle befand sich im offenen Wasser nach der Küste, direkt hinter einer Halbinsel. In der Stille der Nacht bogen wir in eine dunkle Seitenstraße ab und beförderten das Fahrzeug aus der physischen Welt ins Schattenreich, wobei wir alle gemeinsam die Hände an die Wände legten und schoben, um den Übergang zu beschleunigen.

Als wir uns der Schwelle näherten, wurden wir unter Dröhnen in die Öffnung gesogen, wie in ein Vakuum. Sobald wir in die amorphe Welt auf der anderen Seite eingedrungen waren, tönte eine vertraute Stimme durch die aufgewühlte Dunkelheit und Kälte hüllte mich ein.

„Thorn! Ich wollte mich gerade auf den Weg zu dir machen."

Es war Flints tiefe melancholische Stimme. Wir blieben alle stehen, und ich drehte mich zu meinem Mitstreiter um. Seine große, imposante Gestalt ragte in der düsteren Atmosphäre empor.

„Was ist los?", fragte ich und Hoffnung flackerte in mir auf. Hatte er beschlossen, sich uns wieder anzuschließen? Hatten sich die anderen Geflügelten aus Rom womöglich doch dazu entschieden, uns in dieser Schlacht zu unterstützen?

Doch als er näherkam, wurden meine Hoffnungen zunichtegemacht. Ihm war deutlich anzusehen, dass er mir gleich eine unerfreuliche Nachricht überbringen würde.

„Unsere Brüder wollen dich sehen. Du musst unbedingt zu ihnen.“

Ärger stieg in mir auf, bevor ich ihn unterdrücken konnte. Ich sollte keinen Groll gegenüber denjenigen hegen, die so viel von sich gegeben hatten, während ich unsere Vergangenheit im Wesentlichen unbeschadet überstanden hatte. Doch, wenn ich diese Verzögerung in Kauf nahm, in welchem Zustand würde Sorsha wohl sein, wenn ich sie erreichte?

Omen traf die Entscheidung für mich, bevor ich mich mit meinen widersprüchlichen Verantwortlichkeiten auseinandersetzen musste. „Geh. Sieh zu, dass du sie dazu bringst, ihren Arsch hochzukriegen und sich uns anzuschließen, bevor Tempest die ganze Welt zur Hölle jagt. Wir werden ohnehin etwas Zeit brauchen, um herauszufinden, wo Sorsha festgehalten wird. Ihr könnt euch den Weg zu ihr freischlagen, sobald ihr fertig seid.“

Ja, ich könnte beiden Aufgaben gerecht werden. Vielleicht würde die Bewältigung der einen Aufgabe sogar zur Lösung der anderen beitragen. Ich nickte Omen zu und machte mich auf den Weg in die entgegengesetzte Richtung.

Es wäre schwierig, einem Sterblichen zu erklären, woher wir wussten, welche Schwelle wohin führte und wie wir diese Schwellen in unserem Reich erreichten. Die Portale schwebten hier und da und hielten Hinweise auf die Empfindungen bereit, die auf der anderen Seite warteten. Man konnte durch jedes beliebige Portal gehen und eine unerwartete Reise unternehmen, oder man konnte sich auf einen bestimmten Ort konzentrieren, an den man wollte, und auf die eine oder andere Weise das entsprechende Portal erreichen, ohne dass viel Zeit verging.

Flint hatte bereits einen klaren Kurs im Kopf, da er gerade von dem Ort kam, der jetzt unser Ziel war. Während wir durch den Nebel brausten, spürte ich seinen Blick auf mir.

„Ist deiner sterblichen – oder halb sterblichen – Gefährtin etwas zugestoßen?"

„Sie wurde von unserer erbittertsten Feindin entführt, die es sich zum Ziel gesetzt hat, den Großteil der Sterblichen und der Schattenwesen zu vernichten", sagte ich. „Möglicherweise wird die Gefangennahme unserer Lady sogar dazu beitragen, diese Katastrophe herbeizuführen. Alles deutet darauf hin, dass die Zerstörung, die die Sphinx in beiden Welten anrichten will, unmittelbar bevorsteht."

Obwohl der andere Geflügelte keine weiteren Fragen mehr stellte, spürte ich, dass ein gewisses Unbehagen von ihm ausging.

„Was ist das für eine dringende Angelegenheit, in der unsere Brüder dich zu mir geschickt haben?", fragte ich.

„Ich denke, das sollten sie dir lieber selbst erklären. Sie haben mir nicht alle Einzelheiten mitgeteilt, sondern nur gesagt, dass es deine Pflicht ist."

Diese Formulierung klang nicht besonders vielversprechend. Es gelang mir, einen Seufzer zu unterdrücken. Diejenigen, die tapfer gekämpft hatten, verdienten etwas Besseres als meine Geringschätzung, ungeachtet meiner Ungeduld.

Wir traten auf eine Straße, die nur etwa einen Kilometer von dem Palast entfernt war, den die Sterblichen für heilig hielten und den meine Brüder als ihr Zuhause auserkoren hatten. Als ob sie sich selbst als „Engel" betrachteten. Der Gedanke ärgerte mich, während wir durch die Schatten eilten, die sich mit der aufkommenden Dämmerung zu teilen begannen.

Die beiden verstümmelten Gestalten standen auf dem Dach, als hätten sie dort auf meine Rückkehr gewartet, seit ich weggegangen war. Beide sahen noch grimmiger aus, als ich sie in Erinnerung hatte. Und ich hatte Flint für überreizt gehalten. Bei jedem meiner Artgenossen, dem ich begegnete, entdeckte ich neue Abgründe der Verdrießlichkeit.

„Du hast dich so lange mit deinen Abenteuern aufgehalten, dass ich anfing zu zweifeln, ob du überhaupt Pflichtbewusstsein hast", sagte Viscera mit ihrer keuchenden Stimme, bevor ich sie überhaupt begrüßen konnte.

Meine Nackenhaare sträubten sich angesichts dieses Angriffs meiner Ehre. Ich hielt mein Temperament im Zaum. „Ich hatte dringende Angelegenheiten zu erledigen. Es war kaum zu meinem Vergnügen. Und jetzt steht uns eine noch kritischere Angelegenheit bevor."

„*Dir*", entgegnete Lance. „Zieh uns nicht in deine Flausen mit hinein."

„Das sind keine Flausen. Unser aller Schicksal hängt davon ab, wie die nächsten Tage verlaufen." Ich holte tief Luft und straffte die Schultern. „Was wollt ihr von mir? Ich werde euch helfen, wo immer ich kann."

Viscera hob ihr zerschlagenes Kinn. „Wir glauben, dass einer der Greife hier vorbeigeflogen ist und die Schatulle, die sie gestohlen haben, fallen gelassen hat, sodass das Wenige, was vom Inhalt noch übrig war, verstreut wurde. Ich kann die Fragmente des Wesens meines Bruders überall in der Umgebung spüren. Wir wagen es jedoch nicht, uns in unserer physischen Form zu zeigen, um sie einzusammeln. Die Sterblichen würden vor Schreck die Flucht ergreifen."

Ein Schauder durchfuhr mich bei dem Gedanken, dass auf diese Weise mit den Überresten meines ehemaligen Kameraden umgegangen wurde, doch ich konnte die Frage nicht unterdrücken, die in mir aufstieg. „Könnte nicht Flint ..."

„*Du* hast an der Seite meines Bruders gekämpft. Du wirst die Reste seines Wesens erkennen. Um alles andere können wir uns später kümmern. Du wirst in die Stadt gehen und alles von ihm sammeln, was du kannst."

Ich blickte auf den Hof hinunter, der von mehreren hellen Säulen gesäumt wurde. „Wo genau liegen diese Fragmente? Ich werde sie sofort einsammeln."

„Der Wind hat sie durch die Straßen geweht. Es wird eine Weile dauern, bis wir alle wieder beisammenhaben.“

Sie erwarteten also von mir, dass ich mich in einer der größten Städte der Welt auf die Suche nach den winzigen Partikeln der Essenz unseres längst verstorbenen Kameraden machte, während ein bösartiges Schattenwesen ein Armageddon heraufbeschwor?

Ich schaute meine Artgenossen an und fragte mich plötzlich, ob irgendetwas von dieser Geschichte überhaupt wahr war. Einen anderen Geflügelten anzulügen, wäre beschämend, doch sie hatte bereits bewiesen, wie wenig sie von mir hielt. Wie konnte es sein, dass diese Greife zufällig genau jetzt vorbeikamen?

„Worauf wartest du noch?“, fragte sie.

Der dünne Faden der Loyalität, der mich hierhergebracht hatte, riss und ein Schmerz durchschoss meine Brust. Als ich mich aufrichtete, erinnerte ich mich daran, wie Sorsha mich umarmt hatte und daran, wie sie mir mit ihrer warmen Stimme zugeflüstert hatte, dass ich gehen könnte, wenn ich es wirklich für richtig hielt und es mein Gewissen beruhigen würde.

So sollten sich Kameraden gegenseitig behandeln. Sie sollten dem Urteil über ihre Bedürfnisse vertrauen. Ihnen Raum geben, Entscheidungen zu treffen. Und sie nicht wie ein *Kind* für Fehler schelten, die sie vor Jahrhunderten begangen hatten und die vielleicht nicht einmal Fehler waren.

„Ich habe vor vielen Jahren an der Seite deines Bruders gekämpft“, sagte ich. „Als ich mich zurückzog, habe ich das ebenso um seinetwillen und um euretwillen wie um meiner selbst willen getan. Es war kein Verrat und keine Schande. Meine erste Pflicht gilt den lebenden Wesen, die zu leiden und zu sterben drohen, wenn ich nicht handle. Euch beide und viele andere eingeschlossen. Und die Überreste eines längst ausgelöschten Wesens zu finden, wird keinen von euch retten.“

Beide starrten mich jetzt an. Lance plusterte sich auf, was ich jedoch nur noch als lächerlich empfand. „Dann gibst du alles auf, was du …“

Ich unterbrach ihn mit einem finsteren Blick. „Ich gebe *gar nichts* auf. Ich kämpfe jetzt für so viele mehr, als damals starben, und wenn *ihr* etwas Ehre hättet, würdet ihr dasselbe tun. Es liegt an euch, ob ihr zeigen wollt, was uns Geflügelte wirklich ausmacht, oder ob ihr euch hier im Schmerz der Vergangenheit suhlt. Ich habe meine Entscheidung getroffen.“

Ich wartete mit pochendem Herzen. Sie zögerten, bevor sie wieder ihre verhärmten Haltungen einnahmen, und ich begriff, dass es hoffnungslos war.

*Sie* waren hoffnungslos. Das wurde mir jetzt klar. Sie waren nicht die letzten Bastionen unserer Art, sondern ein blasser Schatten dessen, was wir einmal gewesen waren, was wir immer angestrebt hatten. Und es hatte nichts mit ihren zerstörten Körpern zu tun, sondern mit den Verfehlungen, die sie in ihren Seelen zugelassen hatten. Ich hatte vor, es besser zu machen.

„In Ordnung. Ihr habt mich mit euren Forderungen genug abgelenkt.“ Ich drehte mich auf dem Absatz um und fing Flints Blick auf. Seine strenge Miene hatte sich vor Schreck verfinstert. „Bleibst du hier, um mit ihnen in der Vergangenheit zu schwelgen, oder wirst du mir und dem Rest unserer Artgenossen beistehen?“

Auch der andere Geflügelte schwankte, allerdings nur für einen Augenblick. Als er den Kopf senkte, erkannte ich einen Anflug von Scham in der Bewegung. „Ich hätte von Anfang an bei euch bleiben sollen. Du hattest die ganze Zeit schon recht. Wir müssen tun, was wir können, für all die anderen Wesen, die jetzt in so großer Gefahr sind. Es tut mir leid, dass ich …“

„Das spielt keine Rolle“, sagte ich. „Du hast dich für das entschieden, was du für richtig hältst und dann deine

Meinung geändert. Das ist eine Eigenart aller denkenden Wesen, selbst dieser beiden."

Ich warf einen letzten Blick über meine Schulter, doch die verlotterten Geflügelten rührten sich nicht. Von mir aus. Ich nickte Flint zu und stürzte in die Schatten.

Vor langer Zeit hatte ich nicht das sein können, was meine damaligen Gefährten gebraucht hatten. Diesmal wollte ich sie nicht im Stich lassen – weder Sorsha noch Omen noch irgendeinen der anderen, die ich retten wollte.

# VIERUNDZWANZIG

*Sorsha*

Als ich das nächste Mal aufwachte, war ich immer noch an den Labortisch geschnallt. Mein Rücken und meine Glieder schmerzten von der unbequemen Position, besonders dort, wo die Experimentatoren in meinen Körper geschnitten hatten. Das Licht war gedämpft, was dem Raum eine dunstige, traumartige Atmosphäre verlieh.

Die Sintflut aus den Sprinklern hatte aufgehört, doch die Kleidung, die noch nass an meinem Körper klebte, bewies, dass ich es mir nicht eingebildet hatte. Die Laboranten waren verschwunden. Hatten sie bemerkt ...? Mit stotterndem Puls ertastete ich mit meiner Zunge den Ansatz meines Zahnfleisches und entspannte mich etwas. Den gelähmten Nilpferden seid Dank für diese kleinste aller kleinen Gnaden.

Hatten sie mich auf dem Tisch liegen lassen, weil sie noch nicht ganz fertig waren, mich zu zerlegen? Zumindest würde das bedeuten, dass Tempest noch nicht bekommen hatte, was sie wollte. Ich würde eher mit einem Basilisken kuscheln, als ihr ihre Mission auch nur ein bisschen leichter zu machen.

Die letzten Worte, die ich von den Wissenschaftlern der Lichtarmee gehört hatte, schossen mir durch den Kopf. *Um dieses Heilmittel zu bekommen.* Ich hätte nicht verstanden, warum die Sphinx dachte, ich hätte irgendetwas mit dem Heilmittel zu tun, wenn Snap nicht ihren Lakaien auf Kreta verschlungen hätte. Was genau hatte der Kerl noch mal gefunden …?

Ein brummendes Geräusch durchbrach meine Erinnerungen: Eine Stimme, nicht viel mehr als ein Wimmern, das eher tierisch als menschlich klang, drang von der Tür herüber. Dann ein schmerzerfülltes Keuchen und ein heiseres Flehen: „Du musst nicht … Ich bin hergekommen, weil ich …"

Das war Snaps Stimme, deren gewohnte Heiterkeit getrübt war. Meine Glieder zuckten gegen die Fesseln, und die Stahlmanschette an meinem linken Handgelenk sprang auf.

Ein paar Augenblicke lang konnte ich es kaum fassen. Wie hatten Tempests Leute auch nur im Geringsten unvorsichtig sein können? Doch sie waren sterblich, und ich konnte mir nur allzu gut vorstellen, wie unendlich fehlbar Sterbliche waren.

Zu meinem Glück waren auch Schattenwesen alles andere als perfekt.

Ich zuckte zusammen, als ich meinen Arm hob, um mich an der Manschette um meinen Hals zu schaffen zu machen. Es dauerte nur ein paar Sekunden, bis meine Finger den Verschluss ertastet und geöffnet hatten. Einen Moment später hatte ich auch die Manschette an meinem anderen Handgelenk und anschließend die an meiner Taille gelöst.

Ich richtete mich so schnell auf, dass mir schwindelig wurde, sowohl durch die Nachwirkungen des Beruhigungsmittels, das mir meine Peiniger injiziert hatten, als auch durch den Schmerz, der meine Wirbelsäule hinaufschoss. Ich musste mir ein Schluchzen verkneifen. Stattdessen biss ich die Zähne zusammen und zerrte an den Manschetten um meine Knöchel.

Snaps Stimme entfernte sich immer mehr. Waren die anderen gekommen, um mich zu befreien, und auch gefangen genommen worden? Verdammt noch mal. Doch vielleicht konnte ich den Spieß noch einmal umdrehen und die Arschlöcher der Lichtarmee ausschalten.

Ich drehte mich um und stellte meine Füße auf den Boden. Meine Beine wackelten kurz, bevor sich meine Waden- und Oberschenkelmuskeln anspannten. Mein Blick fiel auf den kleineren Tisch. Die Folterinstrumente waren inzwischen weggeräumt worden.

Nun gut. Messerattacken waren sowieso nicht mein Stil. Es war Zeit für ein kleines Grillfest.

Als ich gerade die Hand auf den Türknauf legen wollte, steigerte sich das leise Wimmern zu einem Schrei. Ich zuckte zurück, und die Haare auf meinen Armen stellten sich auf. Der Schrei hielt an, zitternd und stockend. Es hörte sich nicht so an, als würden sie meinen Verschlinger einfach nur quälen. Es klang, als würden sie ihn *umbringen*.

Meine Kehle schnürte sich zu. Ich riss an der Türklinke, doch sie rührte sich nicht. Natürlich war sie abgeschlossen.

Ich schloss die Augen und versuchte, mich trotz des rasenden Pulses in meinen Ohren zu beruhigen. Mit Schlössern kannte ich mich aus. Wenn ich die richtigen Teile schmolz – vorausgesetzt die Sprinkleranlage über mir wurde nicht durch die Hitze ausgelöst –, dann könnte ich es schaffen.

Ein weiterer durchdringender Schrei ertönte. Ich legte meine Hand auf das Schloss und ließ Wut mit meiner Panik verschmelzen. Wie konnten sie es *wagen*, meinem Liebhaber etwas anzutun. Dafür würden sie bezahlen – alle hier würden auf jede erdenkliche Weise bezahlen.

Hitze flammte in meinem Schlüsselbein auf, heiß genug, um mich zu versengen, doch meine feurige Kraft strömte auch in die Richtung meines Ziels. Ich konzentrierte mich darauf, den Mechanismus zu schmelzen.

Der Schrei war inzwischen zu einem stotternden Gurgeln verklungen. Würde ich es überhaupt noch rechtzeitig zu ihm schaffen?

Ich biss die Zähne zusammen und zerrte an der Tür. Als sie aufflog, standen zwei durchnässte Wissenschaftler direkt davor.

Mir war flau im Magen, doch ich hatte keine Zeit, mich auch nur einen Zentimeter zu bewegen. Einer der Laboranten fuhr bereits mit einem Skalpell über meinen Unterarm; der andere stülpte einen Behälter über den Schnitt. Einen Behälter, der den Rauch auffing, der in meinem adrenalingeschwängerten Zustand aus der Wunde aufstieg.

Neben dieser Erkenntnis durchströmte mich Wut. Mein inneres Feuer loderte auf. Doch bevor mehr passieren konnte, als dass es über die feuchten Gesichter meiner Angreifer zischte, prasselte erneut Wasser aus den Sprinkleranlagen im Raum hinter mir und auf dem Flur, diesmal eiskaltes.

Der eisige Regenschauer ließ mir den Atem stocken. Die Wissenschaftler waren bereits mit ihrer unrechtmäßigen Beute geflohen, und die stämmigen Wachen von vorhin stürmten herein. Ich schaffte es nur, zwei Schläge zu landen, bevor ich mich in einem dieser metallenen Netze verhedderte, und kaum noch mit dem kleinen Finger wackeln konnte. Ich konnte mich nicht einmal über das Blut freuen, das aus der Nase einer Wache tropfte, die ich scheinbar gebrochen hatte.

Snaps Stimme war verstummt. Doch er war nie wirklich hier gewesen, oder? Als die Wachen mich aus dem Netz befreiten und mich wieder in meinen Käfig verfrachteten, fügten sich die restlichen Teile zusammen.

Die Lichtarmee hatte meinen Verschlinger schon einmal gefangen genommen. Sie mussten ihn aufgezeichnet haben, als sie ihn in ihrer Einrichtung festgehalten hatten. Die Schreie und Kreischlaute könnten von damals stammen oder es waren einfach nur Soundeffekte, die sie an seine Stimme angepasst hatten. Aus dieser Kakophonie der Qualen konnte man ohnehin niemanden genau identifizieren.

Sie hatten mich reingelegt. Tempest schien die Schattenwesen-Essenz für ihr Heilmittel zu brauchen. Und die blutete ich nur, wenn ich besonders aufgeregt war. Hatte sie gewusst, dass sie austreten würde, wenn ich verzweifelt war, oder hatte sie nur experimentiert, nachdem ich während der ersten Folter sterbliches Blut geblutet hatte? Vielleicht hatte eines der Arschlöcher der Lichtarmee bemerkt, dass während einer unserer Kämpfe Rauch von mir aufgestiegen war. Mist.

Es könnte immer noch nicht genug sein. Offenbar hatte sie noch nicht herausgefunden, wie sie aus dem, was sie von mir bekam, das machen konnte, was sie wollte.

Das Heilmittel …

Vielleicht war Tempest nicht ganz so unangreifbar, wie sie uns glauben machen wollte.

Es kam mir vor, als würde ich schon ein oder zwei Jahrtausende hier in meinem Käfig liegen. Als ich den gleichen Schmelztrick an dem Schloss am Boden versuchte, gingen die Sprinkler sofort los, und meine Mühe brachte mir nichts ein als eine weitere eiskalte Dusche. Ich zog meine Knie an die Brust, um mich zu wärmen, und zwang mich, nicht mit den Zähnen zu klappern.

Wenn Tempest dieses Mal bekommen *hatte*, was sie von mir wollte, was bedeutete das für meine Chancen, den nächsten Tag zu überleben? Oder sogar die nächste Stunde?

Sie konnte sich in Bezug auf ihr „Heilmittel" nicht sicher sein, wenn sie es noch nie zuvor hergestellt hatte – oder diese Krankheit noch nie entfesselt hatte – oder? Ich glaubte nicht, dass sie das Risiko eingehen würde, mich zu töten, bevor sie nicht hundertprozentig sicher war, dass sie keine

Verwendung mehr für mich hatte. Doch, wenn das bedeutete, den Rest meiner Tage in dieser engen Kiste zu verbringen, klang der Tod gar nicht so schlecht. Vor allem, wenn Tempest mit mir untergehen würde.

Meine kühlen Überlegungen wurden unterbrochen, als eine Gestalt jenseits der Gitterstäbe in Sicht kam. Die Sphinx war zurückgekehrt. Offenbar, um sich an meinen Qualen zu erfreuen, wie das kokette Neigen ihres Kopfes und das Grinsen auf ihren Lippen verrieten. Ich ließ eine kleine Flamme an meinem Zahnfleisch auflodern und ignorierte das Brennen an der Stelle.

„Hast du wirklich geglaubt, ich würde dir eine Chance zur Flucht geben?", fragte sie amüsiert.

Ich war nicht in der Stimmung, ihr Ego zu schonen. „So schwer es auch zu glauben ist, so klug bist du gar nicht."

Tempest zuckte mit den Schultern, doch das Zucken ihrer Augenlider verriet, dass ich sie zumindest ein wenig verärgert hatte. Das war zwar nicht der größte Sieg aller Zeiten, aber immerhin etwas. Und im Moment waren meine Möglichkeiten begrenzt.

Leider wusste sie genau, wie sie den Spieß umdrehen konnte. „Wie fühlt es sich an, zu wissen, dass man zum letzten Schritt des Plans beigetragen hat, den man eigentlich durchkreuzen wollte?"

„Ziemlich beschissen", erwiderte ich lässig. „Wie fühlt es sich an, zu wissen, dass man nicht gut genug aufgepasst hat, um zu verhindern, dass ich herausfinde, was hier vor sich geht? *Um sich gegen die Schwächen des einen oder des anderen abzuschirmen, muss man beide Stärken in sich vereinen.* Du versuchst, dich mit meiner Essenz vor deiner eigenen Krankheit zu schützen, weil *du* allein nicht stark genug bist."

Ein Funken blitzte in ihren Augen auf. Sie schaffte es, ihre Stimme ruhig zu halten. „Ich *versuche* es nicht. Ich habe es schon geschafft. Es gibt nichts mehr, was sich uns in den Weg stellen kann. Meine Leute sind bereit, morgen unsere

Krankheit auf die Welt loszulassen, und ich werde zusehen und lachen, während sowohl sie zu Grunde gehen als auch diejenigen, die sie unbedingt vernichten wollten."

Die Verwendung meiner rauchigen Essenz hatte also funktioniert? Oder war das nur ein Täuschungsmanöver, um mich in eine neue Falle zu locken?

„Du scheinst sehr stolz darauf zu sein, eine verräterische Mörderin zu sein", bemerkte ich. „Und ich dachte, dir wären Köpfchen und brillante Pläne wichtig, anstatt Wesen wahllos abzuschlachten." Ich erhob meine Stimme und trällerte einen verdrehten Liedtext. „Shows your lies, living so grand, darling. Do you mean to start cheating? Is your plunder planned?"

Ein weiterer Sieg: Mein Gesang schien Tempest genauso zu nerven wie Omen. „Halt die Klappe", sagte sie mit einer Handbewegung, die eindeutig lässig wirken sollte. Doch das kurze Zusammenkneifen ihrer Augen verriet sie. „Ich kann mir nicht vorstellen, wie Omen und seine Leute es so lange mit dir ausgehalten haben. Ich nehme an, sie werden froh sein, diese Last nicht mehr länger tragen zu müssen."

Wenn sie dachte, ich würde ihr das glauben, nach allem, was ich mit meinen Schattenwesen-Männern durchgemacht hatte, war sie noch verrückter, als ich angenommen hatte. Ich verdrehte die Augen. „Ich denke, du wirst feststellen, dass genau das Gegenteil der Fall ist. Warum lädst du sie nicht ein, um zu sehen, wer recht hat? Ich würde gerne sehen, wie dieses Gespräch abläuft."

Sie gluckste. „Vielleicht wirst du das. Wenn ich als Einzige das Heilmittel habe, liegt die ganze Macht bei mir. Glaubst du, sie würden sich nicht vor mir verbeugen, wenn ihr Überleben auf dem Spiel steht?"

Natürlich. Wenn nicht einmal *sie* vor dieser Krankheit gefeit war, war auch kein anderes Schattenwesen immun dagegen.

Würden meine Liebhaber ihre Prinzipien aufgeben, um

ihr eigenes Leben zu retten? Ich würde es ihnen nicht verübeln, wenn sie Tempest lange genug besänftigten, um ihre Immunität zu garantieren, solange sie sie danach ausweiden würden. Doch ich wusste bereits, dass Snap niemals freiwillig nachgeben würde, nicht, wenn diese Frau mich umgebracht hätte. Und ich konnte mir nicht vorstellen, dass Thorn sein Überleben über seinen Sinn für Gerechtigkeit stellen würde. Er hatte sich schon jahrhundertelang Vorwürfe gemacht, weil er den letzten Krieg überlebt hatte.

Sie würde nicht nur mich vernichten, sondern möglicherweise auch alle anderen Wesen, die ich liebte. Ein größerer Feuerstoß durchdrang die Lässigkeit, die ich auszustrahlen versuchte. Ich presste meinen Kiefer zusammen, doch direkt unter meiner Haut knisterte eine brennende Hitze.

„Siehst du", sagte die Sphinx, ihre Stimme triefte vor bösartiger Süße. „Aus dir hätte wirklich etwas werden können, mein Phönix, doch wegen deiner sterblichen Seite kannst du diese Fähigkeiten einfach nicht richtig nutzen. Was für eine Schande."

„Vielleicht ist die einzige Schande, wie schnell wir *dich* auslöschen werden", erwiderte ich. „Du bist nicht so clever, wie du denkst. Wir haben deine Pläne schon mindestens ein Dutzend Mal durchkreuzt."

„Allerdings nie so sehr, dass es mich davon abgehalten hätte, mein Ziel zu erreichen." Ihr Lächeln kehrte zurück, wenn auch etwas dünner. Sie deutete auf ihre breite Stirn. „Ich sehe nicht nur mit diesen beiden sterblichen Augen, sondern auch mit meinem inneren Auge. Und eine Sphinx sieht die Antworten immer auf die eine oder andere Weise."

Mein Blick verharrte auf der glatten Haut unter ihrem bronzefarben schimmernden Haar. War das die Erklärung ihrer übernatürlichen Weisheit – ein drittes Auge in ihrem Geist?

Ein Schauer der Erregung durchzuckte mich. Tempest

drehte sich mit einem Rascheln ihres Kleides um und verschwand, sodass ich wieder allein war. Dafür verspürte ich eine neue Entschlossenheit.

Omen hatte mir gesagt, ich solle sie bekämpfen, indem ich sie blende. Das konnte ich immer noch tun. Ich hatte die Werkzeuge hier, und jetzt wusste ich, auf welches Auge sie sich tatsächlich verließ.

Die Frage war nur, ob ich eine Chance bekommen würde, dieses Wissen zu nutzen, bevor sie beide Reiche in die Knie zwang.

# FÜNFUNDZWANZIG

*Omen*

Das Dröhnen eines abfliegenden Jumbo-Jets zerrte an meinen Nerven. Ich warf Ruse einen kurzen Blick zu, der den Strom der ankommenden Reisenden beobachtete, die aus dem Sicherheitsbereich des Flughafens strömten. „Erinnere mich noch einmal daran, warum du dieses Ablenkungsmanöver für eine gute Idee hältst? Wie soll uns eine Sterbliche helfen, Sorsha schneller zu befreien?"

Der Inkubus rümpfte die Nase über meine Ungeduld, doch an seinem verkrampften Kiefer konnte ich erkennen, dass auch er etwas besorgt war. „Ich habe ihr gesagt, dass sie sich uns anschließen soll. Vielleicht wird sie keine große Hilfe sein, um Sorsha zu befreien, doch was auch immer *unsere* Sterbliche durchgemacht hat, zusätzliche moralische Unterstützung kann nicht schaden."

„Und du glaubst nicht, dass wir vier genug für sie sind?"

Ruse begegnete meinem Blick so ernst, wie ich ihn noch

nie gesehen hatte. „Sie hatte es nicht leicht. Ich weiß, dass es dir auch aufgefallen ist. Deswegen unser kleines Intermezzo auf dem Boot, oder? Natürlich behauptet sie, dass sie mit all den Wundern, die wir Schattenwesen bieten können, vollkommen zufrieden ist … doch sie ist auch zur Hälfte eine Sterbliche. Sie denkt und fühlt Dinge, die wir nicht verstehen können – so gerne ich auch ihr Ein und Alles sein möchte.“

Er sprach diesen Wunsch so mühelos aus, als wäre es überhaupt nicht peinlich, wenn ein Inkubus – oder irgendein Schattenwesen – sich einer Sterblichen hingeben wollte. Was vermutlich auch nicht der Fall war. Trotzdem konnte ich mir nicht vorstellen, dass mir dieses Bedürfnis jemals so leicht über die Lippen kommen würde.

Schließlich war ich mir immer noch nicht ganz sicher, ob die Tatsache, dass ich ein Teil von Sorshas Leben geworden war, nicht eher den Ruin für sie bedeutete, als dass ich sie davor bewahren würde. Möglicherweise hatte *meine* ehemalige Verbündete sie ohnehin schon auf wer weiß wie viele Arten in Stücke gerissen.

Ich hoffte nur, dass ich Tempest noch gut genug kannte, um angesichts der Daten, die Ruse' Computerexperte in Erfahrung gebracht hatte, genau einschätzen zu können, von wo aus sie arbeitete, und wie wahrscheinlich es war, dass sie Sorsha am Leben gelassen hatte. Sie hatte sich bestimmt nicht die Mühe gemacht, Sorsha auszuknocken und zu verschleppen, wenn sie nur eine Leiche gebraucht hätte.

Doch wer konnte das bei der Sphinx schon wissen?

Ich atmete langsam ein, straffte die Schultern und bewahrte die Gelassenheit, die ich so lange kultiviert hatte. Wir hatten nicht wirklich Zeit verloren. Die anderen untersuchten die Einrichtung, die wir ins Visier genommen hatten – eine angebliche Mantelfabrik am Rande Westlondons, weniger als zwei Stunden von den stehenden Steinen entfernt –, während wir die beste Freundin unserer

Sterblichen aus Heathrow abholten, der ebenfalls nicht weit weg war.

Ich versuchte, nicht darüber nachzudenken, was diese Frau sagen würde, wenn sie den Wesen gegenüberstand, die ihre beste Freundin verloren hatten.

Ruse schreckte auf. Einen Moment später entdeckte ich eine Gestalt mit einer unverkennbaren schwarzen Lockenpracht über einer schlichten weißen Bluse und Hose. Sie lächelte den Inkubus *tatsächlich* an, als sie ihn erblickte. Ihren Trolley hinter sich herziehend, eilte sie auf ihn zu, bevor sie langsamer wurde, als sie mich sah.

Ich hatte bei unserer einzigen Begegnung kaum fünf Worte mit dieser Sterblichen gewechselt, doch offenbar hatte das und was Sorsha über mich berichtet hatte, einen Eindruck hinterlassen. Und zwar keinen guten.

Als sie vor uns stehenblieb, war ihre Miene entschlossen, und mir wurde klar, was sie und Sorsha gemeinsam hatten. „Wo ist der Rest des Begrüßungskomitees?", fragte sie und legte den Kopf schief.

„Sie versuchen, Sorshas Aufenthaltsort zu bestätigen, um sicherzustellen, dass sie auch wirklich dort ist, wenn wir uns auf den Weg machen, um sie zu retten", erklärte ich.

„Hmm. Oder, wenn ihr Glück habt, rettet sie sich selbst, bevor ihr überhaupt dazu kommt."

So wie ich meine Geliebte kannte, musste ich zugeben, dass dies tatsächlich im Rahmen des Möglichen lag, so furchterregend die Sphinx auch sein mochte.

„Wir werden sehen." Ich musterte Vivi aufmerksam. Sie mochte Sorshas beste Freundin sein, doch sie war trotzdem eine Sterbliche mit allen potenziellen Schwächen, die mit diesem Dasein einhergingen. Meine Stimme wurde leiser. „Du kennst das volle Ausmaß der Situation, oder? Du weißt, dass Sorsha sowohl ein Schattenwesen als auch ein Mensch ist?"

Falls die Frau zum ersten Mal davon hörte, schien sie

diese Nachricht nicht zu erschrecken, zumindest ließ sie sich nichts anmerken. Sie zuckte nur mit den Schultern und sah mich herausfordernd an. „Ich wünschte nur, sie hätte mir das von sich aus anvertraut. Ich hoffe, dass sie nach dieser Sache hier ..." Sie hob trotzig das Kinn. „Ich wusste zwar nicht genau, was es war, doch mir war schon die ganze Zeit klar, dass sie etwas Besonderes ist. Was glaubt ihr, warum ich den ganzen Weg hierhergekommen bin? Mensch, Monster, gepunkteter Kartoffelkäfer – sie ist trotzdem *Sorsha*, und ich werde für sie da sein, und tun, was immer ich kann."

Ihre Entschlossenheit überzeugte mich, dass zumindest diese eine Sache kein Problem sein würde. Ich bedeutete ihr, uns zu folgen. „Dann komm mit. Wir treffen uns mit den anderen und sehen, was sie zu berichten haben."

Als wir Darlene in ihrem jetzigen Zustand erreichten, zog Vivi die Augenbrauen hoch, war allerdings höflich genug, sich nicht über das Aussehen des Wohnmobils zu äußern. Ich befürchtete, dass eine weitere Reise durch das Schattenreich das Fahrzeug als Tarnung völlig unbrauchbar machen würde.

Die Reisebus-Tarnung sah jetzt eher aus wie ein Fahrzeug für Rockstars ... Rockstars, die ihn auf LSD umgestaltet hatten. Neongelbe flatternde Luftschlangen säumten alle Fenster – als wir sie abgeschnitten hatten, waren sie einfach nachgewachsen – und das Auspuffrohr hatte die Größe und Form einer Posaune angenommen. Leider *klang* es auch wie eine Posaune, wenn der Motor ansprang.

Der Innenraum hatte eine ähnliche Umgestaltung hinter sich. Das ehemals weiße Ledersofa war nun mit goldenen Streifen überzogen – eine Veränderung, die den Pferdewandlern tatsächlich gefallen hatte. Aus dem Wasserhahn kam keine Flüssigkeit mehr, sondern nur noch ein kreischendes E-Gitarrengeräusch. Und der Kühlschrank backte den Inhalt jetzt wie ein Ofen, anstatt zu kühlen.

Kalte Getränke waren seitdem hier Mangelware.

Pickle kam sofort herbei gehuscht, als er uns hörte und

schnaubte entrüstet, als er sah, dass sein Frauchen nicht bei uns war. Vivi starrte den kleinen Drachen an und schüttelte dann den Kopf. „Okay. Das ist nicht einmal das Seltsamste, was ich in den letzten Wochen gesehen habe. Gehört er auch zur Truppe?"

„Er ist Sorshas Haustier." Ruse schnippte mit den Fingern und winkte Pickle zu sich, doch das Wesen blies ihm nur eine kleine Rauchwolke entgegen und drehte sich um. „Ich glaube, sie dachte, du würdest es nicht verstehen."

„Ein Schattenwesen wie eine Katze zu halten? Das ist … ein wenig ungewöhnlich. Doch ich bin sicher, sie hatte ihre Gründe." Die Frau ließ sich auf das Sofa fallen und strich mit ihren Fingern über das Zottelfell neben ihr. „Was genau ist dieses Schattenwesen, das sie jetzt gefangen genommen hat?"

Da der Inkubus darauf bestanden hatte, die Sterbliche mitzunehmen, überließ ich es ihm, alle notwendigen Erklärungen abzugeben, und setzte mich auf den Fahrersitz. Es war eine gewisse Beruhigung, das riesige Fahrzeug mit der Kraft meiner Hände am Steuer zu manövrieren. Zumindest, bis ich bemerkte, dass die Spione der Obersten immer noch da waren.

Der dürre Kobold, der mich an der Tankstelle in Griechenland belästigt hatte, lehnte an einem Laternenpfahl und starrte Darlene an, als wir vorbeifuhren. Vor uns entdeckte ich einen Gargoyle auf dem Dach eines Gebäudes, der sich bewegt hatte, um uns im Blick zu behalten.

Glaubten die Obersten wirklich, ich würde die Mission Ruby schneller erfüllen, wenn sie mir auf die Nerven gingen? Vielleicht könnten wir uns ein paar Kobold-Filets genehmigen, nachdem wir Tempest erledigt hatten.

Vorausgesetzt ich lebte lange genug, um eine letzte Mahlzeit zu genießen. So wie diese Trottel mich beschatteten, war es gut möglich, dass sie während des Kampfes herausfanden, was Sorsha war, und meine Vergehen sofort an die Obersten weiterleiteten. Und nur die Dunkelheit wusste, was für eine Armee sie auf *sie* ansetzen würden, während sie mich auslöschten.

Ich hielt hinter dem trist aussehenden Business-Hotel, in dem wir uns verabredet hatten, und versuchte, Ruse auszublenden, der Vivi mit seinen extravaganten Erzählungen über unsere Abenteuer unterhielt, wobei er die intimeren Momente ausließ. Ein wenig Sinn für Anstand hatte der Inkubus wohl doch. Ich war mir nicht sicher, ob es Sorsha gefallen würde, dass er ihrer besten Freundin so viele Details erzählte, doch das konnte sie selbst mit ihm besprechen, wenn sie wieder bei uns war.

Und sie würde wieder zu uns zurückkehren, und wenn ich mein Leben dafür geben musste.

Es dauerte weniger als eine Stunde, bis unsere Begleiter aus dem Schatten der Möbel auftauchten. Antic machte den Anfang und sprang mit einem Quietschen auf den Tisch, an dem Vivi saß.

„Der andere Mensch ist da! Ich liebe dein Haar. Wachsen die von Natur aus so verdreht?"

Die Frau blickte verdutzt drein, bevor sie ihre Stimme wiederfand und lachte. „Die geflochtenen Teile nicht, aber das hier?" Sie wuschelte durch ihre Locken am Hinterkopf. „Die wurden mir von Gott gegeben."

„Wie gut, dass du dich uns anschließt", bemerkte Thorn und war der Koboldin einen Blick zu, der vermuten ließ, dass er ihre frivolen Fragen nicht guthieß. Dann wandte er sich an mich. „Alles, was wir beobachtet haben, stimmt mit den Informationen überein, die wir von Ruse' Kontaktperson erfahren haben. Das Gebäude wurde vor kurzem mit Eisen- und Silberschutzvorrichtungen an den Außenwänden ausgestattet. Sie sind so stark, dass wir uns nicht einmal im Schatten weit genug nähern konnten, um sie zu berühren. Snap konnte Eindrücke vom Tor und von ein paar Einrichtungsgegenständen aufnehmen."

Der Verschlinger nickte. „In einem der Eindrücke hat ein

Arbeiter davon gesprochen, dass sein Chef ein Monster mitgebracht hat, das Feuer erzeugen kann. Er muss Sorsha gemeint haben."

In Anbetracht dessen sowie der Sprinkleranlagen, die, wie wir wussten, ebenfalls für das Gebäude bestellt worden waren, war ich geneigt, seiner Einschätzung zuzustimmen. Ich verschränkte meine Finger vor mir. „In Ordnung. Also, wie kommen wir rein? Gibt es Angestellte, die das Gebäude bewachen, oder welche, die kommen und gehen, sodass Ruse sich um sie kümmern kann?"

Bow schüttelte den Kopf. „Wir haben niemanden rein- oder rausgehen sehen. Es kam eine Lieferung an, die wie Lebensmittel aussah, doch sie befand sich in einer in die Wand eingelassenen Lagerbox. Wir vermuten, dass es innen eine Öffnung geben muss, durch die sie die Vorräte hineinbringen können."

Ich verzog das Gesicht. „Ich nehme an, das Gebäude ist voller giftiger Metalle."

„Natürlich." Gisele tippte sich an die Lippen. „Glaubst du, die Sphinx erteilt alle Befehle von außen? Sie hält es doch bestimmt auch nicht aus, von all dem Silber und Eisen umgeben zu sein."

„Es ist ein großes Gebäude. Wenn die Metalle nur in den Außenwänden sind, könnte sie sich vielleicht irgendwo tief im Inneren aufhalten. Vielleicht gibt es einen Eingang auf dem Dach oder unter der Erde, der ihr den Zugang ermöglicht, ohne dass sie sich den Schutzwänden nähern muss." Ich schaute Thorn an. „Ich nehme an, du konntest das Dach nicht untersuchen, weil du nicht nahe genug herankommen konntest, um dich durch die Schatten zu bewegen."

„Und ich konnte schlecht sichtbar dort hinauffliegen", räumte der Krieger ein. „Wir könnten jedoch einfach annehmen, dass es dort oben eine weniger geschützte Stelle gibt und unsere Pläne darauf aufbauen."

„Nein. Ich verlasse mich nicht gerne auf Vermutungen. Vielleicht benutzt sie das Dach gar nicht – es würde ihr gefallen, eine Option zu wählen, die weniger gut zu ihrer Form passt, nur um uns zu verwirren. Und zweifellos wird jeder Eingang, den sie benutzt, schwer bewacht sein. Du hast doch schon einmal verstärkte Wände durchbrochen. Ich nehme nicht an, dass ...“

Thorn schüttelte den Kopf, bevor ich die Frage zu Ende gesprochen hatte. „Das habe ich auch schon in Erwägung gezogen, allerdings glaube ich nicht, dass ich genug Kraft aufbringen kann, um so viel Metall zu durchbrechen, ganz zu schweigen von dem Stahl, durch den die Mauern zusätzlich verstärkt sind. Eine Armee von Kriegern könnte sich zweifellos durchschlagen, doch selbst wenn du, Flint und Bow helfen, glaube ich nicht, dass rohe Gewalt bei unserer derzeitigen Anzahl die Lösung ist.“

„Kein Problem“, sagte ich schnell, da ich nicht wollte, dass er sich noch mehr Vorwürfe machte, weil es ihm nicht gelungen war, die beiden anderen Geflügelten zu überzeugen, sich unserer Mission anzuschließen. Wir waren schon einmal ohne rohe Gewalt ausgekommen. Unsere Sterbliche selbst hatte sich damals diese pazifistischen Pläne ausgedacht – nun ja, pazifistisch nach unseren typischen Maßstäben.

Doch es gab keine Angestellten, die Ruse bezaubern konnte, und selbst wenn wir die Zeit hätten, wichtige Menschen jenseits der Mauern der Einrichtung ausfindig zu machen, was könnten sie uns schon sagen, das uns helfen würde, uns Zugang zu verschaffen?

*Eine Armee*, hatte Thorn gesagt. Die Worte hallten in meinen Gedanken wider und passten wie die Faust aufs Auge. Mein Mund öffnete sich automatisch mit einem Ansturm von Inspiration und einer fast wütenden Freude. „Was wäre, wenn wir ...“

Ich biss die Zähne zusammen. *Nein.* Das war die Art von

bösartigem, kühnem Plan, an dem ich vor Jahrhunderten Freude gehabt hätte – die Art, die in meinen Opfern Wut geweckt und Leid über Unschuldige gebracht hätte. Diese frühere Version meiner selbst hatte ich schon lange hinter mir gelassen. Wie zum Teufel kam ich überhaupt auf diese Idee.

Die anderen sahen mich erwartungsvoll an. Ich hätte meinen Mund halten sollen.

Vivi verschränkte die Arme vor der Brust. „Was auch immer du für eine Idee hast, spuck sie aus. Sie muss besser sein als die Nichts-Kirsche auf dem Nada-Eisbecher, die ihr bisher geliefert habt. Und ich bin nicht den ganzen Weg hierhergekommen, um zuzusehen, wie ihr dabei *scheitert*, meine beste Freundin aus den Händen dieser Verrückten zu befreien."

„Ich würde es vorziehen, uns an einen Plan zu halten, bei dem nicht die Gefahr besteht, dass wir Sorshas Untergang dadurch besiegeln."

„So wie es aussieht, ist ihr ‚Untergang' besiegelt, wenn ihr nichts unternehmt, also klingt eine fünfzig zu fünfzig-Chance meiner Meinung nach ganz gut."

Ich widerstand dem Drang, die Zähne zu fletschen, und spürte, wie sich mein Haar vor Frustration kräuselte. „Vielleicht sollten diejenigen, die nicht an dem eigentlichen Rettungsversuch beteiligt sind, nicht ihre Meinung dazu äußern."

„Vielleicht hättest du mich nicht hierher einladen sollen, wenn du meine Meinung nicht hören willst", schoss Vivi zurück. „Geht es dir eigentlich um Sorsha oder nur darum, nicht schlecht dazustehen, falls dein Plan ein paar Schwachstellen aufweist?"

Ein *paar Schwachstellen*? Sie hatte keine Ahnung, wovon sie sprach. Doch sogar mit diesem Wissen trafen mich ihre Worte.

Selbst nach allem, was wir durchgemacht hatten, wollte ein Teil von mir leugnen, dass ich Gefühle für unsere Sterbliche hatte. Nicht, weil sie das nicht verdiente, sondern weil … falls *ich* Gefühle für sie hatte, alle höllischen Neigungen in mir zum Vorschein kommen würden. Und das Ergebnis war im Allgemeinen nicht schön. Meine Methode, sicherzustellen, dass ich niemanden in eine von mir selbst verursachte Katastrophe hineinzog, bestand darin, dass ich jegliche Emotionen unterdrückte und mich auf eine reine, kalte Strategie konzentrierte.

In diesem Moment wurde mir klar, dass Tempest sich in mir getäuscht hatte, und zwar auf eine Art und Weise, wie es vorher nicht der Fall gewesen war. Ich hatte nie vergessen, dass ich ein Monster war. Ich hatte die letzten Jahrhunderte damit verbracht, mir diese Tatsache vor Augen zu führen und alles daran zu setzen, die Bestie in mir zu bändigen.

Doch Sorsha hatte meine Bestie nicht für ein Monster gehalten. Und falls doch, dann hatte sie sie genauso umarmt wie Snaps grausamen Hunger und Thorns brutale Stärke. Sie hatte unter mir auf einem Bett gelegen, keine zehn Schritte von der Stelle entfernt, an der ich jetzt stand. Obwohl ich ihre Kehle mit meinen Klauen umklammert hatte, hatte sie mir gesagt, dass sie keine Angst vor mir hatte. Wie oft hatte sie sich gewünscht, mich wild und leidenschaftlich zu sehen und nicht den „eiskalten Bastard", wie sie mich zu nennen pflegte?

Seit meiner Zeit mit Tempest hatte ich mich sehr verändert, und doch war es mir irgendwie nicht gelungen, diese eine grundlegende Sache zu ändern: die Überzeugung, dass alles zum Teufel gehen würde, wenn ich meiner niederen Natur auch nur einen Zentimeter nachgab, und zwar wahrscheinlich eher früher als später.

Irgendwie hatte ich das Gefühl, dass ich genau wusste, wie Sorsha darauf reagieren würde. *Ein Hauch von Hölle hat noch keinem geschadet.*

Ich hatte Gefühle für sie, und die Reserven an Wut und Macht, die ich in Schach gehalten hatte, überstiegen sogar Tempests Vorstellungskraft. Womöglich war es an der Zeit, all diese Höllenqualitäten einzusetzen, um die Frau zu retten, die ich …

Ja.

Ich machte auf dem Absatz kehrt. „Ich muss den Köder auswerfen. Wartet hier. Tut, was immer ihr tun müsst, damit ihr bereit seid, die Fabrik zu stürmen, sobald wir die Gelegenheit dazu haben. Ich bezweifle, dass es lange dauern wird."

„Omen?", fragte Snap und seine Augen weiteten sich, doch ich hielt mich nicht damit auf, Fragen zu beantworten. Wenn ich das tun wollte, musste ich es jetzt tun, bevor der eiskalte Bastard in mir mich wieder in die Schranken wies.

Neue Verbündete rekrutieren. Das war genau die Art von Plan, die Sorsha gefallen hätte. Ein Plan, auf den ich vermutlich nie gekommen wäre, wenn sie sich nicht so tief in meine Gedanken geschlichen hätte.

Meine Lippen verzogen sich zu einem schiefen Grinsen. Ich bezweifelte allerdings, dass sie jemals erwartet hätte, dass ich einen so spektakulären Zaubertrick zustande bringen würde.

Ich legte ein kurzes Stück Weg in den Schatten zurück, bevor ich wieder auftauchte, um die Straße entlangzugehen, während ich die Gebäude um mich herum aufmerksam musterte. Ich hielt kurz an, um an den Blumen zu riechen, kaufte mir einen Schokoriegel, und setzte alles daran, den Anschein zu erwecken, als würde ich einfach den Tag genießen. Ja, das würde sie schnell genug aufregen.

Schritte ertönten auf dem Bürgersteig und holten mich ein. Eine Banshee trat neben mich, das Kinn hochmütig erhoben. „Das ist nicht das, was die Obersten dir befohlen haben. Setz deine Mission fort."

Ich winkte ihr mit dem Schokoriegel zu. „Wieso glaubst du, dass ich bei meiner Suche keine Schokolade brauche?"

Als sie mich anfunkelte, nahm ich den letzten Bissen, und gönnte mir ein paar Sekunden, um die klebrige Süße zu genießen, bevor ich die Verpackung in einen Mülleimer warf. „Eigentlich wollte ich nur Aufmerksamkeit erregen. Ich dachte, das ginge schneller, als zur nächsten Schwelle zu laufen. Ich weiß, wo Ruby ist. Es wird allerdings nicht leicht sein, zu ihr zu gelangen. Sag den Obersten, sie sollen ihre Besten schicken – und zwar viele."

Die Banshee holte erschrocken Luft. „Wo? Ich muss sie sofort davon in Kenntnis setzen."

„In einer Mantelfabrik nicht weit von hier. Sie ist stark gesichert. Du kannst es dir selbst ansehen, bevor du deinen Bericht abgibst." Ich ratterte die Adresse herunter und gestikulierte in die entsprechende Richtung.

Die Banshee verschwand in den Schatten und raste davon wie ein Geschoss. Als ich ihr nachblickte, hatte ich plötzlich einen seltsamen Geschmack im Mund – das metallische Aroma von Schrecken und Erleichterung.

Es war an der Zeit, alles niederzubrennen, um zu sehen, wer danach noch übrig war. Und wenn es nicht so klappte, wie ich es mir erhofft hatte, vermutete ich, dass Sorsha meine Bemühung zu schätzen wüsste, selbst wenn auch sie dabei draufging.

# SECHSUNDZWANZIG

*Sorsha*

Als ich in der Ferne plötzlich ein Krachen hörte, hob ich den Kopf, der auf meinen verschränkten Armen gelegen hatte.

Als Nächstes hörte ich ein dumpfes, etwas lauteres Krachen, dann einen Schrei und ein Grunzen, als hätte jemand einen Schlag in den Bauch abbekommen.

Ich richtete mich in meinem Käfig, so gut es ging, auf und beäugte die Tür. War das wieder ein Trick, um eine Reaktion aus mir herauszubekommen? Allerdings konnte ich diesmal nicht viel tun, da der Käfig richtig verschlossen war. Obwohl ich die Schlösser überprüft hatte, bevor ich mich hingelegt hatte, rüttelte ich nun vorsichtshalber daran. Sie rührten sich keinen Millimeter.

Weitere Schläge und Geräusche drangen durch die Wände. Ein leiser, schmerzerfüllter Schrei drang an mein Trommelfell. Mein Körper spannte sich an.

Dieser Lärm könnte etwas Gutes für mich bedeuten – es

könnten meine Verbündeten sein, die einbrachen – aber auch eine Menge Schlechtes. Womöglich hatte ein anderes Schattenwesen von Tempests Plänen erfahren und wollte sich an allen im Gebäude rächen. Vielleicht hatten ihre eigenen Verbündeten herausgefunden, dass sie ein doppeltes Spiel mit ihnen trieb, und veranstalteten da draußen ein Chaos. Wer wusste schon, wie viele Feinde sie sich im Laufe der Jahrhunderte gemacht hatte, die keinen Grund hatten, mich zu verschonen?

Instinktiv fuhr ich mit meiner Zunge an meinem Zahnfleisch entlang und versuchte, angesichts des verbrühten Fleisches dort, nicht zusammenzuzucken. Ich hatte zwar nicht viel in diesem lächerlichen Horror-Laborraum, doch die Werkzeuge, mit denen ich hierhergekommen war, hatte ich behalten. Süße, mampfende Schimpansen, lasst mich die Chance bekommen, sie zu benutzen.

Ein Klirren hallte durch den Flur, gefolgt von einem Knurren, das mir bekannt vorkam. Bevor ich mir einen Reim darauf machen konnte, trat das letzte bekannte Gesicht, das ich sehen wollte, aus dem Schatten in den schummrigen Raum.

Tempests schimmernde Locken wirbelten um ihren Kopf. Als sie die Tür zu meinem Käfig öffnete, war ihr löwenartiges Gesicht eine starre Maske der Entschlossenheit. Ich spannte mich an – doch in meinem Zustand konnte ich nichts tun. Ich brauchte mein Feuer, um die Sache zu beenden, und ich hatte keine Garantie, dass jemand die Sprinkleranlage ausgeschaltet hatte.

„Was ist los?", fragte ich, als sie sich an der Käfigtür festhielt. „Ist dein Tag doch nicht so toll?"

Sie grinste mich grimmig an, wobei ihre katzenartigen Reißzähne aufblitzten. „Oh doch, und ich werde nicht zulassen, dass sich daran etwas ändert." Sie riss die Tür auf und legte mir so schnell ein Paar Handschellen um die Handgelenke, dass ich keine Zeit hatte, mich zu wehren.

Meine Knöchel waren bereits wieder gefesselt. Ich wehrte mich, so gut ich konnte, versuchte, ihr mein Knie in die Schulter oder einen Ellbogen ins Gesicht zu rammen, doch der physische Kampf mit meinen gefesselten, steifen und schmerzenden Gliedern war nicht gerade ein Kinderspiel.

Tempest zerrte mich aus dem Käfig und ließ mich auf den Boden fallen. Während ich mich herumwälzte, um mich einigermaßen zu verteidigen, tauchte sie über mir auf und nahm ihre Schattenwesen-Gestalt an.

Ihr Gesicht sah immer noch fast genauso aus, nur noch katzenartiger und mit noch breiteren Wangen. Ihr Körper dehnte sich zu dem eines gewaltigen Löwen aus. Gelbbraune Flügel brachen mit einem Zischen der langen Federn aus ihrem Rücken hervor. Sie umklammerte meine Brust mit ihren muskulösen Vorderbeinen und stampfte zum Labortisch.

Mit einem surrenden Geräusch glitt eine Platte in den Fliesen nach hinten. Die Sphinx stieß ein leises Glucksen aus und zog mich in die Dunkelheit darunter.

Ich erhaschte nur einen flüchtigen Blick auf den Gang, in den wir hinabstürzten: Er war nur ein paar Meter breit und hoch, die Wände waren aus Erde und führte vor uns in völlige Dunkelheit. Dann schloss sich die Platte wieder, sodass überhaupt kein Licht mehr durchkam. Der Erdgeruch, der mir in die Nase stieg, war alles andere als angenehm: stechender Lehm mit einer fauligen Note, bei der sich mein Magen umdrehte.

Tempest schaffte es, durch die Dunkelheit zu springen, während sie mich immer noch mit einem Vorderbein an ihre dick behaarte Brust drückte. Als ich versuchte, mich loszureißen, gruben sich ihre Krallen so tief in meine Seite, dass mir der heftige Schmerz den Atem raubte.

„Ich habe keine Ahnung, inwiefern ich deiner Meinung nach von Nutzen sein sollte, wenn du alles aufgibst, woran du gearbeitet hast", krächzte ich, wobei ich versuchte, nicht allzu gequält zu klingen.

„Wenn es dir lieber wäre, dass ich dir die Kehle herausreiße, lässt sich das arrangieren."

„Irgendwie glaube ich nicht, dass du so anschmiegsam wärst, wenn du vorhättest, mich einfach zu erledigen."

„Vielleicht, aber ich bin bereit, mich überzeugen zu lassen." Ihre Augen blitzten in der Dunkelheit. Und mit ihrem Atem strömte ein noch süßlicherer Gammelfleischgeruch über mein Gesicht. „Du solltest inzwischen wissen, dass ich nicht alles auf eine Person oder einen Ort setze. Ich mag eine Sphinx sein, doch ich kann auch Hydra spielen. Egal, wie viele Einrichtungen die Narren zerstören, es werden immer neue auftauchen. Ich bin *überall*."

Ihr entschlossener Tonfall ließ mein Blut zu Eis gefrieren. Sie schien tatsächlich davon überzeugt zu sein, dass die Schrecken, die sie in Gang gesetzt hatte, nicht mehr aufzuhalten waren. Hatte sie ihre Krankheit bereits auf die Welt losgelassen, und alles, was sie jetzt tat, war, die Quelle ihres Heilmittels zu schützen, falls sie mehr brauchte?

Wenn sie meinen Liebhabern bereits Schaden zugefügt hatte …

Ich unterdrückte die auflodernde Hitze, die dieser Gedanke auslöste, bevor sie aus meiner Haut herausbrutzeln konnte. Dies war nicht der Ort, um mein letztes Spiel zu spielen. Ich hatte keine Ahnung, welche Schutzmechanismen sie in diesen Tunnel eingebaut haben könnte. Doch sobald sich mir die Möglichkeit bot, würde sie jeden einzelnen Schmerz bereuen, den andere auf ihren Befehl hin zugefügt hatten, ganz gleich, wie eifrig diese Sterblichen sich auf die Aufgabe gestürzt hatten.

Hitze brannte über meine Zunge. Ich schluckte schwer, biss die Zähne zusammen und lenkte sie entlang meines Zahnfleisches. Ich sollte *besser* bereit sein.

Auf einmal schwang sich Tempest in die Höhe. Eine große

runde Metallplatte flog nach oben und schlug auf dem Asphalt auf. Die Sphinx, die mich immer noch fest umklammert hielt, kletterte hinaus in die kühle Nachtluft, die durch einen leeren Parkplatz wehte. Eine zerfetzte Einkaufstasche wehte an uns vorbei.

Es war nicht der glamouröseste Fluchtweg. Ich schätzte, dass ich zumindest dafür gesorgt hatte, dass die arme Tempest auf ihren gewohnten Stil verzichten musste.

Allerdings nicht lange, wie es schien. Mit einem Schwung ihrer Flügel hoben wir vom Boden ab. Schreie und ein metallisches Knirschen ertönten von irgendwo auf der Straße. Ich wollte mir ansehen, was für ein Chaos wir hinterließen, bevor ich versuchte, die Frau zu vernichten, die das alles in Gang gesetzt hatte.

Als ich den Kopf drehte, sah ich ein großes Backsteingebäude mit blinkenden Lichtern in einigen der Fenster. Riesige, monströse Silhouetten stürmten hinein und verschwanden aus dem Blickfeld. Der Großteil einer Wand auf der linken Seite war eingeschlagen. Ein paar menschliche Gestalten krabbelten durch die Trümmer. Vor meinen Augen stürzte sich ein Schattenwesen auf einen von ihnen und schlitzte ihm den Hals auf. Mehrere weitere Kreaturen tauchten aus der Dunkelheit auf und stürzten sich auf die anderen.

Ich hatte noch kein Wesen gesehen, das ich wiedererkannte. Vielleicht hatte das alles gar nichts mit meiner Truppe zu tun. Wo, in Petes Namen, hätten Omen und die anderen so schnell so viele neue Verbündete finden sollen. Vorausgesetzt der Höllenhund-Wandler hatte es ohne mein Drängen überhaupt in Erwägung gezogen, andere um Hilfe zu bitten.

Tempest schlang ihr anderes Vorderbein wieder um mich, jetzt, da ihre Flügel den größten Teil der Arbeit erledigten. Als sie höher in die Luft stieg, wurden meine Rippen gegen meine Lunge gedrückt. Meine Stimme klang angestrengter, als mir lieb war. „Diesmal hast du eine ganze Menge Wesen verärgert, was?"

„Sie haben keine Ahnung, worauf sie sich einlassen", murmelte Tempest. „Idioten, die ganze Horde. Sind einfach hereingestürmt, weil sie irgendeinen Rubin suchen. Hätte ich die Zeit gehabt, hätte ich sie in einen verdammten Juwelierladen gelotst und ihnen einen Diamantenschneider in ihre lebenswichtigen Organe gerammt."

Ich konnte mir gerade noch ein erschrockenes Lachen verkneifen. Ruby, nicht Rubin. Diese Schattenwesen waren auf der Suche nach *mir*.

Und wer kannte mich als Ruby, außer meinen engsten Gefährten … und den Lakaien des Obersten, die mich so dringend tot sehen wollten, dass sie fünfundzwanzig Jahre lang das Reich der Sterblichen nach mir durchkämmt hatten?

Omen hatte tatsächlich seinen Hals riskiert. Ich hätte nie erwartet, dass er so weit gehen würde. Im Grunde hatte er auch meinen Hals riskiert, doch es war ja nicht so, dass mein Leben nicht ohnehin schon in Gefahr gewesen wäre. Er hatte die Streitkräfte der Obersten benutzt, um Tempest die Tour zu vermasseln.

*Ich* hatte ihm immer wieder gesagt, dass unsere Chancen besser stehen würden, wenn wir mehr Schattenwesen mit ins Boot holen könnten. Schön, dass er meinen Ansatz endlich von ganzem Herzen angenommen hatte.

Natürlich wären all seine Bemühungen umsonst gewesen, hätte ich mich von dieser psychotischen Sphinx entführen lassen, um ihre ruchlosen Pläne anderswo durchzuführen.

Tempest musste gespürt haben, wie sich meine Muskeln anspannten. Sie blickte auf mich herab. „Wage es, deine Flammen auf mich regnen zu lassen, und wir werden sehen, ob du einen Ausflug in die Schatten überleben kannst, Phönix."

Was würde wohl passieren, wenn ich das täte? Würde ich

sterben, wenn sie mich in die Dunkelheit zerrte, oder würde sich ihr Griff um mich lösen?

Wir schaukelten jetzt mindestens zehn Meter über dem Boden im Takt ihrer Flügelschläge. Die Chancen, einen Sturz zu überleben, standen nicht gerade gut für mich. Doch im Moment zählte für mich nur, dass meine Entführerin *nicht* überlebte.

Trotz all der Wut, die in mir hochkochte, konnte ich sie womöglich nicht ganz allein vernichten. Wenn Omen die Lakaien der Obersten benutzen konnte, hinderte mich nichts daran, eine ähnliche Strategie zu fahren.

„Du denkst, du weißt alles, dabei hast du keine Ahnung", sagte ich zu Tempest, bevor ich anfing, ihr einen verdrehten Songtext vorzusingen. „Not very smart, and you're insane, you can shove your mad game."

„Große Töne von einem kleinen Vögelchen in den Fängen einer Katze."

„Wir werden sehen, wie lange das anhält." Ich warf den Kopf zurück und brüllte aus voller Kehle, wobei ich einen feurigen Energiestrahl ausstieß, der die Worte begleitete. „Hey, ihr bestialischen Bastarde! Die Ruby, nach der ihr sucht, ist genau hier!"

Meine Stimme schallte durch die Luft, und der Flammenstrahl loderte über den Nachthimmel und markierte unseren Standort wie eine Signalfackel. Blinzelnd sah ich zu, wie eine Horde schattenhafter Gestalten aus dem zerstörten Backsteingebäude auf uns zu rannte.

Tempest gab mehrere Worte in einer mir unbekannten Sprache von sich, die sehr profan klangen, und grub ihre Krallen erneut in meine Seiten. Ein Hauch ihrer kalten Energie durchdrang meine Haut, als sie ihr Versprechen wahrmachte und versuchte, mich mit sich in die Schatten zu zerren.

Selbst wenn ich die Reise überlebte, konnte ich ihr in den Schatten nichts anhaben. Ich musste sie hier festhalten. Ich musste sie an die Struktur dieser physischen Welt binden. Und zum Glück hatte ich genau das richtige Mittel dafür geschaffen.

„Hey, Tempest, da gibt es noch etwas, das du wissen solltest", rief ich und fuhr mir mit der Zunge über das Zahnfleisch, wo das Flackern meines übernatürlichen Feuers die schädlichen Schwingungen, die das winzige Instrument ausstrahlte, überdeckten.

Sie senkte den Kopf, ihre Augen funkelten bösartig. „Was?"

„Dein Lakai auf Kreta hatte einen schönen Ring."

Einen Ring, den ich zu einem winzigen Speer aus Silber und Eisen geschmolzen hatte. Ich schob die Miniaturwaffe zwischen meine Lippen und hielt sie mit meinen Zähnen fest. Dann stieß ich meinen Mund mit aller Kraft gegen die Stirn der Sphinx.

Als mein Kiefer gegen ihren Nasenrücken prallte, kratzte das stumpfe Ende der Nadel an meiner Zunge, doch die scharfe Spitze stach zu.

Tempest stieß einen lauten Schrei aus. Sie wiegte ihren Kopf hin und her, um den giftigen Metallsplitter abzuschütteln, doch er blieb an Ort und Stelle, genau in der Mitte ihres so wertvollen dritten Auges. Blut floss aus der Einstichstelle.

Meine behelfsmäßige Waffe hinderte sie daran, ihre physische Gestalt loszuwerden, was sie jedoch nicht weniger gefährlich machte. Mit einem ohrenbetäubenden Heulen versetzte sie mir mit ihren Krallen einen Hieb gegen die Seite, bevor sie mit ihrer Pfote nach meinem Gesicht ausholte.

Ein höllischer orangefarbener Schimmer schoss durch die Dunkelheit von unten auf uns zu. Ich schickte ein stilles Gebet zum Universum, dass der Erzeuger dieses Schimmers uns rechtzeitig erreichen würde, und öffnete die Barrieren, die mein inneres Feuer zurückgehalten hatten.

Flammen brachen aus meinem Körper hervor, als wäre ich

mit Benzin übergossen und angezündet worden. Brennend durchfluteten sie jeden Zentimeter meines Körpers – und auch Tempest wurde von ihnen erfasst. Ich ignorierte den Schmerz so gut es ging und konzentrierte mich mit meiner ganzen Energie darauf, mehr und mehr Hitze in ihren löwenartigen Körper zu leiten.

Die Krallen an ihrer ausgestreckten Pfote schmolzen und ihr Vorderbein fiel ab. In dem Schrei, der aus der Kehle der Sphinx ertönte, schwang nichts als Schmerz mit, für Wut war kein Platz mehr. Ihr anderes Vorderbein bewegte sich, als wolle sie sich von mir losreißen, doch ich schlang meine Arme um ihren verkohlten, pelzigen Körper und drückte so fest zu, wie ich konnte.

Der widerliche Geruch von verbranntem Fleisch – nicht nur von ihrem – stieg mir in die Nase. Ihre Flügel flatterten schwach und zogen Flammen hinter sich her, die größer waren als sie selbst. Dann stürzten wir in die Tiefe.

Während wir fielen, strömte das Feuer über uns hinweg wie der Schweif eines Meteors. Dann vernebelte die Hitze meine Sicht, sodass ich nichts außer dem flackernden Licht sehen konnte. Ich unterdrückte ein Schluchzen angesichts des Pochens, das sich in meine Knochen grub, und schleuderte noch mehr von dem wütenden Inferno auf meine Entführerin.

Für den Hass der Sterblichen, den sie geschürt hatte. Für Lunas Tod. Für die Qualen, die Tempest ihre Lakaien ermutigt hatte, so vielen Schattenwesen zuzufügen, einschließlich meines Verschlingers und meines Höllenhundes. Und natürlich für die neuen Grausamkeiten, die sie ihnen und so vielen Sterblichen antun wollte.

Sie soll brennen. Sie soll brennen, bis von dieser sadistischen, kavalierhaften Bestie nichts weiter übrig ist als ein Häufchen Asche – und zur Sicherheit soll sie in die übelsten Abwasserkanäle der Welt hinabstürzen.

Ihr Körper begann sich in meinen Händen zu zersetzen.

Die Asche flog in den zischenden Wind. Sie entglitt meinen Armen, als ich mit jemandem zusammenstieß.

Ich stieß gegen eine breite Brust, und ein vertrauter rauchiger Geruch und ein Hauch von Schwefel wehten durch die Glut. Arme, die in einem magmahellen Licht glühten, umschlossen mich und trugen mich den Rest des Weges zu Boden, ohne dass mich ihre feurige Hitze versengte. Stattdessen absorbierten sie die Flammen, die meinen Körper verzehrt hatten.

Der Schmerz erlosch zusammen mit dem Feuer. Als ich in das Gesicht meines Beschützers blickte, spürte ich nur noch ein dumpfes Kribbeln auf meiner Haut.

Omen lächelte mich an, das Anthrazit und das glühende Orange verblassten auf seiner Haut. „Du hast sie besiegt. Das war spektakulär. Und ich dachte schon, ich würde dir ausnahmsweise mal zu Hilfe kommen."

Ich strahlte ihn an und fühlte mich leicht benommen. Die schärfsten Flammen mochten erloschen sein, doch das Feuer in mir tobte weiter, die Hitze knisterte in mir. „Verkauf dich nicht unter Wert. Deine Brigade hat mir den Durchbruch verschafft, den ich brauchte."

Ich drehte mich auf wackeligen Beinen um und starrte auf den verkohlten Leichnam, der auf den Boden gefallen war. Tempests Flügel waren beim Aufprall in mehrere Teile zerbrochen; eine ihrer Hüften war gebrochen und durch und durch schwarz. Die silberne Nadel war zu einem schimmernden Klecks in der geschwärzten Masse geschmolzen, die einmal ihr Kopf gewesen war.

Sie hatte dem Tod schon einmal getrotzt. Ich wollte kein Risiko eingehen. Ich stieß die Sphinx mit der Spitze meiner Turnschuhe in die Seite – und ihr gesamter verkohlter Brustkorb fiel in sich zusammen.

Triumph flammte neben meiner immer noch schwelenden Wut auf. Ich versetzte ihr einen Tritt gegen den Kopf und sah zu, wie er zu verbranntem Staub zerfiel.

Omen trat hinter mich, nahm eine meiner Hände und hob sie über meinen Kopf. Als ich aufblickte, stotterte mein Puls. Ein Schwarm von Schattenwesen umringte uns – die Horde, von der Tempest gesprochen hatte. Die Lakaien der Obersten.

Omen erhob seine Stimme. „Die Phönix Ruby hat unseren wahren Feind vernichtet! Ihr habt gesehen, was die Sphinx in diesem Gebäude vorbereitet hat. Ihr habt gesehen, wie die Sterblichen, mit denen sie sich verschworen hat, jedes Schattenwesen angegriffen haben, das ihnen begegnet ist. Dieses Wesen hat all dem ein Ende gesetzt. Ruby ist unsere *Heldin*!“

Heilige glitzernde Guacamole, würde dieser Schachzug tatsächlich funktionieren?

In vielen der Augen, die sich auf mich gerichtet hatten, glänzte Feindseligkeit. Doch sie zögerten, viele von ihnen wandten sich den größten Wesen unter ihnen zu, die mit rauer Stimme zu murmeln begannen.

Omen zog mich wieder an sich. Er verschränkte seine Finger mit meinen, seine andere Hand wanderte zu meiner Wange, und die hellblauen Augen, die meinem Blick begegneten, waren alles andere als kalt.

„Du hast also ausnahmsweise meinen Rat befolgt“, konnte ich mir nicht verkneifen zu sagen.

Seine Mundwinkel bogen sich nach oben. Sein Daumen zeichnete meinen Kiefer nach. „Es gibt für alles ein erstes Mal. Du liegst nicht *immer* falsch.“

Ich schnitt ihm eine Grimasse. „Wenn sie nicht überzeugt sind, werden sie dich töten.“

„Das ist es wert.“

Er sagte es ohne den Hauch eines Zögerns, und ich spürte ein seltsames Flattern in meiner Brust. Anstatt zu überlegen, was ich davon halten sollte, redete ich weiter. „Ach, ja? Ich erinnere mich nämlich an eine ganze Reihe von Gelegenheiten, die noch gar nicht so lange her sind, als du alles getan hast, um mich aus deinem …“

„Halt die Klappe, Chaos-Queen, nur dieses eine Mal in deinem Leben", murmelte Omen und neigte seinen Kopf zu mir. Ich glaubte nicht, dass mir das jemals jemand in einem liebevolleren Ton gesagt hat. „Sie werden mich in Stücke reißen müssen, bevor sie ein Stück von dir bekommen. Ich würde mich, ohne zu zögern, für dich opfern. Ich habe dir gesagt, dass du Eindruck auf mich gemacht hast – und zwar in mehr als einer Hinsicht." Er zögerte, und seine Finger verharrten auf meiner Haut. „Ich liebe dich."

Ich hatte nie damit gerechnet, diese drei Worte aus dem Mund des Höllenhund-Wandlers zu hören. Eine schwindelerregende Wärme breitete sich in meinem Herzen aus und verschluckte die feurige Wut, die in mir aufstieg. Dennoch purzelte eine letzte Frage heraus. „Obwohl ich zum Teil ein Mensch bin?"

Omen gluckste. „*Weil* du zum Teil ein Mensch bist, wie es scheint. Lass es dir nicht zu Kopf steigen."

„Ich weiß es besser, als das zu tun." Ich griff nach seinem Hemd, knapp unterhalb des Kragens. „Ich liebe dich auch."

Anstatt zu antworten, küsste er mich, so heftig und fordernd, dass ich weiche Knie bekam. Was unsere Zuschauer davon hielten, wusste ich nicht, und es war mir auch egal. Dieser unbezähmbare, leidenschaftliche Mann gehörte zu mir, das fehlende Stück in dem Quartett, von dem ich gar nicht wusste, dass ich es brauchte, und ich hatte mich nie mehr zu Hause gefühlt als in seinen Armen auf diesem trostlosen Parkplatz.

Als er sich zurückzog, grinste ich ihn noch einen Moment lang an. Dann ließ ich auf der Suche nach dem Rest meiner Schattenwesen-Liebhaber meinen Blick durch die Menge schweifen. Die Frage war nicht, *ob* sie hier waren, sondern nur wo. Mein Blick glitt über die Gestalten …

Bis plötzlich ein glänzender Metallpflock durch die Dunkelheit schoss und Omen in den Rücken traf.

# SIEBENUNDZWANZIG

*Sorsha*

Die Metallspitze durchbohrte Omens Herz und zerfetzte sein Hemd, als er in der Mitte seiner Brust austrat. Eine Rauchwolke, die so dicht war, dass sie sein Gesicht verdeckte, stieg aus der Wunde auf. Sein Körper sackte an mir zusammen.

Ein Schrei entwich meiner Kehle. „Omen? *Omen!*"

Mein verzweifelter Ausruf konnte nicht verhindern, dass seine Beine einknickten. Ich klammerte mich an ihn, doch meine Versuche, ihn zu beruhigen, führten nur dazu, dass der Rest von ihm auf den schmutzigen Asphalt fiel, wodurch der Pflock noch weiter in seinen Körper getrieben wurde.

Ein verdammter *Pflock* aus Silber und Eisen, eine Art Drei-in-eins-Mehrzweck-Monstermordgerät für Sterbliche, die nicht einmal den Unterschied zwischen Vampiren, Werwölfen und Feen kannten.

Ich sank neben meinem Höllenhund-Wandler auf die Knie und musterte seine erschlafften Gesichtszüge, doch die

Konzentration dieser Metalle, die sein lebenswichtigstes Organ durchbohrten, reichte aus, um selbst einen Höllenhund zu töten.

Omens Kopf fiel zur Seite, und seine Augenlider zuckten. Ein leises pfeifendes Keuchen entwich seiner Lunge, dann erschlaffte jeder Teil von ihm, ungeachtet meiner Schreie und meines Rüttelns an seinen Schultern.

Noch mehr Rauch stieg auf und verdichtete sich zu einer Wolke. Die Farbe war bereits aus seinem leblosen Gesicht verschwunden. Er erinnerte mehr an eine Wachsfigur als einen Mann – ein Mann, in dem einst so viel Scharfsinn und Kraft steckte – ein Mann, für den *ich* mein Leben aufs Spiel gesetzt hätte, wenn es auch nur die geringste Chance gegeben hätte.

Glühend heiße Wut durchströmte mich. Sie löschte jeden Gedanken aus, bis auf eine Frage, die mir durch den Kopf schoss: Wer hat das getan?

Ruckartig hob ich den Kopf. Feuer strömte aus meinem Körper in alle Richtungen, doch das meiste davon war nach unten gerichtet. Der Rausch der sengenden Flammen trieb mich in die Luft – über den Schwarm der Schattenwesen, der sich um uns versammelt hatte, hinauf in den Nachthimmel. Ich blickte in die Richtung, aus der der Pflock gekommen war.

Eine Frau hockte auf dem Dach des niedrigen Gebäudes zwischen dem Parkplatz und dem höheren Backsteinbau, der Tempest als Versteck gedient hatte. Sie trug die Standard-Rüstung der Lichtarmee und schob einen weiteren glänzenden Bolzen in eine Armbrust.

Meine Hände ballten sich zu Fäusten, meine Finger brannten an meinen Handflächen. *Stirb.*

Bevor sie ein weiteres Leben eines Schattenwesens beenden konnte, schoss eine Flammenwelle unter den Füßen der Frau hervor. In Sekundenschnelle hatte sie sie vollständig verschlungen, sogar ihren Schmerzensschrei. Ihr Körper sackte, wie der von Omen in sich zusammen, während die Flammen weiterhin daran nagten. Doch zuzusehen, wie ihre Gestalt schrumpfte und schwarz wurde, besänftigte die Wut, die mich durchströmte, kein bisschen.

Donnernde Schritte drangen durch die tosenden Flammen, die mich festhielten. Mehrere Lakaien der Lichtarmee rannten auf die Schattenwesen zu. Einer von ihnen fummelte an einer Plastikbox herum, riss sie auf und holte eine von mehreren Laborampullen heraus.

Tempests Krankheit. Natürlich ließen sich die sterblichen Trottel von Tempests Tod nicht aufhalten. Sie hatten keine Ahnung, dass ihre Krankheit sie genauso schnell auslöschen würde wie die Schattenwesen, die sie damit infizierten. Natürlich war ihr erster Gedanke, diesen Horror auf die Welt loszulassen, während ihre Kollegen im Sterben lagen und ihr Gebäude in Schutt und Asche gelegt wurde.

Nicht heute, ihre Arschlöcher.

*Sie sollen verbrennen. Sie sollen in Schutt und Asche enden.*

Die Wut brannte noch heißer, und Flammen loderten in der Menge der Möchtegern-Vernichter auf. Ich ballte meine Fäuste fester zusammen. Die Glasampullen schmolzen, wodurch die tödlichen Keime, die darin schwammen, ausgelöscht wurden.

Doch auch das war nicht genug. Wer wusste schon, wie viel mehr von der abscheulichen Erfindung der Lichtarmee noch in diesem Gebäude – oder in anderen Einrichtungen auf der ganzen Welt – gelagert war? Wie viele Orte und Menschen verfügten über die Informationen, um sie wieder herzustellen?

Sie mussten alle vernichtet werden. Jedes einzelne der Schweine, die davon geträumt hatten, die Welt von Schattenwesen zu befreien, die sie gefoltert und abgeschlachtet hatten. Und das Imperium, das sie aufgebaut hatten, sollte am besten gleich mit ihnen sterben.

Meine Flammen rasten den Bürgersteig entlang zu dem

zertrümmerten, offenen Gebäude. Das Gebrüll unter mir trieb mich noch höher. Mehr Feuer brach aus meinem Rücken, und mich überkam ein brennendes Gefühl, das durch den Rausch der Befriedigung wettgemacht wurde, als links und rechts von mir knisternde Flammen aufloderten und Flügel bildeten.

Sie hatten sich mit einem verdammten Phönix angelegt, und jeder Einzelne von ihnen würde brennen.

Als ich meine Wut auf das Backsteingebäude richtete, wurde es von einem Inferno verschlungen, das genauso glühend heiß war wie das Feuer in mir. Der Geruch all dieser bösartigen Absichten kroch über meine Haut. Mein Instinkt sagte mir, dass ich dieser Spur folgen konnte.

Mein Bewusstsein weitete sich durch die dunkle Weite der Welt unter mir aus. Hier eine Wohnung. Dort ein Lagerhaus. Ein paar Flammen, und sie waren nichts weiter als Holzkohle.

Meine Wut entlud sich in Kommunikations- und Verbindungslinien, die meine geschärften Sinne mit jeder Sekunde deutlicher wahrnahmen. Sie brannte sich durch die ausgefransten Fäden der Selbstbeherrschung, an denen ich so erbittert festgehalten hatte, doch was kümmerte mich das?

Diese Arschlöcher hatte es auch nicht gekümmert, wen *sie* verletzten.

Meinen Höllenhund-Wandler, der tot unter mir auf dem Boden lag. Luna, die sich selbst in Stücke gesprengt hatte, um einer Gefangennahme zu entgehen. All die Schnitte mit dem Skalpell und die Injektionen, all die Messer und erstickenden Netze, all die zertrümmerten Autos und zerschmetterten Körper.

Doch das war es, was Menschen taten. Nur weil ein Monster ihnen unrecht getan, ihnen Angst gemacht oder sie verarscht hatte, dachten sie, das gäbe ihnen das Recht, alle Wesen auszulöschen, die ihm auch nur im Entferntesten ähnelten.

Ein Labor in Berlin. Ein Büro in Madrid. Meine Aufmerksamkeit zischte über den Ozean bis hin zu den

Ufern, die ich hinter mir gelassen hatte, und die heißen Punkte leuchteten auf wie die Stecknadeln auf der Karte, die wir im Schuhmuseum in Chicago gesehen hatten.

Das Feuer strömte jetzt in Wellen aus mir heraus, und ich konnte alles vor meinem geistigen Auge sehen: Auf Wiedersehen, ein paar Dutzend Häuser von Mitarbeitern der Lichtarmee in San Francisco. Sayonara, ein ganzes Gebäude mit Eigentumswohnungen in Queens.

Meine Reichweite war unendlich, mein Feuer unerschöpflich, und jeder Einzelne von ihnen würde dafür bezahlen.

Ich würde alles niederbrennen, bis nichts mehr übrig war außer Asche.

Grelles Licht trübte meine Sicht. Der Gestank von blubberndem Teer und brennendem Lack erfüllte meine Lunge. Meine Selbstbeherrschung hatte sich in Rauch aufgelöst. Es gab nichts in mir oder um mich herum außer meiner feurigen Wut, so wie es meine Bestimmung war.

Meine Haut knisterte und wurde schwarz, mein Magen dampfte. Das war in Ordnung. Wenn ich mich selbst verbrennen musste, um jeden Idioten, der es verdiente, mit mir untergehen zu lassen, dann sollte es so sein.

Mehr und mehr Gebäude fielen meinen Flammen zum Opfer. Mehr und mehr Körper zerfielen zu Asche. Meine Seele schrie rachsüchtig und triumphierend auf. Mehr, mehr, *brenn alles nieder ...*

Die Spuren, denen ich gefolgt war, verflüchtigten sich. Jede Person, die zu den Schrecken der Lichtarmee beigetragen hatte, jeder Ort, an dem sie ihre grausamen Machenschaften durchgeführt hatten, jedes Gerät, das ihre Geheimnisse enthielt, war vom Feuer meiner Wut verschlungen worden. Doch das war nicht genug.

Ein Schmerz verzehrte mich von der Kehle bis zu den Eingeweiden, Wut kochte in mir hoch und brüllte danach, freigelassen zu werden.

Warum sollte die Lichtarmee als Einzige schuld an allem sein? Was war mit all den anderen Sterblichen da draußen, die ebenfalls Schattenwesen angreifen würden, wenn sie von ihnen wüssten – und das waren so ziemlich alle Menschen, oder?

Was war mit den anderen Schattenwesen, die sich dem Kampf angeschlossen hatten, um *mich* zu vernichten, anstatt ihre Artgenossen zu schützen? Die meine Eltern abgeschlachtet, meinem Vater den Kopf abgerissen und ihn aus einem verdammten Fenster geworfen hatten – nur weil sie das Verbrechen begangen hatten, mich zu erschaffen?

Zum Teufel, was war mit den verdammten Obersten, die ihre Lakaien auf diese elende Suche geschickt hatten? Dachten sie, sie wären in den Tiefen des Schattenreichs unverwundbar?

Ha. Durch das prickelnde Feuer in mir und um mich herum konnte ich schmecken, wie leicht ich über die Risse der Schwellen greifen und meine sengende Wut über die Dunkelheit regnen lassen konnte, um ihre uralten Seelen zu verbrennen.

Sie hielten mich für eine Kraft, die es auszulöschen galt? Ich würde ihnen zeigen, wer hier ausgelöscht werden würde.

Die Flammen loderten in die Höhe und griffen von dem zertrümmerten Backsteingebäude auf die benachbarten Gebäude und auf den Parkplatz unter mir über, wo sie ein brutales Wesen nach dem anderen in Brand setzten. Ich sog einen sengenden Atemzug ein.

Ich konnte es wirklich. Ich könnte beide Welten niederbrennen und mich selbst mit ihnen, und wenn ich aus der Asche wiedergeboren wurde, wäre vielleicht alles besser. Wie schwer konnte es sein, etwas zu schaffen, das besser war als diese Scheiße hier?

Ich bündelte das Feuer, das in mir anschwoll, bereit, es so weit zu schleudern, wie ich es nur konnte – bis plötzlich eine Stimme das Getöse in meinen Ohren durchbrach. Eine helle, liebliche Stimme, die von so viel Emotionen erfüllt war, dass sich mein Magen verkrampfte.

„Sorsha! Sorsha, bitte, kannst du mich hören?"

Dann ertönte eine andere Stimme: ein schokoladiger Bariton, der angestrengt klang. „Du bist nicht allein, Flamme."

Und noch eine: ein tiefes, raues Grollen. „Wir werden alle Schlachten schlagen, die es zu schlagen gilt, Mylady. Sag uns einfach, was du brauchst."

Die Flammen um mich herum flackerten leicht. Mit einem flauen Gefühl im Magen sank ich einige Meter in die Tiefe und erkannte drei Gestalten, die vor mir in der Luft schwebten und von einem flackernden orangefarbenen Licht erleuchtet wurden.

Das Licht meines Feuers. Meiner riesigen, brutalen Flamme.

Thorn hielt sich selbst und die anderen beiden Männer mit seinen gewaltigen Flügeln in der Luft. Ruse streckte seinen Arm nach mir aus, und in seinem schelmischen Gesicht lag eine Verzweiflung, wie ich sie noch nie bei ihm gesehen hatte. Snaps Augen waren vor Panik weit aufgerissen und blitzten grün.

„Mein Pfirsich", sagte der Verschlinger, als ich seinem Blick begegnete. „Geh nicht. Ich habe dir versprochen, dass ich nicht weggehen werde, egal wie sehr ich mich aufrege – jetzt darfst du mich nicht verlassen."

Ich würde nicht gehen. Ich war hier, und ich würde immer noch hier sein, wenn das Feuer mich bis auf die Knochen verbrannte und mich wieder ins Leben zurückspuckte. Doch alles andere, alle anderen – konnten sie denn nicht sehen, wie verkommen unsere Welten waren?

Omens Stimme hallte aus meinen Erinnerungen wider. *Denk an alle, die für dich sind.*

Diese Worte ließen mich erstarren und lösten gleichzeitig eine neue Welle der Wut aus. Als die Flammen um mich herum wieder aufflackerten und versiegten, kam eine weitere geflügelte Gestalt in Sicht.

Es war Flint, doch er war nicht allein. In seinen Armen hielt er … Vivi. Meine beste Freundin, die sich an den starken Armen des Kriegers festklammerte, ihr Gesicht war aschfahl und ihr typisch weißes Outfit rußverschmiert. Mein Puls beschleunigte sich.

Sie schenkte mir ein strahlendes Lächeln, das mir nur allzu vertraut war. „Sorsha, du brauchst nichts mehr zu tun. Du hast die Arschlöcher vernichtet. Wenn noch welche übrig sind, schalten wir sie aus, wie Ratten in einem Fass mit Dynamit. Doch zuerst solltest du dich abkühlen und herausfinden, wo wir stehen. Kommst du bitte runter?"

Runter. Runter. Runter zu der Stelle, an der die Leiche meines letzten Liebhabers lag; runter zu der Stelle, an der die Horde der Obersten darauf wartete, über mich zu richten. Ich knirschte mit den Zähnen. Flammen züngelten um mich herum.

Doch ich konnte meinen Blick nicht von den Gestalten vor mir abwenden. Je länger ich sie anstarrte, desto mehr Bilder tauchten in meinem Kopf auf.

Es war auch die Welt, in der sich mein Verschlinger an allem erfreute, von extravaganten Hotels bis hin zu einer einfachen Banane; in der wir gemeinsam seine Fähigkeit zur Lust entdeckt hatten. Die Welt, in der mein Inkubus jedes erdenkliche Vergnügen angeboten hatte, um mich zu befriedigen, nicht nur körperlich, sondern auch meinen Geist und mein Herz. Die Welt, in der ich Seite an Seite mit meinem geflügelten Krieger gekämpft hatte, der seine Kraft auf meine übertragen hatte, anstatt sie zu unterdrücken.

Die Welt, in der meine beste Freundin und ich auf ihrer Couch vor unseren kitschigen Lieblingsfilmen Kartons mit thailändischem Essen hin- und hergeschoben hatten, in der wir zusammen gelacht und getanzt und Pläne für große

Abenteuer geschmiedet hatten, die wir noch nicht erlebt hatten.

Konnte ich die Welten niederbrennen und die wenigen Teile verschonen, an denen mein Herz hing? Würde in den Trümmern, die mein wütendes Feuer hinterlassen würde, überhaupt etwas von dem Glück erhalten bleiben, das uns zusammengeführt hatte?

All die Leute da draußen, all die Wesen, die die Schwellen passierten – so viele von ihnen hatten gelacht und sich gefreut, gekämpft und geliebt. Es gab so viele Eltern, Beschützer, Liebende und Freunde, um die getrauert werden würde.

Vielleicht waren einige von ihnen Monster. Vielleicht waren wir alle Monster. Doch das bedeutete nicht, dass es nichts Gutes in uns gab.

Glühende Tränen brannten in meinen Augen. Ich wollte das nicht. Ich wollte keinen Schmerz über die Welten bringen. Auf wen sollte ich dann noch wütend sein, außer auf mich selbst?

In einer letzten Sache musste ich Omen recht geben. Ich war nicht wie Tempest, ganz und gar nicht.

Als der Hitzeschwall unter mir nachließ, wurden auch meine feurigen Flügel schwächer. Ich glitt zu Boden, und mein Körper schien sich in sich selbst zusammenzuziehen.

Meine Kleidung hing in angesengten Fetzen an mir herunter, meine Haut war ebenso verkohlt. Als ich in der plötzlichen Kühle der Nachtluft erschauderte, flatterten die geschwärzten Fetzen wie die Federn eines Vogels in der Mauser um mich herum und enthüllten das unversehrte Fleisch darunter.

Selbst im schwachen Licht der fernen Straßenlaternen konnte ich erkennen, dass der Parkplatz deutlich dunkler war, nachdem ich ihn versengt hatte. Tempests Asche hatte sich in dem Inferno verflüchtigt. Als meine Gefährten zu mir herunterschwebten, fiel mein Blick auf Omens zusammengesackte Gestalt, die irgendwie ihre Form behalten hatte.

Sein Körper lag auf einem Streifen aus Silber und Eisen. Die Hitze meiner Flammen hatte den Pflock geschmolzen, sodass das flüssige Metall über den Platz geflossen war und sich in einem Schlagloch gesammelt hatte. Seine Kleidung, die zu einer festen Masse verbrannt war, verbarg die Wunde auf seiner Brust, doch ich wusste genau, wo der tödliche Pflock ihn durchbohrt hatte. Ich wusste …

Sein Brustkorb bewegte sich.

Er hob und senkte sich mit einem flachen Atemzug, und mir schlug das Herz bis zum Hals.

„Omen?" Ich kniete mich neben ihn. Sein Körper zitterte, und die verkohlte Schicht, die seinen Körper bedeckte, bekam Risse und begann abzublättern, so wie bei mir zuvor.

Mein Feuer hatte ihn nicht verbrannt. Nein, natürlich nicht. Das hatte es auch vorher nie – er war ein Wesen, das im Feuer gedieh. Die Flammen, die ich auf ihn gerichtet hatte, hatten die giftigen Metalle aus seinem Körper geschmolzen und waren direkt in seine Wunde eingedrungen. Hatten … hatten sie …

Ich legte meine Hand auf seine Brust. Die Überreste seines Hemdes lösten sich auf, und meine Handfläche lag auf festem Höllenhund-Wandler-Fleisch, nur eine weiße Narbe deutete noch auf die einstige Wunde hin.

Natürlich öffnete er genau in diesem Moment die Augen.

Omen blinzelte mich eine Sekunde lang an, als müsste er seine Sicht klären. Eine leichte Furche bildete sich auf seiner Stirn, und seine Lippen verzogen sich zu einem dünnen Lächeln. „Du kannst nicht einmal mitten in der Apokalypse widerstehen, mich zu begrapschen, was, Chaos-Queen?"

„Du verdammter Mistkerl!", sagte ich, was nicht ganz fair war, denn ich bezweifelte, dass er sich absichtlich von einem Metallpflock hatte durchbohren lassen. Er merkte wohl, dass ich die Beleidigung nicht ernst gemeint hatte, denn ich schlang direkt danach begeistert meine Arme um ihn.

Omen stieß ein heiseres Glucksen aus und hob einen Arm, um die Umarmung zu erwidern. Eine andere Hand drückte meine Schulter, eine dritte lag auf meinem Rücken, und eine vierte strich über mein Haar. Meine drei anderen Liebhaber knieten um uns herum, froh, dass ihr Kommandant und ihr Phönix wieder bei ihnen waren.

„Geht es dir gut?", fragte Snap. Die Frage hätte sowohl an Omen als auch an mich gerichtet sein können, vermutlich galt sie uns beiden.

Ich hob meinen Kopf von Omens Schulter, um meinen Verschlinger zu küssen. Anschließend wurde ich von Thorns kräftigen Armen auf die Beine gezogen, während sich der Höllenhund-Wandler ebenfalls aufrappelte. Vivi sprang an meine Seite, und ich umarmte sie ebenso fest wie meine Liebhaber.

„Du bist einen weiten Weg gekommen, um zu sehen, wie ich die Welt niederbrenne", meinte ich.

Sie lachte. „Es war eine epische Vorstellung, doch ich glaube nicht, dass ich so etwas noch einmal erleben will."

„Gut, ich nämlich auch nicht." Das Feuer in mir fühlte sich auf eine ganz neue Weise gedämpft an, wie die große Ruhe des Ozeans nach einem monströsen Sturm.

Beinahe *hätte* ich die Welt zerstört … doch ich hatte es nicht getan. Und jetzt, nachdem ich so kurz davor gewesen war, bevor ich einen Rückzieher gemacht hatte, konnte ich mir nicht vorstellen, jemals wieder an diesen Punkt zu gelangen. Diese große Ruhe gehörte jetzt *mir*. Ich war ein Phönix, der als etwas Besseres wiedergeboren wurde, auch wenn es nicht ganz so gelaufen war, wie vorhergesagt.

„Ich bin nur froh, dass es dir gut geht", bemerkte Vivi.

Ich umarmte sie noch fester. „Ich auch. Danke, dass du mir geholfen hast, mich zu beruhigen."

„Jederzeit, beste Freundin. Du brauchst nur etwas zu sagen."

Das schien zu stimmen. Ich hatte mir große Sorgen gemacht, wie sie reagieren würde, wenn sie herausfand, was ich war, doch sie hatte mich heute Abend in meiner schlimmsten Version gesehen und war immer noch hier. Vielleicht war es an der Zeit, aufzuhören, mir Sorgen zu machen.

Zumindest über Vivi. Omens Blick glitt an uns vorbei zu der Horde Schattenwesen, die nach meiner feurigen Aktion deutlich ausgedünnt war. Doch sie waren unserer kleinen Gruppe zahlenmäßig immer noch deutlich überlegen, und kamen jetzt mit zaghaften, aber bedrohlichen Schritten auf uns zu.

„Es geht mir von Minute zu Minute besser", sagte der Höllenhund-Wandler zu Snap. „Ich bin mir allerdings nicht sicher, wie lange dieser Haufen das zulassen wird. Ich nehme an, unsere Pferdewandler und die Koboldin haben ihren Teil des Plans nicht erfüllt?"

„Wir haben sie schon länger nicht ...", begann Ruse.

„Ruby!", brüllte einer der größeren Lakaien und hob eine Axt, und in diesem Moment ertönte das schnelle Getrappel von Hufen.

Gisele und Bow führten die Truppe an, Gisele in ihrer Einhorngestalt und Bow als Zentaur. Antic hockte auf Giseles glänzendem Rücken und schwang ihre winzige Faust in die Luft.

Mit ihnen traten Dutzende weiterer Schattenwesen aus den Schatten in die physische Welt und steuerten auf uns zu.

Sie drängten sich durch die Schar der Lakaien, von denen die meisten klein genug waren, um zwischen den kräftigen Beinen hindurchzukommen. Die Pferdewandler drängten sich zusammen, um Platz zu machen, wenn es nötig war. Bevor die Lakaien der Obersten Protest erheben konnten, trat eine vertraute Gestalt aus dem entgegenkommenden

Schwarm vor mich und drehte sich um, um unser Publikum zu betrachten.

Es war Cori, der Freund der Pferdewandler. „Diese Frau hat mich aus den Händen der Sterblichen gerettet, die mich gefoltert haben", rief er über das wachsende Getöse hinweg. „Sie hat ihr Leben riskiert, um unsere Käfige aufzubrechen und uns alle zu befreien."

„Mich hat sie aus einem Labor befreit, in dem ich gefangen gehalten wurde", meldete sich ein anderes Wesen zu Wort. „Wäre sie nicht gewesen, hätten die Sterblichen mich getötet."

Weitere Stimmen erhoben sich, eine nach der anderen.

„Sie hat sich durch Silber und Eisen gekämpft, um uns zu befreien und uns nach Hause zurückkehren zu lassen."

„Sie hat den Ort niedergebrannt, an dem die Sterblichen uns eingesperrt hatten, damit sie nicht noch mehr Wesen foltern konnten."

„Ich dachte, ich würde die Schattenwelt nie wieder sehen, bis sie uns gerettet hat."

Die kleineren Wesen in der Menge der Neuankömmlinge schnatterten und bellten in ihren eigenen Sprachen, die wie eine Kakophonie der Zustimmung klangen.

Ein Kloß bildete sich in meiner Kehle. Es schien unmöglich, dass die Pferdewandler jedes Wesen, das ich jemals gerettet hatte, ausfindig gemacht hatten, und dennoch waren hier Dutzende mehr, als mir bewusst war, dass ich gerettet hatte. All die Sammler, in deren Häuser ich mich geschlichen hatte, all die Einrichtungen der Lichtarmee, die wir dem Erdboden gleichgemacht hatten, …

Da war wohl einiges zusammengekommen.

Als die Flut der Aussagen verklungen war, räusperte sich Thorn. „Außerdem hat sie das Schattenwesen zur Strecke gebracht, das die grausamste Gruppe von Sterblichen in ihren schrecklichen Machenschaften angeführt hat: die Sphinx namens Tempest, die die Obersten vor Jahrhunderten nicht bezwingen konnten."

Omen nahm meine Hand und hielt sie hoch. „Der Phönix ist verbrannt, und Sorsha ist zurückgeblieben, nicht Ruby. Ihr könnt den Obersten berichten, wie sehr sie versagt haben. Oder ihr könnt ihnen wahrheitsgemäß sagen, dass Omen, der Höllenhund sich um Ruby gekümmert hat und keine Gefahr mehr von ihr ausgeht."

Erneut war Gemurmel zu hören, doch zumindest fuchtelte im Moment niemand mit einer Axt herum. Einige der Lakaien zeigten auf das zerstörte Gebäude, andere auf den Himmel, wo ich meine flammende Rache ausgeteilt hatte. Antic hüpfte zwischen ihnen umher und warf hier und da Zwischenrufe ein, wenn sie es für richtig hielt. Während wir auf das Urteil warteten, klammerten sich meine Finger fest um die von Omen.

Schließlich trat eine Gestalt, bei der es sich um eine Art Riese handeln musste, aus der Menge hervor und hob die Hand, um die anderen zum Schweigen zu bringen. Seine Stimme hallte durch die Menge.

„Die Entscheidung ist gefallen. Wir haben gesehen, dass dieses Wesen, was auch immer sie ist, diejenigen vernichtet hat, die uns bedroht haben. Wir bezeugen, dass ihr Feuer erloschen ist, während der Höllenhund neben ihr steht. Wir werden den Obersten berichten, dass er seine Pflicht erfüllt hat und die Gefahr gebannt ist."

Dann, als die Freude hinter meinen Rippen aufstieg, fing er meinen Blick auf und neigte den Kopf in einer leichten, jedoch unmissverständlichen Verbeugung.

Die Horde verschwand in einer wogenden Welle in den Schatten. Ich stand wie angewurzelt da, aus Angst, dass meine Beine mich nicht halten würden, wenn ich mich bewegte.

„Ist es vorbei?", fragte ich Omen. „Kein Kopfgeld mehr

auf mir?“ Ich senkte meine Stimme. „Keine Abmachung mehr, die auf dir lastet?“

Der Höllenhund-Wandler lachte. „Scheint so. Warten wir ab, ob die Obersten ihre Lakaien nicht doch zurückschicken. Ich glaube jedoch, du hast gerade den größten Coup deiner Karriere durchgezogen, Diebin.“ Er schenkte mir ein leichtes Lächeln, das nur für mich bestimmt war. „Du hast sowohl deine als auch meine Freiheit von den mächtigsten Wesen im Universum zurückgestohlen.“

Ruse klatschte in die Hände, ein Grinsen umspielte seine Lippen. „Ich würde sagen, das muss gefeiert werden. Komm, Flamme. Warte, bis du siehst, was wir mit dem Supermobil gemacht haben!“

„Süße schillernde Seepferdchen, will ich das überhaupt wissen?“ Ich schüttelte ungläubig den Kopf, zog meine beste Freundin und meine Liebhaber an mich und machte mich auf den Weg, um herauszufinden, was die Zukunft für uns bereithielt.

# ACHTUNDZWANZIG

*Sorsha*

*Knapp ein Jahr später*

Es war nie eine schlechte Idee, vor einem Raubzug etwas Dampf abzulassen. Schließlich sollte man mit einem klaren Kopf und absoluter Konzentration an die Sache herangehen. Und zu meinem Glück hatte ich jetzt vier sexy Schattenwesen, die mir beim Dampfablassen helfen konnten. Im Allgemeinen, indem sie sich all den lustvollen und aufregenden Möglichkeiten hingaben, wie sich unsere Körper vereinen konnten.

Ich würde nie genug davon bekommen, wie Omens Atem stockte, wenn ich meine Zunge über seinen Schwanz gleiten ließ. Der Schwefelgeruch des Höllenhund-Wandlers verlieh seinem Unterleib einen scharfen, rauchigen Beigeschmack, der fast so köstlich war, wie zu hören, wie er unter meinen Liebkosungen zum Höhepunkt kam.

Doch was noch viel anregender war? Die kribbelnden Lustschübe, die mich jedes Mal überkamen, wenn Thorns Zunge über meinen Kitzler fuhr, während Snap von hinten in mich eindrang und jedes Mal den Punkt der Glückseligkeit traf.

Thorn leckte härter, während ich an Omens Erektion keuchte und am ganzen Körper erschauderte. Der Höllenhund-Wandler knurrte, als er mir aus dem Mund glitt, und seine Finger krallten sich in mein Haar. Lächelnd nahm ich seine Länge wieder zwischen meine Lippen, was er mir sofort mit einem Stöhnen dankte und seinen Teufelsschwanz über meine harten Nippel gleiten ließ.

Snap senkte den Kopf und schnippte mit seiner gespaltenen Zunge gegen meine Wirbelsäule. Thorn drückte meinen Po mit seinen harten Fingerknöcheln, die, wie ich herausgefunden hatte, für einen zusätzlichen Kick sorgten, und beim nächsten Stoß des Verschlingers durchströmte mich eine letzte Welle der Ekstase.

Ich saugte an Omens Schwanz, fest entschlossen, ihn mit mir zu reißen. Ein Stöhnen entwich ihm, als er mir rauchige Hitze in den Mund spritzte. Ich schluckte genüsslich und klammerte mich an ihm fest, während Snap sich immer schneller bewegte. Der Verschlinger beendete das Spiel mit einem schnellen Stoß, der mich erneut kommen ließ.

Als wir zu einem befriedigten Gewirr von Körpern zusammensanken, blickte ich zu Ruse auf, der sich dieses Mal entschieden hatte, nur zuzuschauen. Er begegnete meinem fragenden Blick mit einem Grinsen und einem Funkeln in den Augen.

„Das war eine tolle Show", sagte er.

Ich grinste ihn an. „Solange du dich nicht ausgeschlossen fühlst."

„Es ist ja nicht so, als hätte ich heute nicht schon meine

eigene Show bekommen. Und ich beanspruche das Bett für heute Abend."

„*Mein* Pfirsich", protestierte Snap leise und schlang seinen schlanken Arm um eines meiner Beine.

Wenn er gekonnt hätte, hätte sich der Verschlinger jede Nacht an mich gekuschelt, doch so beeindruckend das Supermobil auch war, dieses Bett war kaum groß genug für zwei. In Thorns Fall war es kaum groß genug für einen. Meine Liebhaber hatten sich auf einen fairen Plan geeinigt und wechselten sich ab, abgesehen von den Nächten, in denen ich meinen Freiraum wollte und sie alle rauswarf.

Omen gluckste, während sein Schwanz immer noch langsam über meine Rippen strich. „Wenn wir das nächste Mal die Gelegenheit haben, ein paar magische Renovierungen auszuhandeln, sollten wir dafür sorgen, dass dieser Raum und die Möbel darin vergrößert werden."

Ich hätte nicht gedacht, dass *er* sich jemals über verpasste Kuscheleinheiten mit mir beschweren würde, doch der Höllenhund-Wandler hatte sich als unerwartet anschmiegsam erwiesen – vielleicht sogar zu seiner eigenen Überraschung. Die Nächte, die er mit mir verbrachte, begann er immer auf der anderen Seite des Bettes, wobei er nur eine Hand auf meine Schulter legte oder um mein Handgelenk schlang. Wenn ich aufwachte, war ich meist von Kopf bis Fuß an ihn geschmiegt, umhüllt von seinen Gliedern und unserer feurigen Wärme.

Beim ersten Mal hätte ich schwören können, dass er tatsächlich errötet war, doch der heiße Sex, den wir danach hatten, schien ihn darin bestärkt zu haben, dass das, was sein Körper anstellte, wenn er ihn schlafen ließ, nicht so schlimm war.

„Klingt gut", sagte ich und machte Anstalten, aufzustehen. Thorn griff nach meinem Ellbogen, um mir zu helfen, und ich beugte mich vor, um ihm einen kurzen Kuss zu geben.

„Bist du dir sicher, dass du diese Mission heute Nacht durchziehen willst?", fragte Ruse. „Es ist dein *Geburtstag*. Die Wesen halten es bestimmt noch einen weiteren Tag in ihren Käfigen aus."

Ich wackelte mit meinem Finger vor seinem Gesicht. „Es wäre unglaublich egoistisch von mir, sie einen weiteren Tag die Qualen erleiden zu lassen, die sie bei diesem Sammler ausgesetzt sind, wenn ich genauso gut morgen feiern kann. Außerdem sind wir schon hier. Du kannst deine großartigen Pläne verwirklichen, sobald wir diesem Arschloch eine Lektion erteilt haben."

„Treffend formuliert, Mylady", sagte Thorn mit einem seiner seltenen Lächeln, bei dem mir immer noch schwindelig wurde, wenn ich es auf seinem strengen Gesicht sah.

„Danke." Ich schnappte mir einen Bademantel. „Das heißt aber nicht, dass ich meine Dusche ausfallen lasse. Ich werde eine saubere Einbrecherin sein."

„Ein kleiner Abstecher in die Schatten würde dasselbe bewirken", erinnerte mich Omen mit einem neckischen Unterton.

Streng genommen hatte er recht. Nach ein paar Versuchen hatten wir festgestellt, dass ich wie ein vollwertiges Schattenwesen mit der Dunkelheit verschmelzen konnte, obwohl ich das klamme Gefühl, das damit einherging, immer noch nicht mochte. Außerdem hatte ich noch nicht ganz den Dreh raus, von einem Fleck zum anderen zu springen. Dennoch war meine Antwort die gleiche wie immer. „Manche Dinge genießt man besser in einem physischen Körper, wie du sicher weißt." Ich ließ meinen Blick über seinen nackten Körper in all seiner muskulösen Pracht schweifen.

„Der Dunkelheit sei Dank", sagte Ruse.

Als ich meine Hand nach dem Türgriff ausstreckte, entwich Snaps Kehle ein leiser Laut. „Wir sollten trotzdem – an ihrem richtigen Geburtstag …"

Als ich mich umdrehte, warf er den anderen Männern

einen bedeutungsvollen Blick zu. Thorn hatte eine ahnungslose Miene aufgesetzt, so als hätte er keine Ahnung, wovon der Verschlinger sprach, doch es war offensichtlich, dass genau das Gegenteil der Fall war. Ruse' Grinsen wurde breiter.

Omen verdrehte die Augen und stieß Snap mit seiner Ferse in die Rippen. „Lass sie erst duschen. Das hat noch Zeit."

Zeit für eine Schattenwesen-Überraschung? Faszinierend. Ich sollte mich lieber mit der Dusche beeilen.

Natürlich war das in unserer derzeitigen Unterkunft leichter gesagt als getan. Die Sylphe, die das Wohnmobil renoviert hatte, um sich dafür zu bedanken, dass wir sie aus den Fängen der Lichtarmee befreit hatten, hatte eine Begabung für Luftigkeit, jedoch nicht für Klempnerarbeiten, und die Wesen, die seither mit angepackt hatten, hatten die Macken des Supermobils nur teilweise behoben. Jedes Mal, wenn ich die Dusche einschaltete, bestand eine fünfzigprozentige Chance, dass zuerst heißer Kakao, Sesamöl oder ein Regenbogen winziger Gummibonbons auf mich herabregnete. Und hin und wieder, selbst nachdem Wasser herauskam, verwandelte es sich nach einer Weile in eine Staubdusche.

Heute kamen ein Schluck Kaffee *und* ein Mundvoll Kaugummi heraus, die beide in der Tasse landeten, die ich für solche Gelegenheiten bereithielt. Warum nicht das Beste aus der Situation machen? Erst dann kam ein normaler Wasserstrahl aus dem Duschkopf.

Ich wusch mich schnell, wobei ich auf das leise Zischen achtete, das normalerweise vor drohendem Staub warnte, und zog dann meine übliche Einbrecherkleidung an. In dieser Hinsicht hatte sich mein Geschmack nicht geändert: Ich zog immer noch ganz in Schwarz los, nur auf die Mütze verzichtete ich inzwischen. Auch das Brandmesser brauchte ich nicht mehr, da ich Metall allein durch meine Willenskraft schmelzen konnte.

Als ich in den Flur trat und mein Haar ein letztes Mal mit dem Handtuch frottierte, trat Vivi aus dem neuen Obergeschoss des Wohnmobils, das vor allem durch die Hilfe der Sylphe entstanden war. Von außen sah das Wohnmobil nicht größer aus, doch innen führte eine schmale Wendeltreppe neben dem Badezimmer zu einem Dachbodenzimmer.

Vivi zog die Augenbrauen hoch, und ein eifriger Glanz trat in ihre Augen. „Ist es schon so weit?"

Ich knuffte sie spielerisch in den Arm. „Es dämmert doch erst. Wir ziehen im Schutz der Nacht los, schon vergessen?"

Sie wippte mit ihren Füßen, was mich so sehr an Antic erinnerte, dass es mich nicht wunderte, dass sie sich so gut mit der Koboldin verstand. „Stimmt, stimmt. Ich bin immer noch so aufgeregt, obwohl ich gar nicht mitkomme!"

Durch die Vernichtung der Lichtarmee war die Welt nicht von unabhängigen Jägern und Sammlern befreit worden. Als mein Schattenwesen-Quartett und ich beschlossen hatten, mit dem Supermobil auf Tour zu gehen, als eine Art mobiler Schutzbund für Schattenwesen, war mir sofort klar gewesen, dass ich meine beste Freundin mitnehmen musste.

Es war nicht leicht gewesen, die Zweifel abzulegen, die ich einst gehabt hatte, ob Vivi meine nicht ganz legalen Hobbys akzeptieren würde, nachdem sie schon so viele Dinge an mir akzeptiert hatte. Wir hatten ein zusätzliches Schlafzimmer für sie eingerichtet, und sie bekam das Abenteuer, von dem sie immer geträumt hatte: Sie koordinierte unsere verschiedenen Kontakte, überwachte die Sicherheitssysteme und ging auf Erkundungstour, wenn wir jemanden brauchten, der sich besser als der Rest von uns als „normal" ausgeben konnte.

Sie hatte eindeutig die beste Zeit ihres Lebens, was vermutlich unter anderem daran lag, dass Cori und sie sich während seiner regelmäßigen Besuche in der Welt der Sterblichen nähergekommen waren.

In diesem Moment flitzte Antic an uns vorbei, die mit Pickle auf dem Flur Fangen spielte. Der kleine Drache hatte ihr eines ihrer Gummi-Armbänder gestohlen, die die Koboldin vor einigen Jahren an einem Stand für Kindermode in einem Einkaufszentrum geklaut hatte. Pickle winkte mir damit zu, während eine kleine Rauchwolke aus seinem Maul kam, und stürzte an uns vorbei in einen der Küchenschränke.

Vivi lachte. „Hier ist einfach immer was los."

Ich stieß sie mit meinem Ellbogen an. „Ich gebe dir Bescheid, wenn es noch aufregender wird."

Ich ging zurück in mein Schlafzimmer, wo meine vier Liebhaber auf der Bettkante saßen. Die Erwartung, die von ihnen ausging, ließ meine Haut kribbeln. Waren sie nervös oder einfach nur gespannt auf das, was sie vorhatten – oder vielleicht ein wenig von beidem?

Snap sprang strahlend auf, offenbar war er der Anführer dieses besonderen Unterfangens. „Wir haben etwas für dich", verkündete er und nahm meine Hand.

Ich hatte dem Verschlinger noch nie etwas abschlagen können, und ich hatte nicht vor, jetzt damit anzufangen. Ich griff nach ihm, doch anstatt seine Finger mit meinen zu verschränken, klappte er meine Finger sanft gegen meine Handfläche, bis auf meinen Zeigefinger. In der anderen Hand hielt er einen glänzenden Ring, den er mir an den ausgestreckten Finger steckte.

Der Ring war zart, und so leicht, dass ich sein Gewicht kaum spürte, Rosé- und Weißgold, die in einem rankenartigen Muster miteinander verwoben waren. „Der ist wunderschön", sagte ich. Ich meinte es ernst, auch wenn ich nicht ganz verstand, was diese Begeisterung für Schmuck ausgelöst hatte.

Ruse war ebenfalls aufgestanden. Er nahm Snap meine Hand ab und steckte mir einen seiner eigenen Ringe an den

Mittelfinger, der ebenso leicht war und ein Muster aufwies, das aussah wie ineinanderfließende Wellen. Ich starrte auf die beiden Ringe an meiner Hand und ein kribbeliges Gefühl machte sich in meinem Magen breit.

Bevor ich etwas sagen konnte, tauchte Thorn über mir auf. Seine breiten Finger umklammerten die meinen etwas weniger geschickt, doch ebenso liebevoll wie die der beiden anderen. Der Ring, den er mir an den Ringfinger steckte, bestand aus denselben kontrastierenden Metallen, die spiralförmig miteinander verschlungen waren.

Als Omen aufstand, wurde das prickelnde Gefühl in meiner Brust stärker. Der Höllenhund-Wandler hob meine Hand und steckte einen letzten Ring an meinen kleinen Finger. Die Stränge aus Rosé- und Weißgold verschmolzen wie Flammen miteinander.

Snap berührte meine Schulter und beugte sich vor, um mit seiner Hand über mein Haar zu streichen. „Du hast mir mal erzählt, dass Menschen sich Ringe schenken, als Symbol der höchsten Form der Bindung. Wenn sie nur mit dieser Person zusammen sein wollen und mit niemandem sonst, für immer."

„Nicht, dass wir unsere Hingabe an dich nicht schon deutlich genug gemacht hätten, Flamme", fügte Ruse hinzu. „Doch unser Verschlinger hier war der Meinung, dass ein konkretes Zeichen angebracht wäre, und der Rest von uns konnte seinen Standpunkt verstehen."

Thorn legte seine Hand auf meinen Rücken und streichelte mich mit seinem Daumen, wobei sich ein Gefühl der Wärme in mir ausbreitete. „Natürlich verlangen wir nicht, dass du sie trägst, vor allem, wenn sie dich bei deinen Unternehmungen behindern. Ich muss jedoch zugeben, dass es schön ist, sie alle an deiner hübschen Hand zu sehen."

Ich hob meinen Blick, um dem von Omen zu begegnen. Auch wenn in dieser Geste keine buchstäbliche Magie lag, war es eine symbolische Bindung, die ich in dem prickelnden

Gefühl spüren konnte, das sich nun in meinem ganzen Körper ausgebreitet hatte. Vor etwas weniger als einem Jahr hatte der Höllenhund-Wandler die offizielle Auflösung seines Abkommens mit den Obersten gespürt. Als er das Nachlassen ihres Einflusses gefühlt hatte, war er mit einem freudigen Schrei er Erleichterung aufgesprungen, den er offenbar nicht zurückhalten konnte.

Vor nicht einmal einem Jahr hatte er die Freiheit zurückgewonnen, die er vor Jahrhunderten verloren hatte.

„Du bist also auch bereit, dich zu binden?", fragte ich.

Er hätte nur mit den Schultern zucken oder eine abfällige Bemerkung machen müssen, und damit die Bedeutung des Rings zunichtemachen können. Stattdessen sah er mich an, und der Hauch eines Lächelns umspielte seine Lippen. „Ich fürchte, du hast mich jetzt für immer am Hals, Chaos-Queen. Sei froh, dass ich mich für die subtile Option entschieden habe. Ich hätte auch die Ketten wieder hervorholen können."

Mit diesem Scherz löste sich jegliche Spannung in meinem Inneren. Ich knuffte ihn in die Brust und konnte mir ein breites Grinsen nicht verkneifen. „Hey, nichts gegen Ketten. Solange es dir nichts ausmacht, dass du am Ende nur mit dem kleinen Finger dastehst."

Omen tätschelte Thorns und Snaps Schultern, die links und rechts neben ihm standen und jeweils einen halben Meter größer waren als der kräftige Höllenhund-Wandler. „Ich denke, ich habe hinreichend bewiesen, dass kleiner nicht unbedingt schwächer bedeutet."

„Hey!", sagte Snap.

Der Geflügelte stieß ein grollendes Glucksen aus, und eine Sekunde später lachten wir alle. Ich schloss meine Hand, bewunderte meine Ringe, die nebeneinander schimmerten, und genoss die Wärme des Kreises, den meine Liebhaber um mich herum bildeten.

„Danke. Ihr habt sie wirklich gut ausgesucht. Ich glaube nicht, dass sie unter meinen Handschuhen stören werden."

Ich zog meine Liebhaber einen nach dem anderen zu mir, um sie zu küssen. „Das muss erst einmal reichen, bis ich die Geste erwidern kann. Auf einen guten Raubzug heute Abend!"

„Erkundungstour abgeschlossen!", rief Gisele, die gerade im Hauptraum des Wohnmobils aufgetaucht sein musste, und ihre melodische Stimme drang durch die Wand. „Wer ist bereit, diesen Mistkerl zur Strecke zu bringen?"

Während die Pferdewandler und Flint sich über ihre Beobachtungen austauschten und wir unsere endgültige Strategie besprachen, packte ich meine Ausrüstung zusammen. Das Ziel des heutigen Abends war ein Oberschurke. Er war nicht nur ein Sammler, sondern auch ein Jäger, der die seltensten seiner Schattenwesen behielt und die anderen verkaufte. Ich freute mich schon darauf, seine Villa in Flammen aufgehen zu lassen. Und mit den Wertgegenständen, die ich erbeutete, konnten wir all unsere anderen Annehmlichkeiten genießen, während wir den Rest an diejenigen spendeten, die es verdienten.

Als die Straße hinter den Fenstern völlig dunkel war, machten wir uns mit einem Winken zum Abschied und einem „Dito!" an Vivi auf den Weg. Ich schlich durch die Nacht und verschmolz mit den Schatten fast genauso wie meine Gefährten.

Obwohl sie unsichtbar waren, spürte ich ihre Anwesenheit um mich herum, ihre Ziele und ihre Liebe, die mit mir verwoben waren wie das Metall ihrer Ringe. Morgen würden wir den Beginn meines neuen Lebensjahres feiern. Heute Nacht würden wir denjenigen Gerechtigkeit verschaffen, die sie nicht selbst einfordern konnten.

Man konnte mich als Robin Hood der Monsterbefreiung bezeichnen. Und jetzt, wo ich meine Truppe von mutigen Männern hatte, würde unsere gemeinsame Zukunft sowohl legendär als auch unendlich sein.

# ÜBER DEN AUTOR

Eva Chase ist eine Amazon Top 100-Bestsellerautorin für Urban Fantasy und paranormale Liebesromane. Sie ist mit Magie, Chaos und Herzschmerz aufgewachsen und bringt alle drei Elemente in ihre Geschichten ein. Aber keine Angst vor dem gefürchteten Liebesdreieck - Evas Heldinnen müssen sich nie entscheiden. Online findet man sie unter www.evachase.com.